KB267370

읽힘의 사건

읽힘의 사건

얽힘의 사건

2026년 1월 26일 초판 1쇄 인쇄
2026년 2월 5일 초판 1쇄 발행

지은이 | 허희
펴낸이 | 孫貞順

펴낸곳 | 도서출판 작가
        (03756) 서울 서대문구 북아현로6길 50
        전화 | 02)365-8111~2   팩스 | 02)365-8110
        이메일 | cultura@cultura.co.kr
        홈페이지 | www.cultura.co.kr
        등록번호 | 제13-630호(2000. 2. 9.)

편집 | 손희 김치성 설재원
디자인 | 오경은 이동홍
영업 | 박영민
관리 | 이용승

ⓒ허희, 2026. Printed in Seoul, Korea.
ISBN 979-11-24095-10-2 (93800)

값 20,000원

얽힘의 사건

허희 평론집

— 신유물론과 시의 시대

작가

도연, 그리고 시율에게

1985년 새해를 한 달 앞두고 태어난 나에게 1980년대의 기억—의식은 존재하지 않는다. 살았으나 살아본 적 없던 시대, 지나왔으나 온전히 내 것이 될 수 없던 것을 언젠가부터 나는 은밀히 되새기고 있었다. 내가 기억하지 못하는 것들이 나를 기억하고 있는 듯한 전도된 감각—무의식이 1980년대로 나를 끌어당긴 것일까. 정치적·사회적·문화적 조건이 맞물리면서 문학이 폭발적인 운동성을 가지는 시기. 한국에서는 1980년대 시가 그랬다. 그래서 이때는 '시의 시대'로 불린다. 유력 매체에 시가 실렸고, 광장에서 시가 울려 퍼졌으며, 출판사는 앞다투어 시집을 내놓았다. 그러나 내가 알고 싶은 것은 기왕의 역사적 사실이 아니었다. 1980년대 시가 시대를 아프게 앓음으로써 무언가를 증언하는 언어였다면, 그것은 어떤 방식으로 이루어졌던 것일까? 정치적 메시지를 선명하게 담아내서가 아니라, 시를 둘러싼 내외부의 물질적 특성이 이를 가능하게 한 것은 아닐까?

이러한 물음을 나는 오래 붙들고 있었다. 그러다 신유물론과 조우했다. 신유물론은 물질 개념을 재고하면서 존재와 인식의 좌표를 다시 설정한다. 주체와 대상이 서로를 가로질러 엉키고, 끊임없이 변주되는 상태에 놓여 있다는 주장. 그러니까 세계와 인간, 사물과 언어가 독립된 실체가 아니라 상호 의존적으로 함께 갈마든다는 사고. 이것은 내가 1980년대 시에 접근할 수 있는, 낯설지만 의미 있는 길을 제시해 주었다. 기왕의 1980년대 시 연구는 대체로 민중문학적 관점, 해체적 언어 실험이라는 해석 틀 안에서 논의되고 있었으니까. 공고한 그 틀을 벗어나고 싶었다. 이에 신유물론을 방법론으로 삼아, 1980년대 한국시의 물질성을 연구한 박사학위 논문을 썼고, 이를 다듬어 이번에 『얽힘의 사건─신유물론과 시의 시대』로 출간하게 되었다.

나는 1980년대를 대표하는 세 시인(김정환·김혜순·최승호)의 작품을 중심으로, 시가 어떻게 물질적 존재로 얽혀 작동하는지를 들여다보았다. 전술했지만 여기에서 얽힘이란 단순한 연결이 아니다. 새로운 생성을 빚어내는 과정으로서의 사건 그 자체다. 이 글을 쓰면서 나는 1980년대와 긴밀하게 얽히는 느낌에 내내 사로잡혔다. 어떤가 하면 1980년대를 한 번 더 살아낸 기분이었다. 지나간 것은 보이지 않을 뿐, 사라지지 않고 현재에 지속적으로 영향을 끼친다는 사실을 실감한 것이다. 그런데 그 역도 실은 성립했던 것이 아닐까. 과거가 재구성되면서 아직 도래하지 않은 것을 불러내는 힘. 그렇다고 긍정하는 나의 입장에서, 시의 시대는 끝났지만 완전히 종결되었다고 할 수 없다. 그 시절은 오늘을 사는 우리와 접속하여 또 다른 관계망을 형성한다. 응답이란 이를 무시하지 않고 섬세하게 살피는 일이다. 응답의 기록으로서 이 책을 엮는다.

이제 2026년을 살며

허희

목 차

Ⅲ. 언어 신체론과 교차적 성정치
― 김혜순 시의 물질적 변용

Ⅴ. 존재인식론적 전회를 위하여

Ⅰ. 연동하는 현상들

1. 새로운 물질성의 층위

이 글은 '시의 시대'로 불리는 1980년대 한국시와 물질성의 관계를 김정환·김혜순·최승호 시를 중심으로 규명하는 데 목적을 둔다. 이는 신유물론의 물질성 개념에 입각해 물질을 고정된 개체로 간주하지 않고 '상관적 활동의 뒤얽힘'으로 포착하여, 물질 개념 자체를 다양한 행위적인 것의 바탕 위에서 재구할 수 있는 가능성을 모색하려는 시도이다.[1] 마음과 몸을 분리시켜 후자에 물질성을 국한시키는 통념을 넘어, 여기에서 상정하는 물질성은 물리적 형체를 가진 것에 한정되지 않는다. 이것은 고전물리학에서 한 대상에 양립할 수 없다고 여겨지던 입자성과 파동성이 실제로 빛에 공존함을 증명한 양자역학의 지평에서 사유된다. 이와 같은 자장에서 물질은 수동적 대상으로 정의될 수 없다. "물질

---

1   Rick Dolphijn·Iris van der Tuin, *New Materialism: Interviews&Cartographies ; Interview with Karen Barad*, Open Humanities Press, 2012, p. 54.

은 느끼고, 대화하고, 시달리고, 욕망하고, 동경하고, 기억한다."[2] 물질
성은 그것을 규정하려는 시도와 맞물려 전개되는 총체적 현상의 관계
성을 지시하는 용어이다.

이러한 점을 고려하여 물리적 형체를 갖지 않은 것을 포괄하는 생
성과 변화하는 물질의 성질에 초점을 맞춘다. 물리적 형체를 갖지 않
은 것이 곧 비물질적인 것으로 등치되어서는 안 된다. 물리적 형체를 갖
지 않은 것은 '달리-존재하는 조건의 잠재성을 가진 여분-물질(extra-
material)'로 파악되어야 한다. 질료에 대비되는 것으로 여겨지는 형상
또한 물질의 관계성에서 형성되는 사건들로 볼 수 있다.[3] 그것은 육체
와 정신을 이원화하는 견해에 반하는 "완전히 새로운 육체성 개념"과
연동한다. "완전히 새로운 육체성 개념은 인간의 물질성을 유기체적,
비유기체적 물질과 연속적이면서 동시에 다른 형태의 물질과는 서로
어긋나는 것으로 파악하며, 생명이 있는 물질성과 언어의 물질성이 상
호작용하는 것으로 파악"[4]한다.

이상의 새로운 물질성 차원에서 1980년대 한국시를 검토하려는 까
닭은 다음과 같다. 다채로운 물질론이 1980년대 한국에서 비등한 위치
를 점유하였고, 한국시 역시 그러한 물질론과 결부된 양상을 보이며 이
전과 확연히 구분되는 시적 경향이 출현하였기 때문이다. 그간 물질론

---

2   *ibid,* p. 59.

3   Elizabeth Grosz, *Matter, Life, and Other Variations,* Philosophy Today 55, 2011, pp. 18-20.
    그로스는 스토아학파(Stoicism) 및 들뢰즈(Gilles Deleuze)의 존재론을 전유한다. 『차이와 반복』
    을 한국어로 옮긴 철학자 김상환도 들뢰즈의 "물질은 이미 물질 이상의 물질, 정신적인 물질, 개
    념 이상의 물질이다."라고 파악한다. 김상환, 「들뢰즈 존재론의 기본 구도」, 『차이와 반복』(질 들
    뢰즈), 민음사, 2004, 662쪽. 그로스는 물리적 형체를 갖지 않는 것을 '상식적인 수준의 물질적
    재료 그 이상의 물질'이라고 표현한다.

4   엘리자베스 그로스, 임옥희·채세진 옮김, 『몸 페미니즘을 향해: 무한히 변화하는 몸』, 꿈꾼문
    고, 2019, 72쪽.

의 원어 'materialism'은 두 가지 용어로 통용되었다. 하나는 '물질주의', 다른 하나는 '유물론'이다. 한 갈래 원어에서 출발해 두 갈래 번역어로 도착했다고 여겨지기 쉽지만, 애초에 영어권에서의 materialism 쓰임 자체가 상이한 양상으로 분기하였다. materialism의 중심어인 'matter'는 '물질적인 것'을 포괄하는 개념으로 사용되다 나중에는 특정한 실체를 가리키는 단어로 자리 잡았다.

그러다 18세기 초 ideal(이상적인)에 대조되는 단어로 material(물질적인≒세속적인)이 쓰이면서, 지적 요소가 결여된 채 단지 금전만을 좇는 태도를 지시하는 물질주의로 굳어졌다. 이로 인해 materialism과 닿아 있는 또 다른 갈래인 유물론 역시 이기주의의 유사어인 물질주의 개념에 영향을 받을 수밖에 없었다.[5] 이처럼 상호 연관성을 지닌 채 각각의 영역에서 논의되었던 물질론은 1980년대 한국의 주요 의제 중 하나였다. 물질론은 경제 구조·사회 성격·문학 환경 등 당대 여러 층위에서 전개되었다. 1980년대 한국에서 물질론이 왜 중요한 어젠다로 부상하였는지, 다기한 물질론과 한국시는 어떻게 연관되는가를 파악하기 위하여, 물질을 물체로 한정하지 않는 새로운 물질성 개념을 도입한다.

1.1. 한국 경제 구조에서의 물질론

1980년대 한국 경제 구조에서의 물질론은 본격적으로 산업 사회로의 전환을 도모한 1973년 1월 12일 발표한 박정희 정부의 중화학 공업 정책과 연결된다. 연초 회견에서 대통령 박정희는 경제 시책의 무게

5　레이먼드 윌리엄스, 김성기·유리 옮김, 「Materialism: 물질주의·유물론」, 『키워드』, 민음사, 2010, 299-305쪽 참조.

중심을 "중화학공업 육성"과 "모두 기술을 배우는 전 국민의 과학화"[6]
에 두겠다고 선언하였다. 1972년부터 1976년까지 시행될 '제3차 경제
개발 5개년 계획'의 일환이었다. 국가가 철강·기계·정유·전자 등을 대규
모 육성하여, 1980년대 산업 분야의 중화학 공업 비중을 50%로 늘리
고, "수출 목표 100억 달러, 국민 소득 1천 달러 목표"[7]를 달성하겠다는
의지도 드러내었다. 박정희 정부는 산업 공단 입지 지원·국민 투자 기금
및 산업은행 자금 지원·중화학 업종 세금 감면 조세 지원 등을 전폭적
으로 실시하였다. "중화학 공업화는 큰 성공을 거두었다. 중화학 공업
화의 성공적인 결실이 나타난 1973년과 1978년 사이의 평균 경제성
장률은 11.2%에 달했고, 같은 기간 중 수출은 3.94배로 늘어났으며 이
것은 한 해 평균 무려 32.1%가 증가한 것이었다."[8] 중화학 공업은 경공
업 중심이던 한국 산업의 토대를 변화시키며 비약적인 경제 성장을 견
인하였다.[9]

　　1980년대 한국은 정치적으로는 암흑기, 경제적으로는 호황기로 간
주되었다.[10] 특히 제5공화국 시대는 "전근대적인 신군벌주의 독재"라
는 정치의 시간과 "근대적 산업화"라는 경제의 시간이 비동시적으로 공

6　「중화학 공업 육성에 중점 전 국민 과학화 운동 전개」, 매일경제, 1973년 1월 12일.

7　「박 대통령 연두회견」, 경향신문, 1973년 1월 12일.

8　마인섭, 「1970년대 후반기의 민주화운동과 유신체제의 붕괴」, 『1970년대 후반기의 정치사회
　　변동』, 백산서당, 1999, 261쪽.

9　중화학 공업화 추진에 순기능만 있는 것은 아니었다. 국가 주도의 과잉 중복 투자와 국내 대기
　　업의 재벌화가 야기한 '종속적 재생산구조'의 고착이 역기능으로 지적된다. 이재희, 「1970년대
　　후반기의 경제정책과 산업구조의 변화」, 같은 책, 145-147쪽 참조.

10　한국의 제15대 대통령 김대중은 유가·금리·환율이 낮게 유지되었던 덕분에 정치적 억압이
　　묵인될 수 있었음을 지적한다. "전두환 대통령 시절의 정치는 평가할 가치도 없는 암흑기였
　　다고 생각한다. 강권정치였는데도 불구하고 세상이 조용했던 것은 '3저 현상'의 호기를 맞았
　　기 때문이다." NHK 취재반, 김용운 편역, 『역사와 함께 시대와 함께: 김대중 자서전 2』, 인
　　동, 1999, 225쪽.

존한 시기였다는 후대의 평가가 유력하다.[11] 그러한 가운데 당시 언론이 다루었던 사회적 의제는 정치를 소거한, '쇠퇴한 정신세계와 비등한 물질주의'라는 흑백 논리의 반복에 지나지 않았다.[12] 문학계에서는 이를 '산업화에 의한 산업 시대'로 규정한 바 있다. 『세계의문학』 편집위원 김우창의 진단이 대표적이다. "산업화 그리고 그것으로 인하여 우리의 물질 생활, 사회 관계 및 정신 작용에 일어난 변화는 우리 시대의 핵심적 사실이다. (……) 우리 삶의 모든 구석이 그로 인하여 미묘하면서 불가역적인 뒤틀림을 겪었다는 의미에서, 최근의 산업화는 우리 근대사에 있어서의 가장 큰 사건의 하나라고 할 수 있을 것이다."[13]

　"민중이 주인이 되는 역사와 구조를 실제로 만들"기를 촉구하며 민중주의를 설파한 사회학자 한완상도 유사한 의견을 내놓는다. 그는 속도지상주의에 매몰돼 절차적 "윤리 없이 맹렬히 추진된 한국의 산업화"를 비판하였다. "물질적 성공과 출세의 욕구가 상승"하는 시대, "물질적 출세를 못하는 경우"는 "부정적인 주변인간을 산출"하고, "물질적 출세를 한 집단"은 "지위불일치에서 오는 정신적 방황을 갖게 된다."[14]

11　임혁백, 『비동시성의 동시성—한국 근대정치의 다중적 시간』, 고려대학교출판부, 2014, 587쪽. 임혁백은 제5공화국을 군벌주의 독재로 정의한 까닭으로 ① 광주 학살과 삼청교육대 설치 등 공포 정치를 시행한 것 ② 일인지배체제 하 자의적인 권력을 행사한 것 ③ 충성도에 따라 인사를 운용한 것 ④ 조직적인 부정부패가 만연했다는 것 등의 이유를 든다. 기존 군벌주의와 신군벌주의의 차이로 그는 경제 정책을 전문 관료—김재익 등에게 위임하여 "근대적인 관료적 합리성이 경제정책 분야에 작동"(592쪽)한 것을 꼽는다. "산업화가 심화 단계로 접어"(587쪽)들었다는 평가도 그렇게 도출된다. 같은 장에서 임혁백은 "시장순응적 권위주의" 모델 하에서 "경제자율화, 시장자유화, 개방화, 안정화 조치를 단행하여 뛰는 물가를 잡고 경제를 다시 고도 성장의 궤도로 올려 놓았"다고 쓰고 있다.

12　고승제·고영복·손봉호, 「전문가 정담—빈부의 격차 ㄱ 실상과 허상」, 경향신문, 1985년 2월 8일.

13　김우창, 「산업 시대의 문학」(1979), 『지상의 척도: 김우창 전집 2』, 민음사, 1981, 38쪽.

14　한완상, 「청부(淸富)·청권(淸權)·청명(淸名)」(1975), 『민중과 지식인』, 정우사, 1978, 4쪽 및 207-213쪽.

한완상 등 논자들의 관점에 따라, 동시대 일어난 거대한 변동을 산업 시대 외 다양한 명칭으로 규정하고 있음을 김우창은 윗글에서 지적한다. "근대화"·"경제 성장"·"대중문화 시대"·"민족 분단의 시대"·"냉전 시대"·"민족주의 시대"·"민족 중흥기"·"민중 시대" 등이 그러하다. 이것은 단독적이라기보다 상호 교차점이 있는 시대 정의이다.

김우창은 "그럼에도 불구하고 산업화가 시대의 가장 핵심적인 사실임을 부정할 수 없다."[15]라고 단언한다. 2년 전부터 그는 다방면에서 급격한 전환을 겪고 있는 한국 사회를 산업 시대의 틀로 사유해 왔다. 김우창이 꼽는 산업화의 제일 특징은 다종다양한 물건의 생산 확대였다. "산업 사회의 이념은 물건의 양을 늘려서 사람의 기본적인 필요의 문제를 해결한다는 것이다."[16] 사용 가치에서 교환 가치로 가치의 비중이 전도된 물건과 그것을 획득하려는 인간 욕망의 증대, 그러면서 물건과 인간은 피상적 관계로 전락하고 말았다. 이것이 현 시대 경제 발전의 맹점을 지적하는 그의 통찰이다. 따라서 김우창이 문학예술과 연관 지어 제시하는 해결책은 "물건과 사람과 세계의 조화된 기쁨을 회복하는 것이다." 그렇게 될 때 "물건 자체도 제 스스로의 빛, 물질의 세계가 숨겨 가지고 있는 빛의 후광 속에 참 모습을 드러낸다."[17]

그러나 "조화된 기쁨"은 김우창이 예로 들었던 '기술 복제 시대의 아우라 상실'(발터 벤야민 Walter Benjamin)처럼, 산업 시대가 역행하지 않는 한 달성될 수 없는 불가능한 가치였다. 그는 다른 방법을 강구한다. 같은 글에서 김우창은 그러기 위한 "사회 현실에 대한 날카로운 비판의 작업, 또 역사적인 실천의 결단을 요청한다." 당연히 그것은 목가적 이

---

15   김우창, 앞의 글, 39쪽.

16   김우창, 「산업 시대의 욕망과 미학과 인간」(1977), 앞의 책, 29쪽.

17   위의 글, 37쪽.

상향으로의 회귀일 수 없었다. 관건은 물건과 사람과 세계의 조화된 기쁨을 되찾는 것이 아니라, '물건과 사람과 세계를 어떻게 다시 관계 맺기 하느냐'이다. 김우창의 관심은 물질의 세계를 집요하게 들여다보는 시에서, 물질과 세계의 시적 재편 가능성을 타진하는 쪽으로 기운다. 이를테면 그는 최승호 시를 "관찰의 즉물성"으로 특정하여 본인의 문제의식을 표출한다.

"그(최승호—인용자)의 관찰에서 사물들은 단순히 사람의 상태에 대한 상징물로 바뀌기를 거부하고 그 사물성을 완전히 잃어버리지 않는다."[18] 이는 물건과 사람과 세계를 어떻게 다시 관계 맺기 하느냐에 대한 하나의 시적 예증이다. 김우창의 논지에 따르면, 최승호 시는 그보다 이전에 시단에 출현한 정현종 시의 사물성과 근본적인 차이를 보인다. 1974년 민음사 오늘의 시인 총서 가운데 한 권으로 정현종의 시집 『고통의 축제』가 출간된 바 있다. 시선집 해설에서 김우창은 정현종 시의 사물은 인간의 욕망에 의해 생겨나는 것이라고 서술한다. "시인은 이렇게 사물로 하여금 사물이게 하고 또 동시에 인간의 의지와 감정으로 하여금 그것 스스로이게 한다. 이것은 결국 인간의 정의(情意)와 사물은 하나이기 때문이다."[19] 그에 의하면 사물에 관한 인간의 개입 여부가 사물성의 시적 구현을 구분 짓는다.

산업화로 촉발된 "물질 생활, 사회 관계 및 정신 작용에 일어난 변화"에 주안점을 두던 김우창은 물건과 사람과 세계의 연결 고리가 끊어짐을 심각하게 바라본다. 그는 이를 다시 잇기 위한 방법을 궁리하였다. '자기반성과 결부된 지속적 탐구력, 경험 세계에 근거한 공감적 분

---

18   김우창, 「관찰과 시—최승호의 시에 부쳐」(1983), 『시인의 보석: 김우창 전집 3』, 민음사, 1983, 483쪽.

19   김우창, 「사물의 꿈」, 『궁핍한 시대의 시인: 김우창 전집 1』, 민음사, 1977, 295쪽.

석, 다채로운 문채(文彩)의 구사, 문학예술적 토대'에 의하여 뒷받침되는 '심미적 이성'의 담지자로서 김우창은 세계의 직접적인 변혁을 역설하지는 않았다. 무엇보다 "시는, 시적 인식은 그의 이념체계를 관통하는 하나의 지도원리"[20]였으므로, 김우창은 문학예술—최승호 시로 경제 구조 변동이 파생시킨 물질론의 질문에 응답하고자 하였다. 그가 적시한 최승호 시의 사물성은 그래서 긴요하다. 이는 산업 시대라는 인식적 틀과 연계된, 1980년대 한국시에서의 달라진 물질의 존재와 배치를 살펴보는 데 적합하다.

1.2. 한국 사회 성격에서의 물질론

1980년대 한국 사회 성격에서의 물질론은 각자의 방식으로 전유된 사회구성체 공론장에서 펼쳐진다. "대체로 그것은 인간 개인의 의지와는 독립된 객관적인 사회적 삶을 재생산하는 가운데 끊임없이 생산·재생산되는 사회관계의 총체를 의미한다."[21] 사회구성체 논쟁은 "80년대적 상황의 한 반영이라고 볼 수 있다. (……) 사회운동의 사회인식적 기초를 과학화하려는 운동 주체들의 지향과 그 변화에 의해 규정되면서 진행되어 왔던 것이다."[22] 사회구성체론은 1980년대 한국에서의 물질론 논의의 추이를 엿볼 수 있는 하나의 사건이다. 추상적 대의 대신 물질적 분석을 앞세워 한국 사회의 성격을 파악하고 변혁에 임해야 한다

20 문광훈, 「심미적 이성—탐구의 원리이자 삶의 태도」, 『한국인문학과 김우창』, 에피파니, 2017, 373-374쪽.

21 조현연, 「1980년대 한국 사회구성체 논쟁—역사적 성찰을 통한 희망의 부활」, 『정치비평』 7집, 한국정치연구회, 2000, 129쪽.

22 조희연, 「80년대 사회운동과 사회구성체논쟁」, 『한국사회구성체논쟁(1)』(박현채·조희연 편), 죽산, 1989, 11쪽.

는 취지로 벌어졌던 토론장은 1990년대 초 '현실 사회주의' 붕괴와 함께 급격히 사그라졌다. 주지하다시피 사회구성체론은 마르크스주의의 물질 토대와 정신 상부 구조에 입각한 '경제적 사회구성체'에 이론적 바탕을 둔다. 이는 마르크스주의가 주창하는 역사 유물론의 입론이다.

"우리는 현실적으로 활동하는 인간으로부터 출발하며, 또한 그의 현실적인 생활 과정 속에서 이 생활 과정의 이데올로기적 반영과 반향을 서술하려고 한다. (……) [도덕·종교·형이상학·이데올로기 등은—인용자] 아무런 역사도 갖고 있지 않으며, 아무런 발전도 없다. 오히려 자신의 물질적 생산과 물질적 교류를 발전시키는 인간이 자기의 현실과 함께 자기의 사고와 그 사고의 산물을 변화시키는 것이다."[23] 한편으로 1980년대 한국 사회구성체론의 역사적 바탕은 1980년 5월 광주민주화운동이다. 광주민주화운동이 불러일으킨 거대한 충격으로 학생운동 및 재야운동세력은 철저한 자기반성에 임하였다. 이들은 1979년 10·26 사건부터 1980년 5·17 비상계엄 전국확대조치 전까지 '서울의 봄'을 낙관적으로 전망하고 안이하게 대처한 스스로를 비판하였다. 또한 신군부가 광주에서 저지른 만행을 용인한 미국을 더 이상 민주주의의 수호자가 아닌 학살 방조자·공범으로 여겼다.

"이런 자각을 기초로 절박하게 제기된 물음은 이런 것이었다. 첫째, 현재 한국사회가 당면해 있는 문제의 본질과 성격을 제대로 인식하고 있는가? 둘째, 이러한 문제를 해결할 수 있는 변혁주체는 누구인가? 셋째, 사회변혁에 성공할 수 있는 방법은 무엇인가?"[24] 이와 같은 질문에 대한 대답은 각기 다르게 제출돼 치열한 논쟁으로 번졌다. 시발점은

---

23   카를 마르크스·프리드리히 엥겔스, 김대웅 옮김, 『독일 이데올로기』, 두레, 2015, 61-62쪽.

24   정성기, 「80년대 한국사회구성체논쟁, 또 하나의 성찰적 재론」, 『역사비평』 71집, 역사비평사, 2005, 49쪽.

1985년 무크지『창작과비평』이 무대가 되었다.『창작과비평』은 '한국 자본주의 논쟁'을 기획하여 경제학자 박현채와 이대근의 글을 실었다. 당시 한국 사회를 각각 '국가독점자본주의', '주변부자본주의'로 파악한 이들의 논점은 이후 사회구성체론을 둘러싼 학생운동 진영과 지식인 들의 치열한 갑론을박으로 이어졌다.[25] 1980년대 중반『창작과비평』이 "현 단계 한국사회의 성격에 대한 과학적인 검증을 중요한 새 과제"[26]로 삼고, 사회 성격에서의 물질론을 제기한 연유는 그들이 밝힌 '참된 문학'과 연관된다.

　"참된 문학이란 당연히 역사와 사회에 대한 과학적 인식을 수용하는 것"[27]이었기 때문이다. 신군부의 폭압 통치에 냉철하고 체계적으로 대응하려는 사회과학적 시각에『창작과비평』의 문학적 실천은 공명하였다. 같은 호에『창작과비평』편집위원 백낙청은「민중·민족문학의 새 단계」를 실었다. 그는 현재까지 거론된 민중 개념과 그에 수반되는 사회 성격 규정을 비판적으로 검토한다. 백낙청에게 있어 "'사회구성체'의 단위를 어떤 범위에, 얼마나 확고부동하게 설정할지부터 합의할 필요"는 "민중구성의 과학적 인식과 민중소외의 실상에 대한 계층별·계급별 검토"를 위해서이다.[28]『창작과비평』편집부에서 지향하는 "참된 문학" 중 하나는, 박노해의 시집『노동의 새벽』(풀빛, 1984)이 가진 한계와 성과를 상술하는 백낙청의 논지에 따라 "각성된 노동자의 눈으로 보는

<hr>

25　김호기·박태균,「사회구성체 논쟁」,『논쟁으로 읽는 한국 현대사』, 메디치미디어, 2019, 193-196쪽 참조.

26　편집부,「부정기간행물『창작과비평』을 내면서」,『창작과비평』15권 3호, 1985, 5-6쪽.

27　위의 글, 5쪽.

28　백낙청,「민중·민족문학의 새 단계」, 위의 책, 20쪽. 한편 백낙청은 1987년 무크지『창작과비평』에서 '현단계 한국사회의 성격과 민족운동의 과제'로 좌담(정윤형·윤소영·조희연)을 주재하여 '민족문학론적 관점' 하에서 그때까지 진행되었던 사회구성체 논쟁사를 갈무리한다.

참다운 민중·민족문학의 작품들"[29]로 구체화된다.

그런데 1980년대 『창작과비평』이 발의한 사회구성체론 및 문학론을 적극적으로 참조하고 응답한 문인으로 첫손에 꼽을 수 있는 시인은 박노해라기보다, 이 글의 견지에서는 김정환으로 간주된다. 여러 군데에서 김정환은 이를 전유한 자신의 의견을 개진하고 시를 집필하였다. 예컨대 그는 민중시에 작가혼이 없다고 한 시인 서정주의 발언에 항의한다. "'민중이 주인되는 세상'을 염원하고 또 그것이 이루어지도록 스스로 애쓰는 모든 시"가 민중시이고, "이 시대정신을 담고 형상화시키며 그것을 민중운동의 한 에너지로 독특하게 기여시키려는 문학(시)"에 작가혼이 결여되어 있다는 말은 이치에 맞지 않다는 것이다.[30] 김정환은 사회구성체 관점을 1988년 제6공화국 수립 후에도 밀고 나간다. "왜곡된 형태의 신식민지 국가독점자본주의 체제"인 남한 사회에서 "NL(민족해방)을 규정하는 것이 PDR(인민민주주의)이지, PDR을 NL이 규정하는 것은 아니다."[31] 이와 같은 주장에서 살펴볼 수 있는 바 한국 사회 성격을 탐색하는 물질론은 1980년대 김정환의 화두였다.

"이 세상은 물질로 이뤄져 있고 물질은 시간과 공간 속에서 운동하며 정신은 그 물질운동의 최고 형태이다. 물질운동은 인간의 정신 혹은 의식에 반영되며, 정신과 물질, 의식과 존재, 사회적 의식과 사회적 존재는 상호작용하지만, 최종적으로는 물질, 존재, 사회적 존재가 정신,

---

29   위의 글, 28쪽.

30   김정환, 「민중시와 작가혼」(말 6호, 1986년 5월), 『발언집』, 한마당, 1986, 14쪽.

31   김정환, 『지금, 사랑에 들뜬 그대여—김정환 아포리즘』, 푸른숲, 1989, 71쪽. 이 책에서 그가
      주창하는 "지고지순한 사랑은 노동자의 사랑이다. 노동자를 사랑하는 것이 아니라, 노동자
      로서 사랑하는 것."(114쪽) 같은 해 김정환이 펴낸 시집 『우리, 노동자』(동광출판사)는 '노동
      자로서 사랑하는 것'의 시적 구현이다.

의식, 사회적 의식에 우선한다."[32] 이러한 논점을 고수하면서 김정환은
유물론적 시 쓰기를 충실하게 이행하려고 힘썼다. 하지만 당시 그의 시
는 그렇게 읽히지만은 않았다. 첫 시집 『지울 수 없는 노래』부터 김정
환은 "회개한 모더니스트"로서 "리버럴리즘, 그 해독에서 벗어나야 한
다는 과제"를 지닌 시인으로 평가받았다.[33] 이후 시선집을 제외한 네
권의 시집을 더 출간하고도 그러한 인식틀은 그에게 계속 덧씌워졌다.
1980년대 문학을 주제로 한 좌담(1985년 『창작과비평』)에서도 마찬가지
이다. 문학평론가 이재현은 김정환 시에서 "모더니즘의 잔재"를 문제 삼
았다. 그는 백낙청이 주도한 "모더니즘의 극복"을 김정환이 시에 반영하
지 못함과 "전투적 정서가 추상적인 차원"에 머무는 것을 비판한다.

　　이에 문학평론가로 소개된 시인 김사인은 "민족형식·민중형식을 이
야기할 때" 결코 배제해서는 안 되는 "도시적 감수성의 시인"으로 김정
환을 꼽는다. 그러면서 그는 김정환 시가 "모더니즘의 해독을 치열함으
로 돌파"했다고 이재현의 주장에 반론을 제기한다.[34] 한편 1981년 백
낙청은 리얼리즘 시는 "당대 현실의 사실적 묘사 그 자체보다도 현실
에 대한 정당한 인식과 정당한 실천적 관심이라는 다소 애매한 기준이
적용되기 마련"이라고 기술한 바 있다.[35] 이상 살펴본 바와 같이 김정환
시를 둘러싼 리얼리즘·모더니즘 논란은 사회구성체의 "물질운동" 요소
들이 단일하지 않고, 그에 근거한 시적 감각과 화법이 동일할 수 없었음

32　위의 책, 14쪽.

33　김도연, 발문 「거듭나는 삶, 거듭나는 시」, 『지울 수 없는 노래』(김정환 시집), 창작과비평사,
　　1982, 143-145쪽. 이 글에서 김도연이 상정하는 모더니스트는 역사를 망각하고, 고통 받는
　　이들을 돌아보지 않는 자들이다. 그는 김정환이 대학 시절 『창작과비평』지를 구해다가 숙독
　　하면서 리얼리즘의 토착화 문제를 생각하기 시작"(141쪽)했다고 회고한다.

34　염무웅·전영태·김사인·이재현, 「80년대의 문학」, 『창작과비평』 15권 3호, 1985, 126-127쪽.

35　백낙청, 「리얼리즘에 관하여」, 『민족문학과 세계문학 Ⅱ』, 창작과비평사, 1985, 356쪽.

을 방증한다. 이는 1980년대 한국시의 물질성을 논하는 데 주목을 요하는 국면이다.[36]

1.3. 한국 문학 환경에서의 물질론

1980년대 한국 문학 환경에서의 물질론은 이 시기를 통칭하는 시의 시대라는 명칭을 염두에 둘 필요가 있다. 다수의 연구자가 1980년대 한국 문학사를 시의 시대로 규정한다.[37] 내포적 의미는 연구자 입장마다 상이하다. 하지만 이들 논의에서 공통적으로 도출할 수 있는 합의점은 있다. 콘텍스트와 결합한 창작 열도의 상승·시(인)의 양적 증가·시 선집 및 동인지와 무크지 등으로 다양화된 시 유통과 향유의 확장 등이 그러하다.[38] 이처럼 한국시의 물질적 조건은 1980년대에 급변하여 이전과 확연하게 구별되는 한국 시사(詩史)의 결정적 순간으로 작용하였다. 이중 주의를 기울이고자 하는 면은 '상품으로서의 시집'이 대두한 사건이다. 1980년대 새로운 문학 매체로서 동인지와 무크지는 분명 각광받았다. 반면 기존 문예지의 대안으로 떠오른 동인지와 무크지가 기

36   1980년대 『사회구성체론과 사회과학방법론』(아침, 1987)을 출간하며 사회구성체 논쟁의 한 축을 담당했던 이진경은 2008년에 증보판으로 낸 같은 책에서 사회구성체가 경제적 생산양식에만 한정된 이론은 아님을 피력한다. "사회구성체론은 어떤 사회에 광범하게 존재하는 이질적 요소들이 하나의 완성된 형태를 향해 나아가는 '경향'을 갖는다고 본다." 이진경, 『사회구성체론과 사회과학방법론』, 그린비, 2008, 11쪽.

37   홍용희, 「1980년대 현실주의 시사와 역동적 중도의 지형」, 『한국근대문학연구』 21집, 한국근대문학회, 2010. ; 박지영, 「'현장'의 노래, '광장'의 시—1980-90년대 초반 노동자문예운동과 시쓰기」, 『상허학보』 50집, 상허학회, 2017. ; 심선옥, 「1980년대 시 동인지 운동과 '5월시'」, 『상허학보』 50집, 상허학회, 2017. ; 맹문재, 「광주항쟁 이후 시의 양상과 특징—1980년대의 한국시문학사」, 『한국 현대 시문학사』, 소명출판, 2019.

38   신군부의 정기간행물—문예지 폐간과 신세대 문인들의 활동 모색이 맞물려 동인지와 무크지가 활황을 맞은 사례는 박현수, 「9장 민중 혁명의 시기(1979년-1991년)」, 『한국현대시사』(오세영 외), 민음사, 2007, 482쪽 참조.

성 출판업체의 도움을 받아 출간·판매되던 정가가 매겨진 상품이었다는 점은 잘 부각되지 않는다.[39]

물질론과 닿아 있는 1980년대 한국 문학 환경의 변화를 검토하기 위해서는 상품으로서의 시집, 더 정확하게는 '상품으로서의 시선(詩選) 시리즈'에 초점을 맞출 필요가 있다. 그것의 시초는 1970년대 중반 기획된 민음사 시집 총서이다. 1975년부터 창작과비평사에서 출간된 '창비 시선'과 1978년부터 문학과지성사에 출간된 '문학과지성 시인선'도 여기에 빚지고 있다. 『문학과지성』의 편집위원 김현은 1983년 도래한 '시의 시대'를 언급하며 이렇게 썼다. "시의 시대가 오리라는 예감을 피부로 느끼게 해준 것은 민음사의 '세계 시인선'(1974), '오늘의 시인 총서'(1974)의 성공이다. (……) 두 총서의 성공은 시도 상품이 될 수 있다는 자신감을 출판계에 불러일으킨다. 지금까지도 그 유습이 남아 있지만, 시집은 대개 자비 출판하여, 아는 사람들끼리 나눠보고, 성대한 그러나 의례적인 출판 기념회를 갖는 회로 속에 갇혀 있었는데, 민음사의 기획은 그 회로를 과감하게 깨뜨린 문화적 사건이다."[40]

민음사 시집 총서가 만들어지는 데 김현은 실질적으로 기여하였다. "문학이 그것을 산출케 한 사회의 정신적 모습을 가장 날카롭게 보여

---

39 김정환을 비롯해 김도연·김사인·홍일선·정규화·황지우·박승옥·나종영 등이 동인이었던 『시와 경제』도 1980년대 베스트셀러를 여럿 낸 출판사 육문사에서 출간되었다. 이 점은 문학의 이념과 자본의 논리가 얽힌 또 다른 난맥을 시사하며, 앞으로 1980년대 동인지 연구를 수행하는 데 고려할 문제를 제기한다." 허준행, 「1980년대 초 '시와 정치', '시의 정치'라는 사건의 단면—동인지 『시와 경제』 연구」, 『상허학보』 49집, 상허학회, 2017, 375-376쪽.
    『시와 경제』 1집(1981)의 정가는 1500원, 『시와 경제』 2집(1983)의 정가는 2000원이었다. 1981년 서울 시내 자장면 평균 가격이 600원-800원대였음을 감안하면 동인지 가격이 저렴한 편은 아니었다. 「대중음식 자율화 후 그게 그 맛이면서 가격은 들쭉날쭉」, 매일경제, 1981년 10월 23일.
40 김현, 「젊은 시인들의 좋은 시집들」, 한국일보, 1983년 12월 28일. ; 『우리 시대의 문학·두꺼운 삶과 얇은 삶: 김현문학전집 14』, 문학과지성사, 1993, 256쪽.

주고 있다면 시는 그 문학의 가장 예민한 성감대를 이룬다. (……) 우리가 '오늘의 시인 총서'를 발간키로 결정한 것은 시인들의 날카로운 직관을 통해서 한국 사회의 정신적 상처와 기쁨을 이해하기 위한 것이다."라는 민음사 시집 총서 발간사도 그가 집필한 것이다.[41] 김현과 의기투합하여 미답의 시집 시장을 개척한 민음사 대표 박맹호는 시선 기획에서 두 가지를 강조한다. 하나는 해방 이전 등단 시인이 아닌, 해방 이후 두각을 나타난 젊은 시인들의 '현대성'을 발굴하겠다는 것[42], 다른 하나는 이를 일회성 출판이 아니라 '시리즈'로 묶겠다는 것이다.[43] 바꾸어 말하면 신세대 시인의 시집을 시리즈화해야, 이들이 추구하는 시의 현대성이 명확해지고 강화될 수 있다는 논리이다. 이러한 기조는 창비 시선과 문학과지성 시인선에서도 동일하게 유지되었다.

특기할 만한 것은 문학과지성 시인선의 행보이다. 1980년대 세 출판사의 시인선 중에서 문학과지성 시인선은 맨 먼저 여성 시인의 시집을 상재하였다.[44] 1981년 9월 나란히 모습을 선보인 최승자의 첫 시집

---

41   박맹호, 『책―박맹호 자서전』, 민음사, 2012, 82-90쪽 참조. (인용문은 86쪽)

42   이는 민음사(김수영, 『거대한 뿌리』)·창작과비평사(신경림, 『농무』)·문학과지성사(황동규, 『나는 바퀴를 보면 굴리고 싶어진다』)의 1호 시선 시인을 통해 상징적으로 드러난다.

43   박맹호는 이때 단행본 시집 시리즈에 최초로 '가로쓰기'를 도입했다는 사실에 의의를 부여한다. 시(집)의 물질성을 탐구하는 데 세로쓰기에서 가로쓰기로의 변환은 소홀히 넘겨서는 안 되는 요소이다. 박맹호는 표음문자 한글의 경우 가로쓰기가 가독성 증대 및 디자인 다양화에 기여한다고 부연한다. 박맹호, 위의 책, 109-110쪽 참조. 당시 단행본 시집에서의 가로쓰기 채택은 일반적인 현상은 아니었다. 가령 1976년 시인 박인환 타계 20주기 기념 시집으로 출간된 『목마와 숙녀』(근역서재)는 세로쓰기 방식을 취하였다.

44   오늘의 시인 총서는 1974년 강은교의 시집 『풀잎』을 출간하였으나, 이것은 그녀의 첫 번째 시집 『허무집』(1971, 70년대동인회)을 포괄하는 형태의 시선집이었다. 1980년대 오늘의 시인 총서에 여성 시인의 시집은 포함되어 있지 않다. 한편 1980년대 민음사는 1986년 고은의 『전원시편』을 시작으로, 본격적인 신작 시집을 내는 '민음의 시'를 기획한다. 여성 시인의 시집으로는 백미혜의 첫 시집 『토마토 씨앗을 심은 후부터』(1986)와 이상희의 첫 시집 『잘 가라 내 청춘』(1989)을 펴냈다.
      창비 시선은 1982년 강은교의 두 번째 시집 『소리집』, 1983년 고정희의 세 번째 시집 『초혼제』

『이 시대의 사랑』과 김혜순의 첫 시집『또 다른 별에서』였다.[45] 1979년 가을과 겨울『문학과지성』으로 등단한 이들은 문학과지성 시인선에서 시집을 낸 최초의 여성 시인으로 기록되었다.

그 뒤에도 최승자와 김혜순은 동인으로 활동하며 함께 시를 실었다.[46] 1980년대 여성 시를 논할 때 빠지지 않는 두 시인의 위상은 일차적으로는 그들이 거둔 시적 성과에 있을 것이다. 그렇지만 당대『문학과지성』이 차지하던 문단 내 상징권력의 작용 역시 차치하기 어렵다. 부르디외의 정의에 따르면, "상징권력은 발화에 의해 소여를 구성하는 권력이자, 세계상을, 그리하여 세계에 대한 행위를, 결국 세계를, 보게 하고, 믿게 하며, 공고히 하고, 변형하는 권력이다."[47] 이와 더불어 문학과지성 시인선이 최초로 등재한 여성 시인의 시집이라는 배치와 명명 효과도 무시할 수 없다.『문학과지성』은 최승자와 김혜순의 시적 재능을 발굴한 데 그치지 않았다. 문학과지성 시인선 시집 출간이라는 물질적 형태로 지속적인 후원에 임하면서, 민중시 계열로 흡수되지 않는 1980년대 한국 여성시의 계보를 확립하였다.[48]

와 1989년 일곱 번째 시집『저 무덤 위에 푸른 잔디』까지 여성 시인의 시집을 총 세 권 펴냈다.

45 문학과지성 시인선은 1980년대 여성 시인의 시집을 여러 권 펴낸다. 고정희의 네 번째 시집 『이 시대의 아벨』(1983), 최승자의 두 번째 시집『즐거운 일기』(1984), 김혜순의 두 번째 시집『아버지가 세운 허수아비』(1985), 고정희의 여섯 번째 시집『지리산의 봄』(1987), 황인숙의 첫 번째 시집『새는 하늘을 자유롭게 풀어놓고』(1988), 최승자의 세 번째 시집『기억의 집』(1989), 김정란의 첫 번째 시집『다시 시작하는 나비』(1989) 등이다.

46 최승자는「내게 새를 가르쳐 주시겠어요?」외 5편을, 김혜순은「신문」외 10편의 시를 동인지 『언어의 세계 1』(청하, 1983)에 발표하였다.

47 피에르 부르디외, 김현경 옮김,『언어와 상징권력』, 나남, 2014, 194쪽.

48 당대 문단 내 상징권력으로 김윤식은 "3대 계간지"『창작과비평』『문학과지성』『세계의문학』을 꼽는다. "이 세 개의 계간지의 출현은『무정』이래의 위대한 시대를 이루어 내었다. 1970년대 이래 이 나라 문학사의 기틀은 이로써 이루어졌다." 김윤식,『3대 계간지가 세운 문학의 기틀』, 역락, 2013, 7쪽.

　　1980년대 '상품으로서의 시선 시리즈' 확산에 덧붙일 점은, 이로 인해 기존의 시인 평가 방식이 근원적으로 바뀌었다는 사실이다. "시인은 이제 신문·잡지를 통해 문단에 등장해야 할 뿐만 아니라, 시집을 통해 다시 문단에 등장해야 한다. 한두 편의 시로 평가받는 시대는 간 것이다. (……) 한두 편의 시는 어쩌다 씌어질 수 있지만, 한 권의 시집은 어쩌다 씌어질 수 없다. 시집을 갖고 시단에 나올 때, 그래서 시집의 구조에까지 시인의 주의가 섬세하게 미칠 때, 시적 수준의 향상은 확실하게 이뤄질 수 있다. 시집은 단순히 시를 모아놓은 책이 아니라, 하나의 열려 있는 산 구조이어야 한다."[49] 1980년대 비등해진 물질론의 각 영역은 긴밀하게 엮여 있다. 시에서 시집으로 비평 패러다임이 옮겨가는 행태도 개개의 변덕스러운 관념 탓이 아니다. 당대에 구축돼 온 복합적인 물질성과 문학이 착종한 현상이다.

49　김현, 앞의 책, 256-257쪽.

2. 초점화하는 범주와 대상

여러 각도에서 물질성에 관한 심도 있는 접근이 요구되는 1980년대 한국 시인과 그의 시집을 이 글은 초점화한다. 물질성에 착목하여 해석이 용이한 대상을 고른다기보다, 물질성에 착목해야 과거와 대별되는 시적 경신을 할 수 있는 대상을 찾는다는 서술이 적합할 것이다. 거기에는 이 글에서 다루는 시인과 시집들을 통해 1980년대 한국시의 세분화와 공진화를 물질성으로 가늠하겠다는 목표가 포함된다. 1980년대 한국 문학장의 주축을 아울러 조망하려는 태도이다. 문학장을 하나의 전체 집합으로 가정한다면, 전체집합을 이루는 기본적인 부분집합으로 시인(생산─소비자), 문예지(미디어 플랫폼), 독자(소비─생산자)를 상정할 수 있다. 이들은 단절돼 있지 않고 서로 겹쳐 있으며 영향을 주고받는다.

문예지를 지칭하는 용어로, 중간적 매개로서의 미디어에 다수의 수요자와 공급자가 교환 거래에 참여하는 장으로서의 플랫폼을 추가하였다. 그러는 한에서 '생산─소비자'와 '소비─생산자' 등, 예술계에 속한 문학장의 부분집합을 경제적 행위소(actant)로 지칭할 수도 있다. 그것은 부각하려는 문학장의 물질성이 가진 속성이 바로 그러하기 때문이다. 그래서 1980년대에 첫 시집을 출간하고 이후 괄목할 만한 시적 성취를 거둔, 1980년대 한국시의 물질성을 집약하고 각 경향성을 대표할 수 있는 시인에 중점을 두었다. 모든 시기 구분이 그러하듯이 1980년대도 전사(前史)인 1970년대와 후사인 1990년대 사이의 (불)연속적 흐름에서 파악해야 한다. 이를 경시하지 않으면서 1980년부터 1990년까지 출간된 시집들을 1980년대 텍스트로 다루겠다.

더불어 저자에게 해석의 열쇠가 귀속되는 작품(work)과 구별하기 위하여 언어활동 및 글쓰기 실천으로 구성되는 텍스트(text) 개념을 사용하였다. 그렇지만 손안에 쥐어지는 실체로서의 작품 개념을 완전히 배제하지는 않는다. 바르트의 언급처럼 "텍스트로부터 작품을 물질적으로 분리하고자 하는 것은 무의미한 짓이다."[50] 핵심은 동시대 수많은 시인 가운데 선택한 이들에 집중하여 1980년대 한국시의 다종다양한 물질성을 묘파할 수 있느냐이다. 개성적이면서도 범례화하여 논할 수 있는 시인들은, 이를테면 당대 시단을 해설하는 데 빠지지 않는 민중시(≒노동시)·여성시·도시시(≒해체시) 계열에 각기 속한다고 여겨졌으나, 물질성으로 따로 또 같이 공명하는 시를 쓴 이들이다.

한편으로 시가 가진 언어 예술의 특수성—메시지의 본질 또는 진리를 함축하는 것이 아닌, 발화 행위로 언표하면서 메시지화하는 '시적 주체'를 중시하였다. 1980년대 시를 쓴 창작 주체로서의 시인은 당연히 호명될 것이다. 하지만 각 시인에 대한 검토는 당시의 역사주의로 환원되는 단수로서의 시인론을 상술하는 작업으로 귀결되지 않는다. 만약

50　롤랑 바르트, 김희영 옮김, 「작품에서 텍스트로」, 『텍스트의 즐거움』, 동문선, 1997, 38쪽.

그렇다고 한다면 1980년대부터 현재에 이르기까지 모든 시집을 텍스트로 삼아, 시적 결절점과 변곡점을 짚어내는 분석과 해석에 임해야 할 터이다. 이 글이 지향하는 목표는 이와 다르다. 1980년대를 공시적으로 횡단하는 물질성의 분절·결락·얽힘을 자세히 들여다봄으로써, 당대 한국시와 결부된 물질성의 맥락적 성질이 무엇이었으며, 왜 한국 시사에서 새삼 주요하게 언급돼야 하는가를 논증하는 것이다.

"한마디로, 역사와 언어활동은 각각 분리된 것이 아니라, 역사가 해체되고 다시 구성되는 것이야말로 언어활동 속에서이며, 이렇게 언어활동을 통해서 드러나게 되는 시대의 특수성이 바로 역사성을 의미한다는 말이다."[51] 메쇼닉은 벤브니스트가 주창한 언어활동 체계 자체의 운동성으로부터 빚어지는 '과정적 주체화'를 전유한다. 그에 따르면 시야말로 이러한 효과의 최대치가 발생하는 장소이다. '시대⊃시인⊃시'라는 도식적 위계를 답습하지 않고, '시대∪시인∪시'의 동등한 위상을 기초하는 데 메쇼닉의 입론은 시사점이 있다. 여기 없는 듯 보여도 실은 거기에 있는 공집합적 요소까지 셈하는 시각을 더해, 이 글은 복수(複數)로서의 시적 주체와 물질성의 관계를 해명하는 데 주력한다.

---

51 조재룡, 「Ⅲ. 시적 주체와 정치성」, 『앙리 메쇼닉과 현대비평―시학·번역·주체』, 도서출판 길, 2007, 96쪽.

　　이상의 기준을 통합적으로 적용한 바, 1980년대 한국시의 물질성을 논하는 데 조명할 시인은 김정환[52]·김혜순[53]·최승호[54]이다. 이들은 1950년대 중반 출생으로 1980년대 첫 시집을 낸 공통점이 있다. 또한 꾸준히 시작 활동을 이어오면서 한국 시사에 뚜렷한 족적을 남긴 시인들로 평가된다. 이제까지 명칭은 조금씩 달랐으나 한국 시사에서 김정환은 민중시, 김혜순은 여성시, 최승호는 도시시 계열의 시인으로서 논의 되어왔다. 그러는 가운데 간과해서 안 되는 점은 이들이 1980년대

---

[52]　김정환(1954-)은 『창작과비평』(1980년 여름호) '신인투고작품'에 「마포, 강변동네에서」·「봄길」·「월동준비」·「절망에 대해서」·「경운기를 타고」·「봄비, 밤에」를 발표하면서 시인으로서 활동을 시작하였다. 1년 뒤 김정환과 함께 『시와 경제』 동인으로 참여한 홍일선도 '신인투고작품'에 시를 실었다. 당호 편집 후기(김윤수·백낙청·염무웅)에는 이에 대해 "시에서 신인 두 사람을 내보낸다. (……) 요즘 투고되는 시작품들의 수준이 매우 높은 것은 퍽 반가운 일이다."라고 쓰고 있다. 이후 김정환은 창작과비평사에서 첫 번째 시집 『지울 수 없는 노래』(1982)를 출간하였다.

[53]　김혜순(1955-)은 동아일보(1978년 1월 1일) 문학평론 신춘문예(심사위원: 유종호·김우종)에 「시와 회화의 미학적 교류」가 가작으로 뽑히면서 이름을 알렸다. 전문이 실려 있지 않으므로 동아일보 1978년 1월 5일에 실린 '심사 후기'와 '입상 소감'으로 개략적인 내용을 유추해볼 따름이다. 시인으로서의 활동은 『문학과지성』(1979년 겨울호)에 「담배를 피우는 시인」·「마라톤」·「월식」·「도솔가」가 게재되면서 시작된다. "이번 호를 내면서"에는 신인으로 박남철과 함께 김혜순을 거명하며 다음과 같이 쓰고 있다. "김혜순씨는 일상적 대상이 보여 주는 친숙함, 관습성을 과감하게 벗겨 버리고, 대상 자체에 가능한 한 가깝게 접근하려 하고 있다. 초현실주의적 상상력에 씨의 상상력은 상당히 깊게 연계되어 있다. 그 상상력은 그러나 박남철씨의 경우와 마찬가지로 사랑의 상상력이라기보다는 기괴성의 상상력에 가깝다. 우리는 씨의 기괴성이 일상성의 파괴를 넘어서서 기괴성 자체를 위한 기괴성으로 나아가지 않기를 바란다."(1148쪽) 이후 김혜순은 문학과지성사에서 첫 번째 시집 『또 다른 별에서』(1981)를 출간하였다.

[54]　최승호(1954-)는 『현대시학』(1976년 8월호)에 「가을밤」·「피리소리」·「음력Ⅱ」를 전봉건에게 추천받고, 『현대시학』(1977년 12월호)에 「비발디」·「겨울 새벽」·「늪」을 재추천 받아 시인으로 활동을 시작하였다. 그가 시단의 관심을 받게 된 계기는 『세계의문학』에서 주관하는 '제6회 오늘의 작가상'(1982년 여름호)에 「대설주의보」 외 48편의 시가 선정되면서부터이다. 심사위원들(김우창·유종호·최인훈)은 "언어와 사물에 대한 활기 있는 접근이 부족"하고 "형상화의 노력이 반드시 가장 바람직한 뚜렷함에 이르지는 못하였"으나, "드물게 침착한 관찰력과 생각의 깊이를 가진 시인"이라는 데 동의했다고 평하고 있다. 수상작은 원고를 추가하여, 다음 해 민음사에서 첫 번째 시집 『대설주의보』(1983)로 출간되었다.

한국 시단에서 커다란 영향력을 발휘하던 세 문학 진영—『창작과비평』(창작과비평사)·『문학과지성』(문학과지성사)·『세계의문학』(민음사)에 (무)의식적으로 속하였다는 사실이다.

『창작과비평』과 『문학과지성』은 초기에는 필진의 겹침을 비롯해, 정치적 자유주의를 추구하는 발언 차이가 크지 않았다. 양지가 대립각을 내세우게 되는 계기는 1970년대 중반 백낙청이 민중주의와 민족문학론의 접속을 시도한 「민족문학 개념의 정립을 위해」(1974년 7월)의 집필에 있었다. 민중주의를 수렴한 민족(주의)문학론을 개진한 『창작과비평』에 대하여 『문학과지성』은 "1980년대에도 마르크스주의와 다른 방식의 대항 지식, 즉 현실—문학—문화의 새로운 관계와 회로를 만들려는 노력을 기울였"[55]다. 그러한 행보가 지속되는 가운데 1980년 7월 31일 신군부는 자율정화결의 조치에 의거하여 『창작과비평』과 『문학과지성』을 폐간시켰다. 그 뒤 1988년 정기 간행물로 복간될 때까지 양지는 공백기를 맞았다.

그럼에도 불구하고 『창작과비평』과 『문학과지성』은 당대 나름의 목소리를 내었다. 창작과비평사와 문학과지성사라는 출판사의 역할을 통해서이다. 예컨대 『창작과비평』은 1985년과 1987년 무크지의 형태로 출간되었다. 1985년 책머리에는 저간의 사정이 적혀 있다. "일반 단행본의 간행에 멈추지 않고 계간지의 빈자리를 메꾸기 위한 갖가지 모색을 하기도 했다. (……) 신작평론집 『한국문학의 현단계』도 82년 2월부터 이제까지 4권이, 그리고 작년과 금년에는 신작소설집이 한 권씩 나왔다. 게다가 편역서 『민족주의란 무엇인가』(1981)에 이은 『한국민족주의론』 1-3권의 기획은, 문학적 인식과 역사적·사회적 인식을 하나로

---

55   송은영, 「『문학과지성』의 초기 행보와 민족주의 비판」, 『상허학보』 43집, 상허학회, 2015, 41쪽.

추구하면서 문단 안팎에서 참으로 민족적이자 민중적인 것을 이룩하려는 우리의 일관된 노력의 또 다른 표현이었다."[56] 언로가 차단된 상황에서 출판은 담론적 실천의 경유지였다.

2.1. 김정환과 『창작과비평』

선집을 포함하여 1990년까지 11권의 시집을 출간한 김정환의 경우, 창작과비평사에서 낸 시집은 2권뿐이다.[57] 그렇지만 그는 창작과비평사를 향한 각별한 애정을 숨기지 않는다. "시집을 꾸미느라 애써 주신 '창비' 식구들 모두에게 두루두루 고마운 마음 전하고 싶다."[58] 『지울 수 없는 노래』 후기를 범상한 헌사라고 여길 수도 있겠으나, 1980년대 김정환이 낸 11권의 시집을 통틀어 보면 그렇지 않다. 김정환이 쓴 후기에서 시집 출간에 힘써준 출판사에 감사를 표하는 일은 많았으나, 끼니를 같이 나누는 "식구"라는 표현을 쓴 것은 창작과비평사밖에 없었다. 『기차에 대하여』 후기도 비슷하다. "8년 만에 창비에서 다시 시집을 낸다. 물론, 고향에 돌아온 기분이다. 가슴 설레고 두렵다. 이 시집은 귀

---

56 편집부, 「부정기간행물 『창작과비평』을 내면서」, 앞의 책, 3쪽.

57 김정환이 1980년대 출간한 시집들의 서지 사항(발문과 해설도 시집의 물질성을 구성하므로 글쓴이를 병기한다)은 다음과 같다. ① 『지울 수 없는 노래』(창작과비평사, 1982) 발문: 김도연 ② 『황색 예수전 1』(실천문학사, 1983) 해설: 채광석 ③ 『황색 예수전2—공동체, 그리고 노래』(실천문학사, 1984) 발문: 이해찬 ④ 시민판화 시선집 『사랑노래』(청년사, 1984) ⑤ 시선집 『해방 서시』(풀빛, 1985) 해설: 김명인 ⑥ 『회복기』(청사, 1985) 해설: 유중하 ⑦ 『좋은 꽃』(민음사, 1985) ⑧ 『황색 예수3 상·하—예언, 그리고 아름다움을 위하여』(실천문학사, 1986) 해설: 임헌영 ⑨ 『해방 판화시: 홍성담의 오월광주판화모음과 김정환의 해방시』, 일월서각, 1987. ⑩ 『우리, 노동자』(동광출판사, 1989) 해설: 문승현 ⑪ 『기차에 대하여』(창작과비평사, 1990) 해설: 윤소영. 이 외에 김정환은 1980년대 중후반 다양한 장르의 책을 펴냈다. 문학평론집 『삶의 시, 해방의 문학』(청하, 1986) ; 산문집 『발언집』(한마당, 1986) ; 소설 『세상속으로 1-2』(동광출판사, 1988) ; 아포리즘 『지금, 사랑에 들뜬 그대여』(푸른숲, 1989)

58 김정환, 『지울 수 없는 노래』, 창작과비평사, 1982, 147쪽.

항을 위해 씌어졌다고 보아도 좋다."[59]

이때는 "고향"과 "귀향"이라는 어휘가 등장한다. 김정환이 『창작과 비평』으로 등단했으므로 이곳에 '집'의 느낌을 갖는 것이라고 평할 수도 있겠으나, 그보다는 '저항적 민중주의'로 일컬어지는 『창작과비평』의 문학적 지향성—이와 같은 광의의 '창비 그룹'에는 현실에 참여하는 민족·민중문학을 표방하면서 1980년 창간된 『실천문학』도 속한다—에 김정환이 공감했기 때문이라는 설명이 설득력 있다. 따라서 이 글은 노동과 맥을 같이하는 민중시를 쓴 그로부터 당대의 물질론을 개괄하는 물질성 연구를 진행한다.

2.2. 김혜순과 『문학과지성』

김혜순은 1980년대 출간한 4권의 시집 중 3권을 문학과지성사에서 간행하였다.[60] 1980년대 그녀의 세 번째 시집 『어느 별의 지옥』은 예외적으로 문학과지성사에서 출간되지 않았는데 이에 관해서는 다소 해명이 필요하다.[61] 김혜순은 훗날 다음과 같이 회고한 바 있다. "청하에서 이 시집이 나오자 김현 선생님이 불러서 말씀하셨다. 문학과지

---

59 김정환, 『기차에 대하여』, 창작과비평사, 1990, 114쪽.

60 김혜순이 1980년대 출간한 시집들의 서지 사항은 다음과 같다. ①『또 다른 별에서』(문학과지성사, 1981) 해설: 오규원 ②『아버지가 세운 허수아비』(문학과지성사, 1985) 해설: 권오룡 ③『어느 별의 지옥』(청하, 1988) 해설: 진형준 ④『우리들의 음화』(문학과지성사, 1990) 해설: 남진우. 이 외에 김혜순은 1980년대 두 권의 책을 더 펴냈다. 콩트집 『맞아야 생각하는 사람』(평민사, 1983) ; 앤솔러지 산문집 『괴로운 사람은 누군가를 사랑하고 있다』(책나무, 1989)에 수록된 「이웃 사랑하기에 대한 몇 가지 생각」이다. 이 글은 그녀의 다른 에세이들과 같이 묶여 『장미의 이름으로 떠나는 작은 여행』(웅진문화, 1991)으로 출간되었다.

61 『어느 별의 지옥』은 이후 1997년 문학동네에서 부의 목차가 조금 바뀌고 자서를 추가해 재출간된다. (해설: 채호기) 그리고 2017년 부의 목차를 상당히 바꾸고 시인의 말을 새로 붙여 문학과지성사에서 다시 나왔다. (해설: 오연경)

38

성사에서 출간하고 싶었다. 이제 결국 선생님이 계셨던 장소로 돌아가게 되었다. 나중에 편찮으신 가운데 선생님이 글을 쓰시고 서랍에 넣어두셨다고 김치수 선생님께로부터 듣게 되었다."[62] 추측하건대 김치수가 김혜순에게 전한, 와병 중이던 김현이 김혜순 시에 관해 썼다는 글은 「행복한 여성성: 순환하는 딸—김혜순의 시세계」일 것이다.

김현은 김혜순이 낸 네 권의 시집을 상론하면서 "우리 시대의 모든 말들의 얼어붙어 있음을 드러내는 시인의 시선은 단순한 재치가 아니다. 그것은 재치 이상의 것이다. (……) 그녀가 그런 모든 것을 아우르면서 드러내려 하는 것은 한국에서 삶을 영위하는 여자들의 여성성이다……"[63]라고 결론짓는다. 사실상 이후 김혜순 시에 대한 대부분 논의는 그녀의 문학사적 공적과 위치를 정확히 짚어낸 김현의 해석장 아래 놓여 있다 해도 과언이 아니었다. "한국에서 삶을 영위하는 여자들의 여성성"을 체현하였다고 상찬되었던 김혜순으로부터 이 글은 1980년대 한국시의 물질성과 젠더성의 교착을 탐구한다.

2.3. 최승호와 『세계의문학』

최승호와 『세계의문학』 사이도 각별하다.[64] 『세계의문학』은 문단에서 확고한 지위를 구축한 "1970년대 『창작과비평』과 『문학과지성』지

---

62   김혜순, 「시인의 말」, 『어느 별의 지옥』, 문학과지성사, 2017.

63   김현, 「행복한 여성성: 순환하는 딸—김혜순의 시세계」, 『문예중앙』, 1990년 가을호 ; 『젊은 시인들의 상상 세계/말들의 풍경: 김현 문학전집 6』, 문학과지성사, 1992, 250-251쪽.

64   최승호가 1980년내 출간한 시집들의 서지 사항은 다음과 같다. ① 『대설주의보』(민음사, 1983) 해설: 김우창 ② 『고슴도치의 마을』(문학과지성사, 1985) 해설: 유종호 ; 제5회 김수영문학상 수상시집심사위원: 김주연·김흥규·신경림·유종호·황동규 ③ 『진흙소를 타고』(민음사, 1987) 해설: 김현 ④ 시선집 『나는 숨을 쉰다』(문학과비평사, 1988) 해설: 이승훈 ⑤ 『세속도시의 즐거움』(세계사, 1990) 해설: 김준오

의 양대 구도를 지양하면서"[65] 문학계의 제3지대를 형성하고자 했다. 『세계의문학』은 1970년대를 기점으로 한국 문학사를 살피는 데 빼놓을 수 없는 문예지이다. "우리는 우리의 역사가 참으로 창조적인 것이 되기 위하여서는, 우리의 물질적, 정신적 생활의 모든 것이 교호하여 이루게 되는 공동 의식의 광장을 가장 넓고 가장 활발하게 유지하는 것이 절대 중요하다고 믿는다."[66] 창간사 끝에는 민음사 대표 박맹호의 이름이 적혀 있다. 하지만 그가 낸 자서전에서 창간사는 실제로는 김우창이 썼고 그의 요청에 따라 박맹호의 이름을 넣은 것이라고 밝히고 있다.

또한 박맹호는 "기존에 발행되는 『창작과비평』이나 『문학과지성』과 차별화되기 위한 의도"로써, '세계 문학'의 조류를 제대로 번역하고 전용하겠다는 포부를 담아 『세계의문학』이라는 제호를 정했다고 후술한다.[67] 이러한 창간사는 "신중하고 중도적인 민주주의자이며, '심미적 이성'과 합리적 계몽주의자로서의 위치와 역할"을 초지일관 지켜온 김우창다운 입장으로서, 『세계의문학』이 "공론장과 거기서의 간주체성"을 창출하는 것을 자임하는 문예지임을 공표한다.[68] 흥미로운 점은 창간사 다음에 배치된 「창간기념 권두정담」(김우창·백낙청·유종호)에는 민족문학론을 굳게 지지하는 백낙청과 그것을 회의적인 시각에서 검토하는 김우창의 팽팽한 대립각이 그려진다는 사실이다.

유종호가 중재역을 맡았으나 백낙청은 "우리 민족의 어떤 전체적인 상황과의 관련에서 우리문학의 문제를 의식화하고자 할 때 요청되

---

65   김양선, 「세계의문학」, 『한국민족문화대백과사전』(http://encykorea.aks.ac.kr), 한국학중앙연구원, 2012.

66   박맹호, 「창간사」, 『세계의문학』 1976년 가을호(창간호), 15쪽.

67   박맹호, 『책—박맹호 자서전』, 96쪽.

68   천정환, 「1970년대 개발독재 시대의 잡지 문화: 문학의 시대」, 『시대의 말 욕망의 문장』, 마음산책, 2014, 270-271쪽.

는 것"으로서 '민족문학'을 옹호하고, 김우창은 "민족개념을 떠나서 봄
으로써 얻어지는 새로운 통찰"을 피력하면서 이들의 간극은 토의 내내
좁혀지지 않는다.[69] 타협하지 않는 문학론의 고수 외에『세계의문학』이
기왕의 문단 지형에서 뚜렷한 입지점을 확보하고자 시도하였던 방법
가운데 하나가 수여 제도와 출판 시스템의 연계였다.『세계의문학』창
간과 같이 신설된 '오늘의 작가상'이 이를 예증한다. (비)등단 신인에게
작품을 투고 받아 심사하고 수상 시 단행본으로 출간하는 "오늘의 작
가상은 기성 문인들이 장악한 문단 지형이나 문예지 발표 시스템으로
는 독자들에게 두각을 나타낼 수 없는 신인들에게 화려한 스포트라이
트를 비추어 새로운 문학적 기풍을 불러일으키려는 고심에서 나온 시
도였다."[70]

　　그 수혜를 입은 신인 중 한 명이 최승호이다. 1977년 12월에 등단
한 그는 오늘의 작가상을 수상하면서 1980년대 초 "화려한 스포트라
이트"(박맹호)를 받았다. 최승호는 1985년 문학과지성사에서 출간한 두
번째 시집『고슴도치의 마을』로 재차 한국시단의 화제를 불러 모은다.
이 시집으로 그해 민음사에서 운영하는 '김수영문학상'을 수상한 덕분
이다. 김수영문학상은 오늘의 작가상과 달리 범문단적인 심사 방식을
채택하였으나, 그렇다고『세계의문학』편집위원인 김우창과 유종호가
심사에 불참한 것은 아니었다.[71] 김수영문학상 수상작과 경위를 알리는

69　「창간기념 권두정담」(김우창·백낙청·유종호),『세계의문학』1976년 가을호(창간호), 29-36쪽.

70　박맹호, 앞의 책, 100쪽.

71　민음사는 1981년 기 출판된 시집을 심사해 상을 주는 '김수영문학상'을 제정한다. 박맹호는
　　김수영문학상은 민음사가 운영하되 "분지와 창비 진영도 참여해 범문단적으로 같이 심사를
　　했다."(같은 책, 174쪽)라고 쓰고 있다. 실제로 '김수영문학상' 심사위원에는 김우창·유종호
　　외에 백낙청·김현 등도 위촉되었다. 제5회 김수영문학상에 한정해 본다면 심사위원 다섯 명
　　구성은『창작과비평』계열 두 명(김홍규·신경림),『문학과지성』계열 두 명(김주연·황동규),
　　『세계의문학』계열 한 명(유종호)으로 이루어졌다. 최종심에 오른 두 권의 시집은 김도연이

공지도『세계의문학』지면에 실렸다. 수상 소감도 수록되었는데 최승호는 다음과 같이 쓰고 있다. "3년 전 오늘의 작가상을 받은 일이 그 동안의 내 시의 부족한 면과 시적 재능을 살피는 데 도움이 되었듯이, 이번 수상 또한 앞으로 시를 쓰는 데 있어 큰 힘이 되리라 믿고 있다."[72]

그의 김수영문학상 수상 소감은 정말로 실현되었다. 두 번째 시집을 문학과지성사에서 출간하기로 했을 때 최승호 시에 김현이 문학적 동의를 한 셈이나 다름없었지만, 김현은 이후 1987년 민음사에서 간행된 최승호의 세 번째 시집『진흙소를 타고』의 해설을 맡아 그의 시적 성취를 공식적으로 추인하였다. 김현은『대설주의보』에 대해서는 최승호의 시적 자질이 "멋으로 만든 것은 아닐까?" 하는 의심 쪽에 기울어 있었다고 고백한다. "그러나 그 뒤에 나온 그의 시들은 그런 내 우려와 걱정이 쓸데없는 우려와 걱정이라는 것을 분명하게 보여주었다. 나는 이제 그가 80년대가 낳은 아주 중요한 시인 중의 하나라고 굳게 믿고 있다."[73] 그 뒤 1990년 네 번째 시집『세속도시의 즐거움』은 최승호 본인이 창업한 출판사 세계사에서 출간하지만, 그는 민음사 주간으로 근무하면서 "문단의 친가"와 돈독한 관계를 지속한다.[74] 더불어 최승호 시에

발문을 쓴 김용택의『섬진강』(창작과비평사, 1985)과 유종호가 해설을 쓴 최승호의『고슴도치의 마을』(문학과지성사, 1985)이었다. 심사위원들 간의 합의가 도출되지 않아 결국 투표로 수상작을 결정하였다. 결과는『고슴도치의 마을』이 세 표(김주연·황동규·유종호),『섬진강』이 두 표(김흥규·신경림)를 받았다. 캐스팅 보트는 유종호에게 있었다. 심사평에서 김흥규와 신경림은 김용택이 수상자가 되었어야 한다고 역설하면서, "수상자로 결정된 최승호에 대해서는 불만이 있다."(신경림)라고 날선 논지를 펴기도 하였다. 신경림,「건강함과 맑은 감성」,『세계의문학』1985년 가을호, 296쪽.

72 최승호,「수상 소감」,『세계의문학』1985년 가을호, 292쪽.

73 김현,「거대한 변기의 세계관」,『진흙소를 타고』해설, 민음사, 1987, 90쪽.

74 1980년대 최승호의 기획—편집자로서의 출판인 이력에 대해서는 최영창,「한국의 출판기획자: 시인 최승호」, 문화일보, 2001년 3월 14일 기사 및 이경호,「아궁이샘물 시인과『작가세계』탄생」, 웹진『대산문화』2021년 봄호 참조. 평론가 이경호는 최승호에게 민음사는 "문단

서 두드러지는 관찰의 즉물성에서 비롯된 사물성은 이 글에서 필수적으로 언급할 수밖에 없는 물질성과 비인간의 네트워크를 궁굴려 사고할 주요 사안이다.

*

김정환·김혜순·최승호 시를 『창작과비평』·『문학과지성』·『세계의문학』과 연결 짓는 논지는 1980년대 한국 문학장의 주축이 세 명의 시인과 세 군데 문예지—출판사로만 한정됨을 뜻하지 않는다. 예를 들어 동인지 『시와 경제』에 시를 실으면서 등장하여, 『노동의 새벽』을 출간하면서 "얼굴 없는 시인"[75]으로 문학계 안팎 화제의 한복판에 섰던 박노해가 있다. 그 뒤 『노동의 새벽』 열풍에 고무된 농부·공사장 인부·버스 안내양·책 판매원 등 '비전문 문인'들이 낸 시집 역시 1980년대 한국 시사에서 망각돼서는 안 되는 도도한 조류이다.[76] 다만 이 글은 앞서 표명한 대로, 1980년대 문학 담론의 소통 공간으로 기능한 문예지—출판사와 관계를 맺으면서 시 창작을 시작하고 시집 출간을 지속한 시인들을 통해 1980년대 한국시의 물질성을 변별적으로 포착하고 재고하려는 지향점을 갖고 있다. 그리하여 상론한 논제에 부합하는 대상을 설정하였다.

의 친가와도 같"았다고 쓴다. 그는 최승호와 만났던 1989년을 회상하면서, "무명의 나날"을 보내던 최승호가 1980년대를 대표하는 시인으로 입지를 굳히는 데 도움을 준 두 명의 "은인"으로 김우창과 박맹호를 꼽는다.

75   조선희, 「80년대 소설가10인 시인10인: 얼굴 없는 시인 박노해」, 한겨레, 1989년 12월 26일.

76   고미석, 「삶의 현장서 詩를 쓴다 : 文壇 밖의 '보통 詩人'」, 동아일보, 1985년 11월 26일.

3. 신유물론의 시적 전유

3.1. 물질적–담론적 실천

이 글은 물질을 본질상 수동적인 것으로 규정하는 고대 원자론과 대비되는 능동적인 물질성을 상정한다. 그러한 점에서 텍스트를 분석하는 방법은 물질과 정신의 불가분성을 긍정하는 신유물론의 범주에 놓인다.[77] 우선 물질과 정신의 관계에 대해서는 다음과 같은 널리 알려진 입언을 참고할 수 있다. "계몽이 사물에 대해 취하는 행태는 독재자가 인간들에 대해 취하는 행태와 같다."[78] 이러한 입장이 가리키는 바, 문명화 과정에서 추구되던 계몽은 인간이 자연을 지배하는 논리를 승인하였다. 사고하는 인간이 신비한 자연을 속속들이 파악한다는, 인간

---

77 Christopher N. Gamble·Joshua S. Hanan·Thomas Nail, *What Is New Materialism?*, Angelaki 24:6, 2019, p. 114.

78 테오도르 아도르노·막스 호르크하이머, 김유동 옮김, 『계몽의 변증법』, 문학과지성사, 2001, 30쪽.

을 (도구적) 이성 주체로 승격시키고 자연을 야만적 객체로 나누는 이분법에 기반한 원칙이었다. 따라서 자연이라는 "물질은, 이것을 지배하는 어떤 힘이 있다거나 그 안에는 은폐된 자질이 있다는 환상 없이 지배되어야만 한다는 것이다."[79] 인간 정신(≒남성)의 힘은 물질 자연(≒여성)을 종속시킨다.

그러나 이상의 구도는 세이렌의 유혹을 무력화하기 위해 자신을 결박한 오디세우스처럼, 역설적으로 인간 스스로를 옭아매는 결과를 낳았다. 독일 나치즘의 폭력성을 목도하고, 미국 문화 산업의 기만성을 체감한 비판이론가들의 고민은 독재 정치와 시장 경제가 착종된 '관리되는 세계'에서 '어떻게 자유를 포기하지 않을 수 있는가?' 하는 물음에 닿아 있었다. 전술하였듯이 한국의 1980년대도 이러한 맥락과 연결 지어 살펴보는 작업이 가능하다. 당시의 시사 역시 '계몽의 변증법'에 내포된 물질론의 문제의식과 무관하게 전개되지 않는다는 사실을 확인할 수 있기에 그러하다. (비)의도적으로 물질주의의 폐해만 지적하는 단순한 시각은 신유물론의 물질성과 연동하는 한국시의 자장에서 입체적으로 교정될 수 있을 것이다.

왜냐하면 시인이 당대에 쓴 시와 이를 모아 출판한 시집이야말로 물질과 의미가 구분 불가능하게 얽힌 채, '내부-작용'하는 '물질적-담론적 실천'으로 재구성되는 '행위적 실재론'의 실례에 부합하는 예술이기 때문이다.[80] 신유물론의 주요 이론가 중 한 명으로 꼽히는 바라드는 상호작용과 내부-작용을 구별한다. 상호작용은 행위 주체와 관찰 대상의 독립적인 개체성을 전제하고 그들끼리 서로 영향을 주고받는다. 이

---

79   위의 책, 25쪽.

80   캐런 바라드, 박미선 옮김, 「행위적 실재론—과학실천 이해에 대한 여성주의적 개입」, 『문화과학』 57집, 2009년 봄호, 64-82쪽 참조.

에 비하여 내부-작용은 행위 주체와 관찰 대상이 미리 결정된 것이 아
니라, 엉켜 있는 관계 속에서 서로를 구성한다는 뜻으로 쓰이는 용어이
다. 이와 같은 내부-작용을 감안해야 물질적-담론적 실천이라는 바라
드 특유의 개념에 접근할 수 있다. 그녀는 물질적-담론적 실천을 아래
와 같이 설명한다.

① '물질적-담론적'이란 용어는 물질적인 것과 담론적인 것(물질적
인 것에 대한 분석)의 분리불가능성을 지칭한다. 나는 '담론'을 푸코적인
의미에서 이해한다. 즉, 권력의 생산적 차원을 강조한 담론적 실천으
로서 말이다. '물질적'은 물리적, 생물학적, 테크놀로지적, 경제적, 기타
가능한 함축의미를 포함하여 다양한 많은 함축의미를 지닌다.

② 보어와 푸코를 서로 대결시켜 읽어보면 다음과 같은 중요한 점
이 나온다. 관찰 장치는 단순한 도구가 아니라, 특정한 사회적 과정과
관련되고 그로부터 형성되며, 특정한 사회적 과정을 형성하기도 하는
그 자체로 복합적인 물질적-담론적 현상이다. 권력, 지식, 존재는 물
질적-담론적 실천 속에서 서로 결합된다.

③ 어떤 물질적-담론적 실천들이 실행되는가는 인식론적 문제뿐
만 아니라 존재론적 문제에서도 중요하다. 즉, 신체 생산을 둘러싼 상
이한 담론적-물질적 실천은 상이한 행위적 현실을, 즉 관찰에 독립적
인 고정된 세계에 대해 단순히 상이한 기술을 생산하는 것과는 반대
되는 그런 현실을 물질화한다.[81]

81　위의 글, ① 67쪽 ② 78쪽 ③ 81-82쪽.

물질적-담론적 실천은 빛이 파동인지 입자인지를 의문에 붙였던 물리학계의 '파동-입자 이원성 역설'을 해결한 보어의 견해와 맞닿아 있다. 그에 따르면 빛의 파동·입자 성질은 동시에 관측될 수 없고, 상이한 실험 조건 하에서만 배타적 결과가 도출된다. 따라서 보어는 파동·입자가 확고한 물리적 대상이라기보다, 관찰 장치를 포함하는 실험장의 여러 가지 요소들이 역동적으로 어우러져 빚어낸 '현상'이라고 결론 내린다. 이를 상술하면서 바라드는 '지시성(referentiality)'을 재개념화한다. "지시대상은 현상이다. 지시성을 이해하는 방식에 일어난 이러한 변화는 객관적 지식을 가능케 하는 조건이 된다. 즉, 객관적 지식을 위한 조건은 지시대상이 (관찰에 독립적인 대상이 아니라) 현상이라는 점이다."[82] 여기에 더해 그녀는 보어가 명확하게 해명하지 않은 관찰 장치의 모호함을 푸코의 장치 분석—②"보어와 푸코를 서로 대결시켜 읽어보면……"—으로 보충한다.

푸코의 '장치'에 대해서는 그의 인터뷰를 참고하여 아감벤이 간명하게 요약하고 있다. "① (장치는) 그 이름에 언어적이든 비언어적이든 잠재적으로 무엇이든지(담론, 제도, 건축물, 법, 경찰조치, 철학적 명제 등) 포함하는 이질적 집합이다. 장치 자체는 이런 요소들 사이의 네트워크이다. ② 장치는 늘 구체적인 전략적 기능을 갖고 있으며, 늘 권력관계 속에 기입된다. ③ 장치 그 자체는 권력관계와 지식관계의 교차로부터 생겨난다."[83] 장치와 불가분하게 묶여 있는 행위적 현실(agential reality)은 물질적-담론적 실천의 내부-작용에 의한 현상으로 이루어진다. 그러므로 행위적 실재론은 현실이 소여로서 실재하는 것이 아니라 물질적-담론

---

82   위의 글, 76쪽.

83   조르조 아감벤, 양창렬 옮김, 『장치란 무엇인가? 장치학을 위한 서론』, 난장, 2010, 17-18쪽.

적 실천의 내부-작용이라는 행위에 의해 현상으로 물질화되는 이론이라고 할 수 있다. 이때 물질화되는 것은 인간의 신체에만 국한되지 않는 모든 현상을 포괄하며, 물질적-담론적 실천의 내부-작용을 통해 그 경계·속성·의미도 달리 설정된다.[84]

3.2. 문학으로의 이접

그렇다면 당대에 쓰인 한국시는 어떻게 이와 공명하여 신유물론의 물질성을 포착해 낼 수 있을까. 위에 비판적으로 기술한 바, 존재하는 대상을 주체가 인식한다는 주장이 있다. 존재론과 인식론을 분리하는 입장이다. 가령 시를 서정 갈래로 분류하고, "서정은 작품 외적 세계의 개입이 없이 이루어지는 세계의 자아화"[85]라고 명제화한 유력한 의견이 이에 속한다. 이때 시는 물질 자연을 인간 정신이 자기화한 결과물이다. 반대로 존재론과 인식론을 분리할 수 없다고 보는 입장이 있다. 예컨대 행위적 실재론은 특정한 현상에서 물질과 의미를 결코 떼어 낼 수 없다고 피력하는 '존재인식론적(ontoepistemological)' 틀에서 개진된다.[86] 그때 시는 물질 자연과 인간 정신, 사실상 둘 사이의 구별이 불가능한 뒤얽힘 상태에서 물질화되는 현상으로 여겨진다.

이 글은 과학철학 외 (바라드의) "존재-인식론적 세계 구성을 가장 정직하게 드러내고 그 역동적 관계의 미세한 차이들을 민감하게 재현할

---

84   Rick Dolphijn·Iris van der Tuin, *op. cit.*, p.69.

85   조동일, 『한국문학통사 1』, 지식산업사, 2005, 29쪽.

86   Karen Barad, *Meeting the Universe Halfway: Quantum Physics and the Entanglement of Matter and Meaning*, Duke University Press, 2007, p.44.

수 있는 장르가 오히려 문학이라고 할 수 있다."[87]라는 논고에 동의한다. 문제는 그러기 위한 정교한 방법론이 뚜렷하게 마련되어 있지 않다는 데 있다. 바라드가 표명하는 신유물론과 정동 이론 간의 친연성은 분명해 보인다. 정동을 "사이의 한 가운데서 (……) 몸과 몸(인간, 비인간, 부분-신체, 그리고 다른 것들)을 지나는 강도들에서 발견"되는 것, "사실상 모든 종류의 물질의 행동 양태에 속하는 것과 일치하는 점진주의로 이해"[88]한다면 더욱 그러하다. 그러나 이상의 열린 방법적 제안에도 불구하고 이와 관련해 축적된 문학 연구는 소략하다. 해외에서는 월트 휘트먼 시 등에서 '생기적 물질성(vital materiality)'을 포착한 연구, 표지·디자인 등 책 자체가 가진 물질성을 문화적으로 분석하는 연구, 작품에 언급된 사물의 물질사(material history)를 기록하는 연구를 거론할 수 있다.[89]

행위적 실재론의 관점에서 버지니아 울프 소설을 분석한 선구적인 국내 연구도 있다. 이 글은 행위적 실재론을 도입한 기왕의 연구가 거시적인 미디어 비평에 그쳤음을 짚어내고, 이전의 울프 연구가 생기론에 국한되었음을 지적하며 텍스트 해석에 임한다. 그렇지만 소설의 여러 문장(장면)과 행위적 실재론의 골자를 일차원적으로 대응시켜 나열하는 방식은 설득력 있는 논제 제시라고 보기 어렵다. 대표적으로 『파도』를 분석한 다음 구절을 예로 들 수 있다. "현상은 세계의 역동적인 재형성을 의미한다. 행위적 실재론에서 세계는 물질화(materialization)의 역동적인 과정이다(Barad 140). 버나드는 '모르는 사람'과 섞여버린

---

87   유선무, 「신유물론 시대의 문학 읽기」, 『안과 밖』 48집, 영미문학연구회, 2020, 164쪽.

88   그레고리 J. 시그워스·멜리사 그레그, 최성희·김지영·박혜정 옮김, 『정동 이론』, 갈무리, 2015, 14-15쪽. 이들은 바라드의 연구 역시 정동 이론을 횡단하는 탐색으로 파악한다. 같은 책, 28쪽 참조.

89   유선무, 앞의 글, 159-161쪽 참조.

자신의 정체성, 계속 진행 중인 물질화(ongoing materialization, Barad 151) 과정에 있는 자아로부터 '교제의 즐거움'(W 85)을 맛볼 줄 아는 인물이다. 그리고 '이 세계에 안정성은 없다…… 모든 것이 실험이고 모험이다'(W 85)라며 세계가 물질화의 열려 있는 과정이고, '계속 진행되는 재구성'(ongoing reconfiguring) 중에 있다(Barad 141, 170)는 원리를 즐기는 듯 보인다."[90]

무엇보다 전술한 연구가 결여한 점은 문학이 가진 언어 예술의 형식적 특질이다. 버지니아 울프 소설을 모더니즘 문학이라고 칭하면서도, 작품의 문장과 문단을 단일한 메시지로 매끄럽게 수렴되는 기능적 요소로 환원시키고 만다. 그러면 확정적 세계관에 균열을 일으키는 행위적 실재론을 굳이 문학 연구에 차용할 이유가 없다. 신유물론을 내세우는 논자들이 그러하듯, 바라드도 물질(성)을 경시하는 태도를 낳은 언어적 전회에 적대감을 나타낸다. 그러나 그녀가 부인하는 사조는 단어가 실재를 반영한다고 믿는 소박한 표상주의 언어관이지, 언어 행위 전부가 아니다.[91] 바라드는 물질을 담론적 실천의 수동적 산물로 여기고, 인체의 윤곽만 인간의 사회적 실천으로 구성한다며 버틀러(Judith Butler) 이론의 인간 중심적 한계를 비판한다.[92]

그럼에도 불구하고 바라드는 버틀러의 수행성 개념을 중요하게 다룬다. 버틀러는 행위를 통해 발화의 진위를 판별하는 오스틴의 수행문을 데리다 식으로 전유하여, "담론으로 하여금 자신이 지칭하는 효과들

---

90   박신현, 「행위적 실재론으로 본 울프의 포스트휴머니즘 미학: 『파도』와 『올랜도』」, 『제임스조이스저널』 26집, 한국제임스조이스학회, 2020, 63-64쪽.

91   Karen Barad, *op. cit.*, p.133.

92   *ibid.* p.151.

을 산출하게끔 해주는 실천"[93]으로 수행성을 의미화의 반복 과정으로서 연관 짓는다. 그러한 바탕 위에서 행위적 실재론은 언어 예술의 결정체인 시에 방법적으로 재전유될 여지가 생긴다. 이와 함께 또 다른 축에서 논의의 바탕을 이루는 물질성이 있다. '언어의 물질성'이 그것이다. "푸코의 담론 개념이 물질적인 것이라고 주장"하는데 바라드는 유보적인 자세를 취하면서도[94], 그녀는 언어의 물질성에 대해서는 논하지 않는다.

3.3. 언어의 물질성

이 글에서 중심에 두는 언어의 물질성은 구술로서의 시가 아니라, 쓰인 것으로서의 시와 인쇄된 것으로서의 시에 있다. 월터 J. 옹은 텍스트주의자가 쓰인 것과 인쇄된 것을 동일하게 보는 오류를 범한다고 비판한다. 그러나 말이 종이 등에 쓰여 기표(≒기호)라는 몸을 얻는다는 점에서 언어의 물질성은 '쓰인 것'에서부터 고찰될 수 있다.[95] 이에 관해서는 폴 드 만이 제기한 문자의 물질성 개념을 같이 떠올릴 수 있다. 문장은 문자들로 이루어지나 문장의 의미는 문자의 의미로 치환되지 않는다는 점에서, 문자는 독립적인 물질성을 갖는다. 그러하기에 문자로 표기되는 언어는 그 자체로 아포리아를 내포할 수밖에 없다.[96]

공동체의 결속 및 성스러운 것과 결부된 청각 중심의 구술문화 전

---

93 주디스 버틀러, 김윤상 옮김, 『의미를 체현하는 육체』, 인간사랑, 2003, 23쪽.

94 캐런 바라드, 앞의 글, 67쪽.

95 월터 J. 옹, 임명진 옮김, 「7장. 몇 가지 정리: 텍스트주의자와 탈구조주의자」, 『구술문화와 문자문화』, 문예출판사, 2018, 256-257쪽 참조.

96 Paul De Man, *The Resistance to Theory*, University of Minnesota Press, 1986, p.89.

통에서 발화된 말은 화자와 청중의 일체감을 형성한다. 그러한 일체감을 깨뜨리고 개인의 내면에 몰두하게 만드는 것이 시각 중심의 문자문화에서 출현한 쓰기와 인쇄이다. 쓰기와 인쇄는 말에 덧붙여진 부차적인 변형에 그치지 않는다. 쓰기와 인쇄는 '말의 기술화(technologizing)'를 거쳐 재탄생한 '인공물'이다. 그리고 "인쇄는 말이 사물이라는 것을 이전에 쓰기가 드러낸 것보다도 훨씬 강력하게 드러낸다. (……) 쓰기는 소리의 세계에서 시각공간의 세계로 단어를 옮겨놓지만, 인쇄는 이러한 공간의 특정 위치에 단어를 못 박는다."[97] 이에 더하여 "인쇄된 책은 문자 쓰인 '사물'이기에 당연히 문자 표찰인 표제지가 붙었다."[98]라는 구문을 고려하면, 시가 수록된 문예지 혹은 시가 모인 시집이 언어의 물질성을 체현하고 있음을 부인하기 어려워진다.

혹자는 시가 쓰이거나 인쇄되더라도 구술적 요소를 가질 수밖에 없고, 이는 비가시적이기에 비물질적인 언어의 성격 때문이라고 반박할지 모른다. 그러나 이 글의 요점은 청자가 아닌 독자는 시를 구술의 형태로 접하거나 향유하지 않는다는 데 있다. 독자는 읽기 편하게 인쇄된 시를 묵독한다. "그런 방식으로 읽을 수 있음으로써 텍스트에서 저자의 목소리와 독자 사이에 다른 관계가 생겨나고, 쓰기에 있어서도 다른 방식이 필요하게 된다. 한 작품이 인쇄로 생산되는 과정은 저자 이외에도 출판인, 저작권 대리인, 교정자, 편집자 등 많은 사람을 필요로 한다. 인쇄용으로 쓰인 글은 이러한 사람들에게 정밀하게 조사되는 것은 물론, 그 뒤에도 저자가 고심하여 고쳐 쓰는 경우가 종종 있다."[99] 그러므로 인쇄된 시집은 시인의 언어적 산출물 이상의 함의를 지닌다. 그것은 다

97　월터 J. 옹, 「5장 인쇄, 공간, 닫힌 텍스트」, 위의 책, 193-197쪽.

98　위의 글, 204쪽.

99　위의 글, 198-199쪽.

기한 행위소의 결집체이다.

시인이 당대에 쓴 시와 이를 모아 출판한 시집이 물질과 의미가 구분 불가능하게 얽힌 채, 내부-작용하는 물질적-담론적 실천으로 재구성되는 행위적 실재론의 실례에 부합하는 예술이라고 언급한 까닭이 여기 있다. 거기에 '행위적 절단(agential cut)'과 책임—윤리의 장도 필수적으로 수반된다. 존재와 의미가 뒤얽힌 불확정적인 상태에서 주체와 대상을 부분적으로 출현시키는 행위적 절단은 관찰 장치에 의해 시행된다. 관찰 장치는 자명한 기구가 아니라 "그 자체로 복합적인 물질적-담론적 현상"이다. 관찰 대상은 관찰 장치에 따라 내부-작용하여 상이한 양상으로 나타난다.[100] "장치가 바뀌면 행위적 절단도 바뀌게 되고 각기 다른 행위적 절단은 각기 다른 현상을 낳게 된다."[101]

그러기에 각각의 행위적 절단은 특정한 무언가를 드러내기에 특정하지 않은 무언가를 배제할 수밖에 없다. 신유물론의 테제 중 하나는 관찰 장치를 아우르는 실천들이 모두 인간의 관할일 수 없다는 점이다. "물질적-담론적 장치는 인간과 인간이 아닌 것의 구체적인 내부적-상호작용으로 만들어진 현상이며, 이러한 내부적-상호작용에서 '인간이 아닌 것'(혹은 '인간')의 차별적 구성은 그 자체로 하나의 출현중이고 진화중인 현상이 있음을 뜻한다. '대상'(혹은 '주체')이라고 정의되는 것과 '장치'로 정의되는 것은 구체적인 실천을 통해서 출현한다."[102] 하지만 그렇다고 인간의 책임—윤리가 면제되지는 않는다.

100   Karen Barad, op. cit., p.140.

101   조주현, 「실천이론에서 본 바라드의 행위적 실재론: 과학적 실천이론과 페미니스트 과학기술학(STS)의 접점」, 『한국과학기술학회 학술대회』 5집, 한국과학기술학회, 2017, 124쪽.

102   캐런 바라드, 앞의 글, 80쪽.

3.4. 방법으로서의 행위적 실재론

"존재하는 것은 우리의 선택에 의해 임의적으로 구성된 것이기 때문이 아니라 행위적 현실이 우리가 그 형성에 역할을 담당하는 특정 실천들로부터 침전되어 나타나는 것이기 때문에 존재하는 것에 책임이 있다."[103] 바라드의 언명처럼 책임을 회피하지 않는 '응답-능력(response-ability)'의 가능성을 모색하기 위해, 이 글에서는 이제까지의 논의를 종합하여 행위적 실재론을 응용한다. 이를 1980년대 한국시의 물질성을 체계화하는 방법론으로 적용할 때는 아래의 세 가지 층위를 면밀하게 살펴 병렬적으로 작동시킨다.

① 시는 존재인식론적 양식이다. 이는 존재하는 세계에 대한 시인의 인식적 결과가 시라는 통념을 거부하는 입장과 궤를 같이 한다. 이 글에서는 시라는 현상의 내부-작용에서 엉켜 있는 대상과 주체의 관계를 파악하고, 양자를 분할하는 문턱의 물질적-담론적 실천을 적시한다. 그럼으로써 시에 다양한 형태로 회절(diffraction)된 1980년대 한국—시인의 시적 관계를 역산해 모자이크하는 방법을 취한다. 회절은 여러 조건 하에서 진행 방식이 유연하게 변하는 파동의 현상을 가리킨다. 개체가 선재하고 이를 거울처럼 투명하게 반영·반사한다는 입장에 서 있는 논자들과의 변별점을 확보하기 위하여, 바라드는 관계들 간 차이 패턴을 드러내는 회절을 강조한다.[104] 여기에 내재한 시각은 시가 시인의 의도를 완전히 반영하거나, 대상을 있는 그대로 반사할 수 없다는

---

103 위의 글, 81쪽.

104 Karen Barad, *op. cit.*, pp. 88-90.

것이다. 시집이라는 물질적-담론적 실천에 속하여 시의 현상은 독자의 기대지평과 만나 항상 변화한다.

② 바라드가 밝힌 대로, 물질적-담론적 실천 양태는 시에서 하나로 확정되지 않는다. "물리적, 생물학적, 테크놀로지적, 경제적, 기타 가능한 함축의미"를 '물질적인 것'이라고 한다면, 시 연구에서는 시들이 배치된 집합으로서의 시집(출판사, 해설, 표제작, 자서 등의 내부-작용)과 1980년대 한국의 정치적·사회적·문화적 상황과 그 시절 시인의 삶이 그에 해당될 것이다. "물질적인 것에 대한 분석"이자 "권력의 생산적 차원"이 '담론적인 것'이라고 한다면, 시 연구에서는 당시 시인과 시와 시집을 둘러싼 다양한 평가와 해석 및 시인이 그에 대해 가졌던 의식, 언술 행위를 참조해볼 수 있을 것이다. 물론 이것은 물질적인 것과 담론적인 것이 구별된 실천임을 뜻하지 않는다. 물질적-담론적 실천은 늘 한몸이다.

③ 신유물론에서의 물질성은 형체를 가진 것뿐 아니라, 형체를 갖지 않은 것을 아우른다. 행위적 실재론도 현실이 소여로서 실재하는 것이 아니라, 물질적-담론적 실천의 내부-작용이라는 행위에 의해 현상으로 물질화되는 이론이다. 표상주의 언어관에 함몰되는 위험성에 충분한 주의를 기울인다면, 시라는 현상을 생산한 언어적 행위소들의 활동―비유·리듬·감각·어조·알레고리·상징 등의 효과를 물질적-담론적 실천으로 분석할 수 있다는 말이다. 이를 통해 발화 행위의 담지자를 인간 이상으로 확장시켜 물질성을 폭넓게 논의하는 것이 가능해진다.

행위적 실재론을 시의 방법론으로 변용한 ①-③의 항목들은 1980년대 쇠퇴한 정신세계와 비등한 물질주의라는 편향적 구도를 넘어설 수 있는 동력으로 기능한다. ①-③의 항목들은 사회구성체 논쟁으로 비화된 유물론적 실천 이론들의 경합을 언어 유물론의 자장에서 연대하고 길항하는 물질들의 시로 가로지를 수 있는 단초를 제공하기도 한다. 또한 ①-③의 항목들은 물질 자연(≒여성)에 대한 인간 정신(≒남성)의 지배가 야기한 자유의 박탈과 이를 탈환하려는 움직임을 언어 신체론과 잇닿는 여성시의 기획 및 언어 관찰론에 입각한 생태적 상상력으로 재편하는 데 기여할 것이다. 이는 1980년대 한국시의 지형도를 기존 범주의 틀로 분할하는 대신, 단독적인 동시에 연동하는 시적 자장의 스펙트럼을 고찰하여 기술하려는 의도와 합치한다.

물질적 가능성과 잠재성의 차원[105]에서 1980년대 한국시라는 현상을 재론하여, 당대와 교호하는 물질성의 시학을 구축하려는 시도이다. 형체를 가진 물질 이상의 함의를 지닌 물질성에 기반을 둔 시학의 정립은 그동안 민중시(≓노동시)·지식인 시·여성시·도시시(≓해체시) 등 창작 주체 혹은 재현 방식에 따르던 분류법을 통어하여 시사의 재배치를 전개하는 주요 동력으로 작용하리라 생각한다. 시사적 좌표를 새로 자리매김함으로써 현재까지 포착하지 못했거나, 포착했으되 심층적으로 논해지지 않았던 1980년대 한국시의 면모를 밝히는 데 물질성에 강조점을 둔 이 글의 의의가 있다.

105　실재적인 것에 대립하면서 동일성과 접속하는 '가능성'과 실재적인 것을 소유하면서 다양성과 접속하는 '잠재성'의 구분에 대해서는 질 들뢰즈, 김상환 옮김, 『차이와 반복』, 민음사, 2004, 455-460쪽 참조.

II. 언어 유물론과 교직하는 운동성

— 김정환 시의 물질 지향

이 장에서는 1980년대 출간된 김정환 시집과 그의 시편을 중심으로, 판화·종교·노래와 시(집)의 물질성이 내부-작용하면서 빚어내는 현상들을 검토한다. 판화운동과 시(집)·민중신학운동과 시(집)·노래운동과 시(집)의 물질성 구현으로 각각 살펴볼 수 있는 바, 이때 도출되는 결과물은 착종되는 물질성 간 연대와 길항의 성격을 띤다. 판화운동과 시(집)·민중신학운동과 시(집)·노래운동과 시(집)의 어우러짐이 선순환적 연대의 흐름을 나타내기도 한다. 명시적 이미지로서의 판화·신(神) 아닌 실체적 인신(人神/人身)으로서의 민중신학·확산적 사운드로서의 노래와 시(집)의 언어가 내포한 물질성이 김정환이 의도한 대로 순조로운 결합을 이루는 경우이다.

반대로 이상의 물질성은 물질적-담론적 실천의 과정에서 그의 의도와 무관하게 서로 버티어 대항하기도 한다. 그러할 때 연구 방법론에서 거론한 행위적 실재론의 언명대로 시인은 행위의 주재자가 아니라 행위의 일부로 간주되며, 시(집) 해석은 텍스트 외 파라텍스트를 아우르는 콘

텍스트의 종합적 고찰 속에서 정합성을 확보할 수 있음이 드러난다.

1981년 쓴 글에서 김정환은 당대 문학이 자임해야 할 역할을 확실하게 규정하였다. 뭇사람의 정신을 마비시키는 온갖 반민중적 행태에 저항하는 "감명효과"와 "기습적 충격효과"를 발생시키는 것이다. 그는 이를 일컬어 "문화 전쟁"이라고 표현하였고 그중에서도 "詩정신은 유격정신"이라고 단언한다. "일상 언어는 갈수록 오염되어 가고, 그 오염된 언어로 인해 생기는 소외는 갈수록 심해만 간다. 이 시대에 글을 쓰는 사람은 우선적으로 그 오염된 말의 본디 뜻을 회복시킴과 동시에 그 말에다 자신의 올바르고 타당한 역사의식에 바탕한 방향감각을 부여해 주는 자이어야 할 것이다."[106] 이러한 주장을 펼치는 김정환의 입장은 역사 유물론에 조응하는 '언어 유물론'이라고 볼 수 있다. 사람들이 쓰는 오염된 일상 언어가 사람들 스스로의 본질을 상실하게 하므로, 무엇보다 언어를 바로잡는 투쟁에 나서야 한다는 논리를 갖는 까닭이다.

일찍이 마르크스도 언어가 사유 표현의 요소이자 사유 자체의 요소로서 감각적 성질을 갖는다고 천명하였다. 동시에 그는 감각들의 완전한 해방이 인간적 소외를 야기하는 사유재산의 궁극적인 지양과 결부되어 있다고 강조하였는데[107], 이와 같은 견해는 훗날 엥겔스와 같이 쓴 『독일 이데올로기』에서 한층 더 심화되었다. "이념, 표상, 의식의 생산은 우선 인간의 물질적 활동과 물질적 교류 및 현실적 생활의 언어와 직접적으로 연관되어 있다. (……) '정신'은 애초부터 물질에 '사로잡혀' 있다는 저주스러운 운명을 짊어지고 있는데, 여기서 그 물질은 운동하는 공기층, 음성, 요컨대 언어라는 형태를 띠고 나타난다. 언어는 의식

---

106 김정환, 「80년대 문학을 위한 모색」, 『삶의 시, 해방의 문학』, 청하, 1986, 22-23쪽.
107 카를 마르크스, 강유원 옮김, 『경제학—철학 수고』, 이론과실천, 2006, 134-141쪽 참조.

만큼 오래됐다—언어는 실천적인 것이며, 또한 다른 사람을 위해 존재하고 그에 따라 비로소 나 자신을 위해서도 존재하는 현실적인 의식이다. 언어는 의식과 마찬가지로 요구에서, 그리고 다른 인간과 교류하고자 하는 절박한 필요에서 발생한다."[108]

타인과 소통하려는 요구에서 생겨난 물질로서의 언어가 인간의 물질적 활동과 교류와 밀접한 관계를 맺고, 이념·표상·의식을 출현시킨다는 의견이다. 이에 대하여 "의미를 구성하는 것은 물질(표시, 소리, 몸짓)"[109]이라는 해석을 덧붙이는 것이 가능하다면, 물질로서의 언어로 이상적인 의미를 창조해야 한다는 김정환의 시론을 언어 유물론이라고 명명할 수 있을 것이다. 그러나 인간이 "자신의 의지로부터 독립된 일정한 물질적 제약, 전제, 조건 아래서 활동하는 개인"[110]인 한에서 언어 유물론의 시적 투쟁 현장은 예측한 대로 흘러가지 않는다. 전술한 대로 판화와 시(집)·민중신학과 시(집)·노래와 시(집)의 물질 구현은 연대하면서 길항하는, 모순적인 양태로 귀결될 수밖에 없다.

그러한 관점에 입각하여 김정환의 판화시·(인신적) 종교시·노래시를 분석한다. 1절에서는 김정환이 주도적으로 참여한 판화 시집을 대상으로, 그리고 깎고 파고 찍어냄으로써 집단적 진정성의 예술적 지위를 확보하게 되는 각인하는 물질성의 면면을 살펴본다. 2절에서는 1980년대 김정환의 대표작이라 할 수 있는 『황색 예수전』 연작에 초점을 맞춘다. 세상을 타락시키는 부정적 권력으로 변질된 현실 종교에 맞서, 물질적 생활을 전유한 인간의 신성과 신체로 성(聖)과 속(俗)의 이분법을 해체시키는 김정환 시집의 특징적 방식을 다룬다. 또한 장편 연작시라는

---

108 카를 마르크스·프리드리히 엥겔스, 김대웅 옮김, 『독일 이데올로기』, 60-61쪽 및 67쪽.

109 테리 이글턴, 전대호 옮김, 『유물론』, 갈마바람, 2018, 33쪽.

110 카를 마르크스·프리드리히 엥겔스, 앞의 책, 60쪽.

형식에 바탕을 둔 물질성이 타 장르와의 교섭을 통하여 제3세계문학론을 시적으로 실현하는 양상도 기술한다. 3절에서는 김정환 시편의 핵심 제재인 노래성 획득을 그의 노랫말 운동과 이와 연계된 당대 노래운동의 자장에서 검토한다. 노래시 창작으로 1980년대 통일론에 영향을 끼치려던 목표의 타당성 여부를 리듬이 가진 물질성과 관련지어 논할 것이다.

1. 판화성의 민중 구현 형상

1.1. 판화의 파급력

1980년대 한국시의 물질성 연구에서 판화시와 이를 모아 출판한 판화시집은 특별한 주목을 요한다. 판화시집은 5·18 광주민주화운동의 여파에서 비롯된 미술과 문학의 공동 작업이자, 판화와 시의 물질성이 결합하는 양식이기에 그러하다. 미술과 문학의 소통, 그중에서도 판화에 대한 관심은 다른 나라에서도 역사적으로 지속되어 왔다. 1920-1930년대 중국 문인 루쉰의 행보가 대표적이다. 목판화의 제작 용이성과 대중 파급 효과를 염두에 둔, 루쉰의 목각운동은 중일전쟁 이후 제국 일본에 대항하는 움직임의 일환이었다. 비슷한 시기 일본에서는 오노 타다시게가 주도하는 민중 판화운동이 일어났다. 일본 당국의 탄압으로 1934년 일본 프롤레타리아 미술가동맹이 해체되었음에도 불구하고 오노 타다시게는 꾸준히 '판화의 대중화'를 기치로 내걸고 활동을 이어갔다.

1944년 그는 중국 판화를 고찰한『지나판화총고』를 발행하면서 루쉰의 목각운동을 거론하였다. 루쉰은 단골 서점 우치야마 서점 주인의 동생이었던 우치야마 카키치에게 판화 실기를 배우면서 일본 판화에 관심을 가졌다. 전후 일본 미술계에서는 1947년 중국 목판화전 개최·중일판화전 등을 개최하면서 루쉰의 목각운동을 재조명하였다.[111] 그는 판화 관련 서적을 탐독하면서, 판화를 문학과 접목한 예술이 당대에 파급력을 갖도록 하는 노력을 경주하였다. 루쉰은『분류(奔流)』·『문예연구』등의 문예지에 판화 삽화를 넣었다. 판화의 정치적 효용성 때문이다. 그는 1917년 러시아 혁명의 사례를 통해 판화가 선전·교화·장식·보급에 용이한 혁명기의 예술 양식임을 인지하였다.[112] 루쉰은 판화에 주목해야 하는 이유로 세 가지를 든다. "첫째 잘 즐길 수 있기 때문이다. (……) 둘째는 간편함 때문이다. (……) 셋째는 유용성 때문이다."[113] 이러한 판화의 특징은 정치적 응집을 모색하는 공동체 예술의 기치에 부합하였다.

또한 루쉰은 복제할 수 있으면서도 원본성을 상실하지 않는 판화의 매력을 부각하였다. 이는 "회화처럼 단 하나의 원본이 있는 것이 아니라 여러 개의 원본이 존재"하는 '복수 원본성(multiple original)'에 근거한다.[114] 양적으로 확산될 수 있는 동시에 질적으로 고유한 가치를 갖

111　후지무라(이나바)마이,「중일 판화운동의 상호영향에 관한 고찰-루쉰의 목각 운동과 전후 일본의 민중판화운동을 중심으로」,『기초조형학연구』16권 6호, 한국기초조형학회, 2015, 794-800쪽 참조.

112　이주노·김은희,「魯迅과 목판화운동: 현대판화의 수용을 중심으로」,『중국문학』106집, 한국중국어문학회, 2021, 314-315쪽 참조.

113　루쉰, 루쉰전집번역위원회 옮김,『목판화 창작법』서문,『이심집·남강북조집: 루쉰 전집 6』, 그린비, 2014, 525-527쪽.

114　임영길,『판화』, 미진사, 2014, 15쪽.

는 판화는 1970-1980년대 한국에서 재구성된 민중성 개념과 맥이 닿
는다. 당시 한국의 민중은 "일반 대중"이자, "국가가 주도하는 거대 서
사에 저항하고 맞서는 정치적·문화적 프로젝트의 주역"으로서, "역사
의 진정한 주체"로 간주되었다.[115] 복수 원본성을 가진 민중미술로서의
판화에 대한 관심이 생겨나고, 책과의 협업을 시도한 시기는 1970년대
후반에 들어서였다. 창작과비평사 책 표지에 오윤의 판화가 실린 것이
단적인 사례이다. 시집『새재』(신경림, 1979)·평론집『민중시대의 문학』
(염무웅, 1979)·역사연구서『독립운동사 연구』(박성수, 1980) 등 장르와 관
계없이 민중 담론의 자장에 놓여 있는 책들의 표지로 오윤의 판화가 쓰
였다.[116]

　　판화를 표지 장식으로 활용하는 데 그치지 않고, 시 본문과 연계한
적극적인 시도는 '5월시 동인'에 의해 이루어졌다. 1981년 광주 지역
시인들을 중심으로 결성된 5월시 동인은 그 명칭처럼 "광주항쟁에 대
한 기록과 증언이라는 책임을 공통적으로 안고 있었다."[117] 5월시 동인
은 1983년 화가 조진호·김경주와 함께 한마당에서 첫 번째 판화시집
『가슴마다 꽃으로 피어 있어라』를 출간하였고, 1986년 시인사에서 화
가 홍선웅·김경주·김봉준·박진화·이철수·홍성담·정진석·류연복·이상호·
이준석·전정호와 같이 두 번째 판화시집『빼앗길 수 없는 노래』를 펴냈
다. 5월시 동인과 화가 모두 판화시 기획에 대한 예술사적 의의를 부여
하였다. 이들은 시가 이웃과 만남의 광장이 되어야 한다는 의지(김진경),

115　이남희, 유리·이경희 옮김,『민중 만들기: 한국의 민주화운동과 재현의 정치학』, 후마니타
　　스, 2015, 28-29쪽.

116　서유리,「검은 미디어, 감각의 공동체: 1980년대의 시민미술학교와 민중판화의 흐름」,『민족
　　문화연구』79집, 고려대 민족문화연구원, 2018, 86쪽 참조.

117　심선옥, 위의 논문, 465쪽. 5월시 동인은 김진경·이영진·나종영·박몽구·박주관·곽재구·윤재
　　철·나해철·최두석·고광헌이다.

복제 가능한 판화의 전달성을 확산시켜야 한다는 노력(김경주) 등을 강조하였다. 5월시 동인 판화시집의 특징은 전문 시인과 전문 화가의 협동으로 탄생하였다는 데 있다. "80년대에 들어 활발하게 전개되고 있는 문화유통구조의 민주화 작업"[118]에 5월시 동인의 판화시집은 기여하였다.

그러나 "민중의 생활을 방관자적으로 바라보는 것이 아니라 그 속으로 투신함을 의미"[119]하는 '민중적 삶'이 여기에서 실현되었는가에 답하기에는 유보의 여지가 있다. 5월시 동인의 판화시집은 민중이라는 '이웃과의 관계'를 돈독하게 만들어나갈 것을 지향하였다. 하지만 민중이라는 이웃을 판화시집 프로젝트의 수행 주체로 고려하지 않았다는 점에서, 5월시 동인의 의도와 행위 사이에 간극이 발생한다. 그 틈이 메워지는 데는 조금 더 시행착오의 과정이 필요하였다. 이에 더하여 5월시 동인들의 시를 먼저 제시하고, 그 시를 읽은 화가들이 해석의 한 형태로 동일한 제목의 판화를 생산한 방식도 숙고를 요한다. 그러한 방식이 그들이 표방한 개별 창작 주체의 동등한 민주적 작업과 합치하는 듯 보이지 않아서이다. 『가슴마다 꽃으로 피어 있어라』의 해설을 쓴 시인 황지우는 "김경주가 말한 것처럼 '시는 시대로 판화는 판화대로' 분절되는 것은 시·판화의 자율성도 그것의 총체성도 포기하는 것"[120]이라고 비판한다.

그렇지만 김경주는 "한 편의 시가 갖는 내용과 상황에 적확하게 부합되어 지기를 바라기 보다는 시는 시대로 판화는 판화 나름으로 자

---

118   김종철, 「시와 미술의 만남」(해설), 『빼앗길 수 없는 노래』, 시인사, 1986, 140쪽.

119   위의 글, 143쪽.

120   황지우, 「시와 판화, 그 '판'의 이중충돌에 대하여」(해설), 『가슴마다 꽃으로 피어 있어라』, 한마당, 1983, 129쪽.

율적인 질서를 갖더라도 대상을 바라보는 시각 자체가 동질성을 지닐 때"[121] 판화와 시의 공진화가 일어날 수 있다고 피력했을 따름이다. 판화와 시의 내적 의미가 약한 점이 아쉽다는 황지우의 언사는, 바꾸어 말하면 시의 경지에 판화가 도달하지 못했다는 지적이었다. "'5월시'에 공통되게 표현되고 있는 분단 현실이 조진호와 김경주에게는 망막의 맹점에 위치한다. 분단 현실이 그들에게도 자각되도록 시인들과 판화가들 사이의 공통감각의 확인이 마저 되지 않았다는 점이 내가 '5월시 판화시집', 『가슴마다 꽃으로 피어 있어라』에 대해 갖는 작은 불만이다."[122] 이는 1980년대의 첨예한 테마를 둘러싼 시와 판화의 동시적 협업이 아니었다. 시 창작을 선행하고 이에 대한 해석으로서 판화의 후행을 전제하는 태도는 복수 원본성의 예술인 판화의 성질과도 맞지 않았다.

1.2. 시민판화 정신

이와 명백히 다른 입장을 취한 인물이 김정환이다. 그는 1987년 판화시집 『해방 판화시』를 냈다. 원래 이 책은 광주민주화운동 5주년을 맞은 1985년 출간할 예정이었으나, 정부의 탄압으로 당시 내지 못했던 판화시집이었다. 이 책의 부제는 "홍성담의 오월광주판화모음과 김정환의 해방시"이다. 부제 그대로 화가 홍성담이 광주민주화운동을 소재로 제작한 기존 판화들과 김정환의 기존 시들을 '해방'이라는 주제에 맞춰 함께 실은 것이다. 김정환은 1985년 시선집 『해방서시』(풀빛)를 출간하였다. 이 시선집은 '풀빛판화시선 열 번째' 책으로 나왔지만, 판화

---

121   김경주, 「시와 판화의 새로운 통로를 위하여」, 위의 책, 5쪽.

122   황지우, 앞의 글, 154쪽.

는 표지를 포함한 두 편만 앞에 싣고 있어 엄밀한 의미에서 판화시선이
라 하기 곤란하다.

총 5부로 구성된 이 시선집은 2부와 3부는 『황색예수전』, 4부는
『회복기』, 5부는 『지울 수 없는 노래』의 시들을 취합하여 실었다. 1부는
표제작을 비롯한 새로운 시 9편이 실렸는데, 이중 「해방서시」·「오월곡
(五月哭)」·「김상진」·「전태일」·「박종만」이 『해방 판화시』에 재수록 되었
다. 홍성담의 판화는 41편, 김정환의 시는 12편으로 판화의 수가 시에
비해 압도적으로 많다. 그러나 김정환의 시는 전문이 실린 것 외에 일부
구절들이 홍성담 판화와 같이 배치되면서 반복과 강조의 수사적·정치
적 효과를 만들어낸다. 시와 판화가 상호 메시지를 집약하고 확장하는
기능을 수행하는 것이다.

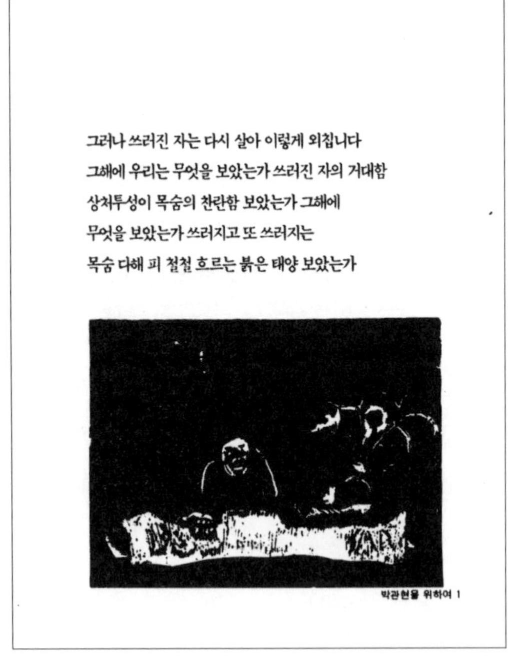

『해방 판화시』 26쪽

위의 사진 하단에 있는 그림은 광주민주화운동 선두에 섰던 전남대 총학생회장 박관현의 죽음을 애도하는 홍성담의 판화 〈박관현을 위하여 1〉이다. 1982년 박관현은 당국에 체포되어 광주교도소에 수감되었다. 5·18 진상 규명을 요구하고, 교도소 내 인권 유린에 저항하던 그는 세 차례의 단식을 감행하여 그해 10월 12일 숨을 거두었다.[123] 박관현을 애도하는 이 작품에는 암흑시대를 상징하는 검은 바탕 속에 울부짖는 사람, 고개조차 들지 못하고 흐느끼는 사람들이 있다. 여기에서는 오직 망자만이 하얗게 빛나고 있다. 판화의 흑백 대조를 뒤집어 산 자의 어두움, 죽은 자의 빛남을 메시지화하는 점이 인상적인 판화이다.

〈박관현을 위하여 1〉 상단에 놓인 시는 「오월곡」의 일부이다. 이 시는 광주에서 만행을 저지른 국가 폭력의 무도함을 폭로하지만, 박관현 등의 실존 인물이 언급되어 있지 않다.[124] 그런데 이 시의 일부 구절―"그러나 쓰러진 자는 다시 살아 이렇게 외칩니다. / 그해에 우리는 무엇을 보았는가 쓰러진 자의 거대함 / 상처투성이 목숨의 찬란함 보았는가 그해에 / 무엇을 보았는가 쓰러지고 또 쓰러지는 / 목숨 다해 피 철철 흐르는 붉은 태양 보았는가"는 판화와 함께 놓이면서 양자의 공백을 보완하는 기능을 담당한다. 「오월곡」은 〈박관현을 위하여 1〉로 광주민주화운동에 참여한 이들의 익명화된 죽음에 실체성을 확보하고, 〈박관현을 위하여 1〉은 「오월곡」으로 그의 죽음과 맞닥뜨린 이들의 비통에 찬 절규를 쓰러진 자의 부활 및 목격에 대한 질문으로 바꾸어 놓는다. 광주

123　최유정, 『새벽 기관차 박관현 평전』, 사계절, 2012 참조.

124　판화시집에는 실존 인물을 모티브로 삼은 「김상진」 「전태일」 「박종만」 시가 같이 수록되어 있다. 민주화와 노동 해방으로 연결고리를 맺고 있으나 이 시들은 광주민주화운동과 직접적인 연관성은 없다. 김상진은 1975년 유신체제에 항거하여 할복한 대학생이고, 전태일은 1970년 근로기준법 준수를 외치며 분신한 재단사이고, 박종만은 1984년 노동조합 탄압에 저항하며 분신한 택시기사이다.

민주화운동을 제재로 각기 만들어진 두 작품이 고유의 자율성을 상실하지 않고 시너지를 발휘한 예이다.

이와 같은 판화시집의 구성과 배치를 홍성담·김정환이 주도적으로 결정하고 시행하였다고 판단할 명확한 증거는 없다. 그렇지만 두 사람이 민중 정신을 실행하는 판화운동의 기치—특히 '시민미술학교'에 힘을 보탠 것은 사실이다. 『해방 판화시』 발문을 쓴 미술평론가 원동석은 시민미술학교의 의의를 이렇게 부여한다. "홍성담을 중심으로 한 광주의 민중운동 팀이 '시민미술학교'를 열고 그 교육 프로그램의 하나로서 시민들이 참여한 창작판화인 '시민판화'를 처음으로 시작한 것은 대단히 중요한 의미를 갖는다. 비로소 민중이 주체가 된 민중미술이 시민판화운동으로 결실을 맺기 시작한 것이며, 이 운동은 서울과 지방의 각 도시로 번지면서 민중문화의 참 모습을 열어 주는 힘이 되고 있는 것이다."[125] 홍성담이 속한 광주자유미술인협회가 1983년 개설한 시민미술학교는 광주민주화운동을 겪은 광주 시민들을 대상으로 한 민중미술운동의 한 사례였다. 시민들은 판화 등의 양식으로 1980년대 광주를 소묘하며 스스로의 내면을 고백하였다.[126]

창작과비평사와 더불어 1970년대 후반 책 표지에 판화를 도입한 출판사 청년사에서는 1980년대 시민미술학교와 연계한 '시민판화 시선집'을 간행한다. 『사랑노래』가 시민판화 시선집 1호 출판물이다. 김정환 시들과 시민미술학교에서 만든 무명씨의 판화들을 엮은 이 시선집 맨 뒤에는 "시민미술학교 교육과정표 (판화반)"가 실려 홍보 역할을

125　원동석, 『해방 판화시: 홍성담의 오월광주판화모음과 김정환의 해방시』, 일월서각, 1987, 138쪽.

126　배종민, 「시민미술학교 판화집에 투영된 1980년대 전반 광주시민의 정서」, 『역사학연구』 32집, 호남사학회, 2008, 221-222쪽 참조.

겸하고 있다. 바로 그 앞에는 "시민판화 시선집 간행위원회"라는 이름으로 시민판화 시선집을 내는 이유를 밝히는데, 이 글의 집필자가 김정환이었다.[127] 그는 아래와 같이 '시민판화 정신'을 기술한다.

> 판화는 고도의 전문기능을 요구하지는 않는 반면 대량 복제·값싼 보급이 가능하다는 점에서 오늘날 가장 민주적이고 가장 기동성있는 예술매체의 하나로 부각되었습니다. '시민판화정신'이란 '시민판화학교'에서 수강한 학생들의 판화작품들에서 추출해낸 어떤 '예술민주화'의 정신에서 비롯되었읍니다.
>
> 그러나 그것은 궁극적으로는 비로서 입을 연 '민중들의 목소리'일 것이며 '민중운동'에 여러 계층적 갈래로 참여하는 '민중 사실'이자 '민중 자료'이자 '민중 정신'일 것입니다. 다시 말해서 그것은 여러 가지로 잘못되어 있는 오늘날의 사회·예술·매스콤 유통과정에 대한 하나의 반기이자 그와 동시에 하나의 새로운 '민중 매체'의 창조입니다.
>
> 시와 판화를 서로 비교·갈등·상호보충 시키면서 우리가 하고자 하는 일은 작게는 잘못된 일상개념들, 즉 사랑 아름다움 자연 산 바다 태양 달 직업 밥 예술 등등 일상적으로 쓰는 용어들을 현재의 그릇된 개념이 아닌 원래의 뜻으로, 그리고 '지금 이곳' 한반도에서 의미해야할 바로 재창조하고, 크게는 올바른 공동체 미래건설을 위한 민중문화운동의 한 갈래로, 능동적으로 겸손하게 기여하고자 하는 것입니다.[128]

『사랑노래』에 표지로 쓰인 〈한을 푸는 여인〉만 "최난숙 작"이라고

---

127 동일한 글이 「시민판화 정신」이라는 제목으로 김정환이 1986년 한마당에서 출간한 산문집 『발언집』에 실려 있다는 사실에서 유추할 수 있다.

128 시민판화 시선집 『사랑노래』, 청년사, 1984, 123쪽.

표기되어 있을 뿐, 그 외 실린 시민판화 26점은 제목이나 제작한 사람들에 대한 정보가 나와 있지 않다. 판화가 이미지화한 주제도 일관성과는 거리가 멀다. 6·25전쟁 때 헤어진 가족을 찾는 남자·울부짖는 여인·재판정 광경·시골 풍경·탈춤 등이 형상화되어 있는데, 판화의 배치도 시 3-5편 뒤에 뚜렷한 기준 없이 실려 시와 판화의 내적 연관성을 찾기 힘들다. 판화시집의 정교한 예술적 완성도만 놓고 본다면, 전문 시인과 전문 화가가 협업한 『가슴마다 꽃으로 피어 있어라』와 『빼앗길 수 없는 노래』가 낫다고 볼 수 있다. 하지만 김정환이 긍정한 "고도의 전문기능을 요구하지는 않는" 시민판화정신은 애초에 정교한 예술적 완성도 추구와는 관련이 없었다. 요점은 엘리트 지식인이 민중 대신 발화하는 형태가 아니라, "민중들의 목소리"를 스스로 내게 한다는 데 있었다.

프로 시인의 입장에서 자기 시를 아마추어 미술 작품과 같이 묶어 책을 내는 선택은 쉬운 결정이 아니다. 그럼에도 불구하고 김정환은 "예술 민주화"의 기치를 내걸고 이전에 아무도 도전하지 않았던 아마추어 미술과의 협업을 적극적으로 시도하였다. 이는 개별 시편의 언어 효과라기보다, 시민판화 시선집의 물질적-담론적 실천의 파급 효과 때문이다. 1983년 김정환이 동인으로 활동한 『시와 경제』 2집에 "기능공 박노해"가 시를 발표한 이래, 노동 현장을 포함한 생활공간에서 자각한 민중의 목소리를 어떻게 포착하고 담아낼 것인가는 민중문학론의 주요 과제로 부여되었다. 이후 김정환은 시민판화 작품과 자신의 시를 결속하여, "시와 일상 삶과의 거리를 없애자"는 『시와 경제』 동인의 선언을 수행하였다.[129] 그것은 충분히 고평할 만한 결단이다.

---

129   허준행, 앞의 논문, 368-369쪽 참조.

1.3. 파라텍스트―예술 민주화의 균열

그렇다 하더라도 이를 완전한 형태의 "예술 민주화"로 간주하기는 어려워 보인다. 시민판화 시선집은 "올바른 공동체 미래건설을 위한 민중문화운동의 한 갈래"임을 표방하는 반면, 학력자본과 상징권력을 드러내는 방식으로 차별적 위계를 형성하고 만다. 책을 펼치자마자 나오는 시인 소개에는 그의 사진과 함께 "김정환은 서울대 영문과를 나온 후,『창작과비평』을 통해 등단하였"다고 기술되어 있다. 사실에 입각한 정보이므로 범상하게 지나칠 수 있는 대목이다. 한데 이때의 사실은 단순한 정보가 아니다. 민중과 지식인을 구별 짓는 (무)의식적인 '구별 짓기'의 기제로 작동하는 탓이다. 시집에 출신 대학과 등단 지면을 밝히는 방식이 모든 시집의 시인 소개에 동일하게 쓰이지는 않는다.[130] 여러 객관적 정보 가운데 '나'에 관한 무엇을 공개하고 배제할 것인가에는 취사의 (무)의식이 적시된다. 시인 소개에 내포된 엘리트 (무)의식은 시민판화 시선집이 내세운 동등한 공동체성과 충돌한다.

시인이 무슨 대학을 나왔고 어떤 지면으로 등단했는가 하는 정보 표기가 여타의 시집에서 하등 문제될 것은 없다. 문제는 그것이 시민판화 시선집이기에 발생한다. "대량 복제·값싼 보급"에 바탕을 둔 "예술민주화"와 "여러 가지로 잘못되어 있는 오늘날의 사회·예술·매스콤 유통 과정에 대한 하나의 반기"라는 의의를 시민판화 시선집은 표명한다. 시민판화 시선집이 내세운 가치를 서술하는 파라텍스트와 시인 소개의 파라텍스트가 내부―작용하여 예기치 않은 충돌을 빚으면서, 시와 판화가 어우러진 본문 텍스트의 자장에도 영향을 끼칠 수밖에 없다. 김정환

130　예컨대 1983년 '오늘의 시인총서' 시리즈로 간행된 최승호의 시집 『대설주의보』에는 그의 사진만 실려 있을 뿐, 시인에 대한 어떠한 정보도 쓰여 있지 않다.

의 시와 같이 배치된 시민판화의 텍스트의 협동에만 주목한다면 이러한 지적은 트집 잡기에 지나지 않는다. 그러나 독자는 특정한 시만 분석하는 평자가 아니라, 시집 전체의 물질성과 관계 맺는 감상자이자 해석자이다. 그러한 점에서 파라텍스트의 분열이 텍스트에 미치는 내부-작용이 경시되어서는 안 된다.

1980년대 초 민주화운동의 흐름 속에서도 대학 서열을 나누는 학벌주의와 이에 기반을 둔 선민의식은 의외로 사그라지지 않았다. "자유-평등-박애를 내세우는 민주적이어야 할 대학가에서 1류-2류-3류의 계급장과도 같은 대학배지를 즐겨다는 풍습이 유행하고 있다는 것은 이해하기 어려운 일중의 하나이다. (……) 재학 시에는 배지로써 준별되고 배지에 담긴 선민의식으로 또한 의식면에서도 대학생과 대학생이 아닌 다수의 민중과의 사이가 멀어지게 된다."[131] 이러한 지적은 민중주의에 동참한다고 주장하면서도 대학 배지로 특권적 집단성을 강화하는 대학생들의 이중적 행태를 문제 삼는다. 흥미로운 점은 현직 대학 교수가 쓴 이 칼럼이 당시 대학생들에게 상당한 반향을 불러일으켰다는 사실이다. 신문 편집부는 "많은 투고가 있었으나 지면 사정으로 그중 몇 분의 의견 일부만을 소개"[132]한다며 학생 7명의 입장을 전한다.

칼럼의 논지에 공감한다는 소감, 배지는 애교심을 함양한다는 반박, "일류병"을 만든 것은 기성세대의 책임이라는 발언까지 다양한 피드백이 이어졌다. 그러나 1984년부터 언론에는 대학생들의 대학 배지 떼기가 가시화되는 양상이 보도된다. "학생들의 가슴에서는 학교배지가 완전히 사라졌다. (……) 대학이 배지로 연대감을 가질 수 있는 엘리트 공

---

131   주채혁, 「배지'와 대학생 의식」, 조선일보, 1980년 6월 4일.

132   「배지와 대학생 의식'을 읽고」, 조선일보, 1980년 6월 11일.

동체에서 대중화된 집단으로 변모하고 있다"[133] 학생 시위를 차단하려
는 경찰들의 검문이 부담스러워 대학 배지를 달지 않는다는 목소리도
있었으나, 여기에서 핵심은 민중과의 연대를 주창하며 대학생 사회에
서 힘을 얻은 탈엘리트주의였다. 1980년대 대학생이었던 소설가 방현
석은 광주민주화운동을 외면했다는 죄책감에 1980년대 학생들이 대
학의 배지 달기를 거부한 것이라고 회고한다.

"대학 배지를 뗀 8090세대는 대학 간판이 아닌 시대정신을 중심으
로 연대하는 청년정신을 발휘했고, 학벌이 아닌 가치 중심의 질서를 만
들었다. 서울대도, 연고대도 아닌 한양대의 임종석을 전대협의장으로
뽑고, 지도력이 대학서열 순으로 발휘되는 것이 아님을 그들 세대는 압
도적인 대중의 능력으로 입증하며 학벌주의와 소영웅주의를 극복했
다."[134] 그러나 이와 같은 회고를 그대로 수용하기에는 곰곰 따져볼 사안
이 많다. 학벌주의와 소영웅주의는 극복된 것이 아니라 변형된 형태로
존속한 까닭이다. 진보 진영 내에서 발생한 성폭력 사건 등을 공론화하
면 독재 정권을 이롭게 하므로 이에 관해서 침묵해야 한다는 1980년대
조직 보위론이 대표적이다.[135] 또한 대학 배지 달기가 점차 감소하는 현
상에도 불구하고, 배지로 구별 짓기를 행하는 대학생 의식이 완전히 달
라지지는 않았다. 학과와 단과대학을 상징하는 버클과 티셔츠 등으로
대학 배지는 대체되었다.

20-30대 노동자와 대학생은 세대론으로 묶이지 않았다. 계급론으
로 대학생은 지식인과 등치되었다. 김정환은 1980년대 민중 개념을 둘

---

133   「요즘 대학생들 많이 달라졌다」, 조선일보, 1984년 11월 14일.

134   방현석, 「8090 청년사수대」, 경기신문, 2021년 4월 19일.

135   강준만, 『오빠가 허락한 페미니즘: 한국 여성의 인권 투쟁사』, 인물과사상사, 2018, 45-46
       쪽 참조.

러싼 논쟁을 정리하면서, 지식인 문화운동의 방법을 개진한 바 있다. "'민중'이 노동자·농민·빈민을 뜻하는 것이냐 아니면 좀 더 포괄적으로 민주화와 통일을 열망하고 그것을 이루기 위해 온몸과 정신을 기울이는 학생·지식인, 그리고 중산층까지도 그 범주 안에 두어야 하느냐에 대해 숱한 논란이 있어 왔던 것을 우리는 기억한다."[136] 그가 규정하는 민중은 고정화된 집단이 아니다. "'민중이 주인되는 세상'을 향해 싸워나가는 그 과정의 결과로서 '민중'의 범주가 종국적으로(그 세상이 완성될 때) 결정되는 것"[137]이 김정환의 입장이다. 하지만 인간 해방이라는 결과를 생성하기 위한 과정에서 지식인은 노동자·농민·빈민은 가지지 못한 전문성을 발휘하지 않으면 안 된다는 것 역시 그의 입장이다.

"노동자와 유기적으로 융합되고자 하는 지식인의 욕망과, 노동자를 선도해야 한다는 실제적 요구 사이에서 긴장은 끊이지 않았고, 1980년대 지식인-노동자 연대는 줄곧 이 문제에 시달려 왔다."[138] 이와 같은 긴장을 고려해야 판화시를 비롯한 1980년대 김정환 시(집)에 대한 다층적 해석이 가능해진다. 반복하건대 "재현 행위는 그로 인해 생길 수 있는 물질적·담론적 영향을 설명하고 책임질 수 있어야 한다는 맥락"[139]을 이 글도 논의의 중심에 두기 때문이다. 그러므로 『사랑노래』에 판화를 실은 민중의 익명화는 양면적으로 분석되어야 한다. 먼저 그들이 검열 등의 여파로 예기치 않은 피해를 입을 수 있으므로 무명씨로 남았다는 추론을 할 수 있다. 다른 한편으로 이것은 민중을 이루는 개개의 고유

---

136   김정환, 「예술성·운동성·대중성·민중성·일상성·전문성—지식인 문화운동 방법론을 중심으로」(민족문학, 1986년 5월), 『발언집』, 한마당, 1986, 109쪽.

137   위의 글, 110쪽.

138   이남희, 앞의 책, 383-384쪽.

139   위의 책, 384쪽.

성이 가려져야 "민중들의 목소리"를 낼 수 있다는 의도하지 않은 관념의 증거이기도 하다. 시민미술학교가 엮고, 김정환이 지었다는 『사랑노래』의 대표성은 결국 지식인에게 위임되었다.

1.4. 시민미술학교의 운영

시민미술학교의 설립은 예술 기능주의와 전문주의를 탈피하는 데 있었다. 그것은 고독한 예술가의 창작물이라는 낭만적 예술관 및 사람들의 정치의식을 마비시키는 대중문화에 대한 비판적 논점을 기저로 한다. 시민미술학교는 함께 모여 생산하는 예술에 내포된 평등주의를 기치로 삼았다. 이로 인하여 부각된 미술 양식이 판화였다. "'누구나 그리고 깎고 파고 찍어서 자신의 기쁨과 아픔의 체험을 남에게 전하고 받을 수 있다.' (……) 미술은 타인의 생존의 체험을 받아들이며 타인과 만나는 미디어이고, 그 만남은 누구나 평등하게 이루어져야 한다는 이 선언은 한국 미술의 역사에서 전대미문의 것이라 할 수 있다."[140] 시민미술학교는 개강 시 "누구나 그리고 깎고 파고 찍어서 자신의 기쁨과 아픔의 체험을 남에게 전하고 받을 수 있다."라는 메시지를 부각하였다. 창작 주체에 제한을 둘 필요가 없는, 검정 단색 판화 제작의 용이성이 우선 눈에 띈다.

그런데 이보다 자세하게 다루어야 하는 사실은 따로 있다. 집단적으로 판화 제작을 교육하고 실습하여, 시민의 공동체적 만남을 창출하고 이들이 민중의식을 공유하도록 시민미술학교가 이끈다는 점이다. "정치적으로 중립적이고 온건한 함의를 가진" '시민'미술학교라는 명칭

140　서유리, 앞의 논문, 99쪽.

을 택하였으나, 김정환의 글「시민판화 정신」이 예증하는 바 시민미술
학교 운영 목적 가운데 하나는 "피지배계급을 지칭하기에 불온하고 위
험한" '민중'미술학교로 거듭나는 데 있었다.[141] 이는『사랑노래』에 붙인
'시인의 말'(김정환)과도 연동한다. "제가 생각하는 사랑은 약함보다는
힘이 되는 사랑, 뜬 구름이나 장밋빛 인생보다는 피와 땀과 근육에 더
가까이 있는 사랑, 그리고 단 둘만의 은밀한 것이기보다는 공동체적인
기쁨에의 통로가 되는 건강한 사랑 (물론 서양식의 자유방종한 성문란과는 거
리가 먼) 입니다. 한마디로 말해서 우리가 함께 이루어야 할 미래 (해방된
민주통일 조국의 건설)에 기여하는 사랑입니다."[142]

    1980년대 민중 예술로서 판화가 새삼 각광받았던 이유는 간편한
복제성에만 있던 것은 아니었다. 다 같이 모여 "그리고 깎고 파고 찍어
서" 만들어 내는 판화는 진정성의 예술로 받아들여졌다. 자기 자신을
자유롭게 정립한다는 어원을 가진 진정성은 "예술철학에서는 예술가
의 작품이 상업적 가치 등 외적 가치에 적응하기보다는 그 자신에 충실
하게 예술의 지각에 담을 때"[143] 쓰이는 개념이다. 이와 더불어 거론되
어야 할 사항은 진정성이 담보하는 윤리는 독아론(獨我論)이 아니라, 진
정한 '나'를 구성하는 타자와의 관계 속에서 정립된다는 점이다.[144] 김
정환이 역설하는 "피와 땀과 근육에 더 가까이 있는 사랑"과 "공동체적
인 기쁨에의 통로가 되는 건강한 사랑"은 모두 이에 부합한다. 한 장소
에 결집하여 고무판이나 나무판에 "그리고 깎고 파고 찍어서" 판화를

---

141   위의 논문, 94쪽.

142   김정환, 『사랑노래』, 청년사, 1984, 121쪽.

143   김세원, 「진정성의 의미를 찾아서: 윤리적 함의를 중심으로 한 스케치」, 『철학과 문화』 24집,
한국외국어대학교 철학문화연구소, 2012, 194쪽.

144   위의 논문, 205쪽 참조.

제작하는 행위는 "피와 땀과 근육"을 활용하는 집단 노동—예술의 적확한 사례이다.

화가의 개성을 표현하는 데 유리한 양식은 유화였다. 물감을 기름에 개어 색을 섞고 캔버스에 덧칠하면서, 창작자의 복잡다단한 심리적 표상을 섬세하게 구현할 수 있는 양식이기 때문이다. 근대적 주체의 내면 풍경을 이미지화하는 데 적합한 유화가 근대 미술의 주류로 부상한 까닭도 여기에 있다. 반면 (목)판화는 화가의 개성을 표현하는 데 불리한 양식이다. 유화의 다채로운 색감 사용도 붓 터치에 비하면, 조각칼로 판에 도상을 새기는 판화 기법은 단순하게 느껴진다. 따라서 판화에서는 "어떤 내용을 담아내고, 어떻게 형상화시키는가에서 독창성이 판가름 나는 것이다."[145] 시민판화 작품들은 지금 이곳에 사는 보통 사람들의 애환을, 화려하고 정교한 새김 솜씨가 아닌, 투박한 흑백 대조의 색감으로 나타낸다. 그리하여 시민판화는 형식과 내용이 조응하는 현장 미술로 실천성을 확보하였다.

1.5. 「사랑노래」 연작의 갈래

전술한 대로, 시인에 대한 객관적 정보처럼 기술된 시집의 파라텍스트에 담긴 지식인 표지와 이에 내재한 선도성이 시민판화 시선집이 표방한 무명의 시민성과 균열을 야기하는 양상은 문제적이다. 그럼에도 불구하고 이와 같은 판화시집의 가치는 폄하될 수 없다. 그림과 시가 시화(詩畫) 형식으로 조화로운 아름다움의 형상화에 그치지 않고, 판화시 형식의 각인하는 물질성에 바탕을 두고 연대하는 문화운동의 효과

145　조인수, 「오윤, 민중미술을 이루어내다」, 『오윤 전집 1: 세상 사람, 동네 사람』, 현실문화, 2010, 44쪽.

를 불러일으키기 때문이다. 김정환은 문화주의와 문화운동을 엄격하게 구별한다. 그에 따르면 "문화주의란 '민중들의 문화창조 역량과 땀과 노동의 원천적 건강성을 무시'해 버렸음은 물론 '문화를 위한 문화'라는 안이한 서정성으로의 도피 현상"[146]을 가리킨다. 그가 설정하는 문화주의의 반대항이 문화운동이다. 땀과 노동의 건강성에 기초한 민중들의 문화창조로 이어지는 문화운동의 흐름 속에서, "문학은 칼과 이슬이 담긴 선언"[147]으로 기능한다.

'현실 참여, 자기—타인의 존재와 만나기, 공동체적 생활 모색, 사회 전체의 악을 척결하기 위한 행위'가 1980년대 김정환이 주창하는 문학론의 요점이다. 그러할 때 판화 제작 시에 쓰이는 조각도와 잉크는 김정환 시론의 칼과 이슬에 대칭적으로 유비된다. 절단하고 새기며 찍어 내는 판화의 각인하는 물질성이 김정환 시와 내부-작용하여 『사랑노래』만의 독특한 현상성을 만들어 낸 점도 특기할 만하다. 표제작 「사랑노래」 네 편의 시는 원래 김정환의 첫 번째 시집 『지울 수 없는 노래』 제1부 하단에 배치되어 있었다. 발문을 쓴 김도연이 밝힌 바 "김정환 시의 일관된 주제는 '사랑의 방법론'"이나, 그도 「사랑노래」 네 편을 이에 대한 예시로 들지 않는다. 김도연이 사랑의 방법론으로 예증한 김정환 시는 「타는 봄날에」이다. 김도연은 "설움이 모여 사랑이 되고 사랑이 모여서 / 분노가 되고"라는 시구에 의거하여, "그의 시에 있어서 사랑의 의미란 그것이 모여 분노가 되고 힘이 되는 사랑"[148]이라고 해석한다.

그러나 이상의 규정은 김정환 시에서 사랑론을 검토하는 데 불충분하다. 이는 「타는 봄날에」의 다른 시구 "힘없는 사랑"과 "네가 베푸는 아

---

146 김정환, 「문화운동과 80년대 시의 방향」, 『삶의 시, 해방의 문학』, 91쪽.

147 김정환, 「80년대 문학을 위한 모색」, 위의 책, 18쪽.

148 김도연, 「거듭나는 삶, 거듭나는 시」, 『지울 수 없는 노래』, 144쪽.

주 사소한 사랑"의 대비를 설명하지 못할 뿐더러, 사랑을 전면화한 「사랑노래」 연작에서는 사랑이 어떠한 맥락 안에서 변용되는지 밝히지 못하는 탓이다. 그 뒤 『사랑노래』에 포함될 시를 김정환이 선별하였을 때 「타는 봄날에」는 시민판화 시선집에 수록되지 않았다. 김정환은 「사랑노래」를 표제작으로 삼아 같은 제목의 시 네 편을 시집 맨 앞에 배치하여, "해방된 민주통일 조국의 건설에 기여하는 사랑"의 시적 면모를 '하나-둘-셋-넷'으로 단계화한다. 『황색예수전―공동체, 그리고 노래』(실천문학사, 1983)에 실려 있던 「사랑노래」 세 편은 시민판화 시선집 3부에 흩어져 있으므로, 동명의 제목을 취한 시집의 무게추는 명백히 앞쪽으로 기울어진다.

『황색예수전―공동체, 그리고 노래』에 수록된 「사랑노래」와 다르게 『지울 수 없는 노래』에 포함된 「사랑노래」는 서수(序數)가 병기되어 있다. 당시 시 발표 지면에는 없던 표기이다. 예컨대 「사랑노래(셋)」은 1982년 『기독교사상』에, 「사랑노래(넷)」은 1981년 창작과비평사에서 출간한 『13인 신작 시집: 우리들의 그리움은』에 최초로 실었다. 발표 순서로는 셋과 넷의 자리가 뒤바뀌어야 한다. 하지만 김정환은 『13인 신작 시집: 우리들의 그리움은』에 실은 시를 넷에 배치하였다. 이 시들의 경우 차례차례 읽어야 시인이 의도한 메시지가 온전하게 드러날 수 있다는 말이다. 『지울 수 없는 노래』에는 「사랑노래」 외에 「지하철 정거장에서」가 '하나-둘'로, 「한강」이 '하나-둘-셋'으로 묶여 있어, 「사랑노래」에 대한 집중도가 떨어진다. 그런데 시민판화 시선집에서 서수를 병기한 작품은 오직 표제작 「사랑노래」뿐이고 가장 앞에 실려 있어 주목도를 높인다.

동일한 시들임에도 『지울 수 없는 노래』와 『사랑노래』의 「사랑노래」 연작의 감상 효과는 달라진다. 시집과 시민판화 시선집의 물질성이 같지 않은 까닭이다. 김정환이 피력하였듯이 시민판화 시선집은 "시와 판화를 서로 비교·갈등·상호보충 시키면서 (……) [사랑 등(인용자)] 일상적으로 쓰는 용어들을 현재의 그릇된 개념이 아닌 원래의 뜻으로, 그리고 '지금 이곳' 한반도에서 의미해야할 바로 재창조"함을 목적으로 삼는다. 그러는 데 「사랑노래」 네 편과 나란히 실린 판화가 기여한다. 실제로 「사랑노래」 연작이 끝난 다음 실린 판화는 달밤에 팔다리를 뻗은 채 온몸을 발산하는 자세를 취하고 있는 한복 입은 여인이다. 이 장에서 독자의 시선을 끄는 점은 두 가지이다. 하나는 한복 입은 여인의 주변을 거친 음각으로 채우고 있다는 것인데, 이는 인물을 돋보이게 하는 동시에 그녀가 지금 격한 풍랑에 휩싸여 있음을 가리킨다.

『사랑노래』14쪽

다른 하나는 판화의 하단 좌우에 위치한 "民"과 "한반도여"라는 문구이다. 이를 통하여 한반도를 형상화한 대상이 한복 입은 여인—어머니이고, 그녀는 질곡 속에 놓인 당대의 민중을 표상한다는 것을 알 수 있다. 그러한 맥락에서 김정환이 강조한 「사랑노래」 연작에서의 사랑이 대중문화적 로맨스가 아닌 민중적 합일, 나아가 한반도의 통일임이 여실해진다. 또한 시민판화 시선집에서 「사랑노래」 연작은 이를 위한 과정을 체계화한 시로 읽힌다. 「사랑노래(하나)」는 거짓된 모습 없이, 심지어 "내장을 감추지 않고" 서로 만나야 한다는 의지를 나타낸다는 점에서 준비 단계에 해당한다. 「사랑노래(둘)」은 작금의 현실 인식이 드러난다. '나'와 '그대'는 떨어져 있다. 그럼에도 "보이지 않는 그대가 주는 위로는 / 귓가에 선명한 내 심장의 고동소리 바로 옆에서 / 무엇보다도 나를 가슴 뜨겁게 하고 있어" 상대의 부재를 버텨낼 힘을 얻는다.

「사랑노래(셋)」은 앞의 두 편에서 쓰인 평어체가 경어체로 바뀌는 양상을 보인다. 화자를 전작과 다르게 설정하여, 세 번째에 시의를 전환하는 기승전결의 전개 방식을 취하면서 연작시의 단조로운 구성을 변형시킨다. 시의 내용에서도 만남의 순간은 생략되어 있다. 고백의 서술은 그대와의 만남 이후이다. 화자는 재회를 갈망한다. "그대와 다시 만날 눈물 뒤범벅 / 아아 가르쳐주셔요 그대 / 앙칼진 사랑의 무기를 / 태양이 타는데 / 그대와 진정 다시 만날 수 있도록". 그러면서도 「사랑노래(셋)」은 한여름 그대와 마주하였던 기운으로, "겨울 해 긴긴 밤을 내내 / 제가 저 혼자 남은 온기로 지워내야" 할 것을 다짐한다. 그리하여 이 시는 만남이 지속되지 않는다고 해서, 만남이라는 사건 자체가 결코 퇴색하지 않음을 증명한다. 결(結)에 해당하는 「사랑노래(넷)」은 연작시 가운데에서도 면밀한 검토가 요구되는 시이므로 아래 전문을 인용한다.

그대는 알고 있다 사랑이라는 말의 어두운 골목과

차지해야 될 또 하나의 존재의 침범과 불안의 식량을

알고 있는 그대가 내게 해드린 사랑이란 말은

칼날처럼 내 가슴을 파고들어와

피묻은 그대의 얼굴을 나는 가슴 속에 파묻고

나의 가슴은 그대를 받아들인 아픔으로 찢어진다

그대 칼날의 찌르는 사랑과 찢어지지 못하는 삶이여

그대는 알고 있다 사랑이란 말의 강한 자의 횡포와

소유본능과 파괴근성과 서로의 살이 닳아빠지는 꿈의 상실을

알고 있는 그대가 그러나 내게 해드린 사랑이란 말은

칼날처럼 내 가슴을 헤집고 들어와

나의 심장은 치명적인 그대의 사랑을 받아들인다

받아들인다 그대 치명적인 칼날의 사랑과

그대를 위하여 살아남는

나의 노래여.

―「사랑노래(넷)」 전문

　「사랑노래(셋)」에서 생략된, 서로가 만나 사랑을 나눈 순간이 「사랑노래(넷)」에 펼쳐진다. 발표 시기 상 후자가 전자에 앞서지만, 김정환은 시집을 엮을 때 서로가 만나 사랑을 나눈 순간을 연작시의 마지막으로 설정하였다. 그렇게 한 연유는 사랑의 충실성과 영속성을 노래의 후렴구처럼 되새기기 위해서이다. 재회에 대한 갈망이 주조음을 이루는 「사랑노래(셋)」보다는, 세상에 통용되는 "사랑이라는 말"의 이면과 그대가

하는 "사랑이란 말"의 가치를 대조함으로써 사랑의 본질을 적시하려는 것이다. 1연과 2연의 대칭 구조는 반복하면서 사랑의 언어적 차이를 파생한다. 일반적인 "사랑이라는 말"은 세속에서 오염되었다. 그것은 "어두운 골목과 / 차지해야 될 또 하나의 존재의 침범과 불안의 식량을" 예비하고, "강한 자의 횡포와 / 소유본능과 파괴근성과 서로의 살이 닳아 빠지는 꿈의 상실을" 가리킨다. 황지우의 시 「새들도 세상을 뜨는구나」(1983)가 그려내듯이 강요된 애국가 제창 등과 결부된 부작용이다.

국가—정부를 보우하고 사랑한다는 노래를 어디에서든 강제로 불러야 하는 상황에서, "사랑이라는 말"을 하면 할수록 그것은 '횡포'와 '상실'을 야기하는 결과를 낳는다. 이를 "그대는 알고 있다". 그대는 "사랑이라는 말"을 똑같이 하는 대신, "사랑이란 말"을 '나'에게 전한다. 그것은 김정환이 구별한 문화주의와 문화운동의 상이한 성질과 연결되는 표현이다. 그대의 "사랑이란 말"은 "문학은 칼과 이슬이 담긴 선언"이라는 시인의 정의처럼, "칼날처럼 내 가슴을 파고들어와" 화자를 뒤흔든다. 그대의 "치명적인 칼날의 사랑"으로 "나의 가슴은 그대를 받아들인 아픔으로 찢어진다." 이때의 통증은 "사랑이라는 말"이 야기하는 부정성과는 다르다. 이와 같은 아픔은 여하한 부정성을 "찌르는 사랑"으로 작동하기 때문이다. 이전까지의 삶까지 일소되지는 못한다. 그러나 이에 힘입어 '나'는 사랑의 찢겨진 주체로서, "그대를 위하여 살아남는 / 나의 노래"를 멈추지 않을 수 있다.

이렇게 사랑에 감응한 '나'는 지난날과 단절하여, 그대에게 응답하는 사랑의 노래를 부르는 주체로 거듭난다. 또한 시민판화 시선집에 실린 판화들이 재현하는 평범한 사람의 생활이 겹쳐지면서, 「사랑노래」 연작은 『지울 수 없는 노래』에 수록되었을 때 단점으로 지적되던 사랑의 추상성에 생명력 넘치는 실감을 불어넣게 된다. 시민판화 시선집이 출간된 1984년 김정환은 소설가 이인성과의 대담에서 다음과 같이 말한다. "'쉽다' '어렵다'가 아니라 쉬움 지향·민중적 감성 지향의 의지를 포기해서는 안 된다는 것이겠지. 나도 내 시 어렵다고 얼마나 욕을 얻어먹는데?(웃음)"[149] 난해성을 탈피하려는 김정환 시의 "쉬움 지향·민중적 감성 지향"은 시 자체의 언어적 갱신으로만 시도되지 않는다. 시의 자장에 영향 받지 않고 자유롭게 창안된 시민판화는 시와 한 권의 책을 구성하여 시의 자장에 영향을 끼친다. 이러한 물질들의 매개적 작용으로 『사랑노래』는 그가 목표한 시적 지향에 근접하였다.

---

149   김정환·이인성, 「대담: 80년대 문학운동의 맥락—문학의 시대적 대응 양상을 중심으로」, 『문예중앙』 1984년 가을호 ; 『민중문학론』(성민엽 편), 문학과지성사, 1984, 188-189쪽.

2. 제3세계문학으로서의 민중신학 연작시

2.1.「봄비, 밤에」

첫 시집 『지울 수 없는 노래』를 낸 이듬해 김정환은 『황색 예수전』을 실천문학사에서 출간한다. 이 작품은 1981년 『실천문학』 2호에 최초로 발표되었다.[150] 서시를 포함한 총 46편의 시를 게재하였는데, 2년 후 단행본으로 묶을 때 2부 행전(行傳)에「입성」을 추가하여 총 47편의 시를 전재하였다. 이 시집에도 김정환 특유의 인장이라 할 만한 기존 시를 새 시집에 변주·반복하여 싣는 양상이 눈에 띈다. 역시 2부 행전에 배치된「밤에」의 본문은 『지울 수 없는 노래』에 실린「봄비, 밤에」의 본문과 동일하다. 제목 외에 바뀐 점은 본문 위에 제사(題辭)를 덧붙인 것

---

150 실천문학 시 "특집 두 편의 장시"라는 제호 아래 김정환의「황색 예수전」과 이동순의「물의 노래」가 실렸다. 이동순과 달리 김정환은 시 제목 옆에 "장편 연작시"임을 부기하였다. 그는「황색 예수전」이 일회성으로 종결되는 장시가 아니라 계속 집필해나갈 작품임을 분명히 해두고 있다.

이다. 1980년 『창작과비평』에 발표하였던 등단작 중 한 편인 「봄비, 밤
에」의 원문은 아래와 같다.

　　나는 몸이 떨려

　　어릴 적, 내 여린 핏줄의 엉덩이를 담아주시던

　　어머님 곱게 늙으신 손바닥처럼 포근한 이 비는

　　이젠 내 마음 정한 뜻대로

　　떠나도 좋다는 의미일까

　　산은 거대한 짐승을 가린 채 누워 있고

　　봄비에 젖고 있어 나는 몸이 떨려

　　그러나 새벽이면 살래살래 앙칼진 개나리를 피워낼

　　이 밤, 이 비의 소곤거림은

　　혹시

　　이젠 외쳐야 된다는 말일까

　　이젠 외쳐야 된다는 말일까

—「봄비, 밤에」 전문

　봄비가 내리는 밤, 이 시의 '나'는 전율하고 있다. 전율이 내포한 중
의적 의미처럼 두려움과 감격을 동시에 느끼기 때문이다. 첫 번째 행에
단독으로 배치된 "나는 몸이 떨려"는 1연 전체를 한 문장으로 통어하는
절(節)의 역할을 수행한다. 그러면서 첫 번째 행만으로는 알 수 없던 '내'
가 전율하는 이유를 독자에게 납득시킨다. 두 가지 면을 고려할 필요가

있다. 하나는 이 시에서 드러나지 않은 어떤 대상에 의한 공포로 몸이 떨리고 있다는 해석이다. 그런데 유년 시절 어머니의 손길과 같은 비를 접하여, ‘나’는 더 이상 공포에 시달리지 않게 된다. 더불어 스스로의 행보를 자율적으로 결단할 수 있음을 자각한다. 공포에서 새로운 결기를 품는 다짐의 전환이다. 다른 하나는 처음부터 이 비가 촉발한 감동을 느낀다는 해석이다. 그렇게 보면 시구의 의미는 간명해지나 2연에 대한 접근이 단순해지고 만다.

2연에서는 “나는 몸이 떨려”가 시구의 맨 끝에 배치되어 전체를 통어한다. “거대한 짐승을 가린” “산”을 보면 이때의 전율이 두려움에 닿아 있고, 뒤에 제시되는 “봄비에 젖고 있어”를 보면 이때의 전율이 감격에 닿아 있음을 알 수 있다. 그러면 1연에서 전자의 해석이 정합성을 갖는다는 사실이 재확인된다. “산”은 야만적인 폭력성을 감추고 있는 세상이므로 ‘나’는 무섭게 전율한다. 또한 그럼에도 불구하고 생명을 품은 봄비가 산을 적시고 있으므로 기쁘게 전율한다. 3연을 시작하는 접속부사 “그러나”는 공포와 감격의 전율을 다시 변화의 예감으로 반전시킨다. 아무것도 전망할 수 없는 밤이다. “그러나” 비가 내림으로써, “새벽이면 살래살래 앙칼진 개나리를 피워낼” 수 있음을 기대하도록 만든다.

일부러 씨를 뿌리지도 않았는데 봄이 되면 흔하게 피는 개나리는 민초를 가리킨다. 김정환은 여기에 “앙칼진”이라는 형용사를 붙임으로써 억압에 항거하는 민중의 지시어로 개나리를 바꿔 놓는다. 개나리가 산에 흐드러지게 피어 “거대한 짐승”이 숨은 곳조차 꽃밭으로 변하도록 하는 발화점이 “비의 소곤거림”이다. 소곤거림에서 출발하여 함성의 사건으로 도착해야 한다. “이젠 외쳐야 된다는 말일까”는 이를 예민하게 감지하는 자의 추론이다. 아직 무엇인가를 ‘나’는 제대로 발언하지 않았다. 그렇지만 이로써 ‘나’는 발언을 예비하는 주체로 거듭났고, 발언하지 않으면 안 되는 탄압이 도처에 있음을 자연스럽게 폭로한다.

2.2. 『황색 예수전』

이 시는 『황색 예수전 1』에 재수록되어 김정환의 첫 시집과 두 번째 시집 사이에 연결 고리를 형성한다. 더불어 제사가 추가된 형태로 다른 시집에 실리는 물질성의 변동에 따라 상이해지는 시의 현상을 가늠해 볼 수 있다. 덧붙여진 제사는 "'그러면 너희는 나를 누구라고 생각하느냐?' 하고 예수께서 다시 물으시자 베드로가 나서서 '선생님은 그리스도이십니다' 하고 대답하였다. ―마 8장 29절"이라는 마가복음의 일부이다. 이 구절의 배경은 예수와 제자들이 같이 지방으로 가는 여정과 관련된다. 그때 예수는 사람들이 자신을 뭐라고 칭하느냐고 제자들에게 묻는다. 제자들은 사람들이 예수를 세례 요한이나 예언자라고 생각한다고 답한다. 그러자 재차 예수가 "그러면 너희는 나를 누구라고 생각하느냐?"라고 묻고, 이에 베드로가 답했던 내용이 마가복음 8장 29절의 상황이다.

예수가 선지자나 예언자가 아닌, 구세주임을 선언하는 것은 사방의 위협 속에서 진리를 설파하려는 행위와 같다. 그러므로 「봄비, 밤에」에서는 암시로만 그쳤던 "이젠 외쳐야 된다는 말일까"의 실체는 『황색 예수전 1』에서 추가된 제사와 연동하여 「밤에」의 정치신학으로 구체화된다. 라틴아메리카 해방신학 형성에 기여한 조직신학자 몰트만은 1984년 정치신학에 대한 견해를 이렇게 정의한 바 있다. "모든 신학은 그 나름대로 정치신학이다." 그는 "모든 신학이 정치와 연관성이 있음을 자각하자는 신학"이 정치신학이라고 언급하며, 그러한 예로 여성신학·해방신학(라틴아메리카)·흑인신학(미국) 외에 "한국의 민중신학"을 꼽았다.[151] 김정환이 구상하는 민중신학적 "장편 연작시"는 한 권의 시집에 국한되지 않았다. 실제로 그는 실천문학사에서 1984년『황색 예수전 2』, 1986년『황색 예수 3』상권과 하권을 펴냈다. 이후 김정환은 이 시집의 제목을 '황색 예수'로 통일하였다.[152]

그러나 그가 애초에 염두에 두었던 양식으로서의 '전(傳)'을 경시해서는 안 된다. 한 사람의 일생을 기록하고, 그에 대한 공과를 판단하여, 후세에 알리는 전의 특징[153]을 김정환이 시에 고스란히 차용하는 까닭이다.『황색 예수전 1』은 신약에서의 예수 행적에 기반을 둔다. 낮은 곳에 임한 출생(「탄생의 서」)과 타자의 고난을 경유한 성장(「어머님에게」)—세상의 풍파(「칼잠 예수」)를 견디며 설파하는 진리(「입성」)—부당한 죽음(「못 박기」)과 부활(「도마에게」)의 구성을 취한다. 그 까닭을 김정환은 다음과 같이 밝힌다. "가난한 민중들의 공동체 속에서, 쫓겨난 오늘의 예수를 확인하고, 이루어지지 않은 미래의 어렴풋한 모형을 찾으려는 '의미찾기'이다. 그것은 성서에 나타난 탄생, 사랑, 부활, 구원의 진정한 의미를 찾는 작업과 무관하지 않으리라 믿는다."[154] '민중신학'이라는 용어를 사용하지 않았으나, 그의 문제의식은 1979년 CCA 신학협의회에서 공식화된 기독교 민중신학의 논의와 맞닿아 있다.[155]

---

151 위르겐 몰트만, 박종화 옮김,『정치신학 정치윤리: 몰트만 선집 10』, 대한기독교서회, 2017, 5쪽.

152 1980년부터 1999년까지 김정환이 펴낸 시집을 모은『김정환 시집』(이론과실천, 1999)과 이를 저본으로 복간하여 출간한『황색 예수』(문학과지성사, 2018) 판본을 예로 들 수 있다. 실천문학사에서 출간된『황색 예수전 1』에는「밤에」라는 제목으로 바뀌었던 시는, 훗날 이론과실천과 문학과지성사 판본에서는「봄비, 밤에」라는 제목으로 재수록 되었다.

153 조동일,『한국문학통사 3』, 지식산업사, 2005, 90-91쪽 참조.

154 김정환,『황색 예수전 1』, 실천문학사, 1983, 122쪽. 이 시집에는 부제가 없다. "탄생과 죽음과 부활"이라는 부제는 훗날 이론과실천과 문학과지성사에서 출간된 판본에 추가된 것이다.

155 김진호,「민중신학이란 무엇인가: 전개와 평가 및 전망」,『시대와 민중신학』창간호, 제3시대

제1세대 민중신학은 1970년대 당대의 독재 체제에 대한 신학적 저항을 모색하였고, 1980년대 접어들어 제2세대 민중신학은 신학적 저항의 본격적인 진지 구축에 힘썼다. 민중운동의 자장 속에서 제2세대 민중신학은 당시 민중문학론과 유사한 변천을 보였다. 지식인이 주도하는 계몽적 성격을 탈피한 노동자 중심의 민중 인식이 확대되었고, 막연하게 독재 체제라고 규정하던 정치 세력의 정체를 마르크스주의 사상을 접목하여 신식민지 국가독점자본주의 등의 현상으로 적시하였다.[156] 주목할 점은 제2세대 민중신학이 서두에 제시한 1980년대 사회 성격에서의 물질론—사회구성체 공론장과 이어진다는 사실이다. 사회구성체론의 영향 속에서 제2세대 민중신학은 "운동의 신학"으로서 "당파성, 과학성, 그리고 대중성에 대한 논의"를 전개하였다.[157]

이와 같은 민중신학의 대두는 1980년대 기독교 내부의 논쟁으로 비화되었다. 신학을 이데올로기한다는 민중신학에 대한 보수 기독교계의 비판에도 불구하고, 민중신학의 주창자 중 한 명이었던 서남동은 예수가 곧 민중이라는 주장을 포기하지 않았다.[158] 고난의 담지자이자 해방의 주재자로서 예수가 곧 민중이라는 담론적 실천을 김정환은 『황색예수전』을 통해 물질적 실천으로 구현한 것이다. 그는 시집 서문에 이렇게 쓰고 있다. "바람직한 미래를 향해 함께 나아가고 있는 대다수 민중들의 고통받는 공동체를 위한 '버팀대'로서 그물이 되어야만 종교는 이 시대 이 나라에서 존재 이유를 부여받을 수 있을 수 있다는 사실을

그리스도교연구소, 1994, 24쪽 참조.

156 위의 논문, 25-29쪽 참조.

157 박종천, 「1980년대 민중신학의 문제와 한국신학의 새로운 탐색」, 『신학사상』 71집, 한신대학교 신학사상연구소, 1990, 1083쪽.

158 「기독교계에 불붙은 민중신학 논쟁」, 경향신문, 1984년 11월 12일.

절감해야 한다."[159] 이는 일찍이 마가복음에서 민중과 예수의 동일성을 탐색하던 민중신학자 안병무의 주장과 공명한다.

예수는 출신으로나 행태 상으로 한 민중이다. 복음서 마다 그는 다윗 후예, 왕적 권위로 표출시키려는 데 대해 마가의 예수는 다윗의 난 곳과도 혈연과도 상관없는 무명의 땅, 요세푸스도 한번 언급 없는 시골 나사렛 출신이다. (……) 민중과 더불어 예수가 있는 곳에 민중이, 민중이 있는 곳에 예수가 있다. 그런데 그 민중은 비록 무명으로 등장하나 예수를 부각시키는 배경이 아니라 이 양쪽의 관계에서 민중이 생동한다. (……) 예수는 시종일관 민중의 언어를 썼다. 그것은 바로 그의 언어이었으리라. 그 특징은 이야기체다. 문자를 모르고 논리적 훈련을 안 받은 어느 누구도, 살아 있는 한 알 수 있는 말이다. 삶 전체에서 나온 말이지 머리에서 나온 말이 아니다. 민중 언어는 예수의 '존재의 집'이며 마가의 그것이다. 그것은 구전(口傳)이 특징이다. 그런데 마가가 잃어져 가는 이런 민중 언어를 수집해서 그것을 언어화한 것은 민중적 삶의 요청에서 나온 것이며 그런 의미에서 민중적 지혜요, 승리다.[160]

김정환은 『황색 예수전』에서 마가복음뿐 아니라 성경의 다양한 장을 제사로 인용한다. 그렇지만 시종일관 그가 염두에 두는 바는 "삶 전체에서 나온 말"로서의 "민중의 언어"이다. 안병무는 마가복음을 예로 들어 "이야기체"—"구전의 특징"으로 이를 규정한다. 제목 변경에 관하

---

159 김정환, 「후기」, 『황색 예수전 1』, 121쪽.
160 안병무, 「민중신학: 마가복음을 중심으로」, 『신학사상』 34집, 한신대학교 신학사상연구소, 1981, 532-534쪽.

여 별다른 코멘트를 남기지 않고, 김정환은『황색 예수전』을 매듭짓는 3권에서는 제목에서 '전(傳)'을 떼어냈다.[161] 반대로 보면 이것은 2권까지 그가 황색 예수 시리즈에서 '전'의 성격을 명확히 했다는 뜻이기도 하다. 3권 해설을 쓴 문학평론가 임헌영도 황색 예수 시리즈를『황색 예수전』으로 명명하고 있다. 그것은 3권 출간 직전까지 제목이 바뀌지 않았음을 가리키는 단서이자, 제목에서 '전'을 삭제했다 하더라도 황색 예수는 여전히 '전'으로 이해될 수 있음을 알려주는 표지이다.

2.3. 장편 연작시 담론

『황색 예수전』의 '전'이 가진 특성을 강조하는 까닭은, 김정환이 언명한 장편 연작시의 물질성을 고찰하기 위함이다. 이에 대하여 참고 가능한 선행 연구가 있다. 해당 연구를 진행한 필자는 "장시의 하위 유형이라고 분류되어 언급되는 연작시 차원에서도 시사적 언급이 거의 전무한 편"이라고 지적하면서,『황색 예수전』이 취한 연작시 형식이 가진 의의를 부각한다.[162] 이 글에서 유일한 학술논문으로 거론된 연구가 「1980년대 시에 나타난 '기독교'의 의미와 텍스트화 양상」이다. 예수가 겪는 "'수난과 구원의 서사'를 당대 역사의 '현실적·당위적 서사'와 병치해 두 개의 텍스트가 시에 공존하는 겹텍스트의 구조를 만든다"는 분석

---

161   『김정환 시집』(이론과실천, 1999) 자서에서 김정환은 자신이 낸 시집에서 중복되는 작품을 삭제했다며, "어쨌거나 삭제는, 뭔가 후련한 일"이었다고 밝히고 있다. 본문의 글자 크기를 "깨알만큼" 줄이는 등 미니멀리즘을 지향한 판본이다. 의미 반복을 피하고 음절 균형을 맞추는 데는 "황색 예수"가 적합했을 것이다. 이에 따라 앞서 "황색 예수전"으로 출간된 1권과 2권의 제목도, 1999년 전집 판본에서는 "황색 예수"로 바꾼 것으로 짐작된다.

162   김난희,「1980년대 연작시 형식에 나타난 유토피아적 충동과 상징화 양상」,『기호학연구』62집, 한국기호학회, 2020, 10쪽.

은 이 글의 논지와도 합치한다.[163] 그러나 몇몇 사실 관계 오류가 해당 연구의 정합성을 깨뜨린다.

예컨대 서지 사항을 밝힌 각주 2)에 3권 제목이 "『황색예수전 3-예언, 그리고 아름다움을 위하여』, 실천문학사, 1986"으로 잘못 기입되어 있고, 1권이 "마태복음"만을 "에필로그로 인용하면서 각 시편마다 가시적인 겹텍스트의 구조를 갖추는" 시집이라고 잘못 파악하고 있다.[164] 사실 관계를 바로잡자면 3권 제목은 『황색 예수』이고, 1권에는 마태복음·마가복음·누가복음·요한복음 등이 고루 인용된다. 앞서 언급한 연구도 의문점이 적지 않다. 이 글은 논문 서두에 광주민주화운동의 충격으로 "느슨한 서술양식의 산문보다는 시가 더 필요한 장르였다는 인식"이 대두되었음을 피력한다. "당대의 시는 산문양식을 대신하여 현실에 대한 입장을 강력하게 피력"하였다는 것이다. 이때 "느슨한 서술양식의 산문"이라는 규정에 대해서 추가적인 해명이 없다는 점이 아쉽다. 더불어 "당시 신군부에 대한 저항으로 서사의 몫까지 떠맡아야 했던 까닭에 장시 형태의 서사시와 연작시가 대거 발표되기도 했었다"는 서술도 상세한 설명이 필요해 보인다.[165]

위와 같은 분석은 소설을 비롯한 1980년대 서사 양식의 부당한 폄하일 뿐더러, 1980년대 출현한 장시를 시사의 예외적인 사례로 간주하는 오류를 범하는 탓이다. 필자는 "1980년대 들어 많은 장시가 발표되었던 것은 주지의 사실"이라고 적고 있다.[166] 그러나 많은 장시의 창작

---

163 김수이, 「1980년대 시에 나타난 '기독교'의 의미와 텍스트화 양상」, 『한국현대문학연구』 24집, 한국현대문학회, 2008, 464쪽.

164 위의 논문, 448·455쪽.

165 김난희, 앞의 논문, 8-9쪽.

166 위의 논문, 10쪽.

은 "신군부에 대한 저항"을 위한 1980년대 시단만이 갖는 특별한 사건이라고 보기 어렵다. 1981년 문학평론가 염무웅은 풍부한 예시를 들며 강조한다. "장시는 우리 문단에서 으레 있음직한 하나의 관습적인 문학 양식으로 굳어져 가고 있는 듯하다."[167] 실제로 필자가 1980년대 대표적인 장시로 예로 드는 작품들은 1970년대 장시에 기원을 두고 있고, 창작에 임한 시인들도 동일하다.

그러므로 초점을 맞춰야 하는 것은 1980년대 활발히 창작되었다고 착각되는 장시의 보편성이 아니다. 개별 시인이 장시로 무엇을 하려 했고, 어떤 시적 효과가 창출되었는가에 집중해야 한다. 연작 형식을 취한 『황색 예수전』의 의의를 필자는 두 가지로 정리한다. "첫째, '무한한 연작 형식'을 통해 끝날 수 없는 현실의 모순과 고통을 현재화시키고, 이에 맞서 끊임없이 싸워야 하는 과정적 주체, 그 과정적 주체의 고통스러운 서사를 상징화한다. 둘째, '연속성을 지닌 불안정한 언술 형식'을 통해 대상을 동일화하고자 하는 욕망과 그 동일성의 세계가 갖는 인과적 논리의 선형성으로부터 벗어나고자 하는 욕망이 복합적으로 작동되는 상호 얽힘으로서의 '세계'와 '나'의 관계를 상징화한다. 따라서 기승

167　염무웅, 「서사시의 가능성과 문제점」(1981), 『한국문학의 현단계 Ⅰ』, 창작과비평사, 1982, 7쪽. 1920년대 김동환의 『국경의 밤』·『승천하는 청춘』, 1930년대 김기림의 『기상도』를 필두로 해방 후 그가 열거하는 장시 목록은 다음과 같다.
1950년대: 김용호, 『남해찬가』(1952) | 김종문, 『불안한 토요일』(1953) | 민재식, 『속죄양』(1955-1957)
1960년대: 김구용, 『구곡』(1960-1970) | 김소영, 『조국』(1966)·『어머니』(1969) | 전봉건, 『춘향연가』(1967) | 김종문, 『서울』(1967) | 신동엽, 『금강』(1967)
1970년대: 김지하, 『오적』(1970)·『앵적가』(1971)·『비어』(1972) | 모윤숙, 『논개』(1974) | 양성우, 『벽시』(1977) | 고은, 『대륙』(1977)·『자장가』(1978)·『갯비나리』(1978) | 문병란, 『호롱불의 역사』(1978) | 이성부, 『전야』(1978) | 이동순, 『검정버선』(1979) | 정상구, 『잃어버린 영가』(1979) | 신경림, 『새재』(1978)
1980년대: 양성우, 『만석보』(1980) | 정상구, 『불타는 영가』(1980) | 문충성, 『자청비』(1980) | 신경림, 『남한강』(1981)

전결의 선형적인 동일성의 미학을 중심으로 한 당대의 민중서사시와는 차별화된 유토피아적 공간을 드러낸다."[168]

첫 번째 정리에서 논의의 대상이 되는 개념은 무한한 연작 형식이다. 필자는 「한국 현대 연작시 연구」의 연구를 참조하여 『황색 예수전』이 "내부적인 경계와 외부적인 경계가 부재함으로써 개별 텍스트가 무한히 증식될 수 있으며, 외부로의 확장이 가능한" 무한한 연작 형식임을 피력한다.[169] 그러나 「한국 현대 연작시 연구」의 논자는 송욱의 『하여지향』·김춘수의 『타령조』·이상의 『오감도』를 무한한 연작으로, 김기림의 『기상도』·신동엽의 『금강』·구상의 『초토의 시』를 유한한 연작으로 분류하고 있다.[170] 이러한 논지에 동의한다면, 성경에 그려지는 예수의 삶과 당대 민중의 삶을 겹쳐 놓는 『황색 예수전』은 "외부적 경계나 내부적 경계가 없"는 무한한 연작 형식보다는, "부분과 부분의 연쇄가 인접성에 의해 배열"되는 유한한 연작 형식에 가깝다. 더불어 유한한 연작 형식이 "내부로의 무한한 확장을 가능"하는 양식임을 고려하면 「1980년대 연작시 형식에 나타난 유토피아적 충동과 상징화 양상」의 분석은 타당성이 떨어진다.[171]

두 번째 정리의 '연속성을 지닌 불안정한 언술 형식'도 첫 번째 정리가 전제되지 않으면 논의가 성립되지 않는다. 그럼에도 불구하고 검토에 임하면, '연속성을 지닌 불안정한 언술 형식'이란 이와 같이 이해된다. 『황색 예수전』은 "개별 텍스트와 텍스트의 관계를 드러내는 인접성의 차원에서는 '연속성'을 지닌 것으로 파악"되지만, "무한한 연작의 연

---

168   김난희, 앞의 논문, 32쪽.

169   위의 논문, 13쪽

170   최도식, 「한국 현대 연작시 연구」, 서강대학교 박사학위논문, 2009, 25쪽 참조.

171   위의 논문, 20-22쪽.

속성은 다른 이질적인 것들에 의해 개별 텍스트의 배치가 불안정해지
면서 텍스트의 언술도 불안정해진다"는 것이다.[172] 비선형적 시간성과
인과성으로 인하여 텍스트의 언술이 불안정해진다는 점에 공감한다고
해도, 이것이 "기승전결의 선형적인 동일성의 미학을 중심으로 한 당대
의 민중서사시"의 대타항일 수 있는지는 설득되지 않는다. 『황색 예수
전』을 제외한 '당대의 민중서사시'가 뭉뚱그려져 동일성에 순응하는 시
로 부당하게 평가 절하되는 탓이다.[173]

　　염무웅이 지적한 대로, 장시 논의에서 "중요한 것은 우리의 문학사
적 현실 위에서 문제를 보는 자세"이다.[174] 장르론 하에서 장시를 둘러싼
세부 명칭 등에 대한 토론은 당시에도 활발하게 이루어졌다. 1980년
대의 장시가 신과 영웅을 주인공으로 하는 엄숙한 운문으로서 청중에
게 낭송되는 '서사시'이냐 아니냐, 발라드 전통 하에서 이야기를 시화한
'담시(譚詩)'이냐 아니냐 하는 논제였다.[175] 그렇지만 전술하였듯이 핵심
은 장시를 규정하는 개개의 명칭이 아니다. 시인이 어떤 목적으로 시의
장편화를 시도했느냐, 이것이 어떠한 실천적 결과를 생산하였는가에
주의를 기울여야 한다. 또한 장시가 판소리·민요·소설·연극 등의 타 장

172　김난희, 앞의 논문, 20쪽.

173　그 외 "1980년대의 민중서사시가 주로 과거의 투쟁을 바탕으로 지나간 역사 속에서 유토피
　　아를 추구하는 것"(위의 논문, 31쪽)이라는 분석도 동의하기 어렵다. 이 논문은 특정 작품을
　　예로 들고 있지는 않다. 그런데 가령 신경림의 『남한강』만 해도 필자의 논지와 부합하지 않
　　는다. 지나간 역사에 대한 천착은 『황색 예수전』과 동일하게 '당대 현실 모순에 대면하는 사
　　회적 상징화'의 작업이기 때문이다. 이와 함께 이 논문에서 『황색 예수전』에서 김정환이 피
　　력하는 성(聖)과 속(俗)의 변증법적 관계를 명백하게 잘못 인지하고 있는 대목도 지적해 둘
　　필요가 있다. 『황색 예수전』이 "'성(性)'과 '속(俗)'이라는 고도의 추상성과 상징성을 기저로
　　하면서 '관념'과 '구체성'이라는 길항 속에서 복합적인 모습으로 변주"된다는 문장은 시 연구
　　의 정밀성을 해친다. 위의 논문, 15쪽.

174　염무웅, 앞의 글, 48쪽.

175　위의 글, 47-48쪽 참조.

르와 적극적인 결합을 시도한다는 점에도 방점을 찍어야 한다.[176]

2.4. 『회복기』

김정환의 경우는 장편 연작시를 통해, 성경 속 예수와 1980년대 민중을 일체화하는 민중신학의 시적 구현에 나서고 있다. 한편 그는 『황색 예수전』을 집필하는 와중에 또 다른 장편 연작시를 출간하였다. "『민중』 제1권, 1983년 9월"에 발표하여 "청사민중시선" 열여섯 번째 시집으로 묶인 『회복기』이다.[177] 동일한 '장편 연작시' 계열이지만 『회복기』는 『황색 예수전』에 비하면 시적 응집력과 전달력이 떨어진다. 여러 가지 원인이 있겠으나 장편 연작시라는 커다란 틀에 『회복기』의 시편이 긴밀하게 조응하지 못한 이유가 크다. 『황색 예수전』은 성경 서사와 당대 역사를 병합하는 방식을 취하여 장편 연작시의 세계관을 넉넉하게 떠받칠 수 있었다. 반면 『회복기』에서는 김정환의 체험과 당대의 역사를 엮는 방식을 취하여 전자가 후자에 수렴되어 버리는 결과를 초래하였다. 이와 같은 사례는 장편 연작시의 성공과 실패를 대조적으로 보여주는 동시에, 타 장르와의 결합과 연결성 구축을 위한 장치 등 장편 연작시에서 요구되는 복합적 물질성이 단시와 사뭇 다르다는 사실을 예증한다.

그럼에도 불구하고 『회복기』의 집필 동기는 비슷한 시기에 쓰인 『황색 예수전』과 밀접하게 결부된다. "시대의 추악함 앞에서 대책없이 흔들리는 가녀린 인간이되, 끝까지 인간성을 버리지 않으며 그 흔들

---

176 위의 글, 50쪽 참조.

177 김정환, 『회복기』, 청사, 1985. ; 이 시의 최초 발표일자와 지면 인용은 『회복기』 해설을 쓴 유중하, 「회복과 희망의 미학」, 154쪽.

림의 의미를 캐묻는 일은 고통이지만 이 한반도에 사는 자의 할 일이며 궁극적으로는 축복이기도 하다는 명제, '억눌린 자의 구원의지' 혹은 '역사 발전에의 참여 권리'라는 명제를 위해 이 시는 아주 깨알만한 부피와 의미로 쓰여진 것일 게다."[178] 작은따옴표로 강조 표시된 '억눌린 자의 구원의지'와 '역사 발전에의 참여 권리'는 『회복기』보다는 『황색 예수전』에서 실질적으로 수행되었다. 『황색 예수전』은 종교 내부의 개혁을 위한 시가 아니다. "종교는 이 시대 이 나라에서 존재 이유를 부여"받아야 한다는 정치신학—민중신학의 입장에서 김정환은 『황색 예수전』의 시리즈화를 추구한다.[179]

2.5. 제3세계문학론

이와 연계하여 탐구되는 주제는 두 가지이다. "제3세계 약소민족들의 민중운동"과 "성과 속의 이분법적 개념 규정에 대한 수정 작업"이다.[180] 『황색 예수전 1』의 후기 말미에 김정환은 대학 학과 선배이기도 한 "도움말 주신 박태순 선생님"에게 고마움을 표한다. 소설가로 활동한 박태순은 이스라엘의 시오니즘에 대항하는 팔레스타인 사람들의 투쟁시 『팔레스티나 민족시집』[181] 등을 번역하기도 했는데, 1980년대 그가 몰두한 문학론은 '제3세계문학론'이었다. 「문학의 세계와 제3세계 문학」이라는 평문에서 박태순은 다음과 같이 쓰고 있다. "우리에게 있어서 제3세계문학에 대한 이해는 곧 한국문학에 관한 근원적인 관심과

---

178 김정환, 「후기」, 위의 시집, 167쪽.
179 김정환, 「후기」 『황색 예수전 1』, 121쪽.
180 김정환, 위의 글, 121-122쪽.
181 압델 와하브 엘메시리, 박태순 옮김, 『팔레스티나 민족시집』, 실천문학사, 1981.

일치한다는 것은 두말할 나위가 없다."[182] 그가 이 글에서 열거하는 책의 목록에서 알 수 있듯이, 1980년대 제3세계문학론은 '창비 그룹'에서 주도하였다.[183]

제3세계문학론을 다루는 논자들은 제3세계문학이 다종다양한 형태와 성질을 띠고 있음을 공통적으로 전제한다. 인종·언어·전통이 다른, 아시아·아프리카·라틴아메리카의 문학이 한데 묶이기는 쉽지 않은 탓이다. 그럼에도 불구하고 이들은 오늘날 제3세계문학론이 존재함을 강조한다. 피식민 경험을 비롯한 정치적 압제가 지속되는 상황에서, "'잘못된' 세계구조와 민족사회구조를 '올바로 잡으려는 노력'"[184]을 공유하기 때문이다. 이는 강자 혹은 부자와 대별되는 민중의 입장에 서야 한다는 논리와 맥을 같이 한다. 김정환이 인디언 문학에 관심을 기울인 이유도 여기에 있다.[185] 당시 그는 제3세계문학에 대한 의견도 직접 표출하였다. 김정환은 제3세계문학 담론을 한국의 노벨문학상 수상을 위한 전략적 수단으로 전용시킨 언론을 비판한다. 그리고 제3세계문학에 속한다고 여겨지는 여러 편의 시를 인용한 뒤 그 특징을 요약한다.

노동하며 사는 공동체 생활의 터전인 '땅'에 대한 무한한 사랑과, 그것을 빼앗아가려는 자 혹은 빼앗아간 자들에 대한 증오심이 서로 상승 작용을 하여 '싸움으로서의 사랑' '저항으로서의 구원' '무기로서의 문화' '해방지향적 민중 전통' '견딤으로서의 삶에 대한 종교적 인

---

182   박태순, 「문학의 세계와 제3세계문학」, 『한국문학의 현단계 Ⅲ』, 창작과비평사, 1984, 303쪽.

183   백낙청·구중서 외, 『제3세계문학론』, 한벗사, 1982. ; 일본 아시아 아프리카 작가회의 편, 신경림 옮김, 『민중문화와 제3세계―AALA문화회의 기록』, 창작과비평사, 1983. ; 박태순 외, 『문학과 예술의 실천논리』, 실천문학사, 1983.

184   박태순, 앞의 글, 305쪽.

185   김정환, 「인디언 문학에 대하여」, 『발언집』, 40-46쪽.

식 혹은 결단' 등등을 이루어내고 있는 것이 제3세계 문학의 본질이
다. (……) 더욱 중요한 것은 그 제3세계적인 시각의 정당성을 우리가
어떻게 증명하고 또 어떻게 살찌워 나갈 것인가, 그리고 난 다음 제
3세계 문학으로서의 한국의 현대문학이 앞으로 어떤 방향성을 이루
어 제3세계 문학에 '한국적'으로 기여할 수 있을 것인가의 물음에 대
답하는 일이다.[186]

  "제3세계 문학에 '한국적'으로 기여할 수 있을 것인가의 물음에 대
답"이 『황색 예수전』의 기획이다. 김정환이 이 시집을 출간하며 밝힌 첫
머리에 담긴 인식도 그러하다. "서양에서 우리나라로 전파되어 어느 정
도 토착화 과정을 거친 기독교 혹은 천주교는 한반도 전역을 덮친 거대
한 그물이다. (……) 우리로서는 그 거대한 그물의 거대한 덮침의 정체
와 자체 위험성과 미래를 위한 잠재적 가능성에 대해 끝없이 직시하고
모색하기를 게을리해서는 안 된다. 이 글은 그런 질문과 질타와, 끝없는
가능성 모색의 자그마한 결과이다."[187] 제1·2세계인 서구에서 유입돼 제
3세계에 뿌리내린 종교를 어떻게 전유하여 민중운동과 결합시킬까에
대한 탐색이 『황색 예수전』인 것이다. 이는 "물질적 생활의 생산 방식이
사회적, 정치적, 정신적 생활 과정일반을 조건 짓는"[188] 기계적 결정론을
벗어나, 종교라는 상부구조에 대한 물질적 생활의 개입을 통해, 그 결과
를 피드백하여 다시 하부구조에 영향을 끼치겠다는 의도를 품은 김정
환의 시학이다.

186 김정환, 「80년대 리얼리즘의 방향」, 『삶의 시, 해방의 문학』, 161쪽.

187 김정환, 「후기」, 『황색 예수전 1』, 121쪽.

188 카를 마르크스, 최인호 옮김, 「정치 경제학의 비판을 위하여: 서문」, 『칼 맑스/프리드리히 엥
     겔스 저작 선집 2권』, 박종철출판사, 1992, 477-478쪽.

그대는 살과 뼈와 피비린 인간의 모습.

인간됨의 가장 비참한 모습.

사람들은 믿지 않는다

그대는 하늘 그냥 늘 푸른 하늘일 뿐

그대 못박힌 손발의 상처에

갈수록 아픔이 생생한 살이 돋는 사랑을

사람들은 믿지 않는다.

그대도 어쩔 수 없다, 사랑의 힘은 그대를 다시 태어나게 하고

우리가 그대의 사랑을 확인할 때

(그것은 항상 너무 늦었을 때)

그대가 확인하는 것은 우리의 돌아선 뒷모습.

그것은 그대의 위대한 슬픔

그대는 슬픔의 시공을 초월하여 있으나

처절한 비참 속에 더욱 처절하게 있어

6·25 전쟁이나

죽창, 도끼, 학살, 참상의 끝.

세상이 그대를 버릴지라도

그대는 어쩔 수 없다 버리지 못하고

그대의 가슴은 그대를 버림까지 품고 있으나

그대의 거대한 포옹 속에서

그대를 버린 사람들은 가시처럼 그대를 찌른다

그대 육신의 가슴을 찢어져라 찌른다

그러나 그대는 바로 찢어질 수 없는

깜깜한 사랑의 힘

그 자체.

언젠가 손끝, 발끝, 황홀한 마주침같이

입맞춤같이, 아주 가까운 귓전의 입김소리같이

—「서시」 전문

　『황색 예수전』을 통어하는 「서시」에서도 성령이 아닌 사람의 아들인 예수를 부각한다. 물론 이 시에서 "그대"는 제1세계의 '백색 예수'가 아닌 제3세계의 '황색 예수'이다. 황색 예수는 "살과 뼈와 피비린 인간의 모습"을 하고 있으며, "인간됨의 가장 비참한 모습"으로 현현한다. 그러나 "현세기복적 재벌 종교" 및 "미래 지향적 구원 종교"[189]가 장악한 세상에서 황색 예수를 "사람들은 믿지 않는다". "그대가 확인하는 것은 우리의 돌아선 뒷모습"뿐이나, 그럼에도 불구하고 "그대의 사랑"과 "그대의 위대한 슬픔"은 사람들을 끌어안는 "거대한 포옹"을 실천한다. 그것은 "6·25 전쟁"을 포함한 한반도의 참상 속에서 이루어지는 역사의 구제이다. 이를 실현하는 존재가 육화된 황색 예수이다. 홀로 고상함을 유지하는 성스러움이 아닌, 세속의 인간들을 품는 성스러움이기도 하다. 이것이 "손끝, 발끝"으로 대변되는 "육신"끼리의 "황홀한 마주침"이 강조되는 이유이다.

　이처럼 김정환 시에서 종교는 초월론과 형이상학이 아니라, 물질론과 형이하학적 차원에서 논하여진다. 예수의 부활을 맹목적으로 믿지 않고, 예수의 못자국과 옆구리의 상처에 손을 넣어보아야 기적을 인정하겠다던 도마(Thomas)를 제재로 쓴 「도마에게」도 그 예 가운데 하나이다. 이 시에서 황색 예수는 도마에게 단순히 못자국과 옆구리의 상처를

189　김정환, 위의 글, 121쪽.

확인하는 데 그치지 말라고 당부한다. 자신의 상처에 내재한 "보이지 않는 아우성 소리", "들리지 않는 가난에 찌든 얼굴들"을 보고 들어야 한다는 가르침이다. 부활한 예수에게서 신성을 포착하는 행위는 성(聖)에서 성을 구하는 평범한 일이다. 중요한 것은 "주위의 신음 소리를 살펴"보는 행위이다. 이것은 속(俗)에서 성을 발견하는 특별한 사건인 까닭이다.

"비좁은 방, 신경질, 쌍욕, 거짓말의 다툼 속" 수감 생활에서 "좀더 밀접하게 치열하게 사랑"이기 위하여 황색 예수를 소환한 「칼잠예수」도 마찬가지이다. 십자가형을 언도받은 예수는 공식적으로 죄인이었다. 두 가지 죄목이다. 유대인 율법에서는 신의 아들이라 칭한 신성모독죄, 로마법에서는 정치적 메시아로서 로마의 통치에 저항한 죄였다.[190] 이러한 예수에게 법적으로는 죄인이라 낙인찍혔으나, 실제로는 정권의 탄압에 항거하여 구금되었던 김정환은 친밀감을 느낄 수밖에 없었다. 하지만 그는 1980년대 한국의 정치범과 황색 예수를 동일시하지 않는다. "돈 많은 범털부터 / 시래기국 건더기조차 못 건져 먹는 찌그러진 개털"에서 "뭔가 같은 걸 발견하고 싶은 거"라 하고, "전과 18범 노인의 아직도 어린애 같음의 / 해학과 모순"에서 "우리가 사랑이 되는 / 유일한 무기"를 찾아낸다.

『황색 예수전』에서 김정환이 선언한 "성과 속의 이분법적 개념 규정에 대한 수정 작업"은 그의 시에서 속으로서의 성, 성으로서의 속으로 구현된다. 이는 물질성―구체성에 기반한 하부구조와 추상성―관념성에 바탕을 둔 상부구조의 내부-작용이기도 하다. 양자는 뚜렷하게 분리되는 것이 아니라 뒤섞이면서 김정환이 명명한 사랑의 현상을

---

190   김기홍, 『역사적 예수』, 창비, 2016, 403쪽 참조.

발생시킨다. 이것은 『황색 예수전』 마지막 권에서 그가 서술한 바와 조응한다. "성(聖)은 속(俗)을 통해 더욱 생생하게 드러나며, 대중 보편화되는 동시에 선전 선동되고, 또 그 과정에서 더욱 성스러워진다. 속은 성을 통해서 존재 의미를 갖게 되고, 또 그것을 통해서 구원에 닿는다. (……) 관념은 구체성을 피와 살과 정신으로 받아들여 좀더 인간화·정서화되며, 구체성은 관념의 세례를 통해 더 높은 진보적 해방의 차원으로 고양된다."[191]

2.6. 「사랑에 대해서」

이상의 과정은 김정환이 언급한 대로 "변증법적·미래 지향적 종합"으로 귀결한다. 그러한 운동을 가능하게 만드는 동력은 그가 거의 모든 시에서 되풀이하여 변주하는 사랑이다. 그것은 『황색 예수전』에 실린 「사랑에 대해서」에 명징하게 나타난다. "너희는 세상의 소금이다. 만일 소금이 짠맛을 잃으면 무엇으로 다시 짜게 만들겠느냐?"라는 마태복음 5장 13절이 제사로 인용된 시편이다. 산상수훈의 일부인 이 대목은 소명을 깨닫고 실천하는 이의 중요성을 부각한다. 김정환은 그러한 사람들이 가져야 할 덕목이 사랑이라고 역설하면서, 이것이 또한 "변증법적·미래 지향적 종합"의 운동임을 피력한다.

나는 운동입니다
발 밑이 깜깜토록 아무것도 안 보일 때까지
달리는 바퀴, 아스팔트의

191　김정환, 「책머리에」, 『황색 예수 3·상』, 실천문학사, 1986, 4-5쪽.

질주입니다

너무 빨라

숨이 막혀, 먼 데를 바라보면

옷벗은 나무가 지나갑니다

민대가리 산이 지나갑니다

나에게 가까우면 가까울수록

그대는 무섭고 두려워

숨가빠, 그러나 내가 멈추면

큰일납니다 그대는 호흡이 가빠오르고

그러나 사랑이 멈추면 큰일납니다

나의 매정한 운동 중에 한방울 빛 반짝이는

불쌍히 여김의 눈물을

잊지 마시오 부디

물질을 물질이게 하는 것

그대들을 그대들이게 하는 것

나는 운동입니다

나에게 가까우면 가까울수록

그대는 헉헉거립니다

그러나 아주 가까이 오시오

좀더 가까이 오시오

내곁에 아주 아주 가까이 있으면

나는 그대의 속력이 됩니다

때로는 너무 무거운

그러나 내가 멈추면 큰일납니다

내가 멈추면 사랑이 멈추면

그대는 그대가 아닙니다
해체됩니다

—「사랑에 대해서」 전문

　"사랑에 대해서" 상술하기 위하여 김정환은 사랑을 1인칭 화자로 내세운다. 이 시의 '나'는 사랑이면서 동시에 "운동"이다. 그러한 인식 하에서 김정환은 이 시를 통하여 그가 천착하는 사랑론을 갱신해나간다. 「사랑에 대해서」는 사랑이 고정된 완성성이 아니라 변화하는 유동성임을 설파하기 때문이다. 그 사랑은 대상 사이를 연결하여 천천히 스며드는 속성보다는, 대상 사이를 "질주"하여 자신의 속도에 휘말리도록 하는 속성을 가졌다. 사랑 스스로가 "숨이 막혀, 먼 데를 바라보"아야 할 정도로 달리는 속력이 빠르다. 그런데 '나'의 주변은 황량하다. "옷벗은 나무"와 "민대가리 산"은 시기적으로 겨울을 상징하지만, 사랑이 위치한 시공간이 삭막하다는 의미이기도 하다. 지금 여기에 "그대"가 있다.

　사랑의 운동에 휘말린 "그대는 무섭고 두려워 / 숨가빠"한다. 그렇지만 사랑의 운동을 그만둘 수는 없다. 사랑의 영향력 하에 있지 않으면 "그대는 (……) 해체" 되는 탓이다. 그래서 사랑은 그대를 편안하게 인도하지 못하는 자기의 속도전을 "매정한 운동"이라 지칭하고, 그대를 "불쌍히 여김의 눈물"도 흘린다. 이때 이 글의 문제제기와 관련하여 포착되는 시구는 "물질을 물질이게 하는 것" 또한 사랑의 운동이라는 대목이다. 시에서 쓰인 '물질'의 함의를 정확하게 파악하기는 어렵다. 다만 김정환이 상정하는 물질이 세계의 미시적 구성 요소로서 가변한다는 점은 추론할 수 있다. 그가 논하는 물질론은 알고리즘만으로 작동하는 기계 메커니즘과 다르다.

이는 김정환 시의 물활론이라고 할 만하다. 물질에 기초한 하부구조에서 생산관계의 총체는 결코 영원하지 않으며, 사랑의 운동성이 가미되지 않는 한, 바람직한 변혁을 추동할 수 없다는 사고관이 투영된 까닭이다. 물질성의 하부구조와 관념성의 상부구조는 교류될 수 없는 양극이 아니다. 서로 역동적으로 얽힌 구조이다. 그것은 성과 속의 변증법, 구체성과 추상성이 개별적인 고립을 지양하고 공통적인 결속을 지향하는『황색 예수전』의 취지를 고스란히 반영한다. 이것은 "때로는 너무 무거운" 운동이다. 그래서 '나'에 근접한 "그대는 헉헉거"리기까지 한다. 그때 사랑의 운동은 투쟁과 동의어이다. 제2부 행전을 여는 장과도 연관성을 맺는다. 이 장은 마태복음 10장 34절 "내가 세상에 평화를 주러 온 줄로 생각하지 말아라. 평화가 아니라 칼을 주러 왔다……"가 제사로 인용되어 있다.

이것을 김정환은 사랑에 대칭시킨다. "내가 사랑에 대하여 이야기하려고 하는 것은 / 사랑은 / 전쟁처럼 온다는 것이다 / 우리가 절망에 대하여 이야기하는 것은 / 절망이 전쟁을 몰아오고 / 전쟁은 곧 / 사랑이기 때문이다".[192] 사랑이 안온하지 않고 격렬한 전쟁에 유비되는 전도는 김정환 시에서 자연스럽게 이루어진다. 그것은 시집 전체에 흐르는 "절망"의 기운을 체념이 아니라 혁명의 기운으로 전환하려는 의지와 결부된다.

2.7. 「입성」과 「최후의 고백」

대표적인 시가 「입성」이다. 전술하였듯이 이 시는 1981년『실천

192　김정환,『황색 예수전 1』, 35쪽.

문학』 2호에 『황색 예수전』이 게재될 때는 포함되지 않았다. 그 후 『황색 예수전』이 단행본으로 묶일 때 추가되었는데, 검열 등과 관련한 시집 수록 경위에 대하여 알려진 정보는 없다. 단 「입성」이 『황색 예수전』을 통틀어 가장 선동적인 시임은 분명해 보인다. 이 시는 예루살렘에 도착하여 군중의 환호를 받는 예수 일행에 초점을 맞춘 마가복음 11장 10절을 제사로 인용한다. "호산나! 주의 이름으로 오시는 이여, 찬미받으소서!"에서 '호산나'는 구원을 열망하는 호소이다.[193] 그런데 이 시는 구원을 예수에게서 찾지 않는다. 성경 서사를 인유하되, 그 맥락을 시에 달리 전유하여 제3세계의 황색 예수를 탄생시키는 것이다.

「입성」의 '앞장서서 행동을 촉구하는 시적 주체'는 자기 자신이 황색 예수가 되어 사랑을 실천하는, 적이 상주하는 도시를 함락시키려는 전쟁에 나섬으로써 구원을 쟁취하자고 호소한다. "가자가자 피흘리며 곤두서 가자"는 이 시의 첫 구절과 마지막 구절을 이루면서, 네 번 반복되고 있으며, "가자가자 저 창칼의 숲을 달려서 가자" "가자가자 저 하늘을 곤두서 가자" 등으로 변주되고 있다. 싸워야 하는 적의 정체는 적시되지 않는다. 그러나 "조국 산하 부르며 가자" "전라도도 경상도도 울면서 가자" 등의 시구를 통해 유추하는 바, 한반도의 지배 정치 세력으로 짐작된다.

그러나 「입성」은 『황색 예수전』을 통틀어 가장 선동적인 시이되, 상세한 싸움의 과정이나 승리에 대한 묘사가 없다. 「입성」 다음에 배치된 시는 「최후의 고백」이다. 이 시로 제2부 행전이 마무리되고 제3부 부활이 전개된다. 유다의 배신을 예견하는 예수의 말을 담은 마가복음 14장 18절을 인용한 「최후의 고백」은 현실에서는 패배하나, 종국에는 영구

193 가스펠서브, 『라이프 성경단어사전』, 생명의말씀사, 2011.

혁명을 예비하는 시편이다. 마르크스는 프롤레타리아의 승리가 국지적인 것이 아닌 전 세계로 확산되기 위하여 혁명은 장기적으로 지속되어야 한다는 점을 강조한다. 이를 농민이 다수였던 러시아의 상황에 전유하여 트로츠키는 일국사회주의에 반대하는 세계혁명으로서의 영구혁명을 주장한 바 있다.[194]

이러한 맥락에서 제3세계의 연대를 강조한 김정환의 사고를 이해할 수 있으며, 또한 비가시적인 것으로 상존하는 그의 사랑—전쟁—혁명의 연결 고리에 접근할 수 있다. "나의 절망이 그대의 몸속에서 / 피가 되고 살이 되고 / 내가 그대의 혁명이었듯이 / 그대 또한 나의 혁명이어야 합니다". 시집 해설에서 문학평론가 채광석은 바로 그 점이 아쉽다고 지적한다. "「입성」과 「최후의 고백」 사이에 예컨대 우금치전투를 담은 시편을 넣었으면 어땠을까 생각한다. 시편과 인용된 성구 사이, 성구와 성구 사이, 시편과 시편 사이, 부분과 부분 사이에 도사리고 있는 이런 비약은 결과적으로 시의 흐름을 지나치게 숨겨버려 그 방향을 찾기 힘들게 만들며 한 시편 안에서의 흩뜨림, 비틀음, 바꿔놓음 등이 이를 조장한다."[195]

2.8. 성과 속의 변증법

일견 타당한 의견처럼 여겨진다. 그렇지만 1894년 동학농민운동의 최대 격전이었던 "우금치전투를 담은 시편을 넣었으면", 김정환이 공들인 황색 예수의 다층적 의미는 재차 동학으로 수렴되어버리고 만다. 그

194　라인하르트 코젤렉, 한운석 옮김, 『코젤렉의 개념사 사전 12: 혁명』, 푸른역사, 2019, 201-205쪽 참조.

195　채광석, 「김정환의 예수」, 『황색 예수전 1』, 119쪽.

러면 성경을 재독하고 당대의 현실로 시화하여, 성과 속의 변증법적 운동성으로 "우상화" 폐단에 맞서려던 『황색 예수전』의 기획 의도에 반하는 결과를 낳게 된다. 따라서 채광석이 이 시집의 단점으로 언급하는 "지나친 추상화"도 재고를 요한다. 그는 이렇게 비판한다. "김정환의 시는 대개 구체적 체험을 자연스럽게 엮어 그 전체상을 통해 무엇인가를 감지하도록 하는 '느낌(感性)의 시'라기 보다는 작자가 직접 추상화하여 내놓은 '머리(理性)의 시'인데 그 폐해가 『황색 예수전』에서 두드러지게 나타나는 것이다."[196] 김정환 시가 이성이 승하다는 평가는 이전에 『지울 수 없는 노래』의 발문을 쓴 김도연도 거론하였다.

"그의 시가 모더니즘의 교양을 바탕으로 리얼리즘에 적합한 언어를 얻으려면 그의 생활 공간을 보다 현장감에 가깝도록 확산시켜야 할 것 같다. (……) 그의 시가 보다 보편적 언어로써 감동과 설득력을 더하려면 아직까지는 다행히 긍정적 요인으로 작용했던 학림의 언어를 이제부터는 극복해야 한다는 명제는 이 때문이다."[197] 그렇지만 이들이 김정환 시의 단점으로 꼽는 교양주의는 대학 시절부터 김정환과 친밀했던 평론가들의 인상 비평에 가깝다.

오히려 그들의 해설과 발문은 1980년대 박노해 시의 등장을 필두로 지식인 문학의 위기의식을 느낀 문인들이 가졌던 조바심의 양태를 우회적으로 보여준다. 책에서 배운 지식에 매몰되지 않는, 체험에 입각한 시를 써야한다는 주문은 실상 박노해 시를 염두에 둔 대타의식의 표출이었기 때문이다. 지식인 문인 집단에 속했던 그들 자신도 달성할 수 없었던 일, 민중—그 중에서도 노동자의 입장에서 생각하고 발화해야

---

196   위의 글, 119쪽.

197   김도연, 「거듭나는 삶, 거듭나는 시」, 『지울 수 없는 노래』, 145-146쪽.

한다는 요구는 김정환 시의 가치를 똑바로 보기 어렵게 만들었다. 평자들의 논리에 따르면 김정환 시는 노동자가 쓰는 민중시에 언제나 미달할 수밖에 없다. 엘리트 문인은 치열한 삶의 현장을 잘 알지 못한다는 편견을 암묵적으로 전제하는 까닭이다.

『황색 예수전』은 이와 같은 문인의 정체성 비평에 대한 김정환의 대답으로 읽힌다. 이 시집에서 일관되게 구현되는 성과 속의 변증법은, '느낌의 시'와 '머리의 시'를 구별하는 이분법적 접근에 반박하는 설득력 있는 방법론이다. 김정환은 감성을 중시하고 이성을 경시하는 경향에 대하여, 성과 속이 뚜렷하게 나뉠 수 있는 것이 아님을 피력한다. 성경의 추상과 역사의 구상이 얽혀드는 와중에, 성경에도 추상적 구상이 역사에도 구상적 추상이 있음을 적시하여, 이를 현실을 개혁하는 원환운동으로 이행시키고자 하는 그의 결단이 이 시집에 내포돼 있다. 이것은 『황색 예수전』 시리즈 전체를 아우른다.

목판 작업을 병행한 성상미술가 서상환의 〈막달라 마리아〉를 『황색 예수전 1』의 표지 그림으로 삼아, 이 시집이 신―예수가 아니라 인간―민중을 주인공으로 하고 있다는 사실을 드러낸 것도 그러하다. 『황색 예수전 2』에서는 제3세계 진영에 속한 시리아 판화가 부르한 카르쿠틀리(Burhan Karkutli)의 〈적빈(Armut)〉을 표지 그림으로 삼아, 가난한 자들이 배제되지 않는 '공동체'를 심문한다. 『황색 예수전 3』의 표지 그림은 오윤의 판화이다. 상권에서는 〈아라리요〉, 하권에서는 〈징〉이 실려 있는데, 이전 작업과 달리 성경 인용이 없다는 것이 특징이다. 그러면서 한반도의 수난사, 스러지면서 혹은 버텨내기도 하는 각양각색의 인생을 장구하게 그려내는 데 집중한다.

이러한 『황색 예수전』 시리즈의 메시지화는 표지 그림의 물질성과의 결합 외에 다른 물질성과의 접속으로도 이루어진다. '노래성'이 그것이다.『황색 예수전 2』의 후기에서 명시하는 바, 김정환은 이 시집의 부제에 '노래'를 포함시킨 연유를 다음과 같이 서술한다. "'시의 노래성 획득'에 대한 필자 나름대로의 소박한 열망이 (……) 노래가사가 되든 '노래성'을 획득하든 간에, 통일을 향한 정서적 작업으로서의 시가 변증법적으로, 갈등적으로, 그리고 상호상승적으로 노래를 지향할 때, 그것이 통일운동에 기여할 바는 적지 않다고 나는 감히 생각한다."[198] '시의 노래성 획득'에 대한 탐구는 김정환이『지울 수 없는 노래』에서부터 지속적으로 해오던 것이다. 다음 절에서는『황색 예수전 2』에 실린 그의 노래 시편들과『지울 수 없는 노래』를 중심으로, 김정환 시의 핵심이라 볼 수 있는 노래성에 대한 논의를 이어 나간다.

198   김정환,『황색 예수전 2—공동체, 그리고 노래』, 실천문학사, 1984, 122쪽.

3. 노래운동성과 통일 지향의 리듬 의식

3.1. 노래운동

김정환 시에서 빼놓을 수 없는 흐름 가운데 하나가 '노래운동'이다. 1980년대 "민중민족운동 내의 문화·예술에 있어서 가장 핵심적인 집합체"이자 "이질적인 예술 장르가 결합되어 있는 연합체"[199]가 1984년 결성된 민중문화운동협의회였다. 민중문화운동협의회는 이후 1987년 민중문화운동연합과 1989년 노동자문화예술운동연합으로 재조직되었다. 김정환은 두 단체의 의장을 맡았다.[200] 그의 노래운동 실천은 이때 크게 세력화했는데 본인 시와의 접목은 이보다 앞서 일찍부터 행해졌다.

노래운동은 소리 녹음·실물 유통·향유 확산을 가능하게 한 레코

---

199 박상은, 「1980년대 말-1990년대 초반 민중·민족문화운동의 미디어성과 잊힌 가치들 - 집회의 문화적 형식을 중심으로」, 『현대소설연구』 83호, 한국현대소설학회, 2021, 93쪽.

200 이성미, 「우리가 거룩해지는 순간: 김정환 시인과의 만남」, 웹진 『대산문화』, 2008년 봄호.

드·카세트·스피커 등의 음악 기기들의 발명에 바탕을 둔다. 그중에서도 1970년대부터 보급되기 시작한 카세트테이프의 기능이 주목된다. 카세트테이프는 디스크와 달리 휴대가 간편하고 개별 녹음이 용이하다는 장점이 있기 때문이다. 노래운동의 한 축을 이루는 음악극 〈공장의 불빛〉(1978) 등 이른바 '비합법 음반'의 제작과 유통은 이러한 음향 테크놀로지의 발달을 전제로 한다.[201] "노래운동은 이렇게 해서 20세기의 물질적 토대 위에 세워지게 된 운동"[202]이라 할 수 있으며, 해마다 경제 규모가 급성장하며 음악 기기들의 대중 보급이 확대된 1980년대 한국 문화장에서 특히 활성화되었다.

노래운동은 그 명칭에서 알 수 있듯이, 시·소설·회화 등에 비하여 대중 친화성이 높은 노래를 통하여,[203] 오늘날 사회에 대한 변혁 의식을 고취시키려는 목적을 가지고 있었다. 노래운동은 한반도의 분단 체제와도 연관된다. 1970년대 백낙청은 해방 이후의 현대사를 "분단시대"로 규정한 바 있다. 분단시대의 역사적 과제는 통일의 달성이다. 그는 통일을 "우리시대가 지닌 온갖 정치·경제·사회적 문제, 온갖 지적·정서적 문제를 집약하는 것"으로 파악한다.[204] 따라서 통일은 구호에 그치는 것이 아니라 한국 사회의 전면적 변혁론으로 이어진다. 이후 백낙청은 이를 '분단체제론'으로 체계화하여 87년 체제 이후 복간된 『창작과비

<hr>

201 이영미, 「카세트테이프, 비디오테이프, 구전, 마당: 1970·80년대 예술문화운동의 매체들과 그 의미」, 『서강인문논총』 35집, 서강대학교 인문과학연구소, 2012, 174-175쪽 참조.

202 최승운, 「노래운동의 중간 점검」, 『명대』 17집, 명지대학교 교지편집위원회, 1988, 249쪽.

203 성근제, 「동아시아 예술 운동 내부의 '양식의 정치화' 현상에 대하여: 20세기 후반 한국 민중가요운동의 사례를 중심으로」, 『기억과 전망』 23집, 민주화운동기념사업회, 2010, 109쪽 참조.

204 백낙청, 「분단시대 문학의 사상」, 『씨울의 소리』 1976년 6월호 ; 백낙청, 『민족문학과 세계문학 I / 인간해방의 논리를 찾아서』, 창비, 2011, 359쪽.

평』의 주요 담론장을 형성하였다. 분단의 고착화로 인하여, "남한에 남게 된 것은 미군정과 남한의 정권에 의하여 인정을 받은 문화, 즉 자유진영, 자본주의, 서구문화와 관계된 것으로서 음악으로 말하자면 서양의 고전음악, 순수주의 음악관, 국제언어로서의 음악, 상업주의적 대중문화, 왜색가요, 장단조의 음악어법, 엘리트적 현대음악 등이었다."[205] 그러한 풍조에 대한 반성적 실천은 1970년대 후반부터 본격화되었다. 민중가요가 단적인 사례이다. 1970년대 후반부터 현 체제에 대한 비판 의식을 마비시키는 대중가요를 대타항으로 삼는 민중가요가 형성되었다.

1980년대 노래운동에서 중요한 역할을 한 무크지『노래』동인으로 활동하였던 음악평론가 이영미는 1970년대 중반 선포된 대통령 긴급조치가 1970년대 전반까지 이어지던 "낭만적인 학생운동 풍토"가 바뀌었다고 지적한다.[206] 긴급조치 시대에 접어들어 단순 시위 가담자조차 가혹하게 처벌하면서, 대학생 내부의 분화가 촉진되었고, '운동권' 진영이 소수화·공고화하면서 민중가요를 재인식하는 계기를 낳았다는 것이다. 다수가 모이는 시위가 불가능해진 상황에서 당시 민중가요는 전투적 색채를 띠기보다는, 김민기의 〈아침이슬〉 등으로 대표되는 "세상과 자아를 차분히 되돌아보는 포크" 양식을 받아들였다.[207] 그러한 기류가 지속되던 가운데 1980년 광주민주화운동을 겪은 뒤 민중가요도 전환점을 맞게 된다. 망자를 애도하고 부도덕한 정권에 항거하는 〈임을 위한 행진곡〉 등의 비장한 행진곡풍의 음악이 그 중심에 놓였다.

---

205   이건용, 「80년대 음악론의 전개과정: 한국음악론, 노래운동론, 민족음악론」, 『음악학』 2집, 한국음악학학회, 1990, 89쪽.

206   이영미, 「'운동'과 노래: 노래로 본 학생운동의 역사」, 『역사비평』 39집, 역사비평사, 1997, 119쪽.

207   위의 글, 120쪽.

3.2. 노래와 접속하는 시들

이와 같은 맥락에서 김정환 시의 노래성을 검토해야 한다. 그는 초기작부터 시에 '노래'라는 제목을 많이 붙였다. 총 66편의 시가 실린 『지울 수 없는 노래』에서 노래로 끝나는 제목을 가진 시는 9편이다. 「지울 수 없는 노래」, 「사랑노래(하나)」, 「사랑노래(둘)」, 「사랑노래(셋)」, 「사랑노래(넷)」, 「눈물노래」, 「여름노래」, 「아주 늦은 오월노래」, 「늦가을노래」가 이에 해당한다. 총 46편의 시가 실린 『황색 예수전 1』에서 노래가 들어간 제목의 시는 7편이다. 「몸통에서 분리된 모가지의 노래」(41쪽/85쪽), 「몸서리치는 노래」, 「끝노래, 벗은 칸나」, 「거들떠 보지 않는 노래」, 「회복기의 노래」, 「끝노래, 새벽」이 그러하다. 총 54편의 시가 실린 『황색 예수전 2』에는 노래를 제목으로 삼은 시가 여타 시집에 비하여 빈번하게 등장한다. 「마당밟이노래」, 「모심기노래」, 「평야노래」, 「함성노래」, 「단식노래」, 「무문토기노래」, 「절망노래」, 「소망노래」, 「강노래」, 「비노래」, 「산노래」, 「아들노래」, 「이별노래」(77쪽/79쪽), 「사랑노래」(81쪽/83쪽/102쪽), 「장마노래」, 「가을노래」, 「흙노래」, 「우중결혼식노래」, 「갈길노래·기다림노래」, 「해노래」, 「바다노래」, 「보름달노래」, 「휴식노래」, 「생일노래」, 「결혼기념노래」, 「화장노래」, 「통일노래」, 「꿈노래」, 「핵반대노래」까지 32편이 수록되어있다. (『황색 예수전 3』은 제목대신 숫자로만 제목이 표시되어 있다.)

이러한 사실은 그가 상정하였던 바람직한 시를 구성하는 주요 요소가 노래성과 관련되었다는 뜻으로, 노래와 접속하여 시로 도달할 수 있는 목표를 새롭게 설정할 수 있는 의미로 간주된다. 김정환은 이에 관하여 다양한 경로로 발언한다. "노래운동에 관한 이론적 작업의 첫 결실이라고 말할 수 있는 부정기간행물 『노래』"[208]의 창간호 좌담에도 그는 참여하였다. '보다 창조적인 노래운동을 위하여'라는 주제 아래 "노래 매체에 대한 기본적인 시각과 전반적인 문화운동 과정에서의 노래운 동의 역할, 그리고 앞으로의 노래운동이 지향해야 할 바에 대한 문제들 을 정리"하자는 취지로 기획된 토론이었다.[209] 김정환은 노래운동의 책 무를 "서구문화의 침탈에 의한 잘못된 의미의 서구적 감수성을 세척시 키는 임무 (……) 대중가요를 극복하는 일, 민중운동의 흐름에 동참하는 일"로 규정한다.[210] 이는 노래운동과 짝을 이룬 민중가요의 존재 의의에 부합하는 관점이었다.

또한 김정환은 "모여 있기 때문에 부르는 노래가 아니라 느끼지 못 하는 사람을 느끼게 하는 노래, 거기서 한 걸음 더 나아가 느끼기만 하 는 사람을 움직이게 하는 그런 노래가 필요"함을 주장한다.[211] 감각적인 것을 재배치하여 계몽과 변혁의 의지를 고취시키는 문학의 정치는 노 래운동과 맥이 닿아 있다. "정치적 활동은 어떤 신체를 그것에 배정된 장소로부터 이동시키거나 그 장소의 용도를 변경하는 활동"[212]이라는 철학적 견해를 참조한다면, 좌담에서나 글에서나 "대중성 속에 있는 민 중성의 확인(민중성은 대중성 안에 있지 결코 따로 있지 않다는 확인)"을 거듭 강

<hr>

208   이건용, 앞의 글, 104쪽.

209   1984년 4월 3일 진행된 좌담 「보다 창조적인 노래운동을 위하여」는 『노래』 편집동인 김창 남이 사회를 맡았다. 김정환 외 참석자는 다음과 같다. 이건용(서울대 음악대학 교수), 정 희섭(연극인), 이재석(노동자), 박윤우(『노래』 편집동인). 김창남 외, 『노래』 제1집, 실천문 학사, 1984, 9쪽 참조.

210   김정환, 「보다 창조적인 노래운동을 위하여」, 『노래』 제1집, 12쪽.

211   위의 글 36쪽.

212   자크 랑시에르, 진태원 옮김, 『불화』, 도서출판 길, 2015, 63쪽.

조하는 김정환의 입장이 일치함을 알 수 있다.[213] 이러한 의식 하에 그는 1984년 시인 신경림이 회장으로 취임한 〈민요연구회〉 창립 발기인으로 참여하였다.[214] 그러나 김정환은 "단순한 민요 복원 작업"과는 거리를 두었고[215], 노래를 문학과 만나게 하여 양자의 감응력을 확산시킬 수 있는 방법을 고민하였다.

> 문제는 노래와 문학이 만난다면 그리고 만나야 한다면 그것이 노래로서 따로, 그리고 문학으로서 따로 기여할 것을 합친 것보다 더 나은 '문화운동적 폭탄' 혹은 '문화운동적 밥'을 이룰 수 있느냐 없느냐이다. (……) 따라서 민중운동에 기여하는 문화운동의 가장 효력 있고 확산력 있고 가장 최종까지 살아남을 수 있는 매체를 만드는 데 있어서의 문학의 진정한 문학성과 노래의 진정한 노래성과의 상호 갈등상승적 만남, 제3적·변증법적 이룸이어야 한다. 그때의 그 가사는 딱히 시라야 할 것도 없고 딱히 시면 안 된다고 미리 주장할 것도 없는 것이다.[216]

김정환은 노래와 문학의 "상호 갈등상승적 만남"은 그가 주장하는 '장르 해체의 문제'와 이어진다. 김정환에 따르면, 장르 해체는 각 장르가 가진 반민중성을 제거하는 데 목적을 둔다. 가령 "문학은 아직도 서

---

213 김정환, 「노동·노래·일상—새로운 노랫말 운동을 위하여」(『마당』, 1984년 2월), 『발언집』, 54쪽.

214 이상현, 「80년대 문화운동권의 민요에 대한 이해와 활용: 〈민요연구회〉 활동을 중심으로」, 『한국민속학』 50집, 한국민속학회, 2009, 357쪽 참조. 〈민요연구회〉의 설립 취지는 "폐기되어 가는 민요를 오늘을 살아가는 대중의 생활공간 속에서 새롭게 되살려 내고, 대중화 한다."라는 것이었다. (358쪽)

215 김정환, 「노동·노래·일상—새로운 노랫말 운동을 위하여」, 53쪽.

216 김정환, 「문학과 노래와의 만남」(『외대학보』, 1985년 8월), 『발언집』, 50쪽.

구적 매판 미학에 젖어 그 매판적 베스트셀러의 유통 구조에 휘말려 있고, (……) 노래는 그 강렬한 확산 효과에도 불구하고 '논리의 정서화 작업' 혹은 '정서의 논리화 작업'에는 못 미쳐, 생경한 가사와 애상적인 감정이 서로 불편한 관계로 맺어져 있는 경우가 태반이다. 다시 말해서, '모여서 하는 노래'와 흩어져서 하는 노래는 있으되 좋은 사람 모이게 하고, 보기 싫은 사람 흩어지게 하는 진정한 의미에서의 '운동의 노래'는 그리 많지 않다."[217] 그러니까 그는 "입에서 입으로 전파될 수 있다는"[218] 노래의 장점으로 문학의 왜곡된 유통 구조를 개선하고, 노래가 가진 논리와 정서의 불완전성을 문학으로 보완할 수 있다는 신념을 노래—시로 실현하려는 것이다.

이는 대중가요에 대항하는 민중가요의 창작에 몰두한 전문 노래패—노래를 찾는 사람들·노래마을·새벽 등의 노래운동과도 방향성이 달랐고[219], 낯익은 대중가요 멜로디에 자유를 향한 투쟁으로 가사를 바꾼 〈불나비〉 등의 계열과도 상이한 결을 형성했으며[220], 「타는 목마름으로」(김지하)·「청산이 소리쳐 부르거든」(양성우) 등 시를 원작으로 삼아 멜로디를 더해 노래로 만든 작업[221]과도 구별되는 노래운동 노선이었다. 당시에는 노래운동에 대하여 어렵고 고상한 시와 쉽고 범속한 노래를 결합하는, 인쇄된 기록문학과 상연되는 현장문학의 접점 찾기라는 견해도 제출되었다. 그 예로 드는 바람직한 결과물이 "김정환의 노래시

---

217 김정환·이인성, 앞의 글, 201-202쪽.

218 위의 글, 202쪽.

219 김영주, 「한국 사회 노래운동의 전개 과정: 1980-1993—노래운동 조직과 '민중가요'의 주제
     변화를 중심으로」, 『사회와 역사』 44집, 한국사회사학회, 1994, 207-215쪽 참조.

220 박윤우·김정환, 「보다 창조적인 노래운동을 위하여」, 27쪽 참조.

221 이영미, 「시와 노래」, 『노래』 제1집, 174쪽 참조.

발표(『마당』 1984년 2월호)"[222]이다. 1981년 9월 창간한 월간지 『마당』은 한민족의 정체성과 특성을 분석한 국문학자 김홍규의 글(「우리는 누구인가」)과 사회학자 김영모·미술학자 안휘준·국문학자 조동일의 좌담(「한민족의 낙관적 저력」) 등을 실었고, 소설가 박태순이 「국토기행」을 연재한 종합지였다.

김정환의 「노동·노래·일상—새로운 노랫말 운동을 위하여」도 '우리'를 규명하고 증명하는 지면에 합치하는 글이었다. 그는 여러 편의 작품을 게재한다. '1. 일 노래'라는 제호 아래 「해노래」·「휴식 노래」·「모심기 노래」·「마당밟이 노래」, '2. 일상 노래 Ⅰ'라는 제호 아래 「산노래」·「강노래」·「보름달 노래」·「바다 노래」, '3. 일상 노래 Ⅱ'라는 제호 아래 「소망 노래」·「아들 노래」·「핵 반대 노래」, '4. 의식(儀式) 노래'라는 제호 아래 「생일 노래」·「우중 결혼식 노래」·「이별 노래」·「화장 노래」가 수록되었다. 여기에서 김정환은 이 작품들을 '노랫말'이라고 칭하였으나, 이는 '시'로서 같은 해 5월 출간된 『황색 예수전 2』에 동일한 본문으로 실렸다. 완전히 같다고 할 수 없는 연유는 『황색 예수전 2』의 경우 몇몇 시에 부제(「강노래」—"베드로의 말(하나)"·「이별노래」—"바울로의 말" 등)가 추가되었기 때문이다.

3.3. 「모심기 노래」의 변주 양상

이것은 김정환 시집의 인장인 시편 간 반복과 변주가 드러나는 대목이자, 노래시가 진리를 실천하는 사도들에 의해 불려진다는 새로운 상징성을 덧붙인 결과물이다. 이 중에서 눈여겨보아야 할 시가 「모심기

222　위의 글, 171쪽.

노래」이다. 『황색 예수전 2』 제1부 '공동체'에 배치된 이 시는 일 노래를 경유하여 노동─민중의 공동체가 결속된다는 그의 사고관이 직접적으로 투영된 시이기에 그러하다. 모심기 노래는 모내기 노래로도 통용되는 민요로 상주를 비롯한 여러 지역에서 각기 다른 곡조와 가사로 연창되었다. 모심기 노래는 논매기 노래와 대별된다. 주로 남자들이 일하는 논매기는 앞소리꾼의 선창과 논매기꾼들의 후창이 이어진다. 반면 남녀가 함께 일하는 모심기의 경우 노래는 연가의 성격을 띠면서 남자와 여자가 목소리를 주고받는다.[223] 또한 간과해서는 안 될 점은 모심기 노래가 리듬에 맞춰 모를 일정하게 잘 심기 위한 노동요가 아니라는 것이다.[224] 김정환도 일의 능률을 높이려고 부르는 노래는 노동요이기 어렵다고 말한다.

예컨대 '모심기 노래'에서 그 음정이나 가락으로 농민들이 모를 심었다고는 생각되지 않고, 설혹 그런 예가 역사적으로 확인이 된다 해도 그건 노동요라고 할 수 없는 부정적인 측면을 가지는 것 같거든요. 그러니까 노동요에 대한 사회경제사적 탐구보다도 전래된 노동요의 가락의 색깔, 그 정서적 내용이 얼마나 봉건 탈피적이었나 혹은 해방의지적이었나를 가려내고, 부정할 부분은 철저히 부정해 나가는 일이 중요한 거지요. (……) 그것은 리듬과 일이 합일되어지는 노래가 아니라, 주어진 상황을 극복하려는 힘겨운 노력과 의지가 담겨져 있는 것이어야 한다고 생각해요. 민요에 관해 말할 때 '노래가 노동의 리듬을 회복해야 한다'는 식의 발상은 노동이라는 용어의 혼란을 넘어서

---

223   임재해, 「노래의 생명성과 민요 연구의 현장 확장」, 『구비문학연구』 1권, 한국구비문학회, 1994, 28쪽 참조

224   위의 논문, 18쪽 참조.

서 민요를 바라보는 각도에 있어서도 경계해야 할 사고지요.[225]

그에게 노동요는 체제 개혁성을 담보하는 노래이다. 노래의 리듬은 독립적 요소가 아닌, 얼마나 "정서적 내용이 얼마나 봉건 탈피적이었나 혹은 해방의지적이었나"와 연관된다. 이는 수사학에서 강조하는 음성학적 자질—음절과 음소 등의 반복이 빚어내는 템포를 중시하는 문채(figure) 개념과 구분되는 입지점을 갖는다. 텍스트 구조상의 규칙적인 되풀이를 부정한다는 뜻이 아니라, "리듬이 '통사'를 조직하는 구성 원리와 밀접하게 연관되는 개념이라는 점"[226]을 김정환이 의식하였다는 뜻이다. 시에서 형식과 의미의 불가분성을 인지하고, 시를 포함한 언어활동에서의 '주체화'를 탐색하는 핵심 기제가 리듬임에 동의한다면 아래에 인용하는 「모심기 노래」도 단순한 계몽을 설파하는 노래시로만 독해되지 않는다.

> 모를 심자 모를 심자 우리 어매 가슴에다
> 모를 심자 모를 심자 우리 어매 손금에다
> 모를 심자 모를 심자 우리 어매 주름살에
> 모를 심자 모를 심자 우리 어매 다친 허리에
>
> 모를 심자 모를 심자 산천초목 눈물진 곳에다
> 모를 심자 모를 심자 휴전선 피어린 곳에다
> 모를 심자 모를 심자 비료공장 농약공장에

225 김정환, 「보다 창조적인 노래운동을 위하여」, 30-31쪽.

226 조재룡, 「IV. 기호학과 구조주의를 넘어서는 새로운 인식의 장(4)—헤겔과 메쇼닉의 양립 불가능성」, 앞의 책, 230쪽.

모를 심자 모를 심자 양놈 로스케 판치는 세상에

모를 심자 모를 심자 썩은 강에 썩은 바다에

모를 심자 모를 심자 화약냄새 번지는 벌판에

모를 심자 모를 심자 어진 목숨 키우듯 모를 심자

모를 심자 모를 심자 숨진 어매 모시듯 모를 심자

모를 심자 모를 심자 죽은 세상 살리듯 모를 심자

모를 심자 모를 심자 좋은 세상 오라고 모를 심자

……어허 이 모 저 모 다 심으면 핵폭탄도 다 없어질랑가

—「모심기 노래」 전문

엄격한 정형시와 같은 연속되는 구문이 눈에 띈다. "모를 심자"는
반복적 외침의 효과이다. 이것은 김정환이 염두에 두었던 노래성의 면
모가 무엇인지를 방증한다. 연속되는 구문은 되풀이되어 음률을 형성
해내는 동시에 암송의 부담을 줄여주는 효과를 낳기 때문이다. 그가 언
급한 노래시에서 민중성과 대중성의 교호는 작품을 향유하는 문턱의
진입 장벽을 낮추는 기능과 관련이 있다. 물론 김정환은 어려운 시(실
험시)와 쉬운 시(민중시)가 아닌, 참문학(올바른 미래에 기여하는 문학)과 가짜
문학(올바른 미래에 역행하는 문학)을 대비시킨다.[227] 그러나 한편으로 그는
"읽을 수 있도록 만드는 것까지도 최소한 작가의 집필 행위 속에서 이

227   김정환·이인성, 앞의 대담, 201쪽 참조.

루어져야 하는 것이 아닌가?"[228] 하는 입장을 가진 시인이기도 하다. 그러한 점에서 노래성을 지향하는 이 시는 독자가 읽는 데 어려움이 없도록 추상적 시어를 지양하고, 독해 부담을 최소화하는 데 중점을 둔다.

1연에서 "모를 심자"를 A로 "우리 어매"를 B로 치환한다면, 각 행은 'AAB+○' 통사 구조로써 맨 뒤의 ○만 변형하는 방식을 취한다. 2연에서 각 행은 'AA+○ ○'로, 3연에서는 'AA+○A'로 통사 구조도 변화시킨다. 그러니까 「모심기 노래」는 시의 각 연이 노래의 각 절에 대응하면서 낭독—가창할 수 있는 음률성을 확보하는 작품인 것이다. 형식과 의미가 떼려야 뗄 수 없는 관계로 내부-작용하는 언어의 물질성 개념을 염두에 둘 때, 그것은 AA의 되풀이 곧 다양한 장소에 "모를 심자"고 외치는 선동하는 시적 주체의 부각으로 구체화된다. "모를 심자"는 반복됨으로써 시에서 형식·의미의 비중을 많이 차지하는 것처럼 보인다. 그렇지만 봄 논에 모를 심는 노동과는 관련이 없는 「모심기 노래」에서, "모를 심자"가 읽기에서 강세를 보유하지는 못한다. 통사 구조 하에서 A가 배경음처럼 기능하는 가운데 오히려 강세를 갖는 음절은 각 연(절)의 '○'이다.

1연(절)에서는 "가슴"·"손금"·"주름살"·"다친 허리"가 강조된다. 이러한 시어들의 주어인 "우리 어매"의 모습은 『사랑 노래』에 실린 판화(民+한반도여)와 결부되어, 어머니—한반도 표상으로 분단 체제를 지칭한다. 2연(절)에서는 "산천초목 눈물진 곳"·"휴전선 피어린 곳"·"비료공장 농약공장"·"양놈 로스케 판치는 세상"·"썩은 강에 썩은 바다"·"화약냄새 번지는 벌판"과 같은 한반도의 현장이 직접적으로 언급된다. 그 중에서 서양인≒미국인("양놈")과 러시아인("로스케")에 대한 적대감을 표하는 방

228　위의 대담, 197쪽.

식으로, 제1세계와 제2세계 진영 논리를 거부하는 제3세계 입장과 "통일을 향한 정서적 작업"을 직접적으로 표명하는 대목이 특기할 만하다. 이는 시의 에필로그에 해당하는 "핵폭탄"에 대한 우려와 연동하여, 『마당』에 실은 또 다른 시 「핵 반대 노래」와 겹쳐 이해할 수 있다. 그러한 바탕에서 통일은 남한과 북한의 평화와 결속을 넘어, 미국과 소련의 냉전 위협으로부터 한반도를 지켜내는 방법론으로 기능한다.

　　이것은 동시대 「모심기 노래」를 발표한 시인 고정희와의 비교로 더욱 선명해진다. 그녀는 1981년 출간한 두 번째 시집 『실락원 기행』에서 노래운동과 연관된 시를 다양하고 풍부하게 수록하고 있다.[229] 진양조·중중몰이·휘몰이 등 산조 장단을 부제로 쓰고 있는 「신(新)연가」 연작을 비롯하여, 「베틀 노래」·「모심기 노래」·「추수하기 노래」·「땅 노래」·「풀무질 노래」·「보부상 노래」·「방랑하는 젊은이의 노래」·「유랑하는 이브의 노래: 창세기 3장 16절」 등이 그러하다.[230] 그 뒤에도 「천둥벌거숭이 노래」 연작[231] 등 1980년대 고정희 역시 시와 노래의 속성을 접목하는 시를 여럿 완성하였다. 그런데 그 양상은 김정환 시와 사뭇 다른 경향성을 띤다. "모를 심자"와 같은 집단에 호소하는 청유문을 반복하지 않고, 대신 "심을래"와 "할래" 같은 개인적 의지를 드러내는 어법을 사용하며, 이별과 기다림의 서사를 투영하였다.

229　고정희, 『실락원 기행』, 인문당, 1981.

230　고정희는 「김정환의 현실 감각에 대하여」(『기독교 사상』 25권 3호, 1982)를 통하여 김정환의 『황색 예수전』을 비평한 바 있고, 김정환도 고정희의 장시집 『초혼제』(창작과비평사, 1983) 발문 「고통과 일상성의 변증법」을 썼다. "고정희라는 시인을 만나고 알게 된 다음부터 나를 줄곧 사로잡은 단어는 '고통'과 '구원'이었다."라는 서술에서 알 수 있듯이, 1980년대 김정환 시와 고정희 시의 상호 영향력은 적지 않았다.

231　고정희, 『지리산의 봄』, 문학과지성사, 1987.

그대 떠나고 없는 빈 논배미

빈 논배미 벼포기로 채울래

벼포기 푸르게 푸르게 푸르게

얼크러진 그리움 나눠 심을래

못견디는 기다림 갈라 심을래

한 포기 한 포기 꿈 붙박아

푸른 하늘 아래 흐드러지게 할래

그대 돌아오는 날 고개 숙이게 할래

어릴적 아버지는 말씀하셨지

오고가는 정이란 허망하기 일쑤고

주고받는 말이란 부질없기 짝 없지만

논밭에 심은 뿌리 헛것 없다고

마음 허전하거든 씨앗을 가꾸라고

미리 아신 아버지는 알려주셨지

— 고정희, 「모심기 노래」 전문

『실락원 기행』를 포함한 1980년대 고정희 전기 시에서 지배 이데
올로기에 강탈된 말(言)에 조응하는 소리(음성)에 대한 천착은 특징적이
다.[232] "내 시에 리듬이 있다면 그것은 음악에서 얻은 것이요 내 문학에
다소 신선함이 있다면 그것은 음악과 친한 덕분이다."[233] 이와 같은 본

232   정혜진, 「고정희 전기시 연구: 주체성과 시적 실천을 중심으로」, 성균관대학교 석사학위논문, 2014, 75쪽 참조.

233   고정희, 「혼자 사는 자유란 비장한 자유지요」, 『자유로운 여성』, 열음사, 1984, 132쪽.

인의 진술을 참고한다면 고정희 시에서 소리(음성)의 역할은 "울음"이나 "종소리"와 같은 특정 시어가 가진 함의들로 한정하기 어렵다. 예컨대 「서울 사랑—말에 대하여」[234]에 상정된 분리된 말과 소리의 관계는 의미론적 맥락뿐 아니라, 몸의 소리로서 음성이 발화될 때 발생하는 리듬의 형식적 고찰이 필요해 보인다. 고정희가 쓴 「모심기 노래」도 마찬가지이다. 김정환이 쓴 동명의 시에 명시된 주체가 '우리'인 것과 달리, 고정희 시의 주체는 '나'인 까닭이다.

"아아 그때 나는 깨닫게 되었지 / 우리가 한무데기 로봇이라는 것을, / 왜?냐고 강하게 질문해 다오 / '말'과 '우리'는 분리되어 있었던 거야 (……) 말이요 몸이신 하느님께서 / 우리를 버리신 이유를 알았지"(「서울 사랑—말에 대하여」) 라는 시구가 예증하는 바, 이와 같은 단수형과 복수형의 주어가 내포하는 차이를 시인은 예민하게 감지한다. 이 시는 결코 일원화될 수 없는 '우리'를 자명한 주체로 간주하는 시각에 대한 비판과, 탈환해야 할 구체적이고 개별적인 '나'를 부각하고 있다. '우리'와 '나'를 대척점에 놓는 관점은 아니다. 『실락원 기행』의 자서에 기술한 대로 고정희는 "'세계정신'의 부활"을 유념하는 시인이다. 그녀는 전체성을 대유하는 '우리'라는 주어로는 단독성을 담지한 '나'를 표상할 수는 없다고 간주한다. 고정희 시에서 '우리'는 반드시 '나'로부터 기인한다.

고정희의 「모심기 노래」는 한용운의 「님의 침묵」이 그러하듯, 단순한 이별시로 환원될 수 없다. 독실한 기독교인 고정희 시의 "그대"는 승려인 한용운 시의 "'님'만 님이 아니라 긔룬 것은 다 님"[235]이라는 정의

---

234   고정희. 「서울 사랑—말에 대하여」, 『이 시대의 아벨』, 문학과지성사, 1983.

235   한용운, 「군말」, 『님의 침묵』, 회동서관, 1926.

와 유사한 상징적 고리로 묶인다. 그리하여 고정희의 「모심기 노래」는 김정환 시와 달리 "휴전선"·"양놈 로스케"·"핵폭탄" 같은 시사적 어휘가 등장하지 않음에도 불구하고 1980년대 민중시로서 정치적 색채가 가미된다. "그대"와 함께 있는 이상적인 상태를 당장 실현할 수 없는 상황이라면 이를 위한 준비에 나서는 '나'의 태도가 이를 방증한다. "마음 허전하거든 씨앗을 가꾸라"는 (하느님) "아버지"(God the Father)의 메시지도 불가항력적 운명에 대한 수동적인 순응이 아니라 적극적인 대응으로 읽힌다.

통사를 조직하는 구성 원리로서의 리듬 개념을 상기한다면, 고정희 시의 '나'는 개인들의 합집합인 인공 유기체 리바이어던으로의 단방향적 계약—귀속이 아닌[236], '나'를 통하여 자율적인 공동체로 나아가는 방향성을 설정함을 확인할 수 있다. 이는 김정환의 「모심기 노래」의 엄격한 정형률적 통사 조직과 대조된다. 전술한 대로 김정환 시는 'AAB+○' 통사 구조에 맞추어 맨 뒤의 ○를 변형하는 방식을 택하고 있다. 그런데 고정희 시는 각 연의 행이 'AA+○ ○'나 'AA+○A' 하는 식으로 뚜렷한 규칙성을 띠지 않는다. 시어 등이 되풀이되어도 일정한 패턴이 없다는 말이다. 가령 1연 1행의 마지막에 위치한 "빈 논배미"는 1연 2행의 처음에 위치하는 연쇄 작용으로 "그대"를 잃은 '나'의 텅 빈 심정을 강조한다.

1연 3행에서는 "푸르게"를 세 번 반복하여 부사어의 색채 효과를 증대시키고, 1연 4행과 5행은 맨 뒤의 "심을래"를 고정하여 관형어로

---

236 1651년 출간된 『리바이어던』의 초판 표지는 수많은 "작은 인간"들로 이루어진 몸을 가진 "거대한 인간"이 검(현세적 권력)과 지팡이(영적 권력)를 쥐고 도시(사회)를 굽어보는 "우의형상"이다. 저자 토마스 홉스가 고안한 도안에 따라 판화가 아브라함 보스(Abraham Bosse)가 제작했다고 알려져 있다. 조르조 아감벤, 조형준 옮김, 「리바이어던과 베헤못」, 『내전』, 새물결, 2017, 57-68쪽 참조.

시작되는 문장 성분 배열 및 음절 수를 일치시켰다. 1연 6행에서는 "한 포기"를 두 번 반복하여 벼포기를 심는 행위를 부각하였고, 1연 7행과 8행은 맨 뒤의 "할래"를 고정하여 앞의 통사 구조를 비슷하게 배치하였다. 특히 1연 1행의 "그대 떠나고"라는 시구를 1연 8행에서 "그대 돌아오는"으로 받아 시작과 마무리를 연결지어 1연의 짜임새를 강화하였음을 기억하여 둘만 하다. 이것은 2연 1행의 "어릴적 아버지는"이 2연 6행의 "미리 아신 아버지는"과 호응한다는 점과도 연동한다. 여기에서 중요한 사항은 고정희 시의 반복과 변주가 다채롭게 행해졌다는 사실이 아니다. 이 시의 리듬을 운용하는 방식이 "한무데기 로봇"에 반(反)하고, "'말'과 '우리'는 분리되어 있었던 거야"라는 통찰에 값하는 '나'의 주체화 과정과 호환한다는 것이 핵심이다. 그것이 「모심기 노래」에 나타난 고정희 시의 노래성과 결부된다.

위에 언급하였듯 김정환이 시의 노래성 획득을 중시 여긴 연유는 분단 체제의 갖가지 모순을 해소할 수 있는 통일에 대한 염원 때문이었다. 노래성을 획득한 시가 "민중운동에 기여하는 문화운동의 가장 효력 있고 확산력 있고 가장 최종까지 살아 남을 수 있는 매체"[237]로써 거기에 소용될 수 있다는 것이 그의 인식이었다. "'시의 노래성 획득'에 대한 필자 나름대로의 소박한 열망이 (……) 노래가사가 되든 '노래성'을 획득하든 간에, 통일을 향한 정서적 작업으로서의 시가 변증법적으로, 갈등적으로, 그리고 상호상승적으로 노래를 지향할 때, 그것이 통일운동에 기여할 바는 적지 않다고 나는 감히 생각한다."[238] 이와 같은 김정환의 발언을 곰곰 되짚어, 시의 노래성을 강화하려한 그가 과연 의도한 대로

---

237 김정환, 「문학과 노래와의 만남」(『외대학보』, 1985년 8월), 『발언집』, 한마당, 1986, 50쪽.

238 김정환, 『황색 예수전2—공동체, 그리고 노래』, 122쪽.

의 성과를 거두었는가 하는 질문에 답할 필요가 있다. 김정환은 「모심기 노래」가 포함된 노래시를 발표하며 덧붙인 글에서 아래와 같이 쓴다.

나는 이 노랫말들이 실제로 노래로 불려질 수 있는 것인지에 대해 잘 모른다. 그러나 문제는 다음에 실린 노랫말들이 노래가 될 수 있느냐 없느냐 하는 '기존의 감수성'의 그것이 아니라 각 대중문화 담당자 그리고 민중 문화 담당자들이 다음의 이른바 '노랫말'들을 읽고 '노래'라는 문화 현상에 대해 다시 한번 생각하게 만들 수 있느냐 없느냐에 있다.[239]

"나는 이 노랫말들이 실제로 노래로 불려질 수 있는 것인지에 대해 잘 모른다."라는 그의 고백은 시의 노래성 획득이 예상 외로 지난한 과업일 수밖에 없음을 적시한다. 물론 원시종합예술에 기원을 둔 노래와 시의 친연성은 분명해 보인다. 거기에 향가·고려가요 등에서 예로 들 수 있는 고전 시가의 유습, 중세 서양에서 비올라를 들고 이곳저곳을 방랑하며 시를 지어 노래를 불렀던 음유시인의 전통[240]을 떠올리면 그러할 수밖에 없다. 시의 물질성 차원에서 보면, 시를 구성하는 물질적 속성에 리듬은 반드시 속한다. 하지만 음유시인은 차츰 쇠퇴하였다. 그들의 역량이 퇴보한 탓이 아니라 음유시인이 활동한 시대의 환경—물질적 토대가 바뀌었기 때문이다. 15세기 중엽 금속활자를 사용한 인쇄술의 발달 및 문자 해독을 할 수 있는 인구의 증가는 음유시인의 퇴장과 맞물

---

239 김정환, 「노동·노래·일상—새로운 노랫말 운동을 위하여」(『마당』, 1984년 2월), 『발언집』, 54쪽.

240 강충룡, 「음유시인들의 사랑가」, 『중세르네상스 영문학』 12집, 한국중세근세영문학회, 2004, 360쪽 참조.

린 현상이다.

시와 노래가 동격이었다는 주장은 15세기 중엽 이전까지는 반론의 여지를 찾기 어려웠다. 이후에는 양상이 달라진다. (현대) 시가 기호=단어와 연관된 두운·요운·각운 같은 규칙적 운율을 생성하는 방법을 취한다는 종래의 입장이나, 리듬이 운문 장르에 국한되지 않는 작품 속 문맥과 문장에 기초한 언어활동의 관점에서 사유되어야 한다는 입장[241]을 같이 고려하더라도, 그것이 곧 노래의 음정과 박자 등에 그대로 등치되지 않기 때문이다. 시는 노랫말로 쓰여 노래가 될 수 있는 잠재성이 내포되어 있으나, 모든 시가 노래가 될 수 없는 연유가 여기에 있다. 노래운동이 본격적으로 전개되었던 1980년대에도 시와 노래를 접목시키는 사안에 대한 고민이 적지 않았다. 대중가요 가사의 통속성·건전가요 가사의 경직성으로부터 노래의 운동성을 회복해야 한다는 요구는 오늘날 노래를 잃어버린 시의 확산성을 되찾아야 한다는 문제의식과 결합하였다. 이영미는 그러는 데 예상되는 양자의 충돌 가능성을 다음과 같이 밝힌다.

충돌의 가능성은 단순히 공동창작 작업이라는 것에서만 기인하는 것이 아니다. (……) 가사를 쓴다는 것은 시와는 다른 능력과 노력을 필요로 한다. 기록된 시에서 노래가사로의 변화는 곧 생각하는 시에서 노래부르는 시로의 변화를 의미한다. 노래는 한 번에 부를 수 있는 적당한 길이를 가져야 한다. (……) 의미의 단위는 시보다 노래가 짧은 것이 보통이며 의미가 복잡해지면 노래를 부르거나 들으면서 즉각적으로 의미 파악이 이루어지지 않는다. 뿐만 아니라 아직까지 우

241　앙리 메쇼닉, 조재룡 옮김, 『시학을 위하여 1』, 새물결, 2004, 105-107쪽 참조.

리의 노래에서는 적당한 율격을 필요로 한다. 시 창작에서 노래 가사 창작으로의 전환이란 각 편의 길이, 의미단위의 길이가 적당해야 하며 율격까지 제약을 받기 때문에 그리 수월한 것이 아닐 것이다.[242]

이영미가 서술한 위의 내용에 비추어 본다면, 김정환의 「모심기 노래」는 노래와 시의 충돌을 최소화한 모범적인 작품처럼 여겨진다. 노래의 절에 해당하는 각 연의 길이가 12음절 정도로 길지 않고, "모를 심자"라는 구절의 주된 반복으로 의미 단위 역시 복잡하지 않기 때문이다. 부르기와 듣기를 동시에 수행하는 가창을 할 때 참여자에게 가해지는 의미 파악 부담도 크지 않다. 'AAB+○', 'AA+○○', 'AA+○'의 통사 구조에서 '○'에만 일정한 주의를 기울이면 되는 까닭이다. 거기에 더하여 이와 같은 시구 구성과 배치는 일정한 음보 단위의 율격을 형성해 내는 데 성공한다. 그렇지만 김정환의 고백처럼 "이 노랫말들이 실제로 노래로 불려질 수 있는 것"인지는 불확실하다. 이영미와 김정환이 동감하는 "기록된 시에서 노래가사로의 변화"는 시의 형질이 달라져야 함을 가리키지만, 다른 면에서 보면 그것은 '노래'가 고정된 양식임을 전제하는 관념이기에 그러하다.

"한 번에 부를 수 있는 적당한 길이"나 간명한 의미 단위 등이 노래의 물질성을 구성하는 보통의 형식적 틀임을 부인할 수는 없다. 그러나 노래가 가져야 하는 "적당한 율격"을 시로 실현하는 방법에 대해서는 재론이 필요하다. 그때의 "적당한 율격"을 김정환은 정형률에 가까운 고전적인 율격으로 이해하고 「모심기 노래」에서 구현한다. 문제는 노래시가 공동체를 이룬 뭇사람의 체험에 바탕을 두고 구전으로 전승되

242 이영미, 앞의 글, 173쪽.

면서 굳어진 노래의 자연스러운 율격이 아니라는 데 있다. 노래시가 노래의 율격을 계승해야 한다는 논리는 창작의 자율성을 "제약"하게 될뿐더러, 실제 노래로 불리는 데 시인이 의도한 만큼의 순기능을 발휘하지 못한다. 이는 씌어진 시에서 가창되는 노래로 변환되는 일종의 번역적 작업이라는 점에서 번역론의 이상과 실재가 괴리를 보이는 사례를 참조할 수 있다.

약강 5보격 무운시이자 당대에 공연되었던 셰익스피어의 극작품을 3·4조의 우리말로 번역하겠다는 의지를 천명했던 번역가의 작업이 명징한 예이다. 역자는 번역문이 대본으로 활용되는 것까지 신경을 썼다고 하나, 산출된 결과물은 공연 시 오히려 배우들의 호흡을 제한하는 역기능으로 작용하였다.[243] 운문으로 되어 있는 원작을 운문으로 번역한다는 일견 당연해 보이는 원칙이 예기치 않게 야기하는 오류이다. 이는 노래로의 수월한 번역을 도모하기 위하여, 처음부터 시의 리듬을 특정한 노래의 율격에 맞춘 김정환의 「모심기 노래」에 시사하는 바가 크다. 주목할 만한 사실은 2000년대 김정환이 셰익스피어 전집 번역의 성과로 내놓은 작품들이 1980년대에는 미처 다 헤아리지 못했던 시에서의 노래로의 번역 과정에 대한 보완처럼 여겨진다는 점이다.

"'가장 시적인 대사를 곧장 가장 무대적인 언어로 절묘하게 제련'했다는 원문의 평가에 부합하고자 김정환은, 원문이 운문으로 되어 있다는 사실을 간과할 수 없노라 토로하면서도 무대 상연에 필요한 요소들을 번역문에 적절히 새겨 넣는 데 성공한다. 여기서 어떤 번역이 잘된 것인지를 묻는 일보다 훨씬 중요한 것은, 운문 번역에서 실상 고정된 원문이 존재하는가, 원문을 고정된 무엇이라고 여기는 것이 과연 번역에

---

243   조재룡, 「'운문'의 '운문'으로의 번역은 가능한가?」, 『번역하는 문장들』, 문학과지성사, 2015, 225-226쪽 참조.

서 타당한 물음인가라고 한번쯤 의심해보는 일이다."[244] 이와 같은 질문
은 '실상 고정된 노래성이 존재하는가, 노래성을 고정된 무엇이라고 여
기는 것이 과연 시를 통한 노랫말 운동에서 타당한 물음인가' 하고 바
꾸어 제시할 수 있다.

　　훗날 번역가로서 김정환은 운문으로 된 원문을 산문으로 번역해 냄
으로써, '운문의 산문성'이라는 아이러니한 표현 외에는 달리 나타내기
곤란한 시적 가치를 적시하였으나[245], 1980년대 시인으로서 노래운동
에 임하는 김정환은 시와 노래의 물질성을 어떻게든 일치시켜 보려는
(불가능한) 작업을 여러 갈래로 실험하였다. 재차 언급하듯이 그가 시도
한 노래성을 시에 부여하는 작업의 목적은 통일에 대한 문화적 기여였
다. 그렇지만 스스로 언급한 대로 "시가 변증법적으로, 갈등적으로, 그
리고 상호상승적으로 노래를 지향"[246]하는 과정은 충실하게 이루어지
기보다는, 이미 자신이 (무)의식적으로 설정한 노래성의 표본 쪽으로 시
의 물질성을 제한시킨 면이 더 크게 나타났다. 노래와 시의 긴장 관계
속에서 파생되는 통일 지향의 시적 물질성은 그가 목표로 삼았던 바와
달리, 이를 달성하기 힘든 양자의 갈등 없는 합일의 모습도 드러내었다.

3.4. 「휴식 노래」

　　김정환이 노랫말 운동으로 기획한 시들이 전부 위와 같은 경향성만
띠는 것은 아니다. 다른 성격을 가진 대표적인 작품 중 하나가 「휴식 노
래」이다. 이 노래시는 "규칙적인 음절처럼 운문 속에 존재하는 형식적

244　위의 글, 227-228쪽.

245　위의 글, 247쪽 참조.

246　김정환, 『황색 예수전 2—공동체, 그리고 노래』, 122쪽.

특성을 고집하는 대신, 이것을 제외한 그 '나머지'를 파악하는 일, 그리고 그것의 해석 가능성을 모색하는 과정에서 번역의 성패가 좌우된다는"[247] 견해를 구현한 작품이라고 할 만하다. 변주하여 기술하면 「휴식노래」는 규칙적인 음절처럼 노래 속에 존재하는 형식적 특성을 덜 고집하기 때문이다. 이 작품은 김정환이 천명한 대로 노랫말이 당대의 억압으로부터 해방되려고 했는가 하는 정서를 담아야 한다는 명제를 실행하는 동시에, 특정한 노래성에 시를 뻣뻣하게 끼워 맞추지 않는 '나머지의 해석 가능성'을 양립시킨다.

> 밤은 언제나 술렁거린다
> 생계비 키를 넘고 임금은 오르지 않는
> 노동자들의 밤
> 밤은 언제나 술렁거리고
> 뼈가 시린 추운 날씨 솟구치는 고향 생각
> 쉴 새 없는 기아수출 야간작업 특별잔업
> 하여 밤은 언제나 술렁거린다
> 백열등 밑에서 헝겊더미 속에서
> 힘을 내라 흥부야 착한 흥부야
> 노동자들의 밤은 언제나 술렁거린다
> 재봉틀에 손마디 문드러지는 달 밝은 밤
> 졸림과 절망과 깜깜함의 밤이 지나면
> 피흘려 싸우는 나라, 태양의 세상이 온다
> 그때는 눈부신 노동으로 온다

247   조재룡, 앞의 글, 245쪽.

그때는 우리 그 착한 눈물과 땀과 피
그 황홀한 얼룩짐 밟으며 온다
밤은 언제나 술렁거린다
집채만한 파도처럼, 산더미만한 해일처럼

—「휴식 노래」 전문

　「휴식 노래」에는 "밤은 언제나 술렁거린다"라는 시구가 "밤은 언제나 술렁거리고"를 포함하면 다섯 번 반복된다. 부사어 "하여"와 관형어 "노동자들의"를 변격으로 취급하면, "밤은 언제나 술렁거린다"는 여기에서 단 두 번 되풀이된다고 볼 수 있다. 이는 「모심기 노래」의 시구 "모를 심자"가 반복되는 빈도수에 비하면 훨씬 적은 수치이다. 엄격한 규칙성을 갖는 「모심기 노래」와 다르게 「휴식 노래」는 시가 노래로 불리는 과정에서 가창자가 변용할 수 있는 리듬의 유연성을 확보한다는 뜻이다. 게다가 「휴식 노래」의 리듬을 이루는 핵심어인 '밤'은 상징화되어, 밤에 발생하는 '술렁거림'이 체제 억압적·체제 저항적인 양가성을 가진 시어로 파악될 수 있음을 문맥으로 지시한다. 전자는 "생계비 키를 넘고 임금은 오르지 않는"과 "쉴 새 없는 기아수출 야간작업 특별잔업" 등의 구절이 입증한다. 후자는 "졸림과 절망과 깜깜함의 밤"을 끝내기 위한 예비적 단계가 마련되고 있다는 점에서 추론된다.

　밤이 생성하는 리듬과 결부하여 이상의 모든 밤을 집약시키는 주체의 형상은 노동자이다. 이들은 어둠을 견디면서 "태양의 세상"이 올 오늘의 새벽을 준비한다. 이것은 19세기 프랑스 노동자상에 초점을 맞추어 그들의 발화—쓰기를 조명한 『프롤레타리아의 밤』과 겹쳐진다. 서문에서 랑시에르는 다음과 같이 쓴다. "이 책의 주제는 우선, 노동과 휴식의 정상적 연쇄에서 떨어져나온 이 밤들의 역사다. 불가능한 것이 준비되고 꿈꿔지고 이미 체험되는, 말하자면, 정상적 사태 진행이 감지되기 어렵고 공격적이지 않게 중단되는 밤. 육체노동에 종사하는 이들을 사유의 특전을 누려온 이들에게 종속시키는 전래의 위계를 유예시키는 밤."[248]

본인의 처한 상황을 성찰하면서 은밀한 전복을 꿈꾸는 노동자들의 밤은 아무리 길지라도 자연의 섭리처럼 "눈부신 노동"으로 귀결된다. 이러한 전언은 노래시에 요구되는 복잡하지 않은 의미 단위를 화자와 청자에게 직관적으로 인지시키고, "술렁거린다"는 현재형 동사의 활용으로 어수선하고 소란스러운 밤의 풍경을 직조해낸다. 또한 "힘을 내라 흥부야 착한 흥부야"라는 시구로 평서형 문장으로 구성된 노랫말에서 예외적인 호격의 화법을 파생시키는 점도 독특한 변주의 전개이다. 자칫 단조로워질 수 있는 밋밋한 시적 흐름을 전환시키는 시구를 전체 18행의 중간인 9행에 배치하여, 의미론적으로도 억압에서 해방으로 반전되는 계기를 마련하는 것이다. 그것은 시구의 리듬이 단지 형식적으로만 쓰이는 기제가 아니라 의미 작용을 하는 내적 표지임을 다시 한번 뒷받침한다.

3.5. 노랫말—노래시의 의의와 한계

1980년대 노래운동가들은 확고부동한 리듬이 통일에 기여하는 노래시의 정서를 만들어 낸다고 명시적으로 주장하지는 않았다. 그러나 "아직까지 우리의 노래에서는 적당한 율격을 필요로 한다"든가, "작곡

248　자크 랑시에르, 안준범 옮김, 『프롤레타리아의 밤』, 문학동네, 2021, 10쪽.

과정에서 시의 부분을 변개하거나 부분 삭제, 발췌하는 현상"을 "시를 원상 그대로 노래화하지 못했다"[249]고 부정적으로 평가하는 시각의 이면에는 이러한 관념이 단단하게 자리 잡고 있는 듯 보인다. "시가 다만 시대의 진단으로 끝나지 않기 위해 노래를 필요로 하며 노래가 환부로 함께 곪아 들어가지 않기 위해 시의 정신을 필요로 한다. 시와 노래의 만남은 필연적이며 그것은 양자가 함께 시대의 진정한 생명으로서 살 수 있는 길인 것이다."[250]라는 견해도 유사하다.

시대의 환부를 묘파하는 시의 정신과 이를 확산시키는 건전한 채널로 기능하는 노래의 몸과 결합하기. 이와 같은 강령은 이상적으로 여겨진다. 그러나 이러한 관점의 틀은 시가 정신 활동만의 소산이 아닌 고유한 몸─물질성을 토대로 한다는 사실을 간과하고 있다. 시의 양식적 특징을 전제하더라도, 시의 물질성이 노래의 물질성으로 고스란히 전이될 수 있다는 성취되기 힘든 믿음을 갖는 것이다. 거기에 근거하여 시를 변형하지 말고 있는 그대로 노래 부를 수 있어야 한다는 노래시에 대한 요구도 제기되었다. 그에 합당한 예시를 찾기는 쉽지 않다. 기록된 시로 창작되어 노래로 재탄생한 경우는 적지 않다. 반면 노래시로서 기획된 작품이 실제 노래로 불려지거나, 혹은 구비적으로 전승·전파된 경우의 구체적인 실제는 묘연하다. 물론 그것이 노래시 자체의 실패라고 평가할 수는 없다. 다만 '운문의 산문성'을 보존하지 못한 채 운문을 운문으로만 번역하려 한 작업의 곤경이 예시한 바, '시의 노래성'을 지켜내지 못한 채 시를 노래로만 변환시키려 한 작업이 맞닥뜨렸던 난관이라고는 지적할 수 있을 것이다.

249   이영미, 앞의 글, 173-174쪽.
250   「시와 노래: 시의 노래화 작업」 서문, 『노래』 제1집, 163쪽.

노래시를 통일문학에 닿는 하나의 고리로 여겼던 김정환은 이에 대해 이렇게 기술하였다. "남한에서의 통일문화·문학은, 한민족 고유의 민중저항 전통과 3월 백성봉기·4월 시민봉기·5월 민중봉기의 맥을 꿰뚫어 잇는 생산과 운동의 통합이며, 반독재 민주화 운동을 통한 지역·계층 민주화의 결과들이 각각 다양한 생존의 목소리로 총체적 통합을 이루고 그 모든 과정에서 생산/운동, 예술성/이데올로기, 부드러움/격렬함, 조직성/인간성, 치열함/너그러움, 사랑/투쟁, 전문성/민중성 등의 분단적 2분법이 통일지향적으로 극복·용해되어 거대한 흐름 속에서의 다양한 갈래와 겹으로 에너지를 발산하는, 스스로 역동적인 다양성으로 통일되면서 북(北)쪽을 향해 자신의 아픈 몸을 여는, 민중회담의 문화다."[251]

그는 각계각층의 이분법적 사고를 경계하였고, 이것을 "통일지향적으로 극복·용해"시켜야 함을 피력하였다. 과연 통일지향적인 극복과 용해가 어떻게 이루어지지 못하거나 이루어졌는가를 이 절에서는 '노래/시'의 이분법을 해체하려 한 김정환의 노랫말─노래시 작업으로 검토하였다. 그의 의도와 결과는 때로 어긋나고, 때로 합치의 가능성을 보여주었다. 그 바탕에는 시와 노래의 교호가 빚어내는 리듬의 충돌과 간섭 등, 연동하면서도 단독적인 물질성의 내부─작용이 복합적으로 녹아 있다. 그것은 긍정적이냐 부정적이냐의 상반된 효과성만을 따지는 기준 틀로는 판별될 수 없다. 1980년대 시와 노래의 뒤얽힘은 현대에 이르러 분화된 형태로 굳어지던 양자의 물질성을 새롭게 구축하려던 현상의 충돌과 결속의 다기한 현상으로 재인식되어야 한다.

251 　김정환, 「통일문학을 위한 모색」(자유실천문인소식 창간호, 1986년 3월), 『발언집』, 22-23쪽.

*

이 장에서는 물질적-담론적 실천의 현상적 관점으로 김정환 시집과 시편을 검토하였다. 김정환은 1984년 결성된 민중문화운동협의회와 이후 재편된 민중문화운동연합과 노동자문화예술운동연합에서 중추적인 역할을 맡아 활동하였다. 1980년대 민중문화운동의 주요 기획자로서 그는 시가 어떻게 민중문화운동과 공진화할 수 있는가를 고심하였고, 이를 판화운동·민중신학운동·노래운동과 교직하는 방법으로 실현하고자 하였다.

첫 번째 절에서는 판화와 시의 결합을 통한 김정환 시의 민중 구현 형상을 살펴보았다. 1920-1930년대 문학을 통한 바람직한 현실 변화를 이끌어 내려 하였던 루쉰의 행보가 대표적인 바, 판화운동은 광범위한 대중과 접속하여 그들을 정치적 변혁 주체로 전환하려는 목적을 가지고 있었다. 복제할 수 있으면서 원본성을 상실하지 않는 판화는 정치적으로 응집하면서 고유성을 상실하지 않는 방향성을 모색하는 공동체 예술에 부합하였다. 이는 1980년대 한국에서 5·18 광주민주화운동의 여파 속에 판화시집의 양식으로 제작되는 흐름으로 이어졌다.

판화시집은 판화와 시의 물질성이 결속한다는 점에서 주목을 요한다. 김정환은 1984년 『사랑노래』, 1985년 『해방서시』와 1987년 『해방판화시』 등을 출간하면서 판화와 시의 결합을 꾸준히 시도하였다. 이중에서 논의의 대상으로 삼은 시집은 1980년대 시민미술학교와 연계한 시민판화 시선집으로 간행된 『사랑노래』였다. '예술민주화'의 기치 아래 김정환은 '올바른 공동체 미래건설을 위한 민중문화운동의 한 갈래'로 시민들이 만든 판화 작품과 본인의 시를 함께 수록하였다.

민중들이 스스로의 목소리를 직접 내게 한다는 의도가 반영된 물질적-담론적 실천의 파급 효과는 높이 평가할 수 있다. 그러나 이 글은 시민판화 시선집이 추구하는 민중 속으로의 가치를 기술한 파라텍스트와 민중과의 구별 짓기로 기능한 시인 소개 파라텍스트가 내부-작용하여 충돌을 빚는 양상이 재고찰될 필요가 있음을 지적하였다. 그럼에도 불구하고 다 같이 모여서 작품을 만드는 과정 속에서 판화는 각인하는 물질성에 바탕을 둔 진정성의 예술로 거듭날 수 있었다. 안이한 서정에 그치는 '문화를 위한 문화주의'와 '민중의 땀과 노동의 건강성에 기초한 문화운동'을 구분한 김정환의 입장에서 판화는 명백히 후자에 속하였다.

그가 주장한 문화운동의 자장에서 판화시집에 다시 실린 시, 예컨대 「사랑노래」 네 편은 원래 실려 있었던 『지울 수 없는 노래』에서보다 사랑의 의미가 민중적 합일과 한반도의 통일 등으로 보다 구체화되었다. 이 글에서는 동일한 시들임에도 「사랑노래」 연작의 감상 효과가 달라진 이유가 시집과 시민판화 시선집의 물질성이 같지 않기 때문임을 예증하였다. 시 한 편이 아니라, 시집과 이를 둘러싼 물질들의 매개 작용으로 시적 현상이 달라질 수 있음을 피력한 것이다.

두 번째 절에서는 이러한 논점에 입각하여 김정환의 장편 연작시 『황색 예수전』의 물질성을 검토하였다. 그의 첫 번째 시집 『지울 수 없는 노래』에 실린 「봄비, 밤에」가 제목만 「밤에」로 바뀌어 『황색 예수전』에 다시 실림으로써 발생한 효과—김정환 첫 시집과 두 번째 사이의 연결고리를 형성하였음을 분석한 까닭도 여기 있다. 『황색 예수전』은 1980년대 민중신학과 떼려야 뗄 수 없는 관계를 맺었다. 1970년대 독재 체제에 대한 신학적 저항점을 마련한 제1세대 민중신학은 1980년대 제2세대 민중신학으로 이어져 당파성·과학성·대중성과 접합하고자 하였다.

이에 기반을 둔, 민중이 곧 예수라는 담론적 실천을 물질적 실천으로 이행한 양태 가운데 하나가 『황색 예수전』이었다. 이 시집은 성경 서사와 당대 역사를 병합하는 방식을 취하여 성경 속 예수와 1980년대 민중을 일체화하는 장편 연작시의 물질적-담론적 실천을 보여주었다. 그것은 당대 제기되었던 제3세계문학론과 연동하였다. 김정환은 이를 '해방지향적 민중 전통' '견딤으로서의 삶에 대한 종교적 인식 혹은 결단' 등으로 인식하였다.『황색 예수전』은 물질적 생활을 상부구조에 속한 종교에 삼투시켜, 이를 재차 하부구조에 영향을 끼치려는 김정환 시학의 일환이었다.

김정환 시에서 종교는 초월론과 형이상학의 영역에 속하지 않았다. 『황색 예수전』에서 종교는 철저하게 물질론과 형이하학적 차원에서 논하여졌다. 더불어 이분화된 성과 속을 탈구축하려는 시도는 그의 시에서 속으로서의 성, 성으로서의 속으로 얽힌다. 물질성―구체성에 바탕을 둔 하부구조와 추상성―관념성에 바탕을 둔 상부구조의 내부-작용은 양자를 뒤섞으면서, 첫 번째 절에서 다루었던 사랑의 현상을 발생시켰다. 김정환 시에서 사랑은 정주하지 않고 움직인다. 사랑의 운동성은 제3세계 민중과 연대하는 현실 투쟁과 겹친다.『황색 예수전』의 사랑―전쟁―혁명의 연결고리는 성경의 추상과 역사의 구상이 추상적 구상과 구상적 추상으로 공고해졌다.

세 번째 절에서는『황색 예수전』에 나타난 메시지가 노래운동과 결부된 물질성과 연계하는 양상을 검토하였다. 음향 테크놀로지의 발전이라는 20세기의 물질적 토대 위에 있는 노래운동은 대중 친화성이 뛰어난 노래를 통하여, 오늘날 사회에 대한 변혁 의식을 고취시키려는 데 목적이 있었다. 가령 한반도의 분단 체제로 인하여 고착화된 대중가요 등에 반하여 탄생한 민중가요는 노래운동의 중요한 결과물이었다. 이러한 맥락에서 김정환 시의 노래성을 재고하였다.

유독 김정환 시에는 '노래'라는 제목이 붙은 작품이 많다. 그러는 한

편으로 김정환은 노래성과 관련된 발언도 적지 않게 하였는데, 이는 그가 염두에 두었던 바람직한 시를 구성하는 주요 요소가 노래성과 관련되었다는 뜻으로 이해된다. 노래성과 시, 노래운동과 문학은 감각적인 것을 재배치하여 세계 변혁의 의지를 고취시킨다는 점에서 공통점이 있다. 김정환은 이를 '상호 갈등상승적 만남'이라고 표현하였다. 이것은 노래와 시가 완전하게 연합하지 못한다하더라도 서로를 보완할 수 있다는 신념에 의하여 추동력을 얻는다.

노래가 가진 논리와 정서의 불완전성을 문학으로 보충하고, 문학의 왜곡된 유통 구조를 구전 전파가 가능한 노래의 장점으로 개선할 수 있다는 믿음 하에 그는 노래시를 창작하였다. 이 글은 노래시의 리듬이 통사의 조직 원리와 맞닿아 있는 방식의 난점을 주체화와 의미화에 착목하여, 김정환과 고정희의 「모심기 노래」를 비교하는 것으로 입증하였다. 번역적 지평에서 분석 가능한 그의 노래시는 시의 리듬을 특정한 노래의 율격에 맞춤으로써 오히려 의도와 어긋나는 결과를 낳았다. 하지만 그보다 유연한 리듬으로 성취된 「휴식 노래」 등에서 증명되듯이, 그의 노래시는 다양하게 실험되면서 통일문학에 기여하고자 하는 노력을 경주하였다.

이상의 논지를 전개하면서 김정환의 시론을 마르크스의 역사 유물론에 유비하여 언어 유물론이라 명명하였다. 그가 문학—시의 책무를 오염된 말과 싸우면서 올바른 역사의식을 함양하는 것으로 규정하였기 때문이다. 언어는 타인과 소통하려는 요구에서 생겨난 물질이자, 인간의 물질적 활동과 교류와 밀접한 관계를 맺고 이념·표상·의식을 산출한다. 물질로서의 언어로 이상적인 의미를 창조해야 한다는 김정환 시의 물질 지향은 판화운동·민중신학운동·노래운동과 교직함으로써 양자의 물질성을 상호 불화·결집하는 다층적 현상으로 구축하였다.

Ⅲ. 언어 신체론과 교차적 성정치

― 김혜순 시의 물질적 변용

이 장에서는 1980년대 출간된 김혜순 시집과 그 안에 수록된 시편을 중심으로, 당대의 다기한 문화적 기호·모성성·성정치성의 맥락으로 치환 가능한 국가 폭력과 시(집)의 물질성이 내부-작용하면서 빚어내는 현상들을 검토한다. 이는 다시 회화성과 시(집)·교차적 모성성과 시(집)·성정치성과 시(집)의 물질성 구현으로 각각 살펴볼 수 있는 바, 이때 도출되는 결과물은 언어를 자기 신체화하고 타자를 육체성으로 감각하는 독창적인 여성시의 계보를 창출해 낸다. 회화성과 시(집)·모성성과 시(집)·성정치성과 시(집)의 어우러짐은 김혜순이 주창한 다음과 같은 시론에 호응한다. "너와 마주해 있을 때 나의 몸에서 육체성이라고 부르는 그것이 나타난다. 몸의 육체성은 몸이 처해 있는 상황 속에서 비로소 파악된다. 그러나 내가 '나'라고 부를 때 몸은 항상 뒤에 숨어 있다. 그러니 '나'는 내가 아니다. 내가 '나'라고 부르는 그것 뒤에, 아니 그것 뒤에 몸을 숨긴 몸의 특성으로 나는 이 세상과 관계를 맺고 있다."[252] 일

---

252 김혜순, 「여성의 몸」, 『여성이 글을 쓴다는 것은』, 문학동네, 2002, 205-206쪽.

관되게 김혜순은 정신과 육체를 분리하는 심신이원론을 배격한다.

'나'의 배후에 항상 몸이 위치해 있음을, 그 몸으로 '나'의 안팎에 있는 타자와 교류하여 시를 행위하는 김혜순의 시 쓰기를 '언어 신체론'이라고 명명할 수 있을 것이다. 이에 대해서는 본문에 자세히 후술하겠지만, 그것은 앞서 검토한 김정환 시의 언어 유물론과도, 뒤에 살펴볼 최승호 시의 언어 관찰론과도 일정한 거리를 둔다. 왜냐하면 언어 신체론은 1980년대 남성의 몸과는 분명한 물질성의 차이를 양산하는 여성의 몸과 결부되기 때문이다. 여성의 몸에 관한 논의를 진전시킨 그로스는 "몸은 몸에 외재하는 사회적 압력으로 인해 각인·표시되고 새겨지는 것일 뿐만 아니라, 다름 아닌 자연 자체의 사회적 구성물이자 직접적인 효과"[253]라고 정의한다. 그러는 한에서 1980년대 여성과 남성의 몸에 외재하는 사회적 압력의 강도는 다를 수밖에 없다.

또한 자연을 "가장 일반적인 의미에서의 물질성이자(데리다 이후 이 용어가 함축하는 모든 불가능성을 가진 것으로서)로 이해되어야 한다"[254]는 데 동의한다면, 젠더화된 몸은 생물학적 구분 이상의 상이한 물질적 현상에 맞닥뜨리고 그 자체를 새롭게 구성해낸다. 김혜순이 언명한 바, 몸과 시가 맺는 관계의 핵심은 사랑이다. "몸으로 쓴 시는 몸이 스스로 너를 사랑함으로 그 사랑이 스스로 쓰는 시다. 사랑은 하나의 움직임이고, 그 움직임이 시를 산출한다."[255]

이러한 사랑에 접근하는 데 바디우의 논의를 참고할 수 있다. 그에 따르면 사랑은 만남이라는 사건이 있어야 성립될 수 있다. 이는 일상에서의 단순한 접촉과는 다르다. 이러한 만남은 예외적인 것으로 이른바

---

253 엘리자베스 그로스, 앞의 책, 72쪽.

254 위의 책, 70-71쪽.

255 김혜순, 「몸 말」, 앞의 책, 149쪽.

'비실존의 실존'과의 만남이다. 이와 같은 만남에서 촉발된 사랑을 통해 자기중심성에서 탈피하여 타자의 영역으로 나아갈 수 있다는 사실이야말로 사랑이 가진 중요한 속성이다.[256] 그러하기에 김혜순 시에서 사랑—연애의 양태는 늘 타자의 자리를 보존하면서 타자를 산출하는 여성시의 특징적 메커니즘임을 염두에 두지 않으면 안 된다.

이상의 바탕 위에서 1980년대 출간된 김혜순의 시집—『또 다른 별에서』·『아버지가 세운 허수아비』·『어느 별의 지옥』을 분석한다. 1절에서는 『또 다른 별에서』를 중심으로, 김혜순 시의 인장이라고 할 수 있는 다기한 문화적 기호를 끌어안는 패러디 기법의 의미를 살펴본다. 이를 통하여 김혜순 시의 패러디가 새로운 여성적 기호의 생산과 연관됨을 밝힐 터인데, 이것은 그림 화법과 언어 화법의 물질적 횡단으로 구체화된다. 2절에서는 『아버지가 세운 허수아비』를 중심으로, 김혜순 시에서 가장 많이 언급되는 모성성과 시의 관계를 검토한다. 일반적으로 어머니와 딸이 맺는 수직적 관계성 대신, 어머니와 딸이 얽혀 있는 물질적 교차성에 주목하면서, 아버지의 세계와 파열하는 양태를 구현하는 시적 방식을 들여다볼 것이다. 3절에서는 『어느 별의 지옥』을 중심으로, 대통령—아버지에 의한 1980년대 가부장제 국가 폭력과 그에 대응하는 김혜순 시의 양상을 논한다. 그러면서 어떻게 이것이 몸—언어의 확장과 축소라는 상반된 경향성으로 나타나는가를 규명할 것이다.

256　알랭 바디우, 조재룡 옮김, 『사랑 예찬』, 도서출판 길, 2010, 27-29쪽 참조.

1. 회화성과 기호 패러디의 실재

1.1. 메타픽션적 메커니즘

1980년대 김혜순 시도 실재하는 당대 여러 텍스트를 적극적으로 참조하여 시화(詩化)한다. 이를 김정환 시와 마찬가지로 인용이나 인유로 보기는 어렵다. 이들의 시는 원텍스트와의 합치를 추구하지 않기 때문이다. 그중에서도 김혜순 시는 기법 상 자기 반영성을 갖는 메타픽션적 쓰기에 가깝다. 기존 텍스트를 품어 새로운 텍스트를 생산하되, 원텍스트와의 대화성이 소거되지 않으므로 이를 패러디의 범주에서 검토해 볼 수 있을 것이다.[257] 여기에서 중요한 점은 1980년대 김혜순이 패러디 시를 썼다는 사실보다는, 기존 텍스트를 품어 새로운 텍스트를 생산하는 김혜순 시의 방법론이 가진 독특성과 이로 인한 효과가 물질적─담론적 실천과 결부되는 양태를 면밀하게 살펴보는 일이다. 김혜순 시

257　정끝별, 「9장 패러디, 패스티시, 키치」, 『시론』, 문학동네, 2021, 258-261쪽 참조.

의 패러디는 원텍스트를 답습하는 모방적 패러디와 원텍스트를 풍자하는 비판적 패러디와는 거리를 둔다. 그렇다고 원텍스트의 원본성 자체를 부정하는 혼성모방적 패러디에 속한다고 보기도 애매하다.[258]

이 절의 논지는 1980년대 쓰인 김혜순의 초기시부터 예술적 상관물에서 시적 예술을 재생산하는 특별한 양태를 발견할 수 있다는 것이다. 한국 시사에서 패러디 시가 급증했던 시기는 1990년대 이후이다. 대표적으로 영화 텍스트들의 시적 패러디 전략을 취한『세운상가 키드의 사랑』과 문자·영상 텍스트 외에 음악을 패러디 시로 융화시킨『단편들』이 그러하다.[259] "이런 패러디는 대중문화적 감수성에, 서정적 파토스를 불러일으키는 비극적 수사를 가미해 다성적 울림을 꾀한다. (……) 현실 체험을 텍스트 체험으로 대신하면서 성장한 새로운 세대의 패러디적 감수성의 발현일 것이다."[260] 이와 같은 배면에는 고도화된 한국 자본주의의 대량 생산—복제 및 증식 패러다임이 위치한다. 물질만능주의 풍조 속에 예술(가)의 상품화를 패러디한「프란츠 카프카」[261]도 그러한 계보의 전사에 속한다.

그런데 1980년대 김혜순 시는 이상의 흐름과 무관하지 않으면서도 독자적인 패러디 시를 선취하여 주목을 요한다. 이는 김혜순이 1980년대 한국 여성시의 한 갈래를 담당해 왔다는 사실과 관련된다. 일반적으로 여성시는 여성 시인이 여성성을 주제화한 시를 가리킨다. '여성적인 것의 회복과 여성해방을 궁극적 목표로 하는 여성주의 시각을 내면화

---

258 위의 글, 267-278쪽 참조.

259 유하,『세운상가 키드의 사랑』, 문학과지성사, 1995. ; 박정대,『단편들』, 세계사, 1997.

260 위의 글, 284쪽.

261 오규원,『가끔은 주목받는 生이고 싶다』, 문학과지성사, 1987.

시킨 시'를 여성시로 간주하기도 한다.[262] 그러나 이러한 정의에도 불구하고 여성시의 맥락에서 호명되는 (생물학적) 남성 시인은 없다. 이에 대비되는 언명이 여성시는 생물학적 여성만이 하는 것이 아니라는 김혜순의 입장이다.

"김수영은 이승만 정권에 대해서 굉장히 여성적인 자리에 있었다. 시 쓰는 자리를 궁상맞고 일상적인 자리로 가져오고, 일상어를 말함으로써 시스템의 언어에 항의했다. 기침과 가래 같은 이비인후에서 나오는 더러운 분비물이 언어라고 하는, 자기의 언어를 개발해 시를 썼다." 그러면서 김혜순은 시적인 것은 여성적인 것이고, 남성적이거나 가부장적인 것은 시의 자리에 속하지 않는다고 말한다. "부재의 장소에 처하는 경험, 시스템 밖으로 내쫓기는 경험, 성적 수치를 당한 경험. 성소수자나 난민, 다름을 인정받지 못한 수많은 사람의 경험이 바로 시인의 자리다."[263]

이를 염두에 두면서 1980년대 문학과지성 시인선이 오늘의 시인총서와 창비 시선에 앞서 여성 시인의 시집을 출간하였음을 주지할 필요가 있다. 황동규의 『나는 바퀴를 보면 굴리고 싶어진다』를 필두로 열다섯 번째 시집까지 남성 시인의 시집으로 꾸려졌던 문학과지성 시인선의 열여섯 번째 열일곱 번째 시집이 그것이다. 김혜순의 첫 번째 시집이기도 한 『또 다른 별에서』는 문학과지성 시인선 열일곱 번째 시집으로 출간되었다.[264] 1979년 『문학과지성』 가을호와 겨울호에 시를 발표

---

262   고명철, 「현대시의 풍경, 그 다원성의 미학—1990년대의 한국시문학사」, 『한국 현대시문학사』, 소명출판, 2019, 424-425쪽 참조.

263   「사라진 여성의 자리, 여성시의 자리」, 한겨레, 2017년 8월 24일.

264   김혜순, 『또 다른 별에서』, 문학과지성사, 1981. 1981년 9월 함께 출간된 문학과지성 시인선의 열여섯 번째 시집은 최승자의 『이 시대의 사랑』이었다.

하며 시단에 등장한 최승자와 김혜순의 시들을 한데 묶어 내놓음으로써 문학과지성 시인선은 1980년대 초까지 시집 시리즈에 부재하던 여성시의 자리를 뚜렷하게 마련하였다.

이러한 관점에서 김혜순 시를 여성해방문학의 관점에서 적극적으로 독해하는 의견에 동의를 표한다. "김혜순의 여성적 글쓰기의 의미를 당대의 '여성의 체험'과 결부시켜 읽어보기 위한"[265] 시도는 당대 여성운동과의 관계성 속에서 고려되어야 한다는 의식 아래 실행되면서 논증의 설득력을 확보하기 때문이다.

1.2. 여자를 구현하기

그러는 한편으로 "김혜순 시에서 반복되는 폭력의 장면들을 젠더폭력으로 읽어낼" 때, 『또 다른 별에서』에 실린 「고백」과 「진실」을 "젠더 폭력으로 읽으려면 시적 화자를 여성으로 전제해야 하며 폭력을 행사하는 자 역시 남성으로 가정해야 한다."라고 할 때[266] 발생하는 적대의 이분법은 재고의 여지가 있다고 본다. 「고백」과 「진실」에서 시적 화자를 포함한 인물들의 젠더는 여성이나 남성으로 확정되지 않는 탓이다. 이 외에도 해당 시집에서 유사한 사례를 다수 찾을 수 있다. 이와 같은 지적이 "'미래파' 담론 이후 무성(無性)적 관점에서만 주로 읽혀온 여성시인들의 시로부터 '여성주의적 시각'을 적극적으로 재발견할 가능성을 확인하는 계기"[267]에 제동을 건다는 반박도 제기될 듯하다. 그러나

---

265 조연정, 「'여성시인'이 시를 쓴다는 것: 1980년대 '여성해방문학'의 관점에서 다시 읽는 김혜순의 초기시」, 518쪽.

266 위의 논문, 539-540쪽.

267 위의 논문, 518쪽.

해당 입장을 김혜순 스스로가 명확하게 밝힌 바 있다.

저는 시 안에서 누구도 적으로 몰다가 껴안지 않았습니다. 만약 제 시를 페미니즘 시라고 불러야 한다면 페미니즘에 대한 다른 정의를 내려야 하리라고 봅니다. 그런데 아무나 비판을 해야겠다는 의지만 가지고 제 시를 페미니즘 시라고 부르고 있는 것에 대해, 자신들만 알고 있는 페미니즘에 대한 정의를 가지고 제 시를 재단하는 것에 대해 저는 의아해한 적이 한두 번이 아닙니다. 그들 대부분은 대남성적 여성관, 혹은 젠더적 의미에서의 성 구분으로 여성성을 정의하여 제 시를 분석하려고 합니다. 그러면 시는 증발하고, 초라하고 누더기를 걸친 한 여성의 듣기 싫은 울음소리만 시에 남는 것입니다. 시는 극단적인 운동으로서의 페미니즘도 가부장제도 넘어선 지경, 세상의 모든 경계를 넘어선 어떤 지점에서 현존의 삶 안팎으로 삼투하는 것 아닙니까? (……) 저는 단지 남성 앞에서의 여성이 아니라 신 앞에서, 자연 속에서, 생명 속에서 여성이기를 더욱더 바랍니다.[268]

널리 알려졌듯이 김혜순은 1980년대부터 현재까지 여성시의 대표 시인으로 거론된다. 이는 김혜순 시에서 두드러지는 여성(성)의 함의 외에, 김혜순 스스로가 여성시의 시론을 능동적으로 개진해왔다는 사실이 결합하면서 빚어진 결과이다. 김혜순은 2002년 펴낸 『여성이 글을 쓴다는 것은』[269]과 2017년에 출간한 『여성, 시하다』[270]를 통해 여성

---

268 김혜순·조하혜, 「[특별대담—김혜순 시인을 찾아서] 고통에 들린다는 것, 사랑에 들린다는 것」, 『열린시학』 11권 2호, 고요아침, 2006, 20-21쪽.

269 김혜순, 『여성이 글을 쓴다는 것은』, 문학동네, 2002.

270 김혜순, 『여성, 시하다』, 문학과지성사, 2017.

시와 여성성을 거듭 천착하여왔다. 이후 그것은 2019년 『여자짐승아시아하기』에서 제3세계 여성시인으로서의 '여자하기'로 강조된다. "여자하기는 '여자이고자 함'이다. (……) 인간 각자가 스스로 여자라는 복수성, 내 안에서 흘러넘치는 여성적 실재를 향해 여행해가야 함을 이른다. 또한, 나는 생물학적으로 여자이나 나의 에너지로 다른 사물들과의 연결과 접속 속에서 여자를 구현해가야 한다."[271] 그에 따르면 생물학적 여성이라고 해서 '여성적 실재'에 곧바로 도달할 수 있는 것이 아니다. 여자하기는 '다른 사물들과의 연결과 접속 속에서 여자를 구현'하려는 시도를 뜻한다.

이상의 논의는 김혜순이 부각한 "곡선적인 모습, 피 흘리는 생리, 다산 같은 것들 때문에 더럽고, 추악하고, 혹은 동물적인 것으로 대접받아왔"[272]던 '여성의 몸'을 폐색하려는 관점을 지지하지 않는다. 김혜순은 인간 정신을 자임한 남성이 여성을 자연 물질화하는 역사적 경향성을 비판적으로 성찰해 왔다.[273] 하지만 동시에 김혜순은 "시는 여성적 장르이고, 모름지기 시인이라면 그, 그녀는 귀신에 들리듯 여성성에 들린다"[274]고 쓰고 있다. 또한 "아우슈비츠의 군인들이 유태인을 표현할 때 '더러운, 흐르는, 점액질의, 붉은, 집어삼키는, 몰려드는, 내뱉는'과 같은 수식어 내지는 동사들을 사용"[275]한 예를 거론하는 김혜순을 고려하지 않으면 안 된다. 여성시의 언어들이 피억압자의 언어와 등치된다고 김혜순은 쓴다. "나는 이런 언어들이 이방인, 난민, 성소수자, 사회적 약자

---

271 김혜순, 『여자짐승아시아하기』, 문학과지성사, 2019, 16쪽.

272 김혜순, 「여성의 몸—흐르는, 더러운, 점액질의……」, 『여성이 글을 쓴다는 것은』, 문학동네, 2002, 210쪽.

273 위의 글, 203쪽 참조.

274 김혜순, 「여성이 몸으로 글을 쓴다는 것은」, 『여성이 글을 쓴다는 것은』, 5쪽.

275 김혜순, 「여성의 몸—흐르는, 더러운, 점액질의……」, 위의 책, 203쪽.

의 언어들과 같다고 생각한다. 나는 이렇게 부과받은 여성적 정체성을 벗어나 한사코 수많은 성(性)들 사이에 있으려 하는, 모든 이분법들 사이에 있으려 하는 여성시의 모습이 오히려 '시'의 모습이 될 수 있다고 생각한다."[276]

이러한 서술을 전면에 내세우는 까닭은 김혜순이 주창하는 여성시의 면모를 희석시키기 위해서가 아니라, 김혜순 본인이 강한 거부감을 표한 대로 "대남성적 여성관, 혹은 젠더적 의미에서의 성 구분으로 여성성을 정의하여 제 시를 분석하려고" 하는 종래의 시각을 재검토하기 위해서이다. 김혜순 시를 폭력을 행사하는 남성, 남성의 폭력에 시달리거나 거기에 분열증적으로 대항하는 여성이라는 이항대립의 틀로만 해석할 때, "페미니즘도 가부장제도 넘어선 지경, 세상의 모든 경계를 넘어선" 시는 논의되기 어렵다. 실제로 김혜순은 시에서 "허수아비인 아비를 적(敵)으로 내몰고 있"다는 대담자의 논평을 전적으로 반박한다. "저는 허수아비를 적으로 내몰지 않았습니다." 김혜순에 따르면 두 번째 시집의 표제작 「아버지가 세운 허수아비」는 "천년 전의 신라, 백제의 피나는 경계가 지금의 우리에게도 경계인가 라고 묻는 시"이다.[277] 시의 해석적 지평은 시인이 본래 상정한 의미론적 자장에 갇히지 않고, 여러 갈래의 텍스트 분석으로 이행할 수 있다. 김혜순의 표현처럼 문제는 대립하는 여성과 남성으로만 시를 파악하려고 하는 시점에서 발생한다.

한편으로 김혜순은 현실에서 작동하는 남녀의 성차별을 분명하게 인지한다. "여성은 아직도 성차별의 식민지인입니다. 식민지에 사는 사람은 초월하기가 쉽지 않습니다. 식민지를 경영하는 사람들이 식민지

---

276 김혜순, 「한사코 사이에 있으려는」, 『여성, 시하다』, 문학과지성사, 2017, 232쪽.

277 김혜순·조하혜, 앞의 대담, 19-20쪽.

인에게 초월하라고, 여성/남성의 구분을 벗어나라고 말하는 것은 옳지 못합니다. 식민지에 사는 사람은 스스로의 방식으로 분리를 껴안을 수밖에 없습니다."278 여성/남성의 정치사회적 불평등을 젠더의 식민성으로 짚어내면서 김혜순은 당대 여성들이 겪는 성차별 문제를 심각하게 바라본다. 현실적 층위에서 젠더의 식민화가 진행되고 있는데, 식민자가 식민지인에게 식민성 따위는 없다고 강변해서는 안 된다는 말이다. 김혜순은 여성(성)에 대하여 착종된 입장을 개진한다. 따라서 이를 세밀하게 검토하기 위해서는 현실적 층위의 여성과 시적 층위의 여성성 시를 나누어 살펴야 한다. 물론 양자는 필연적으로 연결된다. 그러기에 김혜순은『여성이 글을 쓴다는 것은』과『여성, 시하다』에서 지속적으로 여성―몸―시에 대한 시론을 전개시킨다.

1.3. 여성―몸―시

김혜순의 시론은 본인이 쓴 석사학위논문과 박사학위논문279에서 주제로 삼은 김수영이 최종적으로 제출한 '온몸의 시론'을 여성성으로 전유한 듯 보인다. "詩作은 '머리'로 하는 것이 아니고 '심장'으로 하는 것도 아니고 '몸'으로 하는 것이다. '온몸'으로 밀고 나가는 것이다."280라는 시론에서 괄호 쳐진 남성의 몸 대신 여성의 몸을 대입하여 김혜순은 "여성시인에게 자신의 육체는 하나의 텍스트다."281라는 명제를 완

278　위의 대담, 19-20쪽.

279　김혜순,「金春洙와 金洙暎詩에 나타난 時間意識의 對比的 考察」, 건국대학교 석사학위논문, 1982. ; 김혜순,「金洙暎 詩 研究: 담론의 특성 연구」, 건국대학교 박사학위논문, 1993.

280　김수영,「시여, 침을 뱉어라」,『김수영 전집 2―산문』, 민음사, 2003, 398쪽.

281　김혜순,「한사코 사이에 있으려는」, 앞의 책, 231쪽.

성하였다. 김혜순은 성차를 위계적으로 작동시키는 기울어진 구조적 틀 안에서 여성의 몸은 폄하와 멸시, 이에 대한 저항성을 체현한 육체로 거듭남을 피력한다. 또 다른 대담에서 김혜순은 남성 상징계의 기호들 사이에서 여성성은 부정성으로 작동한다고 설명하면서, 전복적이면서 균열적인 시를 쓰는 몸—몸으로서의 시는 반드시 생물학적 여성만이 쓸 수 있는 것이 아님을 다시 한번 부연하였다.

나는 이 시라는 부재의 나라, 유일무이한 시의 나라에서 여성적 글쓰기를 선택한 자들이 다들 자신들의 자궁을 선포할 수 있기를 바랍니다. 그가 남성이든 여성이든 말입니다. 주변으로 내몰린 자리에서 몸을 구속당한 채 글을 쓰기 시작하면 누구나 여성의 몸으로 귀환할 수 있지요. 아직 점수가 매겨지지 않은 시의 가치들을 내뿜을 수 있게 되지요. 주체가 있고 대상이 있는 분명한 글쓰기, 시각적 세부 묘사로 대상을 늘 타자의 자리에 올린 다음 거창한 아포리즘을 얹는 글쓰기는 당연히 우리나라에서 역사가 유구한 남성적 시쓰기입니다. 그런 시들보다는 없음, 그러나 없음이 가득한 채 있음, 그 자리에서 여성적 글쓰기가 시작되지요. 저는 지금 선생님의 질문을 들으면서 어떤 생각을 시작하게 되었는데 그것은 저의 여성적 시쓰기가 늘 발화의 지점, 그리고 그 지점에서 시작되는 시적 과정이라는 생각을 하게 되었습니다. 그 글쓰기가 끝나고 나면 시라는 장르의 익명성이 작동하므로 여성의 몸인지 남성의 몸인지 모를 안드로젠한 것이 남게 될 수도 있는 것이 아닌가 생각하게 되었습니다.[282]

<hr>

282　김혜순·조재룡, 「[대담] 지금-여기, 시가 할 수 있었던 것들, 시가 해야만 했던 말들」, 『문학동네』 23권 2호, 2016년 여름호, 38~39쪽.

김혜순은 여성—몸—시에 대한 시론을 주장하면서 현실적 층위에서 여성의 몸에 가해지는 남성적 담론의 양태를 비판한다. 그러면서 김혜순은 거기에 '시하다'를 결합하여 여성 외 생물학적 몸을 가진 이들도 시적 층위에서 여성의 몸이 될 수 있는 가능성을 열어놓는다. 그래서 대담자 역시 "그것은 '여성'이 아니라 '여성성' (……) 여성과 남성의 구분을 넘어서, 공유할 수 있는, 보편적이랄 수 있는 비평의 지점이 촉발된다"[283]라고 김혜순의 언술을 정리한다. 이는 식민지인 여성/식민자 남성의 구분법을 쉽게 초월하여 현실을 눙치는 수사학이라기보다, 식민지인 여성/식민자 남성의 식민성을 여성적 글쓰기—시의 여성성으로 전환시키려는 김혜순 시론에 대한 재진술이라고 할 수 있다. "주변으로 내몰린 자리에서 몸을 구속당한 채 글을 쓰기 시작하면 누구나 여성의 몸으로 귀환할 수 있"다는 김혜순의 논지는 "시라는 장르의 익명성이 작동하므로 여성의 몸인지 남성의 몸인지 모를" 존재성으로 변화할지도 모른다는 예측으로 이어진다.

또한 이러한 입장은 다음의 서술과 만나 강화된다. "나는 시 안에서 여럿이다. '나'는 복수다. '나'라는 주체, 인식 주체는 해체되어 있다. '나'는 한 번도 단 한 명인 '나'로서 시 안에 살았던 적이 없다."[284] 이상의 사실을 고려하면 김혜순의 여성—몸—시는 단일하고 자명한 시적 화자로 이해되기 어렵다. "시는 여성적 장르이고, 모름지기 시인이라면 그, 그녀는 귀신에 들리듯 여성성에 들린다"는 한에서 김혜순 시는 여성성의 잠재성을 내포한 '그'를 주적으로만 상정하지 않는다. 물론 이것은 김혜순이 2000년대에 들어서 체계적으로 갈무리한 시론이기에

---

283 위의 대담, 39쪽.

284 김혜순, 「프랙탈, 만다라—그리고 나의 시 공화국」, 『여성이 글을 쓴다는 것은』, 228쪽.

이를 1980년대 김혜순 시에 그대로 적용하기에는 난점이 있다. 다만 1980년대 김혜순 시에 접근하는 유력한 통로 중 하나가 훗날 스스로 표명한 시적 층위의 여성—몸—시임을 덧붙여 두려 한다. 김혜순의 시론은 갑자기 발명된 것이 아니라, 김혜순이 그동안 (무)의식적으로 성취한 시적 결과를 본인이 역산하여 기술된 논의인 까닭이다.

1980년대 김혜순이 기존 텍스트를 품어 새로운 텍스트를 생산하는 김혜순 시의 방법론이 가진 독특성과 이로 인한 효과가 물질적-담론적 실천과 당대 여성시가 결부되는 양태도 그러하다. 김혜순의 패러디 시는 1980년대 자본이 양산한 물질적 대상을 문화적 기호로 끌어온다. 그렇게 함으로써 1990년대 패러디 시의 흥성을 위한 전사를 구축하는 한편으로, 기존의 것을 다시 읽어 새로 써내는 전략을 취하여 여성성의 시적 전략을 실행한다. 김혜순이 주창한 여성성 가운데 되풀이되는 명제는 "물체로서의 몸과 경험이 축적된 내 몸은 서로의 대화를 통하여 경험한 바 없는 새로운 몸을 계속 산출한다"는 "몸을 낳는 몸"으로서의 여성성이다.[285] 그에 더하여 김혜순은 출산 체험을 예화로 들면서 "타자를 배태하고 낳지만 언제나 주변에 머물러 있는 존재, 낳음으로 끝없이 중심을 해체하는 존재인 여성의 육체성을 입어야 한다. (……) 몸이 몸 되는 대화와 잉태, 분만을 통해서만 몸은 시를 토해낸다."[286]라고 주장한다. 김혜순에 따르면 계급적 관계를 지향하는 남성성의 몸과 달리, 연쇄적 관계를 지향하는 여성성의 몸은 타자로서의 무언가를 품어 수직적 움직임에 반하는 확산적 흐름을 생산해 낸다.

---

285   김혜순, 「여성의 몸」, 위의 책, 207-208쪽.
286   위의 글, 209-210쪽.

1.4. 「李仲燮 未亡人의 목걸이」

이는 추상적 논의가 아니라 1980년대 김혜순 시에서 패러디적 방법론으로 구체화하여 검토할 수 있다. 김혜순 시는 1980년대 다양한 그림·춤 등의 물질적 기호들(≒몸)을 자기 안에 품은 다음, 그것이면서 그것이기만 하지 않은 물질적 기호들(≒몸)의 시로 탄생시킨다. 1976년부터 1981년까지 쓴 시들을 모아놓은 첫 번째 시집『또 다른 별에서』에서부터 그러한 모습을 발견할 수 있다.[287] 이 시집의 맨 앞을 여는 작품은「납작납작─박수근 화법을 위하여」이다. 김혜순의 시를 처음 접하는 독자에게 표제작「또 다른 별에서」외 이 시는 특징적인 인상을 남길 수밖에 없다.[288] 시집 해설에서 오규원은 이 시가 '박수근을 위하여'가 아닌 '박수근 화법을 위하여'라고 부제가 붙어 있다는 점을 지적하면서, 박수근 화법을 김혜순이 시적 방법론으로 차용한 묘사를 하고 있다고 쓴다.

더불어 다음과 같은 진술은 앞으로 행해질 분석에 유용한 참고가 된다. "이런 시적 대상을 어떠한 방법으로 드러내는가 하는 일관된 방법론에 의해 드러내고 있다는 사실은, 그(김혜순─인용자)의 연극이나 그

287　김혜순,『또 다른 별에서』, 문학과지성사, 1981. 등단작 발표 이전 습작기에 썼던 시들과 그 후에 쓴 시들을 담은『또 다른 별에서』는 "1981년 5월 이전에 쓴 詩들을 逆年代順으로 묶"(「自序」)어 목차는 총 세 개의 부(Ⅰ. 1980-1981 / Ⅱ. 1979 / Ⅲ. 1976-1978)로 구성되었다.『문학과지성』1979년 겨울호에 실었던 등단작들도 이 안에 포함되었는데,「마라톤」은 Ⅱ. 1979에「담배를 피우는 시인」「월식」「도솔가」는 Ⅲ. 1976-1978에 수록되었다.

288　이 시가 박수근의 <세 여인>을 제재로 삼았다는 정보는 여럿 있지만 근거의 출처는 분명하지 않다.「납작납작─박수근 화법을 위하여」, 대구일보, 2015년 6월 4일 ;「세상 사람의 두 부류란 '짐을 드는 자'와 '짐을 지우는 자'」, 월간조선, 2018년 12월 5일 등의 기사가 그러하다. 이 시는 문학 교과서에 실려 있어 관련 해설도 많은 편인데, 대부분 이와 같은 정보를 그대로 싣고 있다. "흰 하늘과 쭈그린 아낙네 둘"이라는 시구와 세 명의 여자가 앉아 있는 <세 여인>이 합치하지 않는다는 점에서 이러한 해석이 어떻게 확산되었는지 의문이다.

림, 그리고 판소리 등에 대한 관심도와 함께 그의 시가 어떤 관념이나 주장에 억눌려 있지 않고 방법적 드러냄의 아름다움—그것으로 존재함을 강력히 시사한다."[289] 이처럼 연극·그림·판소리 등 당대 이름난 예술가 혹은 예술 작품들을 김혜순이 적극적으로 시 안으로 끌고 들어온 사실은 이미 적시되었다. 그러나 그것이 김혜순 시에서 어떠한 맥락을 지니는가가 상세하게 해명된 기존 사례는 찾기 어렵다. 이 절에서는 이와 같은 현상을 다음과 같은 관점에서 분석할 것이다. 1980년대 다기한 예술 기호 중에서도, "주변으로 내몰린 자리에서 몸을 구속당한 채(……) 여성의 몸으로 귀환"한 흔치 않은 대상을 포착하고 내적으로 궁굴려, 그것이면서 그것이기만 하지 않은 물질적 기호들(≒)의 시로 김혜순이 탄생시켰음을 예증하려는 목적이다. 맹아는 'Ⅱ. 1979'에 실린 「李仲燮 未亡人의 목걸이」에서 드러난다.

銀紙로 도배를 한 방에 우리 식구 넷이 둘러앉았습니다. 남편 왈, 복숭아 속 같지? 아내 왈, 박하 냄새가 나는데? 어린 것들 왈, 환하니까 배가 더 고파. 거울 속 같아서 창피해. 오늘 남편의 일당은 금붕어 네 마리, 개구리 세 마리, 민물 가재 한 마리. 남편 왈 거기에 아들 둘을 보태. 아내 왈, 어제도 보태구선. 남편은 오늘의 일당을 한 줄에 꿰어 목걸이로 만듭니다. 아내는 얼른 구겨진 은지 밑에 개구리 두 마리를 감춥니다. 어린 것 왈, 금붕어 목걸이보담 수제비 목걸이가 나을 거야.

—「李仲燮 未亡人의 목걸이」 전문

289   오규원, 「방법적 드러냄의 세계」, 앞의 시집, 106쪽.

담뱃갑 속 은종이에 그림을 그린 은지화로 유명한 화가 이중섭(1916-1956)의 삶은 평탄하지 않았다. 생전에 그렸던 그림은 큰 주목을 받지 못했고, 가족과 떨어져 극심한 생활고에 시달리던 그는 행려병자로 세상을 떠났다. 이후 시인 구상이 그에 대한 애도를 표하는 글을 지속적으로 지면에 싣는 등[290] 이중섭을 기리는 작업이 드문드문 이어졌다. 그에 대한 본격적인 재평가가 이루어진 시점은 이중섭 사후 20여년이 지나서이다. 새삼 그의 작품이 사람들의 관심을 받으면서 그림 가격도 천정부지로 상승하였다. 기폭제가 된 전시회가 1972년 현대화랑에서 열린 '이중섭 유작전'이었다.[291] 당시 많은 관객이 '이중섭 유작전'을 찾았고, 다음해 출간된 평전 『이중섭: 그 예술과 생애』[292]도 베스트셀러 상위권에 올라 독자들의 관심을 받았다.

또한 이 책을 원작으로 한 영화 〈이중섭〉(감독 곽정환)이 개봉하여 대종상 우수작품상·남우주연상·음악상을 수상하였고, 한국영화로 최초로 제28회 칸 영화제에도 출품되는 기록을 남겼다.[293] 1970년대 중후반 위작 논쟁까지 벌어지며 이른바 '이중섭 신화'가 형성되는 흐름 가운데 1979년 김혜순의 「李仲燮 未亡人의 목걸이」도 쓰인 것이다. 이보다 앞서 1977년 김춘수가 「내가 만난 李仲燮」[294]을 시로 썼고, 이보다 뒤에 1984년 구상이 이중섭에게서 천도복숭아 그림을 받은 일화를 담은

---

290   구상, 「畫家 李仲燮 이야기—그의 致命과 藝術과 人間」, 동아일보, 1958년 9월 9-10일. ; 구상, 「畫家 李仲燮 이야기—그의 10周忌에 붙여」, 동아일보, 1967년 9월 5일.

291   「한국적인 西洋畫風—李仲燮遺作展」, 경향신문, 1972년 3월 21일.

292   고은, 『이중섭: 그 예술과 생애』, 민음사, 1973.

293   박소현, 「'이중섭 신화'의 또 다른 경로(매체)들—1970년대의 이중섭 평전과 영화를 중심으로」, 『한국근현대미술사학』 32집, 한국근현대미술사학회, 2016, 124-140쪽 참조.

294   김춘수, 「내가 만난 李仲燮」, 『南天』, 槿域書齋, 1977.

시 「秘義」[295]를 쓰기도 했으며, 1987년에는 이들 작품을 포함하여 김종삼·김광림·박희진·강우식·김선영·김승희·김영태·김요섭·김정숙·노향림·박건한·박순옥·신달자·이건청·이근배·이수익·이승훈·장석주·전봉건·정진규·최승호·허영자·홍윤숙·황동규 등의 시인이 이중섭에 대하여 쓴 시를 모아 『시집 李仲燮』[296]이 출간되었다.

김혜순의 「李仲燮 未亡人의 목걸이」는 앤솔러지 시집에 포함되지 않았는데, 그 이유는 알려진 바 없으나, 김혜순의 시가 『시집 李仲燮』의 대체적인 경향과는 변별된다는 점은 확인할 수 있다. 『시집 李仲燮』의 시들이 이중섭이나 그가 남긴 작품을 제재로 삼는 반면, 「李仲燮 未亡人의 목걸이」는 이중섭이 아닌 이중섭의 부인 야마모토 마사코(이남덕)를 전면에 내세우기 때문이다. 야마모토 마사코는 1978년 이중섭에게 수여된 은관문화훈장을 대신 받기 위하여 일본에서 한국으로 왔고 언론과 인터뷰도 진행하였던 적이 있다.[297] 그러나 이즈음 이중섭이 아닌 부인을 등장시켜 초점화한 시편은 김혜순 시 외에는 찾아보기 힘들다.

「李仲燮 未亡人의 목걸이」는 이중섭의 특정 그림에 모티프를 두고 있다기보다는, 가족과 떨어져 은지화를 그리며 아내와 아이들을 그리워한 그의 창작물 전체의 정서를 꿰뚫는 시이다. "없음, 그러나 없음이 가득한 채 있음, 그 자리에서 여성적 글쓰기가 시작"된다는 김혜순의 언명처럼, 이중섭은 현재 가족의 부재를 은지화에서 부재한 가족으로 가득 채워낸다. 또한 김혜순이 비판한 남성적 글쓰기 "주체가 있고 대상이 있는 분명한 글쓰기, 시각적 세부 묘사로 대상을 늘 타자의 자리에 올린 다음 거창한 아포리즘을 얹는 글쓰기"에 반대되는 화법으로 그림

295　구상, 「秘義」, 『드레퓌스의 벤취에서』, 고려원, 1984.

296　문학과비평 편집부, 『시집 李仲燮』, 탑출판사, 1987.

297　「그리운 남편 李仲燮⋯⋯ 추억 속에 산다」, 조선일보, 1978년 10월 22일.

을 그렸던 이중섭은 여성적 그림 그리기에 해당하는 작품을 완성해 왔다고 볼 수 있다. 이중섭 그림에서 주체와 대상은 뒤엉켜 있으며, 그림으로써 대상은 타자의 자리에서 소외되지 않기 때문이다.

하지만 김혜순 시는 이중섭이 아닌, 이중섭 부인의 목걸이에 대하여 이야기한다. "銀紙로 도배를 한 방에 우리 식구 넷이 둘러앉았습니다." 이것이 「李仲燮 未亡人의 목걸이」의 첫 구절이다. 여기에서 "우리 식구 넷"을 발화하는 화자는 시의 안에 있으면서, 한편으로는 시의 바깥에 위치하는 존재로 보인다. 화자는 "우리 식구 넷"에 포함되는 누군가인 동시에 남편이나 아내나 아들 둘로 특정되지 않는 탓이다. 남편과 아내와 아들 둘의 대화로 이루어진 시에서 행동을 취하는 이들은 남편과 아내밖에 없다. "남편은 오늘의 일당을 한 줄에 꿰어 목걸이를 만듭니다. 아내는 얼른 구겨진 은지 밑에 개구리 두 마리를 감춥니다."라는 시구가 그러하다. "금붕어 네 마리, 개구리 세 마리, 민물 가재 한 마리"가 남편의 일당이다. 거기에 아들 둘이 보태짐으로써 이중섭이 그렸던 오브제들은 하나로 꿰어진다.

그렇게 만들어진 목걸이는 본문에서는 누구에게 주는 것인지 알 수 없으나, 제목을 참고하여 독자는 그것이 이중섭 부인의 소유물임을 알 수 있다. 곰곰 들여다보면 이 시는 "李仲燮 未亡人"이라는 호칭에서 짐작할 수 있듯이, 이중섭 사후 홀로 된 부인에 관한 작품이다. 그러는 한에서 베일에 가려졌던 첫 구절의 "우리 식구 넷"을 설명하는 존재는 이중섭이나 아이들보다는, 이중섭의 부인이라고 보는 편이 합당할 것이다. 왜냐하면 남편—이중섭이 아내와 아이들이 부재한 자리를 그림으로 가득 채웠던 모든 구성물들을 응축한 것을 아내는 목걸이—보석처럼 간직하여 그에 대한 애도를 수행하기 때문이다. "어린 것 왈, 금붕어 목걸이보담 수제비 목걸이가 나을 거야." 라며 애도보다는 당장 배고품을 해결할 방안이 필요하지 않겠느냐고 언급하지만, "아내는 얼른 구겨진 은지 밑에 개구리 두 마리를 감"춤으로써 남편이 남긴 선물을 은밀하게 보존한다.

여기에서 중요한 사실은 김혜순이 당대 이중섭 신화의 열풍 속에서, 이중섭이나 이중섭 작품에 국한되지 않은 채 이중섭의 부인을 전경화한다는 점이다. 이는 야마모토 마사코만이 아니라 작고한 이중섭 및 아이들을 함께 시의 등장인물로 대등한 비중을 배분해둠으로써, 이중섭에게만 집중되었던 고독한 (남성) 예술가의 초상─이중섭 신화를 탈구축하는 효과를 얻는다.

1.5. 「납작납작─박수근 화법을 위하여」

그러한 방법론은 「납작납작─박수근 화법을 위하여」에서도 동일하게 적용된다. 박수근(1914-1965)은 이중섭과 동시대에 활동한 화가로 그와 마찬가지로 사후 '박수근 신화'를 형성하였다.[298] 1970년 소설가 박완서는 한국전쟁기 미8군 PX 초상화부에서 만났던 박수근을 모델로 하여 쓴 장편소설 『나목』으로 등단하였는데, 그즈음 박수근의 유작전이 현대화랑에서 열리는 등 그의 작품에 대한 관심도 점점 높아져 갔다.[299] 1978년 출판계에 소개된 미술 서적에도 박수근에 대한 책은 빠지지 않았고[300], 1980년 은관문화훈장 수상자로도 결정되었다.[301]

김혜순이 「납작납작─박수근 화법을 위하여」를 썼던 1980-1981년

---

298 「투기바람·미술 대중화가 '신화 박수근' 낳았다」, 교수신문, 2011년 5월 30일.

299 「朴壽根 화백 遺作展」, 경향신문, 1970년 9월 19일.

300 「出版街에 美術 서적 붐」, 조선일보, 1978년 9월 9일.

301 「文化勳章-藝術賞 수상자 발표」, 조선일보, 1980년 10월 19일.

사이 박수근의 그림은 이중섭의 그림과 더불어 고가에 거래되었다.[302] 그러한 와중에 김혜순은 시에서 '박수근 화법'에 착목한다. 박수근 화법에서 주요하게 언급되는 사안은 석탑이나 석불 같은 석물에 관심이 있었던 그가 그림에서 구현하는 "화강암 표면을 닮은 화면의 질감"[303]이다. 캔버스에 층을 내기 위해 바탕칠하기와 재질감 만들기 등 "한 작품을 그리는데 최소한 20회 이상의 덧칠과 나이프를 이용한 손질이 요구되는 반복적인 작업"은 "석물의 질감을 화면에 구현하기 위해 엄청난 행위를 수반한다."[304] 물감을 반복해 바르는 방식으로 캔버스를 돌의 물성을 지닌 마티에르(matiere)로 변화시킨 박수근은 조각을 완성하듯 형태를 새기는 화법을 특징으로 삼았다. 그것은 달리 표현하면 "물질과 행위가 모두 화면에서 이루어지고 있다는"[305] 것이었다. 또한 입체성 대신 간결한 선으로 구성된 평면성의 회화는 박수근 화법의 인장이었다.[306] 이를 김혜순은 "납작납작"하다고 표현한다.

> 드문드문 세상을 끊어내어
> 한 며칠 눌렀다가
> 벽에 걸어 놓고 바라본다.
> 흰 하늘에 쭈그린 아낙네 둘이

---

302 「韓國 그림값 너무 비싸다」, 조선일보, 1981년 7월 25일. "60代 이상의 유명화가 작품 호당 가격이 40만원선"인 반면, "작고한 李仲燮—朴壽根의 작품은 호당 3백만원을 웃돌고 있으며, 작품이 없어 매매가 되지 않는 실정이다."

303 이승현, 「한국 앵포르멜과 단색화의 물질과 행위에 대한 비교문화적 고찰: 서구 및 일본 전후미술과의 차이를 중심으로」, 홍익대학교 박사학위논문, 2019, 111쪽.

304 위의 논문, 112-113쪽.

305 위의 논문, 210쪽.

306 「박수근의 미학」, 세계일보, 2016년 3월 11일.

벽 위에 납작하게 뻗어 있다.

가끔 심심하면

여편네와 아이들도

한 며칠 눌렀다가 벽에 붙여 놓고

하나님 보시기 어떻습니까?

조심스럽게 물어 본다.

발바닥도 없이 서성서성.

입술도 없이 슬그머니.

표정도 없이 슬그머니.

그렇게 웃고 나서

피도 눈물도 없이 바짝 마르기.

그리곤 드디어 납작해진

천지 만물을 한 줄에 꿰어 놓고

가이없이 한없이 펄렁 펄렁.

하나님, 보시니 마땅합니까?

—「납작납작—박수근 화법을 위하여」 전문

이 시에 대한 일반적인 해석은 "'하나님 보시기 마땅합니까?'라는 설의법에 의해 '서민들의 고달픈 세상살이에 대한 서글픔과 연민'이라는 주제에 수렴된다"[307]는 문장으로 요약된다. 뭉뚱그려진 "서민들" 대신 거기에 "여자들"이 들어가야 한다는 주장도 있다. "'입술도 없이' '표

---

307 강정화, 「문학과 미술의 침묵과 소통—현대시로 전이된 박수근의 회화를 중심으로」, 『인문학연구』 38집, 충남대학교 인문과학연구소, 2011, 43쪽.

정도 없이' 화폭에 납작하게 붙박인 박수근 회화 속 '아낙네'들을 보며 '하나님, 보시기에 마땅합니까?'라고 항변하는 듯한"[308] 시라는 것이다. 그 전에 박수근 회화에 쏟아진 '한국적·민족적 그림'이라는 찬사에 가려진, 젠더화된 한국성—일하는 여성과 남성 판타지로서의 여성을 비판적으로 고찰한 견해도 있었다.[309] 이러한 자장에서 김혜순 시를 독해할 수 있겠으나, 박수근 화법을 품어 다른 무언가를 산출한 특유의 방법론을 집중한 논의는 많지 않다. 오규원이 강조하여 짚어냈듯이 이 시의 부제가 "박수근 화법을 위하여"임을 고려할 필요가 있다. 김혜순은 평면성에 입각한 박수근 화법을 문제 삼기보다는 그것을 진정으로 위하는 독법이 무엇인가를 시를 통해 질문한다.

박수근 회화에서 표정 없이 단순한 선으로 인물들을 담은 평면성은 여자와 남자 상관없이 적용된 그의 독특한 화법이었다. 그것은 평범한 사람들이 생활을 영위하던 길거리에서 화폭에 담을 이미지를 발견하였던 박수근의 예술 시각과 연동하고, 평범한 사람을 과장하지 않은 채 소박하게 그리려는 그의 예술 태도와 연관된다. 이렇게 박수근 화법을 받아들이면 논쟁은 발생하지 않는다. 김혜순은 독특한 시적 전략을 취한다. 박수근 그림을 두고 왈가왈부하는 것이 아니라, 그가 추구한 평면성을 1980년대 현실에 적용시키는 것이다. "드문드문 세상을 끊어내어 / 한 며칠 눌렀다가 / 벽에 걸어 놓고 바라"보면, "밀레가 애정 어린 눈으로 농민의 삶을 바라보고 있듯이 박수근 역시 애정 짙은 대상으로서 서민의 삶을 구현한 것"[310]이라는 진술이 달라질 수밖에 없음을 확인

---

308   조연정, 앞의 논문, 522쪽.

309   신지영, 「박수근 회화에 나타난 여성들—'한국적인 것'의 기표로서의 여성들」, 『현대미술사연구』12집, 현대미술사학회, 2002, 139-162쪽 참조.

310   오광수, 『박수근』, 시공아트, 2002, 52쪽.

하게 된다. "외국인들이 생각하는 한국의 전통적인 모습 그대로를 담고 있"**311**다는 박수근 신화도 자연스럽게 탈구축될 수밖에 없다.

김혜순은 박수근 화법을 진정으로 위하는 길이란, 박수근 그림의 석물적 마티에르와 평면성을 상찬하는 데 그치는 게 아니라고 여기고, 박수근 화법을 전유한 남성적 글쓰기 "주체가 있고 대상이 있는 분명한 글쓰기, 시각적 세부 묘사로 대상을 늘 타자의 자리에 올린 다음 거창한 아포리즘을 얹는 글쓰기"를 반대로 돌려놓는다. 이는 박수근 화법 그 자체의 문제라기보다 박수근 화법을 둘러싼 남성적 해석장에 김혜순이 개입하는 방식이다. 이를 간명하게 상호텍스트성으로 평할 수도 있다. 그러나 "타자를 배태하고 낳지만 언제나 주변에 머물러 있는 존재, 낳음으로 끝없이 중심을 해체하는 존재인 여성의 육체성"을 역설하는 김혜순 시는 그렇게 규정될 수만은 없다. 원본과 복제의 구분 불가능성을 주창하며 하나의 진리를 파훼하는 포스트모더니즘 기법으로서의 상호텍스트성 요소가 없다는 것이 아니라, 타자를 품어 새로운 존재를 낳는 여성의 육체성을 전제하고 쓰인 시임을 염두에 두어야 한다는 뜻이다.

박수근 화법에서 물감을 이용하여 캔버스에 층층의 겹을 쌓는 방식과 간결한 선을 활용한 조형을 「납작납작—박수근 화법을 위하여」에서는 존재를 압착하는 세계의 법칙으로 변화한다. 그때 압착되는 존재는 "쭈그린 아낙네 둘"이다. 문제의식은 다음 구절에 담긴다. "여편네와 아이들도 / 한 며칠 눌렀다가 벽에 붙여 놓고"라는 시구에 쓰인 자기 아내의 비칭인 "여편네"는 남의 부인 등을 일컫는 "아낙네"와 달리 가부장제에서 남성들이 행사하는 물리적 폭력을 환기시킨다. 당대 신문에는 아내와 자식을 때리는 남편의 폭력을 문제 삼는 시민들의 기고 글이 실

---

311   강정화, 앞의 논문, 44쪽.

렸다.[312] 이와 같은 사건을 당시 언론에서는 공식 보도하지 않았는데 그 바탕에는 '남성(性)의 신화'를 지켜내야 한다는 암묵적 공모가 자리한다. "폭력을 당한 아내의 고통은 한국 사회 구조에서는 부정되어야 한다. '매 맞은' 아내들이 고통을 표현하는 행위는, 그들의 고통에 의해 유지되어 왔던 가부장제 가족 제도의 효율적 작동을 위협한다. 그들이 이야기하기 시작하면 안식처 가족의 신화, 보호자 남성의 신화가 무너지는 것이다."[313]

김혜순 시에 아내와 자식을 압착시키는 물리적 폭력의 주체가 누구인지는 명확히 드러나지는 않는다. 그렇지만 박수근 화법을 "주변으로 내몰린 자리에서 몸을 구속당한 채 (……) 여성의 몸으로 귀환"한 흔치 않은 대상을 포착하고 내적으로 궁굴려, 그것이면서 그것이기만 하지 않은 물질적 기호들(≒)의 시로 바꾸어 냄으로써 이 시는 "안식처 가족의 신화, 보호자 남성(性)의 신화"에 균열을 일으킨다. 이러한 논의 속에서 화자가 의문을 제기하는 대상이 왜 "하나님"인지도 해명된다. 김혜순 시에서 "하나님 보시기 어떻습니까?" "하나님, 보시니 마땅합니까?"는 절대자에 대한 항변이라기보다, 하나님 뒤에 항상 등치되는 수식어 '아버지'를 향한 물음으로 해석되기에 그러하다. 신에게도 성(性)이 있다는 인식이다. 하나님—아버지가 창조한 남성적 세계의 질서에서 압착되는 존재는 여성과 아이들뿐이다.

더불어 화자의 어조가 시적 전개 안에서 달라진다는 점도 살펴봐야 한다. 1연에서는 "조심스럽게 물어 본다."라는 태도가 '과연 이것이 옳습니까?'라고 강경하게 바뀌기 때문이다. 이와 같은 전환은 1연에서는

312　「어떤 불행」, 경향신문, 1976년 10월 12일 ;「아버지의 매질」, 경향신문, 1977년 10월 6일.

313　정희진, 『아주 친밀한 폭력—여성주의와 가정 폭력』, 교양인, 2016, 58쪽.

압착되는 존재의 초기 단계가 2연에서 "피도 눈물도 없이 바짝 마르기"의 과정을 거쳐 박제화된 형태로 "펄렁 펄렁"거리는 양태와 연관된다. 특히 "드디어 납작해진 천지 만물을 한 줄에 꿰어 놓"는다는 시구는 「李仲燮 未亡人의 목걸이」의 시구 "남편은 오늘의 일당을 한 줄에 꿰어" 놓는다는 남성 주체가 행하는 관통 행위와 연결된다. 이렇게 1950년대 탄생한 박수근 화법(畫法)은 1980년대 김혜순 시에서 재탄생하여 남성적 세계관을 심문하는 여성적 목소리—화법(話法)으로 거듭난다. 여성(성)의 몸을 거쳐 나온 박수근 화법이야말로 진정 그것을 위하는 작업이 될 수 있다는 방법론적 신념이다.

1.6. 「荒城盲人 잔칫날 孔玉振의 춤사위」

김혜순은 1980년대 1인 창무극의 선구자로 명성을 얻은 공옥진의 '춤사위'와 '장탄식'을 시화한다.[314] 두 편의 시 「荒城盲人 잔칫날 孔玉振의 춤사위」와 「荒城盲人 잔칫날 孔玉振의 長歎息」은 『또 다른 별에서』 I.1980-1981에 수록돼 있다. 공옥진은 1978년 처음 〈심청가〉를 선보였고, 이를 보완하여 1980년 〈심청전〉 공연에 임하였다. 시기 상 김혜순은 당시 공옥진의 〈심청전〉을 보고 두 편의 시를 쓴 것으로 짐작된다. "다리가 성치 못한 절름발이나 곱사등이 불구자들이 그들의 맺힌 恨이나 흥겨운 기분을 나타낼 때 진정한 예술이 나옵니다. 그들의 가능성과 정신세계를 표현하여 위로하고 싶은 마음에 병신춤을 추게 됐지

---

314 1인 창무극은 노래·춤·마임에 재담을 섞어 공옥진이 창안한 독자적 장르이다. 특정 대본의 흐름을 따라가며 연행되는 것이 아니라, 공연이 이루어지는 현장 관객과 교류하며 극중 등장하는 인물들을 전부 홀로 연기하는 공옥진 스스로가 창무극의 리듬을 조절한다는 특징이 있다. 이진주, 「공옥진 일인창무극의 전통 재창조 양상」, 『공연문화연구』 26권, 한국공연문화학회, 2013, 86-87쪽 참조.

요."[315]라고 발언한 공옥진은 당대 극·무용계의 유명 아이콘이었다. 앞 절에서 거론한 5월시 동인의 첫 번째 판화시집 『가슴마다 꽃으로 피어 있어라』에 나종영은 공옥진을 1인칭 화자로 내세운 「공옥진」이라는 시를 실었다.[316] 그 외에 김승희도 공옥진의 병신춤을 초점화한 시 「누가 나의 슬픔을 놀아주랴―공옥진에게」를 시집 『미완성을 위한 연가』[317]에 수록하였다.

김혜순은 나종영이나 김승희에 앞서 공옥진의 창무극을 시화하였는데, 시적 구현 방법도 뒤에 쓰여진 시들과 사뭇 다르다. 나종영과 김승희가 공옥진을 중심에 두고 춤에 대한 성찰을 개진하는 반면, 김혜순은 공옥진의 춤사위를 제재로 삼되 춤에 대한 성찰 대신 극중 아버지(심봉사)에게 이야기를 전하는 딸(심청)을 주인공으로 시를 완성하였다. 이것은 전통적인 효 사상의 계승을 목적으로 하지 않는다. 모티프가 된 공옥진의 〈심청전〉부터 그러하다. "공옥진은 매우 규범적이고 모범적인 효녀 이야기에 짧게 등장하는 맹인 잔치 부분을 자신만의 독창적인 장애-모방 연기로 재구성하고 재탄생시켰다. 그 결과 〈심청전〉을 효녀 심청 중심의 프레임이 아닌 아버지 심봉사와 맹인들을 중심의 프레임으로 새롭게 바꿈으로써, 장애―모방의 현대적 복원이라는 독창적인 성과를 실현할 수 있었다."[318] 맹인잔치는 〈심청전〉의 하이라이트이다. 공옥진은 유봉사·당달봉사·곱사봉사·돼지봉사·애기봉사 등으로 분해 춤춘다.[319] 이를 내적으로 궁굴려 김혜순은 아래와 같은 시를 썼다.

---

315 「1人劇 '沈淸傳' 공연하는 '병신춤'의 孔玉振 씨」, 경향신문, 1980년 2월 9일.

316 5월시 동인, 『가슴마다 꽃으로 피어 있어라』, 한마당, 1983.

317 김승희, 『미완성을 위한 연가』, 나남, 1987.

318 김효성, 「공옥진 병신춤의 '장애-모방' 연구: 일인창무극(一人唱舞劇) 〈심청전〉을 중심으로」, 서울대학교 석사학위논문, 2019, 61쪽.

319 이진주, 앞의 논문, 104쪽.

하루종일 얼굴을

빚었습니다, 아버지.

요사이 내 밀납 얼굴은

자주 터지고

사람들은 내 속살을

가리키며 웃음을 참지 못합니다.

아버지, 옛날옛날 나 어릴 적

내 두 눈에 실을 꿰시고

장딴지에 막대를 받쳐서

장터마다 덕쿵 덕쿵 쿵덕쿵

그렇게 장대 인형되던 일이

그립습니다.

다시 한번 심청이 되어

청아 청아 부르시면

아버지 어깨 위에 높이 올라

두 눈을 쏨벅쏨벅

네 활개를 번쩍번쩍

그렇게 한번만 놀아 보고 싶습니다, 아버지.

오늘은 밤새도록 춤이나 출랍니다.

내 가슴 가득히 넘치던

당달봉사, 곱사봉사, 이제는 오지 않으니

생손 터진 열 손가락에

쑥뜸일랑 팽개치고

혼자서 춤이나 덩실덩실, 아버지.

―「荒城盲人 잔칫날 孔玉振의 춤사위」 전문

"주변으로 내몰린 자리에서 몸을 구속당한 채 글을 쓰기 시작하면 누구나 여성의 몸으로 귀환" 가능하다는 김혜순의 언술을 참고하면, 공옥진이 추는 장애–모방 춤사위는 여성의 몸이 겪어야 하는 질곡을 있는 그대로 진술하는 화법으로 기능한다. 나종영과 김승희 시는 이를 포착하였다. 그러나 김혜순은 '荒城盲人 잔칫날 孔玉振의 춤사위'를 시적으로 재현하지 않고, 그것을 품어 "몸이 몸 되는 대화와 잉태, 분만"의 과정을 시도한다. 김혜순 시는 황제가 있는 황성(皇城)이 아닌 황폐한 성(荒城)에서 펼쳐지는 맹인잔치를 배경으로 삼는다. 황제의 권위가 부재한 곳에서 눈먼 자들이 벌이는 축제는 그 자체로 아이러니한 분위기를 자아내는데, 거기에 아버지를 부르는 딸을 등장시켜 맹인잔치를 심봉사가 아닌 심청의 관점으로 돌려놓는다. 이때 심청은 실재하는 인물이라기보다 "유령 화자"라고 볼 수 있다. 김혜순은 본인을 포함한 여성 시인들의 시에서 유령 화자의 존재를 감지한다고 쓴다.

"나는 여성시인들의 시가 남다른 발성법과 언어 체계와 상상력을 보인다고 생각해왔다. 그것은 마치 잔존자들의 증언처럼 아직 말해지지 않은 것에 대해 말하려는, 말할 수 없는 것에 대해 말하려는, 그러나 끝끝내 숨겨야만 할 것이 남는 언어적 몸부림이라고 생각해왔다. 파국의 잔해를 끌어안고 유리조각들에 손을 베면서 오히려 거기서 상처 난 언어들을 구하는 잔존자들 말이다. 살아남은 자들의 언어는 사라진(죽은) 자들의 말을 대신 말하는, 그러나 그것이 종당에는 '나'의 말인 그런 언어, 유령 화자의 언어다."[320] 그러니까 이 시의 '나'는 실체를 갖지 않은 유령이기에 뭉개진 "밀납 얼굴"을 매일 빚지 않으면 안 된다는 것이다. 고전 〈심청전〉에서는 인당수에 던져진 심청이 하늘의 도움을 받아

320　김혜순, 「한사코 사이에 있으려는」, 앞의 책, 230-231쪽.

살아나지만, 실제로는 죽은 채 유령으로 돌아올 수밖에 없었을 거라는 메시지를 김혜순 시는 전한다. 원문의 황성(皇城)이 시에서 황성(荒城)으로 바뀐 이유도 여기에서 유추할 수 있다.

　이 시에서 유령 화자는 표면적으로는 아버지와의 추억을 상기하는 듯하지만, 실제로는 아버지가 어릴 때 자신에게 행사한 폭력을 관객—독자에게 환기시킨다. "아버지, 옛날옛날 나 어릴 적 / 내 두 눈에 실을 꿰시고 / 장딴지에 막대를 받쳐서 / 장터마다 덕쿵 덕쿵 쿵덕쿵 / 그렇게 장대 인형되던 일이 / 그립습니다." 황제의 권위가 부재한 곳에서 눈먼 자들이 벌이는 축제의 아이러니한 분위기는 이 구절에서도 적용된다. 아버지가 '나'를 장대 인형으로 만들었던 과거를 정말로 유령 화자가 그리워하는지 의미론적 충돌이 일어날 뿐더러, 결국 "다시 한번 심청이 되어" 신명 나게 논다고 해도 유령 화자의 운명을 거스를 수 없기 때문이다.

　그러나 이 시는 공옥진의 1인 창무극이 심청과 심봉사를 비롯한 여러 인물로 분하여 복수의 몸(짓)으로 구현되는 것처럼, 유령 화자가 아버지에 의해 출몰한다는 시적 진실을 드러낸다. 이것은 가부장제의 물리적 폭력성을 내파하는 김혜순 특유의 시적 전략이자, "페미니즘도 가부장제도 넘어선 지경, 세상의 모든 경계를 넘어선 어떤 지점에서 현존의 삶 안팎으로 삼투"하는 시 쓰기의 구현이다. 상술한 바 김혜순 시는 기존의 무성적 입장, 혹은 젠더 폭력의 시각만으로 독해되지 않는다. 김혜순 시는 1980년대 회화·춤 등 다양한 물질적 기호들(≒몸)을 자기 안에 품어, 그것이면서 그것이기만 하지 않은 물질적 기호들(≒몸)의 시로 구현하고자 하였다.

2. 교차적 모성성의 시적 내파 전략

2.1. 어머니의 목소리

『또 다른 별에서』를 출간하고 두 번째 시집 『아버지가 세운 허수아비』[321]를 펴내는 사이 김혜순은 결혼과 더불어 딸을 출산하는 경험을 하였다.[322] 이러한 전기적 사실을 거론하는 까닭은 김혜순 시에서 "아버지"보다 빈번하게 등장하는 "어머니"를 둘러싼 관계성이 변화하기 때문이다. 예컨대 『또 다른 별에서』에서 "죽은 어머니"(「兜率歌」·「또 다른 별에서」 부분)를 맞이하는 '나'는 『아버지가 세운 허수아비』에서 "나는 엄마다"(「엄마」 부분)라는 의식을 갖는다. "너 태어나던 순간"(「解産」 부분)의 체험, "가르쳐주지 않아도 / 열려진 입술은 젖을 찾아낸다 / 그리곤 내 몸속에서 단물을 빼내간다"(「껍질의 노래」 부분)는 서술은 "죽은 어머니"와

---

321   김혜순, 『아버지가 세운 허수아비』, 문학과지성사, 1985.

322   「16세 소녀화가 이휘재와 시인 황지우의 만남」, 중앙일보, 1997년 11월 10일.

접속하는 딸이 아니라, 자식(≒딸)을 낳은 어머니이기에 쓸 수 있었던 시구이다. '어머니—딸'이라는 연결고리에서 주로 (죽은) 어머니를 받아들이는 딸의 역할을 수행한 김혜순 시의 '나'는 여기에 딸을 낳은 어머니로서의 자신을 추가로 기입한다. 김혜순은 이에 대하여 다음과 같은 설명을 한 적이 있다.

> 저는 모성 이데올로기를 설파하려고 '어머니'를 주장한 것이 아닙니다. 더구나 내 어머니의 삶의 질곡을 세상에 보여주려고 내 어머니를 현현한 것이 아닙니다. (……) 내가 내 어머니를 완벽하게 그려내겠다고 시도한다면, 시 속에서 내가 내 어머니의 실체를 죽이게 될 것입니다. 내 어머니는 없고, 내가 덧칠한 어머니만 남게 되는 것입니다. 그럼에도 우리 시단은 그런 것을 요구하는 분위기입니다. 그런 시를 가리켜 '진정성이 있고 리얼한 시'라고 불러주길 즐깁니다. 가장 위장이 잘된 시를 가리켜 말입니다. 그러나 저는 제가 쓴 시론들에서 '어머니'란 말을 많이 하긴 했습니다. 그것은 이 우주, 이 공간에 미만해 있는 '어머니성', '여성성'이 시인에게 시를 쓰게 한다는 말을 하기 위해서입니다. 우리의 어머니는 우리를 낳아주고 이제 우리를 떠나 어딘가에 계십니다. 우리의 몸에는 그 어머니가 묻혀 있습니다. 우리는 우리에게서 죽은 어머니를 가지고 태어난 것이지요. 어머니는 우리 안에서 죽음으로써 살아 있습니다. (……) 시인들에게는 그 어머니, 내게 생명을 주고 죽은 어머니의 목소리가 들리는 것입니다.[323]

이상의 해명에서도 전술하였던, 현실적 층위의 여성—어머니와 시

323　김혜순·조하혜, 앞의 대담, 21-22쪽.

적 층위의 여성성—어머니성 시를 나누어 살펴보는 보는 일이 가능하
다. 양자는 연동하지만 분할하여 검토하지 않으면 시적 층위의 여성(성)
—어머니성을 현실적 층위의 여성—어머니로 혼동할 우려가 생기기 때
문이다. 김혜순은 시적 층위의 여성성—어머니성을 현실적 층위의 여
성—어머니로만 국한 시킨 시들이 "진정성이 있고 리얼한 시"로 칭송하
는 시단의 행태를 비판적으로 바라본다. 이는 실상 어머니의 실체를 상
실하여버린 "가장 위장이 잘된 시"에 불과하다는 것이다. 세상의 풍파
에 시달리는 가운데 자식에게 기꺼이 자신의 모든 것을 내어주는 모성
의 관념은 "내 어머니의 실체를 죽이게 될 것"이라는 김혜순 특유의 통
찰로 이어진다. 그중에서도 아들을 낳아야 한다는 공식적 대잇기의 의
무에서는 "여성 육체의 가부장적 위치를 발견할 수 있을 뿐이다."[324]

2.2. 고정희와 최승자 시의 어머니

이것은 김혜순과 동시대 활동한 고정희 시에서는 찾기 힘든 독특한
경향성이다. 고정희는 1987년 출간한 시집 『지리산의 봄』[325]에서 '어머
니'를 고난을 겪는 민중적 감수성으로 대치한다.[326] 가령 "이 세계의 불
행을 덮치시는 어머니 / 만고 만건곤 강물인 어머니 / 오 하느님을 낳으
신 어머니"(「땅의 사람들 8—어머니, 나의 어머니」 부분)로서, 고정희 시에서 어
머니는 만물을 근원이자 현실의 절망을 전환시킬 수 있는 존재로 상정
한다. 이후에도 고정희는 어머니를 등장시키는 시편을 쓰면서, 어머니

---

324 김혜순, 「어머니」 앞의 책, 60쪽.

325 고정희, 『지리산의 봄』 문학과지성사, 1987.

326 김문주, 「고정희 시의 종교적 영성과 '어머니 하느님'」, 『비교한국학』 19권 2호, 국제비교한
     국학회, 2011, 138쪽 참조.

에 대한 견해를 다음과 같이 밝힌다. "나는 우리의 삶 구석구석에 스며 있는 '어머니의 혼과 정신'을 '해방된 인간성의 본'으로 삼았고 역사적 수난자요 초월성의 주체인 어머니를 '천지신명의 구체적 현실'로 파악하였다."[327] 이는 어머니를 중시 여긴 것은 동일하지만, 자기 내외부의 타자에게로 육박하는 여성성으로 어머니를 규정하는 김혜순과는 차이가 있다.[328]

어머니와 자식의 관계에 대하여 최승자는 김혜순과 비슷한 구도를 취하지만 세부적인 면이 다르다. 『이 시대의 사랑』[329]의 어머니와 자식의 관계에서 '나'는 자식의 위치에 서고, 『즐거운 일기』[330]의 어머니와 자식의 관계에서 '나'는 어머니의 위치에 서는 것[331]은 김혜순 시와 유사하다. 그러나 결정적인 변별점이 있다. 『이 시대의 사랑』에서 어머니는 자식을 유기하거나 방치하는 존재이고(「일찌기 나는」, 「다시 태어나기 위하여」) 그것은 자식에게도 동일한 대응으로 나타난다. "어머니 저기 저 방을 드릴 테니까 거기서 죽은 듯이 사세요 무슨 날이 되어도 무슨 일이 있어도 나와서 참견하지 마세요"(「슬픈 기쁜 생일」 부분)와 같은 시구가 그러하다.

『즐거운 일기』에서 드러나는 어머니와 자식의 관계에서도, 어머니인 '나'는 살아 있지만 자식인 '아가'는 살아 있지 않다. "너도 살아 있다면, / 먼 바다 건너 나를 향해 / 네 빈 밥그릇을 두드리며 노래 불러다오, / 내 사랑 내 아가야."(「散散하게, 仙에게」 부분)라는 시구가 이를 예증하고,

---

327   고정희, 『저 무덤 위에 푸른 잔디』 후기, 창작과비평사, 1989.

328   김혜순, 「어머니」, 앞의 책, 61쪽.

329   최승자, 『이 時代의 사랑』, 문학과지성사, 1981.

330   최승자, 『즐거운 日記』, 문학과지성사, 1985.

331   선우은실, 「김승희와 최승자 시의 모성성 연구: '화자-아이'의 관계를 중심으로」, 『사이』 27집, 국제한국문학문화학회, 2019, 495-503쪽 참조.

"네가 쓰러지기 전에 / 먼저 나를 차 주지 않겠니, / 다정한 내 사랑 내 아가야."라는(「너는 즐거웠었니」 부분) 구절도 뒷받침한다. 이것은 최승자 시에서 자식이 아가로 추상화되는 이유와 관련된다.

2.3. 「딸을 낳던 날의 기억―판소리 사설조로」

반면 김혜순 시의 자식은 딸임이 명징하게 드러난다. 김혜순은 어머니와 자식의 관계가 아니라, 모녀 관계를 분명하게 내세운다. 그러한 가운데 『아버지가 세운 허수아비』에 실린 출산―모성성과 관련된 일련의 시들이 주목된다.

거울을 열고 들어가니
거울 안에 어머니가 앉아 계시고
거울을 열고 다시 들어가니
그 거울 안에 외할머니 앉으셨고
외할머니 앉은 거울을 밀고 문턱을 넘으니
거울 안에 외증조할머니 웃고 계시고
외증조할머니 웃으시던 입술 안으로 고개를 들이미니
그 거울 안에 나보다 젊으신 외고조할머니
돌아 앉으셨고
그 거울을 열고 들어가니
또 들어가니
또 다시 들어가니
점점점 어두워지는 거울 속에
모든 웃대조 어머니들 앉으셨는데

그 모든 어머니들이 나를 향해

엄마엄마 부르며 혹은 중얼거리며

입을 오물거려 젖을 달라고 외치며 달겨드는데

젖은 안 나오고 누군가 자꾸 창자에

바람을 넣고

내 배는 풍선보다

더 커져서 바다 위로

이리 둥실 저리 둥실 불리워 다니고

거울 속은 넓고넓어

지푸라기 하나 안 잡히고

번개가 가끔 내 몸 속을 지나가고

바닷속에 자맥질해 들어갈 때마다

바다 밑 땅 위에선 모든 어머니들의

신발이 한가로이 녹고 있는데

청천벽력.

정전. 암흑천지.

순간 모든 거울들 내 앞으로 한꺼번에 쏟아지며

깨어지며 한 어머니를 토해내니

흰 옷 입은 사람 여럿이 장갑 낀 손으로

거울 조각들을 치우며 피 묻고 눈감은

모든 내 어머니들의 어머니

조그만 어머니를 들어올리며

말하길 손가락이 열 개 달린 공주요!

—「딸을 낳던 날의 기억—판소리 사설조로」 전문

「딸을 낳던 날의 기억—판소리 사설조로」는 이상의 「오감도 시 제2호」 "나의아버지가나의겨테서조을적에나는나의아버지가되고또나는나의아버지의아버지가되고그런데도나의아버지는나의아버지대로나의아버지인데어쩌자고나는작고나의아버지의아버지의아버지의……아버지가되니나는웨나의아버지를껑충뛰어넘어야하는지나는웨드듸어나와나의아버지와나의아버지의아버지와나의아버지의아버지의아버지노릇을한꺼번에하면서살아야하는것이냐"[332]와 「거울」[333]과 겹쳐지는 시이다. 앞 절에서 논의한 기존 텍스트를 품어 새로운 여성적 텍스트로 변환하여 생산하는 김혜순 시의 방법론이 드러나는 작품이기도 하다. 이상 시의 아버지를 김혜순은 어머니로 바꾸어 여성의 근원과 마주한다.[334] 이러한 대면이 출산 현장에서 이루어진다는 것, 또한 어머니들을 마주하여 내가 낳은 존재가 "모든 내 어머니들의 어머니 / 조그만 어머니"로서의 딸이라는 사실은 의미심장하다.

출산 시 직접 보았던 무의식의 반영을 적은 시라는 언급을 하면서 김혜순은 이 시에 대한 자세한 설명을 덧붙인 적이 있다. "나의 아이는 나의 어머니들의 아이면서, 동시에 나이면서, 나의 어머니들이다. 아이는 나의 타자이면서 동시에 내가 낳은 나이다. 아이는 태어남으로써 나를 타자의 자리에 갖다놓는다. 나는 출산을 통하여 어머니 되기와 아이 되기를 동시에 달성한다. 나는 출산을 통해 '몸'이 된다. 몸 됨으로 나는

---

332   李箱, 「烏瞰圖: 詩第二號」 전문, 朝鮮中央日報, 1934년 7월 25일.

333   李箱, 「거울」, 『가톨닉靑年』 5호, 1933년 10월.

334   훗날 김혜순은 시집 『날개 환상통』(문학과지성사, 2019)에서 「오감도 31」, 「불쌍한 이상李箱에게 또 물어봐」 등 이상과 결부된 시를 실었다. 이상의 시를 읽은 체험에 대해서는 다음과 같은 발언을 하였다. "모더니즘은 언어가 순교된 자리에서 탄생하는 어떤 기형적 일어섬입니다. 이상한 배치입니다. 이상의 시를 읽으면서 그런 생각을 연이어하게 되었어요. 시를 써오는 동안 저는 어떤 여성 시인들이 즐겨 쓰는 고백시들처럼 주체와 표상이 동일한 시를 쓸 수는 없었지요." (김혜순·조재룡, 앞의 대담, 28쪽.)

나를 벗어나 타자가 된다. 또한 '내'가 된다. 이것이 내가 내 시들에서 무수한 타자들과 맺는 나의 관계 맺기 방식이다. 나는 한 타자를 넘어서 다른 타자에게로 가는 것이 아니라 그 타자와 함께 거미줄을 짜나가는 것이다."[335] 「딸을 낳던 날의 기억—판소리 사설조로」에도 명징하게 드러나고 김혜순도 스스로 해명하는 바, 이 시에서는 '나의 아이=나의 어머니들의 아이=나=나의 어머니들'이라는 등식이 성립한다.

동시에 이와 같은 인식은 '나의 아이=나의 타자=타자가 된 나=나'라는 등식으로도 이어진다. 1980년대 김혜순 시의 해석을 훗날 시인 본인의 시각으로 재규정하였으므로, 이것은 객관적 거리를 두고 살펴보아야 한다. 한편으로 김혜순의 관점은 모호하고 난해한 시를 쓴다는 일군의 비판을 해소할 수 있는 힌트를 제공한다.[336] 김혜순 시론의 정리가 2000년대에 이루어졌다고 해도, 그러한 시론은 1980년대부터 시작된 김혜순 시에 뿌리를 두고 있기 때문이다. 김혜순 시론은 시와 단절적 형태로 갑작스럽게 쓰인 것이 아니라, 그동안 (무)의식적으로 써왔던 시의 (무)의식적 좌표를 스스로가 가늠하고 정립하고자 한 결과물이라고 봐야 옳을 것이다. 따라서 「딸을 낳던 날의 기억—판소리 사설조로」를 비롯한 출산—모성과 관련된 일련의 시들도 개별 텍스트 분석과 작품과 연동하는 시론을 같이 참조할 필요가 있다. 「딸을 낳던 날의 기억—판소리 사설조로」에서 명징하게 눈에 띄는 바는 출생의 계보를 부계가 아니라 모계로 소급한다는 점이다. 이는 출산이라는 동일한 체험으로 연결된 어머니들의 고리이기도 하다.

---

335 김혜순, 「어머니와 처녀라는 허구」, 앞의 책, 171쪽.

336 김우창·최승호·유종호, 「좌담: 우리 시는 어디로 가나」(2002년 6월 28일), 『대담/인터뷰 2: 2000-2014 김우창 전집 19』, 민음사, 2016, 237쪽. 대담 후반에는 공개 좌담의 취지에 따라 청중과의 질의응답 시간을 가졌다. 그때 한 질문자는 김혜순 시가 무슨 내용인지 도통 모르겠다며, "과연 그런 시가 우리 인간에게 필요한가" 하는 물음을 던졌다.

계보를 잇는 통로가 '거울'인 점도 의미심장하다. 거울이 가진 상징성은 자아의 반영된 이미지—상상계(Imaginary)이기에 그러하다.[337] 그러나 김혜순 시의 특정적인 점은 상상계를 시에 도입했다는 것이 아니다. '나'라는 자아가 단독적으로 형성된 개체 이전에 모계의 역사성을 가진 존재임을 피력했다는 데 있다. 이는 「오감도 시 제2호」에 언급되는 "아버지노릇을한꺼번에하면서살아야하는것"에 대한 반감 섞인 의문이나, 「거울」의 조화 불가능한 분열된 자아와는 분명하게 구별된다. 「딸을 낳던 날의 기억—판소리 사설조로」에는 거울을 거듭 열고 들어간 자리에 앉아 있는 "모든 웃대조 어머니들"과의 대면이 있을 뿐이며, 이는 모성과의 불화가 아닌 승계로 구현된다. 주목할 점은 "그 모든 어머니들이 나를 향해 / 엄마엄마 부르며 혹은 중얼거리며 / 입을 오물거려 젖을 달라고 외치며 달겨드는" 장면이다. 여기에서 모성은 위에서의 아래로의 수직적 관계를 탈피해 반대로 전환되기 때문이다.

어머니가 딸을 엄마로 부르고, 딸이 "어머니들의 어머니"가 되는 국면은 한국시에 삼투된 모성성의 재고를 요한다. 모성이 여성이 어머니로서 갖는 성질을 뜻한다면, 모성성은 모성에 대한 메타적 성질을 함축하는데, "모성성은 단지 신체 기관으로부터 촉발되는 것도, '가정'이라는 환경만으로 갖추어지는 것도, 생물학적 성별이 '여'를 지칭하고 있다고 해서 선천적으로 지니는 것도 아니다."[338] 그러는 한에서 모성성은 사회 문화적 맥락과 떼려야 뗄 수 없다.[339]

<hr>

337   한국문학평론가협회, 「상상계」(홍준기), 『문학비평용어사전』, 국학자료원, 2006 참조.

338   선우은실, 앞의 논문, 486쪽.

339   배옥주, 「한국 여성시에 나타난 모성성의 특성: 1970년대-1990년대 한국 여성시의 모성시를 중심으로」, 『열린정신 인문학연구』 19집, 원광대학교 인문학연구소, 2018, 176-179쪽 참조.

2.4. 모성성 논의의 전사와 이론

그러나 기존에 연구되었던 한국 여성시의 모성성 논의가 "희생을 강요당하는 모성성은 억압이데올로기로 작용해 극복되어야 할 부정의 대상이 되지만, 자발적 모성일 때는 주체적 여성의 정체성을 확립하기 위한 생명 본질의 긍정적 원동력이 된다"[340]는 결론으로 귀결되는 점은 아쉬움이 크다. 시에서의 모성성이 결국 마이너스와 플러스의 효과로만 설명되는 까닭이다.

또한 "고정희, 김승희, 나희덕, 정끝별 네 여성시인" 시에서 포착할 수 있는 모성성이 각각 "주체적 여성해방의 모성성, 실존적 여성의 모성성, 포용과 헌신의 모성성, 이타적 생명의 모성성"으로 대응되는지 의문이며, 1970년대부터 1980년대를 거쳐 1990년대에 이르는 모성성의 사회 문화적 맥락 고찰 역시 동의하기 어렵다. 해당 연구가 비판한 모성성의 고정관념은 되풀이된다. "1980년대 여성시는 정치와 노동자 문제에 집중되던 시선이 도시와 일상성 그리고 욕망의 문제로 옮아간다. 그리고 1990년대 여성 시세계는 풍요로운 경제생활에 반해 삭막해지는 환경 탓으로 자유분방하고 대담해졌으며 때로 경박하기까지 했다."라거나, "이전의 여성시사는 진정한 여성해방에 근접할 수 없었지만, 1990년대 여성시인들은 여성성의 고유한 가치를 발견하고 남성지배질서에 비판과 항의의 태도를 거세게 드러내었다."라는 진술도 납득되지 않는다.[341]

이상 진행된 모성성 논의를 보완하는 데, 「딸을 낳던 날의 기억—판

340   위의 논문, 204쪽.

341   위의 논문, 194쪽.

소리 사설조로」를 비롯하여 출산—모성성과 관련된 일련의 김혜순 시를 재검토하는 작업이 도움이 될 것이다. 이를 살펴보는 데 다음의 이론적 견해를 참고할 수 있다. 어머니 몸과 단절하고 '아버지의 법' 아래 상징계적 질서를 구축하는 라캉의 서사를 전복하는 논지를 전개하였던 크리스테바를 비판적으로 바라보는 버틀러의 입장이다. 버틀러에 따르면 크리스테바가 주창한 기호계는 "상징계와 구분되는 언어적 의미의 영역, 즉 모성적 몸이 시적 발화 속에 구현되는 영역"[342]을 가리킨다. 라캉의 무의식적 언어 구조와 작용과 의미가 상징계로 개념화된다면, 그에 반하여 크리스테바는 상징계에 균열을 일으키는 언어 충동의 다양성을 기호계로 개념화한다.

이때 충동은 부권적 상징계에 대립하는 모성적 충동으로 간주된다. "기호계 양식의 언어는 모성적 몸의 시적 회복에 관여하고 있으며, 그 모성적 몸은 모든 불연속적이나 일의적인 의미화에 저항하는 물질성을 확산시킨다."[343] 여기에서 중요한 점은 무의식과 언어를 둘러싼 정신분석학적 담론의 경합이 '젠더화된 (언어적) 물질성'으로 규정된다는 사실에 있다. 라캉이 언명한 상징적인 것이 현실을 구조 짓는다는 '상징적 질서의 물질성'은, 곧 '언어의 물질성'으로 등치되어 왔으며, 이는 정신분석학적 언어관과 유물론적 언어관이 (언어) 현실에 대한 작용력—물질성의 차원에서 결부된다는 사실을 지시한다.[344] 이것은 김혜순 시의 모성성이 여성(성) 언어의 물질적-담론적 실천과 결부될 수 있는 근거를 마련하면서, 이 글에서 주안점을 두는 1980년대 한국시와 물질성이

342　주디스 버틀러, 조현준 옮김, 『젠더 트러블』, 문학동네, 2008, 241쪽.

343　위의 책, 244쪽.

344　홍준기, 「제4장. 라캉과 알튀세르: 4. 언어의 물질성」, 『라캉과 현대 철학』, 문학과지성사, 1999, 216-221쪽 참조.

연동하는 하위 범주를 구성한다.

「딸을 낳던 날의 기억—판소리 사설조로」는 크리스테바가 개진한 이론과 부분적으로 공명한다. 버틀러도 인용한 "출산을 통해 여성은 자신의 어머니와 연결된다. 여성은 자신의 어머니가 될뿐더러 곧 자신의 어머니이다. 여성은 자신을 변별화하는 같은 연속이다."[345]와 같은 대목이 그러하다. 그런데 바로 그 다음 구절은 김혜순 시를 해석하는 데 논란을 야기한다. "따라서 여성은 모성성의 동성애적 국면을 활성화한다. 그 국면을 통해 여성은 자신의 본능적 기억에 더 근접하는 동시에 정신병에 더 빠지기 쉬워지며, 그 결과 사회적이고 상징적인 유대에 더 부정적이 된다." 출산은 어머니와 딸이 이어지는 계기가 되면서, 동시에 이는 "모성성의 동성애적 국면"을 야기한다. 이미 개별적인 정체성을 갖고 있던 어머니와 딸은 불완전한 분리에 시달리면서 애도에 실패한 우울증적 상태에 빠져든다.

버틀러는 이렇게 논평한다. "모성적 몸은, 몸에 대한 부정적 애착이 아니라 하나의 부정으로 내면화된다. 그리하여 여아의 정체성은 그 자체로 일종의 상실이자, 특징적 결핍이나 결여가 된다."[346] 이는 상징체계에서 의미화 되지 않는 시적 언어≒정신병으로 발현한다. 하지만 정신병은 상징계에 의미 있는 충격을 가하지 못하는 데다, 크리스테바에게는 그것의 실행 자체가 아버지의 법 안에서 재현되므로 기호계와 닿아 있는 시적 언어의 혁명성에 내재한 해방 가능성이 상실되는 결과를 낳는다.[347] 무엇보다 버틀러는 크리스테바가 상정하는 "모성적인 몸은 의미화에 선행하는 것"이라는 담론 이전에 존재하는 모성성을 비판한

345　주디스 버틀러, 앞의 책, 246쪽.

346　위의 책, 247쪽.

347　위의 책, 246-249쪽 참조.

다.[348] 담론적 수행성의 효과를 중시하는 버틀러로서는 구성되지 않고 소여로서 존재하는 모성적 몸은 받아들이기 어려운 개념틀이자, 이것이 '여성=어머니'라는 출산을 중심에 둔 이성애적 규범의 재생산으로 귀결될 수 있다는 점에서 본래 기호계를 주창한 전복성이 희석된다.

김혜순이 크리스테바 이론을 전면적으로 수용한 시를 쓴 것은 아니다. 하지만 그와 부분적으로 공명한다는 사실에서 「딸을 낳던 날의 기억—판소리 사설조로」를 포괄하여 김혜순 시의 모성성은 버틀러의 비판에서 완전히 자유롭지는 못하다. "시는 자기 안의 어머니를 찾아가는 기나긴 도정 안에서 쏟아지는 말이다. 광활하게 내 몸 속에 퍼져서 그 정체를 알아볼 수도 없는 어머니의 말들이 새끼치고 길러지며, 말들이 또 말을 낳는다. 내 안의 어머니는 말과 말 사이, 말이 흘러가는 길 어디에나 거주한다."[349]라는 시론도 타깃이 될 것이다. 김혜순은 시와 시론 양자에서 현실적 층위의 여성—어머니와 시적 층위의 여성성—어머니성을 혼용하는데, 그럼에도 불구하고 "우주, 이 공간에 미만해 있는 '어머니성', '여성성'이 시인에게 시를 쓰게 한다"는 메시지는 일관되게 강조하고 있다. 더불어 "모성에 대한 새로운 정의"를 내림으로써, 모성이 실재의 어머니와 구별된다는 점을 명확히 한다. 김혜순의 모성성은 전술한 타자와의 관계를 고려해야만 해명될 수 있다.

2.5. 상호교차성

「딸을 낳던 날의 기억—판소리 사설조로」를 예증해 가면서 김혜순

---

348   위의 책, 258쪽.

349   김혜순, 「어머니—모성에 대한 새로운 정의」, 앞의 책, 53쪽.

은 "나는 타자를 혹은 타자를 통해 초월하려는 것이 아니라 함께 짜여져 타자의 첫 겨울을 감쌀 배냇보자기가 되려는 것이다. 이것은 내가 생명이 없는 대상에게 어떤 명명을 하거나 존재를 부여하는 것이 아니라, 여성시인이므로 어머니인 내가, 다시 흐르는 자로서 '함께' 살아갈 준비를 하는 것이다. 흐르는 자는 어머니라는 은유적 고정성을 벗고 끊임없이 타자에서 타자로 흐른다. (……) 어머니는 환유적 유체다. 어머니는 순수 그 자체도 아니고, 무한의 원천도 아니며, 단지 흐르는 시적 화자의 우발적인 인접성이다."[350] 타자를 '나'의 목적을 위한 도구로 삼지 않고, 타자와 함께 얽혀 흘러간다는 언표는 '나'와 타자를 무화하는 '동일성 원리'[351]의 추구와는 무관하다. 이것은 이 시가 공옥진의 1인 창무극과 마찬가지로, 소리꾼이 서사 안의 다양한 인물로 분하여 발림 및 창과 아니리를 늘어놓는 "판소리 사설조"로 회고된다는 사실과도 연관된다.

전술한 대로 「딸을 낳던 날의 기억—판소리 사설조로」는 '나의 아이=나의 어머니들의 아이=나=나의 어머니들'이라는 등식에 이어 '나의 아이=나의 타자=타자가 된 나=나'로 바뀌어간다. 그때 모녀의 관계는 한 몸 안에 또 다른 '나'의 몸을 잉태하여, '나'이면서 완전한 '나'는 아닌 몸을 낳았다는 체험 속에서, '나'의 기원을 찾아가는 가운데 운명론적으로 계승—역전되는 모성성의 양태를 보이며, 크리스테바의 이론과 이를 비판한 버틀러 논의의 틀을 비껴간다. 그러니까 김혜순 시에서 타자는 '나'를 제외한 다른 대상에만 그치는 것이 아니라, 내 안에 깃들어 있는 타자, '나'와 유관하면서도 다른 대상일 수밖에 없는 타자가 엮여 나

---

350 김혜순, 「어머니와 처녀라는 허구」, 위의 책, 171쪽.

351 아도르노는 근대철학에서의 관념론적 사회적 차원의 동일성 쓰임을 언급하면서, 차이를 지닌 것들을 통합시키는 "이데올로기의 근원 형식"으로서의 동일성 원리를 비판한다. 윤삼석, 「동일성 원리에 대한 아도르노의 비판에서의 계보학의 의미」, 『대동철학』 61집, 대동철학회, 2012, 202-207쪽 참조.

가는 "흐르는 자"가 되는 것이다. 그렇게 할 때 그는 "어머니라는 은유
적 고정성을 벗고" "시 속에 자신과 타자들이 어울려, 함께 사는 공간을
구축한다는 뜻"[352]을 담지한 "환유적 유체"로 거듭난다.

주지하다시피 언어학자 야콥슨은 언어의 선택과 결합 메커니즘을
각각 은유와 환유로 분석한 바 있다. 그에 따르면 은유는 수직적인 계
열축에서 이루어지는 '유사성에 의한 대체(선택)'이고, 환유는 수평적인
통사축에서 이루어지는 '인접성에 의한 결합'이다. 이를 바탕으로 야콥
슨은 문학에서 쓰이는 은유와 환유에 대해 다음과 같이 언명한다. "시
의 경우는 은유—산문의 경우는 환유—가 가장 저항을 덜 받는 언어 운
용이 되는 것이고 결과적으로 시적 비유의 연구는 주로 은유에 관한 것
으로 귀일되는 것이다."[353] 이와 같은 야콥슨의 논리를 전유하여 라캉은
은유와 환유를 무의식의 작동을 해명하는 기제로 사용한다. 라캉은 은
유와 환유의 의미적 차원을 배제하고 기표가 동작하는 원리에 착목하
여, 프로이트가 꿈이 표현되는 두 가지 방식으로 규정한 '응축(압축)'과
'전치(치환)'를 은유와 환유로 연관 짓기도 한다.

라캉의 은유와 환유 개념은 그가 소르본 대학에서 1957년 행했던
강연에서 논의하고 있다. 라캉은 기호가 아니라 기표를 언어의 근본 요
소로 상정한다. 기표는 의미가 없는 순수 차이의 단위이고, 변별적 체계
를 통해서 상호 작용을 하는 언어의 물질적 실재이다. 개별적인 기표는
아무런 가치가 없으며 연쇄를 통해서 의미를 가지게 된다. 그리하여 그
것의 기본 방식인 은유와 환유가 부각되는 것이다.[354] 이를 감안하면 김

---

352   김혜순, 「몸 말」, 앞의 책, 154-155쪽.

353   로만 야콥슨, 신문수 옮김, 「언어의 두 양상과 실어증의 두 유형」, 『문학 속의 언어학』, 문학
       과지성사, 1997, 116쪽.

354   자크 라캉, 민승기·이미선·권택영 옮김, 「무의식에 있어 문자가 갖는 권위(주장) 또는 프로

혜순 시론에서 거론하는 모성적 주체가 변환된 환유적 유체는 시의 일반적 메커니즘과 어긋난다고 볼 수 있다. 그렇지만 의미화를 발생시키지 않으면서 언어를 지속하는 연결성에 중점을 두는 환유는 "타자를 시 안에서 어떻게 대접하느냐, 그 타자들과 어떻게 노느냐 하는 모습"[355]이야말로 모성성이 구현된 작품이라고 언술하는 김혜순 시에 부합하는 언어 운용 체계이다.

이와 같은 모성성에 기반을 둔 김혜순 시에서 어머니와 딸의 관계는 위에서 아래로 혹은 아래에서 위로의 수직적이라거나, 동등한 수평적 입장을 내재한다고 표현하기보다는, 물질적 상호교차성을 띤다고 수식하는 편이 합당할 것이다. 상호교차성은 "어떤 시기의 한 사회를 구분하는 주요 축들, 예를 들어 인종, 계급, 젠더, 섹슈얼리티, 비/장애 그리고 연령은 개별적이고 상호 배타적인 개체로 작용하는 것이 아니라 서로를 구성하고 함께 작동"[356]한다는 시각을 견지하는 방법론을 가리킨다. 1989년 상호교차성을 개념화된 용어로서 처음 사용한 사람은 흑인 여성주의 학자 크렌쇼였다. 상호교차성의 연원은 1960년대 미국 유색인종 여성주의 학자들의 문제제기와 연관을 맺는다. 백인 중산계층 여성주의자들이 이해하지 못하는, 인종과 계급 등의 요소가 소소한 변수 정도가 아니라 흑인 여성의 삶을 들여다보는 데 필수적인 상수임을 지적한 것이다.[357] 그것은 이 글에서 주요하게 다루는 물질적-담론적 실천과도 연동한다. 1980년대 한국시의 물질적 현상은 젠더·정치·

이트 이후의 이성」, 『욕망 이론』, 문예출판사, 1994, 50-94쪽 참조.

355 　김혜순, 「몸 말」, 앞의 책, 155쪽.

356 　패트리샤 힐 콜린스·시르마 빌게, 이선진 옮김, 『상호교차성』, 부산대학교출판문화원, 2020, 25쪽.

357 　김미덕, 「4장. 사회 분석의 범주, 젠더」, 『페미니즘의 검은 오해들: 가부장제, 젠더, 그리고 공감의 역설』, 현실문화연구, 2016, 125-126쪽 참조.

이념 등이 다기하게 얽힌 시(집)의 복잡한 관계성을 늘 염두에 두고 파악해야 하기 때문이다.

2.6. 「아버지가 세운 허수아비」

김혜순 시에서 모녀의 물질적 교차성도 이와 같은 맥락에서 제기된 분석 논의이다. 모녀 관계에서 '나의 아이=나의 어머니들의 아이=나=나의 어머니들'과 '나의 아이=나의 타자=타자가 된 나=나'의 얽힘은 정신이 아닌 몸들이 교차되면서 발생하는 전승과 원환, 확장하는 환유적 부유를 구현한다. 이는 1980년대 모성성과 시—이를 규정하는 기존의 시각과는 상이한 입지점을 형성하면서, 이 글이 왜 김혜순 시의 자리를 마련하고 그에 대한 논의를 이어 나갔는지를 증명하는 작업과도 닿는다. 그중에서도 모녀 관계에 집중한 까닭을 더 부연하면, 김혜순 시에서는 아버지와 '나'의 부녀 사이에 연결고리가 거의 없기 때문이다. 다음과 같은 시구를 예로 들 수 있다. "땅에 계신 우리는 하늘을 향해 / 아버지, 아 아 아버지 / 목청껏 간구했다 / 그러나 아무 목소리도 하늘에 계신 아버지께 상달되지 않았다."(「함박눈」 부분) 이처럼 부녀 관계의 소통은 단절된다. 몸을 공유하는 모녀 관계에 비하면, 김혜순 시에서 아버지는 아무리 외쳐도 가닿지 않는 곳—하늘이나 무덤에 위치해 있어 '나'와 유리된 존재로 표상된다.

아버지가 허수아비를 만드신다
어머니 저고리에 할아버지 잠방이를
꿰어서 허수아비를 만드신다
아버지가 가을 한낮에 허수아빌 만드신다

낡아빠진 군모에 구멍뚫린 워카를

꿰어서 녹슨 메달을 매다신다

아버지가 허수아빌 세우신다,

넓고 넓은 가을 들판에

아버지가 허수아빌 세우시고

넝마들에게 준엄하게 이르신다

황산벌에 계백 장군 임하시듯

늠름하게 쫓아뿌라, 잉

황산벌에 계백 장군 펄럭인다

장검 대신 깡통 차고 늠름하게 펄럭인다

단칼에 베어 버린 처자식은

논두렁 자갈되어 굴러 있고

단칼에 흩어 버린 신라 경계는

세월이 지워 버렸는데

계백 장군 홀로 남아 나이롱 저고리 입고

혼자서 흔들린다

그 뒤편에 전쟁보다 더 무서운

입다물고 귀막은 적막강산이

호올로 큰 눈 뜨고 있다

—「아버지가 세운 허수아비」 전문

표제작 「아버지가 세운 허수아비」에서 나타나듯이, 김혜순 시에서
아버지는 허름한 허수아비를 만들어 논에 세우고, "황산벌에 계백 장군

임하시듯 / 늠름하게 쫓아뿌라, 잉"이라고 명령하는 존재로 그려진다. 널리 알려져 있는 것처럼 황산벌의 비극적 영웅으로 기억되는 계백은 신라와의 일전을 앞두고 "단칼에 베어버린 처자식"을 뒤로 하고 출전하였다. 처자식의 죽고 사는 운명을 자신이 결정하는 생살여탈권을 지닌 아버지—남성 국가는 김혜순 시에서 "어머니 저고리에 할아버지 잠방이를 꿰어서" 제작한 초라한 허수아비로 대리된다. 위에 살펴본 대담에서 김혜순은 허수아비를 적으로 여기지 않았다고 항변하였는데 이 시를 보면 실제로 그러함을 알 수 있다. "장검 대신 깡통 차고 늠름하게 펄럭"이는 허수아비—아버지—남성 국가는 적으로 간주할 일말의 가치조차 없다. 처자식을 죽이면서까지 확정하고자 한 "신라 경계는 / 세월이 지워 버렸는데 / 계백 장군 홀로 남아 나이롱 저고리 입고 / 혼자서 흔들"리는 광경은 궁상맞다. "입다물고 귀막은 적막강산이 / 호올로 큰 눈 뜨고" 모든 것을 지켜보고 있기에, 그것은 예나 지금이나 변하지 않았으므로, 이제는 사라진 "전쟁보다 더 무서운" 쓸쓸한 풍경으로 이 시는 마무리된다.

2.7. 「무덤에 간 아버님」

여기가 내 땅이냐?
무덤과 무덤 사이 저 깊은 구덩이
여기가 정말 내 땅이냐?
여기서 저 하늘 높이
천 리쯤 곧바로 연을 날려도
거기가 내 소유냐?
여기가 땅 속 깊이

천 길쯤 파들어간 그 곳,

거기도 내 소유냐? 내 아들아.

그 속에서 흙을 파고 흙을 묻고

또 묻고 또 파도

아무도 뭐라지 않는 내 흙이란 말이냐?

여기서 발거벗고 춤을 춘대도, 발을 동동 구른대도

정말 내 생전 처음 가져보는

내 땅이란 말이냐?

그럼요, 아버님.

여기에 썩지 않는 돌을 세우고

아버님 땅이라 이름을 새겨드리죠.

여기서 땅속 깊이깊이

파고 들어가 저세상으로 부디

나가시더라도, 아버님

여긴 아버님 거예요.

여기서 푸른 창공 저 너머로 아버님

영혼을 드높이 팽개쳐 버리셔도

아무도 뭐라지 않는,

즐거운 이 땅은 아버님 재산예요.

―「무덤에 간 아버님」 전문

「무덤에 간 아버님」은 김혜순 시에서는 이례적으로 아버지와 아들
이 등장하는 작품이다. 1연은 죽은 아버지의 말, 2연은 죽은 아버지의

말에 응답하는 아들의 전언이다. 얼핏 이 시는 살아 있을 당시에는 자기만의 땅을 가진 적 없는 아버지에게, 아들이 사후에나마 무덤의 땅을 안겨주어 애도를 표하는 작품처럼 보인다. "무덤에 간 아버님"—죽은 아버지는 "무덤과 무덤 사이 저 깊은 구덩이"를 비롯하여 자신이 위치해 있는 공간이 "내 땅" 즉, "내 소유"임을 거듭 확인하려는 존재로 등장한다. 이는 본인의 존재가 우주와 닿아 있어 자기 영토성이라는 의식 자체를 갖지 않는 김혜순 시의 어머니와는 대조적인 양상을 빚어낸다. 사망한 뒤에야 비로소 얻게 된 무덤이라는 공간이 죽은 아버지에게는 커다란 만족감을 안겨준다. "정말 내 생전 처음 가져보는 / 내 땅이란 말이냐?"에서 드러나듯, 살아 있을 때 본인의 땅을 한 번도 가져본 적 없어서 라고는 하지만, "아무도 뭐라지 않는 내 흙"을 비로소 움켜쥐었기 때문이라고는 하더라도, 세상을 떠나서도 "내 땅"과 "내 소유"에 매달리는 김혜순 시의 아버지는 연민의 대상으로 전락한다.

2연에서 아버지의 물음에 긍정적으로 답하는 아들은 그에게 호응하는 존재이다. "그럼요, 아버님. / 여기에 썩지 않는 돌을 세우고 / 아버님 땅이라 이름을 새겨드리죠."라며 죽은 아버지 명의의 비석을 세우겠다고 하지만, 그것은 실상 무의미하다. 죽은 아버지가 "땅 속 깊이깊이 파고 들어가"버리거나, "푸른 창공 저 너머로" 사라진 다음에 "아버님 재산"임을 공표한다고 한들 이는 그에 대한 어떤 확증도 되지 못하는 까닭이다. 김혜순 시에서 몸과 몸으로 교차되는 모녀 관계의 물질성과는 다르게, 부자 관계는 삶이 끝난 뒤에 남겨지는 무언가를 '땅≒소유≒재산'으로 한정되는 환금적 물질성으로 치환시킨다. 이것은 『아버지가 세운 허수아비』의 표4(outside back cover)에 쓴 김혜순의 언설과 대비를 이룬다. "모든 사상과 역사와 민족과 사건의 중심에 한 여자인 내가 있고 (……) 나는 온힘을 기울여 십자가와 같은 이승에서의 時空을 짊어지고 걸어간다."

전면전을 취하지 않고 방향을 비틀어 김혜순은 1980년대 자신의 시 속 "모든 사상과 역사와 민족과 사건의 중심에" 남자―부자 대신, 여자―모녀를 위치시킨다. 그러나 1980년대 김혜순 시 바깥의 "모든 사상과 역사와 민족과 사건의 중심"은 여전히 남자―부자가 차지하고 있었다. 그러한 맥락에서 모성성에 입각한 여자―모녀에 관한 물질적 교차성에 관련한 시를 지속적으로 써나가는 작업은 "온힘을 기울여 십자가와 같은 이승에서의 時空을 짊어지고 걸어"가는 도정이었다. 그러한 지난한 과정에도 불구하고 변하지 않는 현실은 세 번째 시집[358]에 이르러, "무덤은 여기 / 가슴에 매달린 두 개의 봉분 (……) 여자의 깊은 몸 구중궁궐 / 또 한 세상. 무덤은 여기"(「어느 별의 지옥」)라는, 이 세계의 나락이 다름 아닌 여성이라는 인식으로 귀결된다. 이것은 나부끼기만 하는 허수아비와 달리, 실제 물리력을 행사한 1980년대 가부장제 군사국가의 폭력성과 결부된다.

358　김혜순, 『어느 별의 지옥』, 청하, 1988.

3. 성정치성과 축소 지향의 양태

3.1. 『어느 별의 지옥』

『어느 별의 지옥』은 세 가지 판본이 있다. 첫 번째가 청하에서 1988년 나온 시집, 두 번째가 1997년 문학동네에서 나온 시집, 세 번째가 2017년 문학과지성사에서 나온 시집이다. 청하 판본과 문학동네 판본에 큰 변화는 없다. 시집 1부부터 4부까지 각 부에 수록된 시집의 순서가 조금 달라지기는 하였으나, 각 부에 실린 시들이 다른 부로 이동한 경우는 없었다. 수록 편수도 총 64편으로 동일하다. 세 번째 판본에서는 대대적인 변화가 일어난다. 우선 이전 판본까지 64편이었던 시 중에서 8편을 제외한 것이 눈에 띈다.[359] 시 제목과 본문도 수정되었다. 예

---

359 세 번째 판본에서 빠지게 된 시는 다음과 같다. 「밤이 오면 식구들은 몸 속의 새를 꺼내 나 뭇가지에 걸어놓고 잠이 든다」, 「사랑하는 過去」, 「날마다의 聖餐」, 「그대 떠난 자리 내 누 울 자리」, 「오늘의 무성 영화」, 「증손자를 바라보며」, 「영혼이 육체를 들고 다닌다?」, 「南과 北」이 그것이다.

컨대 「進行」은 「행진」으로, 「제삿밥 먹으러 온 귀신들이 보이니」는 「제삿밥 먹으러 온 망자들이 보이니」로, 「세계지도」는 「지도」로 제목이 바뀌었고 시 구절도 부분적으로 달라졌다. 1980년대에는 발상의 리듬을 중시 여겨서 시를 한 번 쓰고 나면 고치지 않았다는 김혜순의 회고에 근거하면[360], 이러한 변화는 주목할 만한 사건이다.

그중에서도 특기할 사안은 청하 판본과 문학동네 판본에서는 4부에 위치하던 「그곳」 연작 여섯 편이 문학과지성사 판본에서는 1부 맨 앞으로 자리를 이동하였다는 점이다. 이에 대하여 김혜순은 앞서 나온 판본들에서는 밝힌 적 없던 1980년대 군인·경찰에게 물리적 폭력을 당하였던 일화를 털어놓는다. 당시 출판사 편집자로 일하던 김혜순은 담당하던 희곡 작가(이강백)의 책을 들고 군인들에게 검열을 받으러 갔는데, "그들이 지운 잉크로 본문이 다 지워진 책이 숯 덩어리가 된 적도 있었다. (……) 노동운동을 선구적으로 시작했던 여성의 일대기를 번역서로 출간한 적도 있었는데, 그 책의 역자인 그녀의 거처나 전화번호를 대라면서 경찰서에 따라가서 뺨을 일곱 대 맞은 적도 있었다." 김혜순은 먹지가 된 책을 들고 저자를 찾아가 울음을 쏟아냈고, 경찰서에서 뺨을 맞은 다음에는 "하숙집에 엎드려 뺨 한 대에 시 한 편씩 출판사를 결근하고 썼다."[361]

신군부의 물리적 폭력에 대한 응답으로서의 시가 「그곳」 연작이다. "그 시들을 몇 년 묵혔다가 이 시집에 실었다."라고 쓰고 있으므로, 「그곳」 연작은 1980년대 중반 무렵 쓰인 것으로 짐작된다. 시집에는 총 여섯 편의 시가 실렸다. 일곱 번째 시는 검열을 피하지 못할 듯하여 일부

---

360   김혜순·조재룡, 앞의 대담, 14쪽 참조.

361   김혜순, 「시인의 말」, 『어느 별의 지옥』, 문학과지성사, 2017. 이 절 본문에 각주 표기 없이 직접 인용 표시만 되어 있는 구절은 「시인의 말」에서 가져온 것이다.

러 시집에 넣지 않았는데 이후 원문이 분실되었다고 한다. 이전에도 그러하였지만 1980년대에는 검열 시행과 금서 조치를 넘어 필화로 번진 사건들이 적지 않았다. 1982년 노동현장에서 불린 '노가바(노래가사 바꾸어 부르기)'를 모아 출판한 『노동과 노래』에 대하여 공안 검사가 저작권법을 문제 삼은 사건, 1985년 무크지 『민중교육』에 실린 두 편의 글이 용공적 색채를 띠고 있다고 하여 국가보안법 위반으로 필자들(김진경·윤재철)과 주간(송기원)을 구속 기소한 사건, 1986년 민주언론운동협의회 기관지 『말』에 신군부 정권의 보도지침 내용이 폭로한 기자(김주언) 및 실무진(김태홍·신홍범)을 국가보안법·외교상 기밀누설죄 등의 이유로 구속 기소한 사건, 1987년 8·15 대동제에 쓰인 걸개그림 '백두의 산자락 아래, 밝아오는 통일의 새날이여'를 그린 두 사람(이상호·전정호)을 국가보안법 위반 혐의로 구속 기소한 사건, 1988년 『한국근현대 민족해방사운동사』를 집필한 저자(이재화)가 이적표현물 제작·배포로 구속 기소된 사건이 대표적 사례이다.[362]

그러나 이렇게 가시화된 필화 사건 외 김혜순이 겪었던 일처럼 "시를 써서 뭐하나 하는 생각"이 들도록 모멸감을 곱씹게 만든, 공식적으로 알려지지 않은 국가 폭력은 1980년대 한국 사회에 만연해 있었다. 감정사회학적 차원에서 김찬호는 수치·모욕·모멸을 구별한다. 수치는 남의 시각에서 자신을 비춰봄으로써 생기는 감정이기에 본인에 대한 죄책감이 유발될 여지가 있다. 모욕은 남이 자신을 대하는 태도에서 느끼는 감정이기에 타인에게 원한을 품는다. 모멸은 무심코 행해지는 무시와 경멸의 태도를 가리키며 상황 자체에서도 비롯되기 때문에 타인

362　한승헌, 『권력과 필화』, 문학동네, 2013, 58-76쪽 참조.

을 특정해 분노를 쏟아내기 어렵다.[363] 1980년대 김혜순은 경찰서에서 정부 기관원에게 폭력을 당하였는데, 이는 정부 기관원 개인을 넘어서는 신군부가 장악한 국가 권력이 야기한 상황에서 비롯되었다. 폭력을 당한 분노를 쏟아낼 구체적 대상을 특정하기 어렵다는 점에서 당시 김혜순이 한 "시를 써서 뭐하나 하는 생각"을 모멸감으로 표현하였다.

"뺨 한 대에 시 한 편씩" 써서 탄생한 「그곳」 연작뿐 아니라 "이 시집의 시들을 쓸 때 우리나라는 엄혹한 시대를 통과 중이었다."라고 김혜순은 술회한다. 또한 "창문은 열었지만, 맑은 날은 하루도 없는 나날이었다. 여기가 '어느 별의 지옥'이라고 생각했다."라고 회상한다. 이것은 「어느 별의 지옥」 시에 드러나는 바, 이 세계에서 여성이 스스로의 언어를 잃어버린 식민지인의 상태로 표상되는 것과 연결되는 동시에, 1980년대 철권통치에 숨죽여야 했던 시민의 답답함과 이어진다. 주지하다시피 1987년 6·29선언은 대통령 직선제로의 변화 등을 포함해 한국 민주화 변혁의 가시화된 계기를 마련하였다. 이와 같은 87년 체제 수립 이후 김혜순의 세 번째 시집은 출간되었다.

그렇지만 1988년 『한국근현대 민족해방사운동사』의 저자가 이적 표현물 제작·배포로 구속기소된 사건의 예에서 볼 수 있듯이, 정도가 약화되었다고는 하나 국가의 사법 권력—개개인에게 가하는 물리적 폭력이 사라진 것은 아니었다. 김혜순은 이를 우려하여 당국에 대한 비판적 수위가 상대적으로 높았을 거라고 짐작되는 「그곳·7」을 시집에서 최종적으로 제외하는 선택을 하였다. 그리고 그로부터 30년이 지난 뒤에야 연작시를 쓰게 된 동기를 밝힐 수 있었다. 그렇다고 해도 1988년 출간 당시 「그곳」 연작에 담긴 함의가 퇴색되지는 않는다.

363　김찬호, 『모멸감: 굴욕과 존엄의 감정사회학』, 문학과지성사, 2014, 64-67쪽 참조.

3.2. 「동구 밖의 민주주의」와 「불타오르면서 얼어붙는 나라」

이러한 연유는 문학과지성사 판본에는 1부로 배치가 바뀐, 청하 판본에서는 4부에 해당되는 시들이 유기적으로 결합하여 부 전체를 아울러 정치적 맥락을 환기하기 때문이다. 가령 「그곳」 연작 다음에 나란히 실린 시 「동구 밖의 민주주의」와 「불타오르면서 얼어붙는 나라」가 그러하다. 기존의 김혜순 시에는 찾아보기 어려운 "민주주의"에 대한 언급과 열전과 냉전에 가로놓인 우리 "나라"가 이 시편들에 등장한다.

멀어질수록 커지는 사람

소실점 밖에 서서

에드벌룬처럼 가득히 부푸는 사람

그는 실체가 없으면서

그러나 큰 덩어리이면서

보고 싶음과

서글픔과

안타까움과

그리움을

송두리째 먹어 버리고

날마다 커지는 사람

너무 커져 버린 모습으로

잠든 나를 내리누르며

내 눈물 보따리와

내 오장육부를 쥐어짜는 사람

밤마다 없는 그를 안고
뒹굴다보면
새벽 태양 떠오를 때
저 동구 밖 너머로
거대한 산봉우리처럼 부풀어 오는 사람

—「동구 밖의 민주주의」 전문

불타오르면서 얼어붙는 나라.
싸우고 총쏘고 핵탄두 발사! 하면서
얼어붙는 나라.
사건이 끓고
남녀가 끓고
얽힌 시선들이 부글부글 끓어오르면서
가지고 있던 溫氣 다 버리고
얼음 지옥이 될 나라.

불타오르는 머리털을 움켜쥐고
달려가는 저기 저 천재
벌써
사지가 쩍쩍 갈라지고 있네.

—「불타오르면서 얼어붙는 나라」 전문

위에 인용한 두 편의 시는 세 판본 모두「그곳」연작 바로 뒤에 수록

되어 있다. 그리하여 「그곳」 연작시가 가진 함의 가운데 특히 정치적 색채를 강화시킨다. 「동구 밖의 민주주의」는 우리가 사는 동네 어귀 바깥에 민주주의가 있다는 제목처럼, 민주주의는 지금 이곳에 부재하여 "멀어질수록 커지는 사람 / 소실점 밖에 서서 / 에드벌룬처럼 가득히 부푸는 사람"인 '그'로 은유된다. 1955년생인 김혜순이 1988년까지 거의 실감한 적 없는 민주주의라는 "그는 실체가 없으면서 / 그러나 큰 덩어리이면서 / 보고 싶음과 / 서글픔과 / 안타까움과 / 그리움을 / 송두리째 먹어 버리고 / 날마다 커지는 사람"으로 형상화된다. 여기에서 특징적인 사실은 김혜순 시에서 민주주의가 사람으로 육화한다는 점이다. 언어의 신체화가 도드라지는 김혜순의 시적 구현 방식은 여성시만이 아닌, 이와 같은 정치적 메시지를 담고 있는 시에도 활용되었다.

이는 시인 김지하의 대표작인 「타는 목마름으로」와 비교하면 변별점이 뚜렷해진다. 「타는 목마름으로」는 1975년 발표되었다고 알려져 있는데[364], 실제 많은 독자들이 이 시를 접할 수 있었던 시기는 1980년대였다. 정확하게는 1982년 창작과비평사에서 김지하 시선집 『타는 목마름으로』가 출간되고 나서이다. 납본필증을 받지 않고 서점에 사전 배포했다고 하여, 안기부는 출판 책임자였던 시인 이시영을 소환하고

364　백과사전을 비롯한 여러 매체에서 「타는 목마름으로」는 1975년 발표되었다고 쓰여 있다. 그러나 이 시가 정확히 어디에 실렸는지에 대한 정보는 명확하지 않다. 신경림의 증언에 따르면 『창작과비평』 1975년 봄호에서 「타는 목마름으로」를 보았다고 한다. 하지만 실제 『창작과비평』 1975년 봄호에는 김지하가 1974년 3월에 『창작과비평』 편집실에 맡긴 시 「빈 산」, 「모래내」, 「어름」, 「詩」, 「첫 미소」, 「1974년 1월」, 「바다에서」, 「서울」, 「不歸」, 「길」, 「당신의 피」, 「騎馬像」 12편이 실려 있을 따름이다. 『창작과비평』 1975년 봄호, 3-15쪽 참조. 그러므로 다음과 같은 견해가 설득력을 갖는다. "「타는 목마름으로」는 1982년에 『김지하 시선집』(창작과비평사)에 실리기 전까지 한 번도 공식 매체에 활자화 되지 않았다. 신경림이 본 것은 무크지나 필사본일 가능성이 크다." 이강하, 「김지하의 시 「타는 목마름으로」에 나타난 "쓴다"의 의미: 시 장르의 문자적 상상력의 관점에서」, 『批評文學』, 한국비평문학회, 2018, 164쪽.

판매금지처분을 내린 뒤 김지하 시선집 만 권을 압수하였다. 그러나 총 이만 권을 찍었던 김지하 시선집의 나머지 만 권은 이미 독자에게 판매가 완료된 상태였다.[365] "신새벽 뒷골목에 / 네 이름을 쓴다 민주주의여 / 내 머리는 너를 잊은 지 오래 / 내 발길은 너를 잊은 지 너무도 너무도 오래 / 오직 한 가닥 있어 / 타는 가슴 속 목마름의 기억이 / 네 이름을 남몰래 쓴다 민주주의여"[366]라는 시구에서 알 수 있듯이, 김지하 시에서도 민주주의는 '너'로 의인화된다.

그러나 김지하 시에서 민주주의는 그 이름을 거듭하여 씀으로써, 그 이름을 거듭하여 부름으로써 상실한 '너'를 탈환하려는 대상으로 그려진다. 이는 "밤마다 없는 그를 안고 / 뒹굴다보면 / 새벽 태양 떠오를 때"를 맞이하는 김혜순 시에서의 안고 뒹구는 몸들 자체가 접촉하는 양태와는 명확한 차이를 보인다. 한 가지 짚어두어야 할 점은 김혜순 시에 쓰인 '그'라는 대명사가 민주주의를 남성으로만 등치시키지 않는다는 사실이다. 1980년대에 쓰인 김혜순 시에는 '그'라는 대명사가 종종 나타나지만 '그녀'라는 대명사는 거의 찾아볼 수 없다. 다분히 의도적이라고 해야 할 정도로 김혜순은 시에서 그녀 대신 '여자'라는 명사를 사용한다. 김혜순은 "바짝 마른 女子가 살찐 男子를 먹어치운다"(「먹이의 역사—有了四千年吃人履歷的我」 부분)와 같이, 먹고 먹히는 젠더 정체성을 강조하는 시의 경우에도 김혜순은 '여자'와 '남자'라는 명사를 쓴다.

물론 청하 판본 『어느 별의 지옥』 첫 번째 시에서 '그'는 "텅 빈 가슴 위에 / 점잖게 넥타이를 매고 / 메마른 머리칼에 / 반듯하게 기름을 바르고 (……) 죽은 여자의 관 옆에 / 이불을 깔고 / 허리를 굽히"(「죽은 줄도

---

365   정끝별, 「타는 목마름」, 경향신문, 2013년 7월 31일.

366   김지하, 「타는 목마름으로」 부분, 『김지하 詩選集: 타는 목마름으로』, 창작과비평사, 1982.

모르고」 부분)는 남자로 표상될 경우가 있다. 그렇지만 같은 시집에 실린
「앞에 앉은 사람」에 드러나는 것처럼 '그'는 사람을 가리키는 3인칭 대
명사로서도 활용된다. 「동구 밖의 민주주의」도 유사하다. 화자와 청자
가 아닌, "저 동구 밖 너머로 / 거대한 산봉우리처럼 부풀어 오는 사람"
곧 민주주의를 환대하기 위하여 김혜순 시에서 '그'라는 대명사가 활용
되었다. 이렇게 간주하여도 한편으로 이 시는 연애시의 성격을 잃지 않
는다. 이는 사랑에 대하여 김혜순이 기술한 다음의 구절을 참고할 수 있
다. "나의 몸과 너의 몸의 만남은 여성시인과 대상 혹은 타자와의 만남
에 비유될 수 있다. (……) 내가 너를 안자 너는 하나의 덩어리로 변한다.
(……) 남성도 여성도 아닌 거대한, 부드러운 아기이다."[367]

그러는 한에서 민주주의 '그'와 몸과 몸으로서 얽히고자 하는 '나'의
바람은 이성애적 사랑의 현현이 아니라, 타자와의 만남을 통하여 "남성
도 여성도 아닌 거대한" 생명체로 변이하는 과정 자체를 긍정하는 태도
와 이어진다. 이 시에서 거듭 언급되는 동사 '커지다'의 맥락도 이와 결
부시켜 이해가 가능하다. 지금 여기에 없으나 "너무 커져 버린 모습으
로 / 잠든 나를 내리누르며 / 내 눈물 보따리와 / 내 오장육부를 쥐어짜
는 사람"으로서의 민주주의를 김혜순 시가 표현할 때도 그것은 '잠든
나, 내 눈물, 내 오장육부', 즉 정신과 조응하는 내밀한 신체와 작용한다.
1980년대 김혜순 시를 집약하는 언어 신체론의 자장 하에서 민주주의
는 사람으로서의 육체성을 확보하면서 정치적 몸으로 확장하는 성질을
갖는다.

모든 판본에서 「동구 밖의 민주주의」와 짝하는 「불타오르면서 얼어
붙는 나라」는 어째서 동구 안에서 민주주의를 열망할 수밖에 없는가를

---

367   김혜순, 「사랑」, 앞의 책, 146-147쪽.

설명하는 시이다. 이 시의 "불타오르면서 얼어붙는 나라"는 1980년대 한국 사회를 김혜순이 어떻게 인식하는지를 증거한다. 시에서 전면화되는 양상은 "싸우고 총쏘고 핵탄두 발사! 하면서" 발생하는 열전의 공포를 야기하는 냉전의 통치 전략이다. 이는 제2차 세계대전 종전 후 아시아의 사상심리전을 "열전 속 냉전, 냉전 속 열전"[368]이라고 명명한 까닭과 김혜순 시의 "불타오르면서 얼어붙은 나라"라는 은유의 이유가 동일함을 방증한다. 한국은 1950년대 이미 세계사적 열전인 6·25를 겪은 휴전 상태의 국가였으므로 미국과 소련의 갈등 격화에 따라 언제라도 전쟁이 일어날지 모른다는 불안감이 팽배해 있었다.

당국은 국가보안법을 위시하여 그러한 심리를 인민 통제 수단으로 이용하였고, 그것은 1980년대 전두환 정권도 예외는 아니었다. 1986년 10월 말 언론에 대서특필된 북한의 금강산 발전소 건설 보도가 대표적이다. 북한이 만드는 댐이 원인이 되어 "84년 9월 漢江 홍수 때의 10배에 달하는 물이 범람하여 수도권 일원이 온통 물난리를 겪게 될 것"[369]이라는 건설부장관 이규호의 발언은 이른바 '서울 물바다설'로 국민의 공포심을 조장하였다. 평화의 댐 착공으로 "북괴수공 봉쇄"[370]에 나서겠다며 대대적인 국민 모금도 진행되었다.[371] 북한이 금강산 발전소 계획을 공표한 시기는 1986년 4월이었으나 당국은 뒤늦게 10월 30일에 이를 문제 삼았다. 그로 인하여 이틀 전부터 건국대학교에서 열렸던 '전국반외세반독재애국학생투쟁연합' 결성식은 북한에 동조하는 "적색 구호"를 외치는 모임으로 시민들에게 인식되는 방향으로 기울었

---

368   백원담·강성현 편, 『열전 속 냉전, 냉전 속 열전: 냉전 아시아의 사상심리전』, 진인진, 2017.

369   「금강산 水電댐建設 즉각 中止하라」, 매일경제, 1986년 10월 30일.

370   「北傀水攻봉쇄 對應댐 건설」, 경향신문, 1986년 11월 26일.

371   「平和의댐건설 誠金 모두3百40億 모금」, 경향신문, 1986년 12월 19일.

다.[372] 그러는 한편으로 헬기가 소이탄을 쏘는 등 폭력 해산을 시도하고 결성식 참여자 1,288명을 구속한 현 정권의 처사는 유야무야 넘어갈 수 있었다.[373]

이와 같은 정세 속에 "사건이 끓고 / 남녀가 끓고 / 얽힌 시선들이 부글부글 끓어오르면서" 불타오르는 나라의 한 면이 완성된다. 독자 입장에서 "사건이 끓고"는 1980년 광주민주화운동을 필두로 한 일련의 정치적 사건을 연상하게 되고, "남녀가 끓고"는 식민지 시기부터 내부 식민지로 취급되던 여성[374]의 젠더적 시민권을 다시 박탈하였던 1980년대 민주화 운동 진영 내부에서 불거진 조직 보위론 등의 폐해를 떠올리게 한다.[375] 그리고 이상의 사안을 둘러싼 "얽힌 시선들이 부글부글 끓어오르면서 / 가지고 있던 溫氣 다 버리고 / 얼음 지옥이 될 나라"를 예견하는 대목은 표제어인 '어느 별의 지옥'이 다름 아닌 지금 여기를 가리킴을 짐작하게 만든다.

2연의 "불타오르는 머리털을 움켜쥐고 / 달려가는 저기 저 천재"가 무엇을 뜻하는지는 확정하기 어렵다. 한자가 병기되어 있지 않아 천재를 선천적 재능이 뛰어난 인물(天才)로, 보잘 것 없는 재주(淺才)로, 자연의 재앙(天災)으로, 오랜 세월(千載)로도 읽어낼 수 있기에 그러하다. 『어느 별의 지옥』 4부의 정치적 맥락을 고려하면, 다의어 가운데 천재를

---

372 「建国大 농성 大学生들 이틀째 徹夜 5개建物 점거 "赤色 구호" 외쳐」, 조선일보, 1986년 10월 30일.

373 민주화운동기념사업회 한국민주주의연구소 엮음, 「제2부 전두환 정권과 반독재민주화 투쟁」, 『한국민주화운동사 3: 서울의 봄부터 문민정부 수립까지』, 돌베개, 2010, 268-269쪽 참조.

374 이혜령, 「식민주의의 내면화와 내부 식민지: 1920-1930년대 소설의 섹슈얼리티·젠더·계급」, 『한국 여성문학 연구의 현황과 전망』, 소명출판, 2008, 200쪽 참조.

375 강준만, 앞의 책, 45-46쪽 참조.

선천적 재능이 뛰어난 인물로 보는 편이 합당할 듯하다. 「불타오르면서 얼어붙는 나라」에서는 남들에 비해 탁월한 능력을 갖춘 사람조차 "불타오르는 머리털"에 "사지가 쩍쩍 갈라지고 있"는 운명에 처할 수밖에 없음을 전달하기에 그러하다.

3.3. 「그곳」 연작

　이와 같이 「그곳」 연작 바로 뒤에 배치된 시편들의 의미와 공명하면서 「그곳」 연작에 내재한 정치성도 부각된다. 「그곳」 연작 제목은 청하 판본과 문학과지성사 판본이 동일하지만 몇몇 시구가 수정되었다. 「그곳·4」의 "그"는 "여자"로, 「그곳·6」의 "싸운다"는 "죽는다" 등으로 바뀌었는데, 청하 판본을 중심에 두고 필요한 경우 문학동네와 문학과지성사 판본을 참고하여 「그곳」 연작을 검토하고자 한다. 이 시들을 통하여 물리적 폭력성에 노출된 시(인) 언어의 물질적 대응론을 살펴볼 수 있기 때문이다.

　　그곳, 불이 환한

　　그림자조차 데리고 들어갈 수 없는

　　눈을 감고 있어도 환한

　　잠 속에서도 제 두개골 펄떡거리는 것이

　　보이는, 환한

　　그곳, 세계 제일의 창작소

　　끝없이 에피소드들이 한 두릅 썩은 조기처럼

　　엮어져 대못에 걸리는

　　그곳,

두 뺨에 두 눈에 두 허벅지에

마구 떨어지는 말발길처럼

스토리와 테마들이 만들어져 떨어지는

그곳,

밖에선 모두 칠흑처럼 불끄고 숨죽였는데

나만 홀로

불켠 조그만 상자처럼

환한

그곳,

—「그곳·1」 전문

채찍으로 내리치지 않아도 나는

발가벗긴다

발가벗긴 내 위로

물이 내린다.

안개가 쏟아진다.

이슬이 맺힌다.

다음—아버지들이 나온다

나와서 내 몸 밖에 커튼을 친다

비단처럼 보드라운! 그러나 강철 커튼!

솜처럼 푹신한! 그러나 이불보다 더 두꺼운!

다음—말씀의 채찍으로 내리친다

다음—잉크를 먹인다

몸통 가득 잉크가 차올라온다.

드디어 발가벗기고 매맞고
무거운 이야기를 옷인 양 입고
몸 위로 가득 글씨를 토하고야 만다
수세기 전에도 했던
비밀의 그 예언을.
몸 전체에 불길을 매단 채.

—「그곳·2—마녀 화형식」 전문

그곳에 갇힌다
척추가 부러진 남자가
쓰러지면서 놓친 빨간 사과.
놀라서 벌어지던 입술. 어머니의 자장가.
그 사이로 아. 버. 지. 의. 매. 질.
모든 것은 그곳에 갇힌다
찬바람 불어 한꺼번에 잎을 떨구던, 마주 선
둥그런 은행나무 두 그루·나뭇잎은 떨어져서, 살갗은
썩어서, 사과는 굴러가서, 코피는 쏟아져서,
이빨은 뽑혀서 모두 갇힌다, 그곳에.

그곳! 아지못할 똥구덩이. 얼어붙은 폭포.
천만 개의 자물쇠로 밀봉된 검정!

「그곳」연작은 「그곳·1」부터 "그곳"을 강조 표시한다. 강조 표시된 "그곳"이 시구 맨 앞에 위치하여 행의 시작을 알리고 또한 행간 걸침의 상반된 효과("환한 / 그곳,")를 수행하면서, 이 시에서는 다른 무엇보다 장소성이 압도적인 속성으로 내세워진다. 더불어 "그곳" 뒤에는 쉼표(,)를 병기하여 "그곳"에 독자의 호흡이 잠깐 멈추도록 한 뒤 그 다음 구절로 넘어가도록 하는데, 이는 "그곳"을 부각하는 동시에 이 시 어디에서도 "그곳"의 지배력을 벗어날 수 없음을 시사한다. 김혜순이 이와 관련된 개인적 경험을 고백한 문학과지성사 판본에서 "그곳"은 원하는 대답을 하지 않는다는 이유로 뺨을 맞은 공권력의 현장—경찰서라고 특정할 수 있을 터이다. 그러나 「그곳」연작이 쓰인 동기를 알 수 없었던 청하 판본의 독자들은 "그곳"을 오늘날의 독자처럼 확언하기는 어려웠다.

그러나 여기에서도 「동구 밖의 민주주의」와 「불타오르면서 얼어붙는 나라」가 시집에서 내부-작용하여 독해에 영향을 끼치는 물질적-담론적 실천이 발생한다. 또한 "세계 제일의 창작소 / 끝없이 에피소드들이 한 두릅 썩은 조기처럼 / 엮어져 대못에 걸리는 / 그곳,"이라는 구절 및 "두 뺨에 두 눈에 두 허벅지에 / 마구 떨어지는 말발길처럼 / 스토리와 테마들이 만들어져 떨어지는 / 그곳,"이라는 구절을 통해서, "그곳"이 사실이 아닌 것을 사실처럼 양산하는 날조를 강요하는 수사기관임을 유추할 수 있다. 그리고 「그곳·2」와 「그곳·3」에서는 부당한 공권력의 뒷받침 아래 일어나는 가공할 폭력을 "아버지"가 행사하는 모습이 드러난다. "말씀의 채찍으로 내리"치고, 자신이 바라는 대답을 하도록 강요하는 아버지, 그러니까 "그곳"에서는 온갖 종류의 "아. 버. 지. 의. 매. 질."이 행해진다.

「그곳·2」와 「그곳·3」의 "아버지"는 김혜순의 모든 시가 그러하듯이 실제 아버지를 지시하지 않는다. 김혜순 시의 아버지는 근대 국가 체제 수립 이후 한 번도 권력을 빼앗겨 본 적 없는 생물학적 남성이자, 그렇게 가부장제 국가권력의 정점에 서 있는 대통령—아버지와 연결된다. 이를테면 대우 조선소와 초등학교를 방문한 자리에서 그는 "대통령이란 자리가 비가 안오면 안오는 대로 밥맛이 없고 자다가도 바람소리가 들리면 비가 오는가 하며 창문을 내다보게 된다. (……) 마음 편할날이 한시도 없는 자리가 대통령"[376]이라고 말한다. 국민—자식을 걱정하는 대통령—아버지의 마음으로 국정을 수행하고 있다는 가족 이데올로기의 설파이다. 그렇다고 할 때 대통령—아버지의 명령을 충실하게 따르지 않는 국민—자식은 내쫓기거나 삼청교육대에 들어가 가혹한 교화와 훈육을 받게 된다.

"국보위의 사회악일소특별조치에 따라 검거돼 군부대에 수용됐던 2만여명의 불량배 각종범죄우범자 가운데 9천6백여명이 4주간의 순화교육을 마치고 새 사람이 되어 (……) 사회에 나가면 밝고 정의로운 사회구현에 앞장서 국가와 사회가 필요로 하는 사람이 될 것을 다짐"[377]하였다는 보도에서도 가부장제 국가권력의 정점에 서 있는 대통령—아버지와 그의 명령을 충실하게 따라야 하는 국민—자식의 위계 구도가 드러난다. 따라서 1980년대 김혜순이 의식적으로 천착한, 타자를 끌어안으며 함께 갱신되는 모성성으로서의 여성시는 그 자체로 당대의 가부장제 국가권력과 불화하는 여성적 성정치성을 내포한다.

어느날 갑자기

376 「마음 편할날 한시도 없는것이 大統領 자리」, 경향신문, 1984년 4월 4일.
377 「勞動廳 醇化敎育 9千6百명 退所」, 동아일보, 1980년 8월 30일.

그는 호출된다.

들판에서 친구의 결혼식

축가를 부르던 중에.

그는 큰골 속처럼 국수 가닥들이

저마다 끓고 있는

방들 사이로

들어간다.

그곳, 깜깜한 비지 덩어리.

비지 덩어리를 칼로 내리치면

동생을 낳고 있는 아버지.

나무에 열린 아이들.

龍이 승천한 太古.

표범 한 마리 치마폭을 파고드는,

별이 비물질적으로 쏟아지는 곳.

콩비지 뭉치의 측면도!

탯줄 대신 줄거리를 낳고

태반 대신 커튼을 내린 검은 방의 모의를 낳고

신생아 대신 복도 끝으로 내몰린 눈이 큰 어른을 낳는

이야기의 산부인과 혹은 大兄의 중추.

뭉쳐진 콩비지 덩어리. 그곳.

―「그곳·4」 전문

아름다운 너에게
밝게 떠오르는 너에게
아직도 남아 있는 너에게
나를 보낼 수 없을 땐
어떻게 하나
벽에다 그림이나 그리지
그것도 눈길로.
왼쪽 뺨 맞을 때와
오른 쪽 뺨 맞을 때
그 짧은 막간
벽에다 잠시
마지막 남아 있는 내 동공을
힘주어 쏘아 보내지
내 몸을 활처럼 구부려

―「그곳·5」 전문

인생은 흘러가는 것만은 아니다
돌연, 네모난 곳의 창문이 열리고
강물이 소용돌이친다
ＸＸ는 버틴다
○○는 배반한다
△△는 절망한다
□ □는 싸운다
그러나 잠시 후

강물은 또다시 흐르고

또 수만 개

네모난 방의 소용돌이

그곳이 세워진다

―「그곳·6」 전문

「그곳·4」에서는 일상적인 삶을 살다 갑자기 "호출"당해 사라져 "그곳"으로 끌려간 "그"에 대한 이야기가 중심을 이룬다. "깜깜한 비지 덩어리" 같이 전망이 불가능한 곳에서 찌꺼기 취급을 받는 "그곳"에서, "검은 방의 모의"에 동참하라고 몰아세우는 "그곳"에서, 고문당하는 그는 현실감을 상실하고 "龍이 승천한 太古"에 있는 듯한 환영적 체험을 하게 된다. 「그곳·5」는 각종 폭력이 자행되는 "그곳"을 어떻게든 견디려고 하는 '나'의 방법론을 제시한다. "그곳"에 갇혀 "아름다운 너에게" 갈 수 없는 '나'는 "벽에다 그림"을 그린다. 도구는 "눈길"이다. "그곳"에 있는 자들에 의해 "왼쪽 뺨 맞을 때와 / 오른 쪽 뺨 맞을 때" 고개가 돌아가는 순간마다 '나'는 "벽에다 잠시 / 마지막 남아 있는 내 동공을 / 힘 주어 쏘아 보내"는 행동을 취한다. 때리는 자를 노려보는 것이 아니라, "밝게 떠오르는 너"를 벽에 그리는 상상을 하지 않으면 "그곳"을 버텨 낼 수 없는 까닭이다. "그곳"에서 '나'는 맞는 자신과 상상하는 자신을 분리하여 스스로를 지켜내려고 애쓴다.

「그곳·6」은 '나' 이외에 "그곳"에 갇힌 이들의 폭력에 대한 대응 방식을 보여준다. "강물이 소용돌이"치는 상황에서 "ＸＸ는 버틴다 / ○○는 배반한다 / △△는 절망한다 / ▢▢는 싸운다". 어떤 이는 「그곳·5」의 '나'처럼 견뎌내고, 어떤 이는 굴복하고, 어떤 이는 포기하고, 어떤 이는 맞서는 모습을 보인다. 그렇지만 어느 쪽이든 "잠시 후 / 강물은 또 다시 흐르고 / 또 수만 개 / 네모난 방의 소용돌이 / 그곳이 세워"지는 운명에서 해방될 수는 없다. 출구가 봉쇄된 도저한 체념이다. 김혜순이 검열을 의식하여 시집에 넣지 않은 「그곳·7」이 과연 「그곳·6」에서 나타난 체념의 심화로 이어졌을지, 체념의 전환으로 반전되었을지 알 수는 없다. 다만 검열 기관의 시선에 포착되리라는 염려를 스스로 할 정도로 그것이 권력의 개입을 야기할 수 있는 불온성을 띄었으리라는 추측은 가능하다. 불온은 단독적으로 규정되는 개념이 아니다. 권력의 작동과 겹쳐 놓고 파악해야 한다. "불온에 관한 담론은 권력 개입의 장이라 할 수 있으며 각 시기에 발생한 불온사건들은 이러한 맥락에서 이해되고 탐구되어야 한다."[378]

이와 함께 주목할 점은 청하 판본과 문학동네 판본에서는 "그곳"에 대항하였던 "□□"가 문학과지성사 판본 「그곳·6」에서는 "□□는 죽는다."로 바뀌었다는 것이다. 87년 체제 수립 이후 30년이 지나 개작된 시에서 싸움이 죽음으로 치환된 사실은 1980년대 이후 전개된 김혜순 시의 행보를 다시금 가늠해야 할 필요성을 제기한다. 한편으로 그것은 앞서 『아버지가 세운 허수아비』에서 드러난 바 있는, 자꾸만 '나'를 비롯한 모든 사물이 축소되는 현상과 결부된다. "오리보다 작은 코끼리 / 그 코끼리를 타고서 / 참새보다 작은 청둥오리떼 / 그 오리떼를 휘저으며 / 방아깨비보다 작은 참새 / 그 작은 참새를 따라갑니다."(「꿈속에서도 줄어들며」 부분) 이러한 축소 지향 물질성은 김혜순 시의 확장하는 환유적 부유와 상이한 결을 형성한다.

그러나 이를 김혜순 시의 모순적 충돌이라고 볼 수는 없다. 이것은 "바람보다도 더 빨리 눕는다 / 바람보다도 더 빨리 울고 / 바람보다 먼

---

378   임유경, 「1960년대 '불온'의 문화 정치와 문학의 불화」, 연세대학교 박사학위논문, 2014, 33쪽.

저 일어난"[379] 풀을 쓴 시인과 "모래야 나는 얼마큼 적으냐 / 바람아 먼지야 풀아 나는 얼마큼 적으냐 / 정말 얼마큼 적으냐……"[380]라고 자괴한 시인이 동일인물인 것과 마찬가지이다. 1980년대 폭력의 시대에 대응하는 김혜순 시의 양상은 여성(성)과 정치적 몸이 연동하는 확장과 축소의 얽힘 속에서 모순적으로 생성되었다. 이를 감안해야 김혜순 시를 향한 세간의 다음과 같은 평들, "이해가 잘 되지 않는다, 너무 거칠다, 잔혹하다, 왜 이렇게 피가 줄줄 흐르느냐고 불평"[381]하는 언설들을 논리적으로 설득한 근거가 도출된다. 여성(성)과 정치적 몸이 연동하는 확장과 축소의 얽힘을 보여주는 김혜순 시는 1980년대 시사의 익숙한 국면이 아니었다.

*

1980년대 시집 시리즈에 부재하던 여성시의 자리를 메우면서, 김혜순은 남성의 몸과는 대별되는 물질성의 차이를 생산하는 여성의 몸을 바탕으로 시적 활동을 개진하였다. 타자와의 얽힘 또한 이러한 몸으로 이루어지는 김혜순의 시 쓰기를 이 글은 언어 신체론이라고 명명하였다. 이는 1980년대 한국의 정치와 일상을 장악한 가부장제와 충돌하여 강렬한 시적 파열음을 내었다. 김혜순 시의 언어 신체론을 성정치적 맥락에서 살펴본 이유도 거기에 있었다.

동시에 고려되어야 할 점은 김혜순 시의 물질적–담론적 실천에서 현실적 층위의 여성과 시적 층위의 여성성 시를 나누어 해석해야 한다

379　김수영, 「풀」 부분, 『김수영 전집 1—시』, 민음사, 2018, 388쪽.
380　김수영, 「어느 날 고궁을 나오면서」 부분, 위의 책, 326쪽.
381　김혜순·조재룡, 앞의 대담, 18쪽.

는 점이었다. 이를 구별하지 않으면 여성(성)에 대하여 착종된 입장을 피력한 김혜순의 발언은 독자에게 납득되지 않는다. 우선 김혜순은 여성/남성의 정치사회적 불평등을 젠더의 식민성으로 파악하면서 당대 여성들이 겪는 성차별 문제를 예리하게 묘파하였다. 현실적 층위에서 김혜순 시를 놓고 보면 기득권을 쥐고 거시·미시 권력을 행사하는 남성에 여성은 대립한다.

그러나 시적 층위에서 김혜순의 여성성은 생물학적 여성이 아닌 소수자성으로 이해된다. 김혜순에 따르면 이방인·난민·사회적 약자의 언어가 곧 여성시의 언어이다. 김혜순 시는 기존의 무성적 입장이나 젠더 폭력의 시각만으로 제대로 독해되지 않는다. 따라서 현실적 층위에서 뚜렷하게 드러나는 적대적 성정치는 시적 층위로 이행하여 다양한 갈래의 소수자성이 얽히는 교차적 성정치의 양상을 나타내었다. 그러한 김혜순 시의 특징을 염두에 두고, 회화성·모성성·성정치성의 영역에서 각기 공명하였던 김혜순 시의 물질적 변용을 분석하고자 하였다.

첫 번째 절에서는 이중섭과 박수근의 그림 등 당대 여러 텍스트를 적극적으로 참조하여 시화한 김혜순 시의 기호 패러디에 주목하였다. 이 글은 1980년대 김혜순의 초기시부터 예술적 상관물에서 시적 예술을 탄생시키는 특유의 양태를 발견할 수 있음을 적시하였다. 새로운 텍스트를 생산하되 기존 텍스트를 품어 그렇게 작동시키는 김혜순 시의 방법론은 여성시의 물질적-담론적 실천과 결부된다. 1980년대 자본이 양산한 다기한 물질적 기호들을 자기 안에 품어 김혜순 시는 물질적 기호들의 존재인식론적 성질을 변화시켰다.

이를 포스트모더니즘 기법으로서의 상호텍스트성으로 치환하는 것이 김혜순 시의 온전한 해명은 되지 못한다. 하나의 진리를 배격하면서 원본과 복제의 구분불가능성을 주창한 상호텍스트성 요소와 무관하다는 뜻이 아니다. 타자를 품어 새로운 존재를 낳는 여성의 육체성을 전제하고 김혜순 시가 쓰임을 면밀하게 검토해야 한다는 것을 주장하였다. 그러면서 1980년대 김혜순 시에서 1950년대 박수근 화법을 여성(성)의 몸에서 통과시켜 남성적 세계관을 심문하는 여성적 목소리로 변환시킨 사례를 거론하였다.

이것은 「荒城盲人 잔칫날 孔玉振의 춤사위」와 「荒城盲人 잔칫날 孔玉振의 長歎息」에서 관찰되는 여성시에 출몰하는 유령 화자와도 연결된다. 이 시들의 유령 화자는 단독적으로 등장하지 않고 가부장제의 대표격인 아버지에 의하여 소환된다는 시적 진실을 언명한다. 한편으로 유령 화자는 현현 자체로 가부장제의 폭력성을 내파할 잠재성을 지닌다. 그것을 두 번째 절에서 딸과 어머니가 중첩되는 모성성의 시적 내파 전략과 연동하여 서술하였다. 여기에서도 위에 언급한 바 있는, 현실적 층위의 여성—어머니와 시적 층위의 여성성—어머니성 시를 분리할 필요가 있다.

전자만 칭송하여 가부장제에 복무하는 시단의 시들에 김혜순은 동조하지 않았다. 「딸을 낳던 날의 기억—판소리 사설조로」에서 분석하였듯이, 김혜순 시의 여성성—어머니성은 타자와의 연쇄적인 열린 관계를 지향하는 '나의 아이=나의 타자=타자가 된 나=나'의 등식으로 수렴되었다. 이 시에서 딸이 어머니들의 어머니가 되고, 어머니가 딸들의 딸이 되는 국면은 1980년대 한국시에 패턴화된 형상으로 투사되던 모성성을 재고시킨다. 더불어 한 몸 안에 또 다른 '나'의 몸을 품어, '나'이면서 완전한 '나'는 아닌 몸을 낳는 체험도 중요해진다. 모녀의 관계는 '나'의 기원을 찾아가는 도정에서 계승되는 모성성으로 귀착하기 때문이다.

이와 같은 모성성에 기반을 둔 김혜순 시에서 어머니와 딸의 관계는 물질적 상호교차성을 띤다. 이상의 여자—모녀의 관계성을 김혜순 시는 모든 사건의 중심에 놓는다. 그러나 남자—부자의 관계성은 1980년대 신군부 체제 하에서 여전히 공고하였다. 신군부는 폭압적인 물리력을 행사하였고 그에 대한 김혜순 시의 대응은 세 번째 시집 『어느 별의 지옥』에서 한층 더 명징해졌다. 세 번째 절에서는 이 시집의 세 가지 판본을 비교·대조하여 김혜순이 신군부의 물리적 폭력에 대한 응답으로서 작성한 「그곳」 연작을 주로 논하였다.

세 판본 모두 정치적 색채가 짙은 「동구 밖의 민주주의」와 「불타오르면서 얼어붙는 나라」 바로 뒤에 실림으로써 「그곳」 연작의 정치적 색채 역시 강화되었다. 1980년대 한국의 국정 수행에서 설파된 이데올로기 가운데 하나가 가족 이데올로기이다. 국민—자식을 염려하는 대통령—아버지의 심정은 실은 일방적인 명령에 지나지 않았다. 그로 인하여 1980년대 김혜순 시는 그 자체로 당대 가부장제 국가권력과 불화하였다. 김혜순 시가 주도하였던 타자를 끌어안으며 함께 새로 태어나는 모성성으로서의 여성시는 여성적 성정치성을 내포하면서 전개된 까닭이다. 이는 김혜순 시에서 물질적 변용을 거듭하면서 확장과 축소로 귀결되는 상반된 얽힘 속에서 구체화되었다.

Ⅳ. 언어 관찰론과 알레고리적 생태성

―최승호 시의 사물성

이 장에서는 1980년대 출간된 최승호 시집과 그의 시편을 중심으로, 조각·공백·사물과 시(집)의 물질성이 내부-작용하면서 빚어내는 현상들을 검토한다. 조각과 시(집)·공백과 시(집)·사물과 시(집)의 물질성 구현으로 각각 살펴볼 수 있는 바, 이때 도출되는 결과물은 뒤섞이는 물질성을 실험하고 재배치하는 성격을 띤다. 조각과 시(집)·공백과 시(집)·사물과 시(집)의 어우러짐이 시도되는 가운데, 최승호 시편들은 새로이 배치된다. 이때 배치는 신유물론의 이론적 토대를 제공한 들뢰즈와 가타리가 상술한 개념을 가리킨다. 그들은 배치가 지층들 사이의 분절과 접속의 관계를 발생시킨다고 주장한다. "어떤 사회적 장이 유기체들을 이용하기 위해 포착하고 관통하려면 배치물이 필요하다."[382] 특정 사물은 어떤 상황에서든 변치 않고 본질적 의미를 소유하지 않는다. 배치에 따라 서로 다른 지층들 사이에서 낯선 의미를 창출하게 된다.

　이를 사회철학으로 확장시킨 신유물론자 가운데 한 명인 데란다는

382　질 들뢰즈·펠릭스 가타리, 김재인 옮김, 『천개의 고원』, 새물결, 2001, 140쪽.

배치의 위상이 존재론적으로 차등적이지 않고, 상호작용하는 독립체들이 개체군을 이룬다고 설명한다. "보다 큰 배치들이 통계학적 결과로서 혹은 의도적 행위의 의도하지 않은 집합적 결과로서 나타나는 것은 이러한 개체군 내에서의 상호작용에서 오는 것이다."[383] 더불어 그는 배치에 의해 "동일한 구성 요소가 다른 능력의 집합을 발휘함으로써 두 과정(변화와 안정—인용자) 모두에 관여할 수도 있다"[384]고 강조한다. 여기에서의 상호작용은 방법론에서 해명한 내부-작용으로 개념적 변환을 꾀할 수 있다. 최승호 시에서 내부-작용하는 물질적-담론적 실천은 거기에 속한 구성 요소들의 가치를 폐색시키지 않고 얽힘의 과정에 참여하도록 이끌어, 조각과 공백과 사물이 언어와 같이 시(집)의 물질성을 생성하게 한다. 환금성을 최우선하는 1980년대의 물질만능주의를 통과하는 도정에서 최승호 시는 대극에 있는 물질들의 배치를 실험하였다.

여기에서 중요하게 염두에 두어야 하는 최승호의 시론을 '언어 관찰론'이라고 명명할 수 있을 것이다. 2000년대 쓴 글에서 최승호는 자신의 시 쓰기를 되돌아보며 눈(眼)에 집중하였던 시기를 회고한다. "눈은 한동안 몸의 창문이었다. (……) 눈을 쏘아 대며 점멸하던 빛들과 발광하던 온갖 색들, 눈부신 대도시에서는 한밤중에 누가 선글라스를 쓰고 돌아다녀도 이해해 줘야 한다. 벌건 정육점에서 인어(人魚) 고기를 팔든, 벌건 매음굴에서 고래 음경을 팔든, 대도시에서는 그 무엇을 시장에 내다 팔아도 별로 해괴한 일이 아니리라. 눈은 한때 불길한 풍경들을 내다보는 창이었다. 그러나 비에 젖은 아스팔트 위의 혈흔도, 수산물 시장 바닥의 질펀한 핏물도, 그 어떤 붉은 빛도 안구를 붉게 물들일 수 없

---

383   마누엘 데란다, 유충현 옮김, 『들뢰즈: 역사와 과학』, 그린비, 2020, 24쪽.
384   마누엘 데란다, 김영범 옮김, 『새로운 사회철학』, 그린비, 2019, 29쪽.

을 때, 사물들이 어떻게 굴절되어 내면에 그림자를 드리웠는지 나는 관찰은커녕 기억조차 할 수 없을 것이다."[385] 이처럼 최승호 시의 시선은 길한 풍경들이 아닌 불길한 풍경들을 향해 있었다.

많은 시인이 눈을 통한 관찰을 시적 방법론으로 활용하나, 최승호는 이미 드러나 있는 아름다운 것들을 역설하기 위해서가 아니라 깊숙이 감춰진 비루한 것을 투시한다는 점에서 차이가 있다. 그가 시에서 '나'의 거리를 대상과 일부러 떨어뜨려 두지 않는다는 점도 특기할 만한 사실이다. 최승호 시에서 '나'는 객관적 관찰자를 자임하지 않는다. 그의 시에서 발견되는 일관된 기조는 '나' 또한 관찰 대상이라는 통찰이다. 최승호 시에서 '나'와 관찰 대상의 경계는 대부분 허물어진다. "느닷없이 / 북어들이 커다랗게 입을 벌리고 / 거봐, 너도 북어지 너도 북어지 너도 북어지"[386] 하는 최승호 시의 대표적 장면도 마찬가지이다. 이는 관찰 대상 북어와 관찰자 '나'의 구분이 지워지는 순간이자, 죽은 생물과 생물이 다 같이 사물화되는 현상이다.[387] 그러나 이것은 존재의 비극성을 심화시키는 양태에 그치지 않고 정치성을 담지한 생태성으로 이행한다.

후술하겠지만 생태성은 인간을 위한 환경보호라는 환경주의를 초과하는 개념이다. 최승호 시의 생태성은 인간의 단독적 존재론을 비인

385 　최승호, 「앙상함 너머의 세계」, 『최승호 시선집—자코메티와 늙은 마네킹』, 뿔, 2008, 109쪽.

386 　최승호, 「北魚」 부분, 『대설주의보』, 민음사, 1983, 85쪽.

387 　사물화는 『자본론』에서 마르크스가 자본의 착취 과정을 은폐하는 상품의 물신성과 연결 지어 제기한 개념이다. 루카치는 사물화를 분석하는데 더욱 천착하여 이를 "인간에게서 인간으로서의 그의 본질을 박탈해 버리는 현상"으로 파악한다. 게오르크 루카치, 박정호 옮김, 『역사와 계급의식』, 거름, 1999, 253쪽.
　　그러나 최승호 시에서 사물화는 자본주의에 종속된 인간들의 수동적 형상과 등치되지 않는다. 최승호 시의 사물화는 1980년대 자본주의의 심화에 휩쓸린 결과가 아니라, 거기에 대응하여 공생적 관계론을 모색하려는 시도와 연결된다.

간과의 의존적 연대 속에서 재구축하는 공생적 관계론으로 바꾸어내는 새로운 패러다임의 성격을 띤다.[388] 이러한 관점에 입각하여 이 글은 상이한 물질성들이 배치되어 있는 최승호의 조각성과 자코메티적 사유·공백으로서의 알레고리시·사물과 응시 지향의 반향을 분석한다. 1절에서는 1988년 최승호가 자코메티 조각과 자신의 시를 "충돌하거나 돕도록 교묘하게 배치"[389]한 『나는 숨을 쉰다』를 중심으로, 양자가 교호하여 빚어내는 앙상한 물질성의 면면을 살펴본다. 2절에서는 1987년 최승호 시와 선불교의 영향 관계를 검토할 수 있는 『진흙소를 타고』에 초점을 맞춘다. 이 시집에서 제기된 무인칭·구멍·허공이 어떠한 변증법적 연결고리를 갖고 있는지를 해명하여, 그것이 개인적 초월이 아닌 공동체적 정치로 귀결되는 양상을 고찰한다. 3절에서는 최승호 시의 핵심 제재인 죽은 생물을 비롯한 사물과 시의 접점에 주목하여 1980년대 희망의 원리를 응시하는 시편의 의미를 재고할 것이다.

---

388 티모시 모턴, 김용규 옮김, 『인류: 비인간적 존재들과의 연대』, 부산대학교출판문화원, 2021, 15-22쪽 참조.

389 최승호, 「책머리에」, 『나는 숨을 쉰다』, 문학과비평사, 1988, 11쪽.

1. 조각성과 쟈코메티적 사유

1.1. 『나는 숨을 쉰다』

1980년대 최승호가 펴낸 시집 가운데 유일한 시선집이 『나는 숨을 쉰다』이다.[390] 이 시선집은 앞서 출간한 『대설주의보』·『고슴도치의 마을』·『진흙소를 타고』에 실린 시편을 시인이 직접 가려 뽑아 각각의 부로 구성하였다. 선별한 시의 기준은 20세기 스위스 조각가 알베르토 쟈코메티 작품과의 연계성이었다. 『나는 숨을 쉰다』의 제목에 병기된 "시집 쟈코메티·최승호"에서도 지시하는 바, 이 시선집은 최승호 시와 쟈코메티 조각 사진을 나란히 실어 놓았다. 시인 스스로는 이를 "그림시집"(「책머리에」)이라고 호명하였다. 쟈코메티와의 엇비슷한 상상력에 놀라면서 그와 "연애하는 기분"으로 시선집을 펴냈다는 최승호는 다음과

390　최승호가 1980년대 출간한 시집을 순서대로 나열하면 다음과 같다. ①『대설주의보』(민음사, 1983) ②『고슴도치의 마을』(문학과지성사, 1985) ③『진흙소를 타고』(민음사, 1987) ④ 시선집 『나는 숨을 쉰다』(문학과비평사, 1988) ⑤『세속도시의 즐거움』(세계사, 1990)

같이 시선집 출간 의도를 밝힌다.

"이 책은 쟈코메티의 조각과 내 시가 만남으로써, 빚어내려는 그 무 엇이다. 말하자면 서로 다른 예술형식의 작품들을 다시 대상화하여 만 들어 보려는, 또다른 작품에의 열정, 그것이 이 시집이다. 조각과 시는 선택되었고, 서로 충돌하거나 돕도록 교묘하게 배치되었다. 나는 시로 하여 쟈코메티의 작품들이 문학성을 띠고, 조각들로 하여 시가 예술성 을 띠기를 바라고 있다. 그들은 서로 빛을 비춰 줘야 한다. 그러면서 새 로운 긴장과 미적 감동을 불러일으키기를—그런 마음으로 나는 이 시 집을 낸다."[391] 이러한 미술과 문학의 만남은 시와 그림을 결합한 '문비 교양신서'로 문학 출판시장에서 입지를 구축하고자 했던 문학과비평사 의 기획이 바탕이 되었다.[392]

문비교양신서는 앞서 『시집 이중섭』(1987년 5월), 『시집 반 고호』 (1987년 10월), 『시집 샤갈』(1987년 9월)을 선보였다.[393] 『시집 이중섭』과 『시집 반 고호』는 화가 이중섭과 빈센트 반 고흐의 작품을 싣고, 직간접 적으로 이와 관계가 있다고 간주되는 여러 시인들의 구작 및 신작 시편 과 그들의 말을 "문학과비평 편집부"가 엮은 형태를 취하였다. 2장에서 이미 언급한 『시집 이중섭』의 경우, 시인 김춘수는 『남천』(1977)에 실렸 던 이중섭 연작시를 실었고, 시인 김승희·강우식·김선영 등은 신작 시편

---

391   최승호, 「책머리에」, 『나는 숨을 쉰다』, 11쪽.

392   문학과비평사(주소지: 서울 종로구 신영동 183-1, 발행인: 김병회)의 출판 등록은 1988년 2 월 22일 이루어졌다. 국어학 관련 서적을 주로 펴내던 탑출판사(출판 등록 1975년 5월 21일) 와 주소지 및 발행인이 동일하다. 이는 기존에 출간하던 도서와 다른 성격의 책을 출판사가 지속적으로 출간하려는 경우 사용하는 경영 전략이다. 탑출판사-문학과비평사 외에 지학 사-도서출판 벽호, 박영사-양영각, 이론과실천-도서출판 친구 등의 출판사를 유사한 사례로 들 수 있다. 「출판사도 계열화 바람..가족간 분리경영 등」, 한국경제, 1994년 7월 19일 참조.

393   1988년 2월 문학과비평사가 출판등록을 하기 전이므로, 판권지에는 해당 도서가 탑출판사 에서 출간된 것으로 기입되어 있다.

을 실었다. 『시집 반 고흐』 역시 "문학과비평 편집부"가 시인 함형수의 「해바라기의 비명」(1937) 등 고흐와 관련지을 수 있는 다양한 시인들의 구작 및 신작 시편을 모아 펴낸 앤솔러지이다.

당시 언론에서는 문비교양신서 기획을 조명하면서 시집 출판의 관행을 깨뜨리는 시도라고 평가하였다. "이제까지 우리 출판계의 시집 출간은 해당 시인의 시 작품만으로 엮어지는 소형사이즈(신 4·6판)의 전통적인 형태가 주류를 이뤄왔다. 여기다 청소년층의 선물용으로 제작되는 하드 커버의 명시선집류가 고작이었다. 따라서 판형이 훨씬 큰(크라운판) (……) 이들 시집들이 문학과 여타 예술 장르와의 연계를 통한 새로운 독자층 형성에 기여할 것으로 내다보고 있다."[394] 시집 판형을 확대하는 이와 같은 변화는 종래의 "시 작품만으로 엮어지는" 시집과는 구별되는 물질성을 새로 등장한 그림시집이 갖고 있다는 예증이었다. 그림을 보다 자세히 감상할 수 있도록 시집 크기를 키움으로써 시의 가독성에 영향을 끼치게 되었기 때문이다.

예컨대 국판 30절판(가로 125mm×세로 205mm) 『대설주의보』에 수록된 「생일」이 그러하다. 총 4연으로 된 시에서 4연 1행 "無는 대체"까지는 왼쪽 면(26쪽)에 인쇄되고, 4연 2행 "나이를 몇 살이나 먹었을까," 부터는 오른쪽 면(27쪽)에 인쇄되어, 행갈이가 아닌 시인이 의도치 않은 연갈이의 효과를 발생시킨다. 반면 이보다 더 큰 사이즈로서 일반적으로 사진집에 쓰이는 크라운판 형태를 취한 『나는 숨을 쉰다』에 실린 「생일」은 한 면(24쪽)에 전문이 담겨 있다. 시집 판형—물질적 틀의 변화가 시인이 의도하였던 시의 호흡을 온전히 담아내는 데 기여한 예이다. 이는 2011년 출판사 문학동네가 새 시인선을 출범하면서 시도한

---

394 「시집 출간형태 다양해진다」, 조선일보, 1988년 3월 18일.

시집 판형 혁신을 통해 언론의 관심을 받았던 현상의 전범이라고 할 만하다.

기존 시집 판형과 같은 일반판과 그것을 두 배로 키우고 본문을 가로 방향으로 눕힌 특별판을 출간하면서, 해당 출판사는 "독자들에게는 가독성을 높인 시집을 제공하고, 시인들에게는 더 급진적인 실험의 장을 제공하려고 한다"는 점을 강조하였다.[395] 그렇게 출간된 1차분 시집 가운데 최승호의 『아메바』도 있었다. 그는 이 시집에서 한 페이지를 네 개로 분할하여 한 편의 시 역시 네 개 이상으로 분화될 수 있는 시적 실험을 시도하였다. "대부분의 경우 새로운 내용을 구상한 뒤에 그것에 맞는 형식을 찾지요. 저는 그걸 뒤집어서 전에 해보지 않았던 형식에 도전하면 그에 따라 내용이 새로워지지 않을까 생각해봤어요. 상상력이 제 멋대로 촉수를 뻗고 튀고 날아다니는 그런 작업을 해보고 싶었던 거죠."[396]

이와 같은 "해보지 않았던 형식에 도전"하는 작업을 최승호는 1988년 『나는 숨을 쉰다』에서 선취하였다. 창작자보다 편집 기획자로서의 면모가 더 앞섰다. 시인 이승훈이 "샤갈의 그림을 주제로 쓴 시 62편을 모아" 묶은 여섯 번째 작품집 『시집 샤갈』의 구성을 그가 맡았기 때문이다.[397] 이승훈은 최승호에게 고마움을 표하였고, 이듬해 출간된 『나는 숨을 쉰다』의 해설을 써서 최승호에게 이번 시선집이 갖는 의의를 부각하였다. "이제까지 그의 시가 감추고 있었던 비밀이, 분명치는 않지만, 어느 정도 드러난다는 점이다. (……) 쟈코메티의 조각에서

<hr>

395　「2배 커진 시집… 시적 자유의 나래를 펴라―'문학동네 시인선' 출간」, 문화일보, 2011년 1월 20일.

396　「[인터뷰] 새 시집 '아메바' 펴낸 시인 최승호」, 매일경제, 2011년 2월 8일.

397　이승훈, 「책머리에」, 『시집 샤갈』, 탑출판사, 1987, 20-21쪽.

읽을 수 있는 몇 가지 미적 특성과 최승호의 시에서 읽을 수 있는 그것은, 내가 보기로는, 매우 근접해 있는 것 같다."[398] 전술한 대로 최승호 본인도 "나의 시에는 그가 큰 빛을 던져 주었"[399]다며 자코메티 작품과의 연관성을 인정하였다.

독특한 점은 『나는 숨을 쉰다』가 문비교양신서 시리즈 중에서도 색다른 입지점을 갖는다는 사실에 있다. 문학과비평 편집부가 여러 시인들의 작품을 가려 뽑은 『시집 이중섭』『시집 반 고흐』와 달리 『나는 숨을 쉰다』는 최승호가 직접 시선집에 실을 자기 작품을 골랐다. 또한 이승훈의 『시집 샤갈』처럼 특정 화가를 먼저 선정한 다음 그와 조응되는 시편을 새로 창작한 것이 아니라, 쓰인 시 중에서 화가의 예술품과 깊은 연관성을 맺고 있다고 간주되는 작품을 선별했다는 점에서 특이성을 지닌다. 최승호의 표현대로 개별적으로 존재하던 '시의 문학성'과 '조각의 예술성'이 시집 안에서 상호 교차되기를 바라는 행위이다. 장르가 상이한 완성된 작품을 나란히 배치함으로써 나타나는 현상을 분석하는 작업은 비교 문학·문화론의 시각을 차용할 수 있을 터이다. 물론 주안점은 자코메티 조각과 그의 예술론이 『대설주의보』『고슴도치의 마을』·『진흙소를 타고』에 실렸던 최승호 시에 새로 접근하는 데 어떠한 단서를 제공하느냐에 있다.

1.2. 김수영과 자코메티

이것은 자코메티와의 관련 속에서 시인 김수영의 후기 시를 재독하

---

398   이승훈, 「삶의 세 가지 양식」(해설), 『나는 숨을 쉰다』, 106쪽.
399   최승호, 앞의 글, 10쪽.

려는 2000년대 시 연구의 경향과 맞닿는다.[400] 1966년 김수영은 자코메티 인터뷰 「자꼬메띠의 지혜―그의 마지막 방문기」를 번역하여 『세대』(1966년 4월)에 실었다. 또한 그는 자코메티를 언급한 시작 노트를 남겼다. "There is no hope of expressing my / vision of reality. Besides, if I did, / it would be hideous something to / look away from // 내 머리는 자코메티의 이 말을 다이아몬드같이 둘러싸고 있다. 여기서 hideous의 뜻은 몸서리나도록 싫다는 뜻이지만, 이것을 가령 '보이지 않는다'라는 뜻으로 해석하여 to look away from을 빼버리고 생각해도 재미있다. 나를 비롯하여 범백(凡百)의 사이비 시인들이 기뻐할 것이다. 나를 비롯하여 그들은 말한 것이다. 나는 말하긴 했지만 보이지 않을 것이다. 보이지 않으니까 나는 진짜야, 라고."[401] 김수영은 리얼리티에 대한 비전을 표현할 가망이 없고, 설령 표현하는 데 성공한다고 해도 그것은 눈길을 돌릴 만큼 흉측하리라는 자코메티의 발언을 궁굴린다. 그러면서 그는 '보이지 않는' 시적 리얼리티에 관한 "자코메티적 발견"과 "자코메티적 변모"를 거론하는데, 이에 관하여 김수영은 "낡은 것"과 "혼용되어도 좋다는 용기를 얻었다."라고 기술한다.[402]

400　정명교, 「김수영과 프랑스 문학의 관련 양상 연구」, 『한국시학연구』 22집, 한국시학회, 2008. ; 강계숙, 「김수영 문학에서 '이중언어' 문제와 '자코메티적 발견'의 중요성―최근 연구 동향과 관련하여」, 『한국근대문학연구』 27집, 한국근대문학회, 2013. ; 조강석, 「김수영 시의식 변모 과정 연구―'시적 연극성'과 '자코메티적 전환'을 중심으로」, 『한국시학연구』 28집, 한국시학회, 2010. ; 조연정, 「'번역 체험'이 김수영 시론에 미친 영향―'침묵'을 번역하는 시작 태도와 관련하여」, 『한국학연구』 38집, 고려대 한국학연구소, 2011. ; 한수영, 「전후세대의 '미적 체험'과 '자기번역' 과정으로서의 시쓰기에 관한 일고찰―김수영의 「시작(詩作)노우트(1966)」 다시 읽기」, 『현대문학의 연구』 60집, 한국문학연구학회, 2016. ; 김영희, 「김수영 문학에 나타난 침묵의 (무)의미―시선의 리얼리티와 아이러니의 언어를 중심으로」, 『한국시학연구』 58집, 한국시학회, 2019. ; 이혜원, 「김수영과 '시선'의 재발견 - 자코메티와의 관련성을 중심으로」, 『비교한국학』 27집 3호, 국제비교한국학회, 2019.

401　김수영, 「시작 노트 6」(1966년 2월 20일), 『김수영 전집 2―산문』(3판), 민음사, 2018, 551쪽.

402　위의 글, 554-555쪽.

236

전술한 김수영과 자코메티의 관계를 '시선'의 주제 하에서 접근하는 연구가 다수이다. "선험적 관념에 의해 사태를 포괄하기보다는 오로지 '눈에 보이는 대로' 표현하는 독창적 방식으로 통해 '레알리떼'의 면모를 드러"[403]낸다는 의견, "시선의 리얼리티의 핵심은 우리가 '대상에 대해 알고 있다고 생각하는 것'을 무(無)로 만드는 것 (……) 이는 일차적으로 대상에 대한 보편적인 관념과 선험적인 감각으로부터 벗어나서 본다는 것의 의미"[404]라는 의견이 그러하다. "리얼리티란 그(김수영—인용자)에게 외부로부터 주어진 고정된 개념이 아니다. 그것은 어디까지나 일체의 외부적인 선입관이 배제된 상태에서, 오염되지 않은 순수한 눈으로 사물이나 현상을 대했을 때에 얻게 되는 어떤 결과라고 할 수 있다."[405]라는 진술도 추가할 수 있다. 이와 같은 분석이 가진 타당성에 동의한다. 다만 모든 종류의 선입관을 배제한 판단중지를 실행하여 사상 자체로 돌아가려 한 현상학적 방법론과 관련지어 위 논의의 전제를 재고할 필요는 있을 듯하다.

'눈에 보이는 대로'라는 결론만으로는 판단중지를 어떻게 할 것이며, "모든 사유작용을 지닌 우리 자신을 포함해 세계 전체가 배제되었을 때, 도대체 무엇이 남아 있을 수 있는가?"[406] 라는 현상학자의 근본적인 물음에 비추어 보기로 한다. 먼저 "관념과 추상에 의해 사태를 선험적으로 파악하고 진술하는 습관을 버리고 오로지 자신의 비전에 의존해서 사태를 거듭 들여다보고자 하는 의지, 그리고 그렇게 바라보는 눈

---

403 조강석, 앞의 논문, 383쪽.

404 김영희, 앞의 논문, 21쪽.

405 김유중, 「김수영 문학을 어떻게 이해할 것인가」, 『한국문학이론과 비평』 29집, 한국문학이론과비평학회, 2005, 455쪽.

406 에드문트 후설, 이종훈 옮김, 『순수현상학과 현상학적 철학의 이념들 1』, 한길사, 2021, 131쪽.

에 그때그때의 실감에 의해 부분적으로만 다면적 진실을 드러내는 리얼리티의 양상을 포착하고 표현하는 것, 그것이 자코메티적 방법"[407]이라는 데 동조한다.

한 가지 의문은 김수영의 시 「눈」에서 "생각하고 난 뒤에도 또 내린다 (……) 한꺼번에 생각하고 또 내린다 (……) 폐허에 폐허에 눈이 내릴까"[408]가 과연 시인의 순수한 바라봄일 수 있을까 하는 점이다. 터의 황폐함을 '생각'하고 거기에도 눈이 내릴까 하는 의문을 갖는 시구에 관념과 추상은 여전히 섞여드는 게 아닐까. 여기에 블랑쇼의 죽음과 침묵 개념을 덧붙인다고 해도 "대상에 대해 알고 있다고 생각하는 것을 무로 만드는 것"[409]의 구체적 과정을 해명하는 일은 좀 더 해명이 요구된다.

그러므로 "김수영에게 있어서도 움직이는 '눈'의 존재성을 그대로 표현한다는 것은 불가능"하였고, "자꼬메띠처럼 그(김수영—인용자)가 눈을 바라보는 순간순간의 인식을 충실하게 표현"하였다는 진술이 자코메티의 시각을 전유한 김수영 시를 해석하는 데 또 다른 참고가 될 만하다.[410] 이는 자코메티의 조각과 연동하는 최승호 시가 김수영 시와 무엇이 같고 다른지를 검토하는 준거로 기능한다. 1980년대 최승호는 자코메티의 예술론에 관하여 상세한 소회를 밝힌 적은 없다. 다만 자코메티 작품을 처음 접했던 순간을 다음과 같이 술회한다. "쟈코메티의 작

---

407   조강석, 앞의 논문, 382쪽.

408   김수영, 앞의 글, 551쪽.

409   김영희, 앞의 논문, 21쪽. 해당 연구는 김수영 후기 문학의 '시적인 말'을 블랑쇼적 사유의 침묵과 죽음 개념에 기대어 해석한다. 문제는 그렇게 될 때 침묵과 죽음 및 무의미의 언어론를 전개한 거의 모든 시에 적용될 수 있는 블랑쇼 미학이 김수영 시의 단독성을 포섭해 버린다는 데 있다.

410   "그것은 불가능성을 수긍한 '양심'적 표현이며, 대상의 동적인 생명성을 리얼하게 형상화하는 가장 최선의 방법이다." 박지영, 「번역과 김수영 문학」, 『살아있는 김수영』(김명인·임홍배 엮음), 창비, 2005, 352-353쪽.

품사진을 처음으로 본 것이 언제였는지 기억이 확실치 않다. 그러나 가장 멀리서 떠오르는 것은 고트프리트 벤의 시 '한 마디의 말'과 함께 지방대학 신문 그림시 난에 실렸던 '수레'라는 작품이다."[411] 여기에서 눈여겨봐야 할 점은 최승호의 기억에 첫 번째로 남아 있는 자코메티 작품과의 조우가 "그림시" 형태였다는 사실이다. 그러는 한에서 그가 이후 자코메티 작품과 자신의 시를 결합한 "그림시집" 작업에 참여한 까닭도 납득된다.

1.3. 〈수레〉와 「휠체어」

실제로 최승호는 『나는 숨을 쉰다』의 표지로 자신이 최초로 본 자코메티의 작품 〈수레〉(Der wagen, 1950) 사진을 실었다. 자코메티의 여러 예술품 중에서 〈수레〉를 표지로 택한 까닭은 해당 작품이 최승호의 원체험인 동시에 시선집의 테마를 통어할 수 있는 조각이라고 여겼기 때문일 것이다. 〈수레〉는 2부 시 가운데 「휠체어」와 나란히 놓였다. 『고슴도치의 마을』에서는 주요 작품으로 거론되지 않던 이 시는 〈수레〉와 연결되어, 표제시 「나는 숨을 쉰다」와 더불어 또 다른 표제작의 지위를 획득하였다. 미술사에서 주로 〈전차〉(The chariot)라고 소개되는 〈수레〉는 동일한 제목으로 1943년과 1950년에 각기 제작되었다. 최승호가 주목한 자코메티의 후기작은 프랑스 파리 광장에 설치할 목적으로 만들어졌다. 자코메티와 교류하면서 그의 평전을 쓴 제임스 로드는 〈전차〉(=〈수레〉)를 이렇게 설명한다.

"이 작품의 전차는 막연한 생각이 아니라 실물이다. 전차의 크고 높

411   최승호, 앞의 글, 10쪽.

은 두 바퀴는 형상이 바퀴에 대해 갖는 중요성만큼, 형상에 대해 중요성을 가진다. 바퀴들은 축으로 연결되었으며, 그 위에 선 두 개의 버팀대가 단을 지탱하고, 그 위에 형상이 매우 안정적으로 똑바로 서 있다. (……) 자코메티의 모든 작품 중에 〈전차〉가 가장 신성하고 신비로워 보인다. 공중에 떠서 균형을 잡고 있는 이 섬세하면서도 역동적인 형상은, 움직이지 않고 똑바로 서 있는 차분한 균형만큼, 범접할 수 없는 그녀의 위엄에 주목하게 만들고, 동시에 괴기스러울 정도로 경박한 동작을 떠올리게 한다."[412] "자코메티의 모든 작품 중에 〈전차〉가 가장 신성하고 신비로워 보인다"는 평가를 로드로부터 받았으나, 이 작품은 파리 광장에 전시되기에는 부적절하다며 구청 직원들로부터 인수를 거부당했다. 그 뒤 자코메티는 〈전차〉를 뉴욕 피에르 마티스 갤러리에 출품하여 카탈로그에 작품 해설을 추가하였다.

그는 병원에서 간호사들이 밀고 다니던 "약수레"에서 〈전차〉를 착안하였다고 썼다. "그런데 1950년에는 그 전에 이미 내가 보았음에도 불구하고 그것을 만들 수가 없었다. 이것이 바로 이 작품을 만든 유일한 이유다. 〈전차〉는 그것을 더 잘 보기 위해, 그리고 바닥에서 정확한 높이 위에 놓기 위해, 빈 공간에 형상을 한 번 더 놓아야 하기 때문에 만들어졌다."[413] 자코메티 스스로가 표명한 '보기'와 '텅 빔'에 대해서는 그와 친분을 맺었던 사르트르도 해명을 시도한 적이 있다. "조각은 충만으로부터 빔을 창출하는 일이다. 그것이 이전의 빔 한복판에서 솟아나오는 충만을 보여줄 수 있을까? 자코메티는 바로 이러한 질문에 대해 줄곧 대답하려 했다. (……) 자코메티는 자신이 본 것을 정확하게 자기가

---

412   제임스 로드, 신길수 옮김, 『자코메티: 영혼의 손길』, 을유문화사, 2021, 454-455쪽.
413   위의 책, 373쪽.

본 대로 그려내려고 한다. 그는 자신의 형상들이 그 원초적 빔 한복판에서, 부동의 화폭 위에서 끊임없이 연속과 불연속 사이를 오가게 한다. (……) 그는 인식의 불분명함 아래서 존재의 완벽한 정확성을 제안할 것이다."[414]

텅 빈 자리를 아예 의식하지 않고 형상을 만드는 작업과, 텅 빈 자리를 명확하게 인지하고 거기에 형상을 더하는 작업은 상이한 결과를 도출할 수밖에 없다. 자코메티는 텅 빈 자리가 무(無)가 아니라 '없는 공간이 있는 것'이라고 인식하였다. 그러므로 그는 "빈 공간에 형상을 한 번 놓아야" 한다는 발언을 한 것이다. 거기에서 추론할 수 있는 바, 자코메티 조각의 물질성은 그가 제작한 조각 그 자체의 청동 소재나 인체 비례를 따르지 않는 인물 조형 외에 그 바깥의 텅 빈 공간까지 함께 고려되어야 한다. 자코메티 조각에서 빔(void)은 조형물 안에 들어 있는 형식 요소가 아닌, 조형물 밖의 공간까지 아우르는 작품으로 받아들여질 필요가 있다는 말이다.[415] 이는 기존에 거의 논의되거나 해명된 바 없는 최승호 시를 통해 그의 시적 작업을 재평가하는 기회를 제공한다. 위에 서술한 자코메티의 〈수레〉와 병치된 「휠체어」가 대표적이다.

> 탄생의 울음 소리가 들린다
> 휠체어가 긴 복도를 굴러가고
> 비명과 신음이 새어나오는 병원에서
> 하나의 신생아, 모처럼의 기회

414 　장 폴 사르트르, 윤정임 옮김, 「그림들: 자코메티」, 『시대의 초상: 사르트르가 만난 전환기의 사람들』, 생각의나무, 2009, 393-402쪽.

415 　이재은, 「자코메티의 인물 구성 조각에 표현된 공간개념—〈도시 광장〉(1948)을 중심으로」, 『현대미술사연구』 15집, 현대미술사학회, 2003, 37쪽 참조.

제 生의 바퀴를 굴리기 시작하는
탄생의 울음 소리가 들려 온다

내가 빚어지기 전의 어느 때
어떤 공간에 대해서도
나는 아는 바가 없다

그러나 無知가 열어놓은 신비로운 곳
그곳을 거쳐온
환자들로 붐비는 병원의
수많은 복도
시체실 문으로 통하는 복도
휠체어에서 흐느끼던 노파는
시체실에서 울음을 그친다

너그럽지 않은 시간의 바퀴
죽고 싶지 않은 나를
아무 때 아무 곳에서나
제멋대로 떠밀어 버리고
시체를 제쳐둔 채 그대로
굴러가는 시간의 바퀴

내가 떼어버릴 수 없는 바퀴라면
내가 먼저 굴려야겠다
그것이 刑이고

자유라고 생각하면서

내가 굴리는 生이

비록 굴려지는 生이라 할지라도

—「휠체어」 전문

　　본래 「휠체어」가 수록되었던 『고슴도치의 마을』 해설에서 유종호
는 "삶 속에 들어 있는 죽음의 의식은 최승호의 시가 지칠 줄 모르고 보
여주는 기본적인 모티프의 하나"로 꼽는다. 그러면서 그는 이 시를 예
로 들어 "'죽고 싶지 않은 나를 / 아무 때나 아무 곳에서나 / 제멋대로
떠밀어버리고 / 굴러가는 시간의 바퀴'라고 적고 있는 「휠체어」에서도
죽음은 삶의 본래적 일부로 제시되어 있다."[416]라고 쓴다. 여기에서 유
종호는 「휠체어」의 4연 2행부터 인용하되 "시체를 제쳐둔 채 그대로"
를 빠뜨렸다. 시구 옮김의 실수인지 의도적 생략인지는 판별하기 어려
우나, 시간의 바퀴가 시체를 뒤로 미루어 놓고 혹은 그 범위에서 제외하
고 굴러간다는 표현은 이 시에서 좀 더 숙고될 필요가 있다. "시간의 바
퀴"는 "生의 바퀴"와 동일한 것인지를 따져 물어야 하고, 만약 그렇다고
한다면 시간은 곧 生으로서, 生이 끝나는 순간 시간도 멈춰야 하기 때
문이다.

　　그러나 이 시에서 양자의 바퀴는 같이 굴러가지만 꼭 같지는 않은
대상이다. "죽음은 삶의 본래적 일부로 제시되어 있다"는 여느 시에나
범박하게 적용될 수 있는 코멘트로는 이 시의 단독성이 드러나지 않는
다. 「휠체어」는 자코메티의 〈수레〉에 내포된 형상과 공간이 포개진 물

416　유종호, 「난폭 시대의 시」(해설), 『고슴도치의 마을』, 1985, 118쪽. 4연 3행 원문은 "아무 때
　　아무 곳에서나"이지만, 해설 인용문은 "아무 때나 아무 곳에서나"로 되어 있다.

질성과 내부-작용하여, 『고슴도치의 마을』 중 "Ⅱ. 네모를 향하여"에 속한 시들 중 한 편으로 독해될 때와는 다른 물질성의 시로 거듭난다. 혹자는 이 시의 풍부한 함의를 자코메티의 〈수레〉 이미지가 오히려 제약한다고 여길지도 모른다. 그렇지만 최승호가 밝힌 대로 "조각과 시는 선택되었고, 서로 충돌하거나 돕도록 교묘하게 배치되었"다고 한다면, 둘 사이의 갈등과 부조를 살펴보는 일이 무용하지 않을 것이다.

『나는 숨을 쉰다』에 실린 「휠체어」를 자세히 검토하기 전에 바탕에 두어야 할 내용이 『고슴도치의 마을』의 표4이다. 이 글은 최승호가 쓴 파라텍스트로 시집 텍스트의 성격을 규명하는 데 적지 않은 영향을 끼친다. "우리는 흔히 세상을 개혁함으로써 보다 조화롭고 행복한 삶을 실현시킬 수 있다고 생각한다. 현실 부정의 문학은 이 믿음 위에서 출발하여 마음에 드는 이상적인 세계를 세울 때까지 현실을 개조하려는 노력을 계속해나갈 것이다. 그러나 한편으로는 자아를 부정함으로써 보다 크고 참다운 나에 이르려는 노력 역시 문학에 필요하다고 나는 느끼고 있다. 나의 변모는 곧 세계의 변모를 가져오기 때문이다. / 세계는 나를 내포하고 나는 세계를 내포하는, 모든 것이 하나라는 관점에서 나는 자아와 현실을 부정하면서 詩의 길을 가고자 한다. 이 길이 나에게는 이상적인 中道로 여겨지기 때문이다."[417]

그는 1980년대 민중시와 같은 "현실 부정의 문학"과 자신이 추구하는 시의 노선이 다르다는 사실을 분명하게 선언한다. 이를 감안하면 1985년 김수영문학상 심사 과정에서 왜 신경림이 『고슴도치의 마을』 수상에 반발했는가를 유추해볼 수 있다. "시의 밑바닥에 깔려 있는 색깔도 사람에 대한 따뜻한 사랑이기보다는 보다 나은 삶을 위한 싸움을

417　최승호, 『고슴도치의 마을』 표4 부분.

포기했을 때 흔히 소시민이 갖는 체념의 미소처럼 느껴지는 부분이 더 많다."⁴¹⁸ 이처럼 신경림이 『고슴도치의 마을』을 비판한 "소시민이 갖는 체념의 미소"란, "현실 부정의 문학"을 하는 문인의 관점에서 최승호가 몰두하고자 한 '자아 부정의 문학'을 바라볼 때 제기될 수 있는 수사이다. 그러나 당시 최승호는 시 쓰기에 관한 보다 근본적인 문제제기를 하고 있었다. 그는 동굴 속 족쇄(가상)에서 벗어나 동굴 밖 세계(진리)를 체험한 자의 깨달음을 거론한 '동굴의 비유'⁴¹⁹를 예시로 거론하면서 "동굴 체험 뒤에, 세계는 나의 눈에 완전히 다른 세계로 비쳐 왔던 것"⁴²⁰이라고 언급한다.

최승호는 "현실 부정의 문학"의 가치를 인정하되, 현실이 바뀐다고 해도 그곳을 살아가는 스스로가 바뀌지 않으면 이는 진짜 개혁일 수 없다는 논지를 펼친다. 그에게 '자아'는 "참다운 나"에 이르지 못한, 동굴 속 족쇄에 묶인 상태와 다름없다. 이것을 풀고 동굴을 빠져 나오려는 노력의 일환이 이른바 '자아 부정의 문학'이자, 그에 따르면 그것은 "세계의 변모를 가져오"는 동력으로 작용한다. 그래서 종국에는 "자아와 현실을 부정하면서 詩의 길을 가고자 한다."라는 결론을 쓰는 것이 가능해진다. 이러한 면에서 『고슴도치의 마을』에 가해졌던 "보다 나은 삶을 위한 싸움을 포기"했다는 비난은 최승호 시를 재독하면서 다시 평가되어야 할 필요가 있다. 자코메티의 〈수레〉와 얽혀 『고슴도치의 마을』과는 상이한 물질적-담론적 실천 양상을 보이는 『나는 숨을 쉰다』의 「휠체어」를 그러한 견지에서 검토한다.

<hr>

418   신경림, 「건강함과 맑은 감성」, 『세계의문학』 1985년 가을호, 296쪽.

419   플라톤, 천병희 옮김, 「제7권」, 『국가』, 도서출판 숲, 2013, 384-389쪽 참조.

420   최승호, 『고슴도치의 마을』 표4 부분.

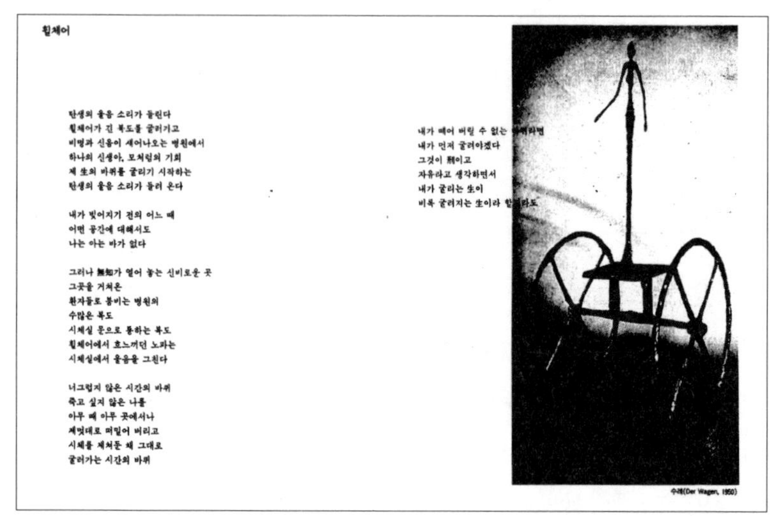

『나는 숨을 쉰다』 54-55쪽

자코메티의 〈수레〉 모티프처럼 이 시의 배경은 "비명과 신음이 새어나오는 병원"이다. 그렇게만 간주하면 병원은 온갖 괴로움이 만연한 장소이지만, 한편으로 이곳은 "탄생의 울음 소리가" 들리는 "신생아"가 태어나는 장소이기도 하다. 지금까지 세상을 살아오면서 생긴 통증을 앓는 이들이 내는 "비명과 신음", 이제 세상을 살아가야 할 아기의 "울음"이 뒤섞인 소리의 공간이 1연에서 만들어지는 것이다. 그럼에도 불구하고 '나'는 "비명과 신음"보다는 "탄생의 울음"에 더 귀를 기울인다. 1연 1행 "탄생의 울음 소리가 들린다"를 1연 6행에서 "탄생의 울음 소리가 들려 온다"로 피동 술어를 반복 변주하는 양태가 이를 방증한다. 더불어 검토할 사항은 "비명과 신음"을 담지한 구체명사 "휠체어"와 "탄생의 울음"을 담지한 추상명사 "제 生의 바퀴"가 겹쳐진다는 사실이다. 1연 2행 "휠체어가 긴 복도를 굴러가고"가 선행하고 그 뒤에 "제 生의 바퀴"가 나옴으로써, 사물이 실존을 비끄러매는 현상을 독자는 의아하게 여기지 않게 된다.

이것은 해석자의 뇌리에서 충분히 전개될 수 있는 시적 이미지이다. 하지만 자코메티의 〈수레〉가 오버랩되면서, 두 바퀴를 가진 수레—"휠체어"와 그 위에 올라 서—"生의 바퀴를 굴리기 시작하는" 존재는 1연의 시적 상황을 명확하게 가시화한다. 또한 2연 "내가 빚어지기 전의 어느 때 / 어떤 공간에 대해서도 / 나는 아는 바가 없다"는 시구는, 전술하였던 자코메티 조각은 조형물에 포함된 텅 빔뿐 아니라 조형물 밖의 공간까지 아울러야 한다는 메시지를 상기할 때 보다 명징한 해석에 이를 수 있다. 이에 더하여 자코메티 조각이 원초적 텅 빔에서 충만한 것을 창조하고, 충만한 것에서 원초적 텅 빔을 빚어내는 형상들의 (불)연속성이 정확한 존재성을 드러낸다는 사르트르의 비평을 참고하면 「휠체어」의 2연에 내포된 모호성이 해소된다.

그것은 시 자체에 천착하는 내재적 독법에 의거한 해석이 아니다. 「휠체어」와 〈수레〉의 물질성들이 얽힌 결과, 물질적-담론적 실천 과정에서 이끌려 나오는 분석이다. 3연 1행 "그러나 無知가 열어 놓는 신비로운 곳"도 2행 및 3행을 고려해 보면, 존재의 탄생 이전 우리가 알 수 없는(無知) 세계의 불가사의함을 일깨우는 비의적인 전언처럼 들릴 여지가 있다. 그런데 이를 평소 자코메티가 표방하던 작업 태도와 연결 지으면 이 시구에 좀 더 간명한 접근을 할 수 있다. 자코메티 평전을 쓴 로드는 자코메티의 모델이 되었던 경험을 담은 기록도 남겼다. 1964년 9월부터 18일 동안 진행된 작업 기간 내내 자코메티가 제일 많이 한 말은 앞으로 자신이 어떻게 작업해야 좋을지 모르겠다는 무지의 한탄이었다. "그(자코메티—인용자)는 여태까지 자신이 한 일 중에서 제대로 된 것이라곤 하나도 없다는 말과 일을 어떻게 해야 할지 모르겠다는 말, 그래서 도저히 희망이 보이지 않는다는 말을 예닐곱 차례나 했다."[421]

세계적으로 자신의 명성을 알린 작품을 이미 여럿 제작했음에도 불구하고, 예순이 넘은 예술가는 여전히 본인의 창작 과정을 불안해하고 결과를 낙관하지 못한 채 쩔쩔맨다. "안 되겠어. 무엇을 어떻게 해야 할지 하나도 모르겠어요. 저, 말이지요, 하루 이틀 더 이 그림을 그려보겠어요. 그러고도 잘되지 않으면 그림 그리는 걸 아주 그만 두어야겠습니다"[422]. 자코메티는 예술 창작에서 아무것도 자신할 수 없다는 말을 거듭하면서, 그리고 지우고 그리는 일을 해나갔다. 로드의 초상화만 그랬던 것이 아니다. 창작에 임하는 자코메티의 절망에 대하여 그의 아틀리에에 드나들었던 극작가 장 주네도 사르트르와 유사한 대화를 나눈다.[423] 자코메티는 걸작을 내놓겠다는 야심찬 포부를 품은 작가가 아니었다. 그는 작품을 완성할 수 있을지조차 모르겠다는 불확실성 속에서 미지의 영역으로 힘겹게 한 발 한 발 내딛은 사람이었다.

자코메티 예술은 그러한 "無知가 열어 놓는 신비로운 곳"에 도달하여 낳은 결과물의 총체이다. 이것은 「휠체어」의 주조음인 "탄생의 울음"과 결부되는 존재의 조건을 의미한다. "환자들"과 병원에서 그들을 보고 있는 '나'는 예외 없이 "그곳을 거쳐온" 사람들이다. 3연 5행 "시체실 문으로 통하는 복도"는 모두가 언젠가는 마주해야 하는 죽음을 뜻한다. 그런데 최승호 시에서 죽음은 삶의 긍정성에 대척되는 부정적 속성을 갖지 않는다. "휠체어에서 흐느끼던 노파는 / 시체실에서 울음을 그친다"는 3연의 결구가 비극적 뉘앙스를 풍기지만, 삶이 울음을 전제할 수밖에 없다는 사실을 떠올리면 적막의 상태는 그 역일 뿐, 좋고 나쁨으

---

421   제임스 로드, 오귀원 옮김, 『작업실의 자코메티』, 을유문화사, 2008, 13쪽.

422   위의 책, 24쪽.

423   장 주네, 윤정임 옮김, 『자코메티의 아틀리에』, 열화당, 2007, 43쪽 참조.

로 양분할 수 있는 사안이 아니다.

물론 이와 같은 입장은 사태를 맞닥뜨린 자가 아닌 관찰자의 시선에서 비롯되는 생사관이다. 이렇게만 서술하면 그는 인생을 멀리서 관조하는 달관한 존재로는 남을 수 있되, 인생을 직접 살아가는 실존적 주체로서의 공감은 이끌어내지 못한다. 한데 이 시는 4연에서 그럼에도 불구하고 "죽고 싶지 않은 나"의 마음을 표명하여 후자에까지 가닿는다. 3연까지 지속되던 소리의 공간에서 외부의 소리가 사라지고("울음을 그친다"), 이곳은 "자아를 부정함으로써 보다 크고 참다운 나에 이르려는 노력"을 기울이는 내면적 사색 공간으로 변모한다. 그리고 "휠체어"에서 비롯되어 "生의 바퀴"로 이어지던 원환 운동은 4연에서 "시간의 바퀴"와 접합한다. 위에 기술하였듯이 "生의 바퀴"와 "시간의 바퀴"는 같이 굴러가지만 꼭 같지는 않은 대상이다. 삶은 시간의 흐름으로 이어진다. 그러나 삶이 끝난 후에도 시간은 종결되지 않는다. "시체를 제쳐둔 채 그대로 / 굴러가는 시간의 바퀴"는 "生의 바퀴"의 동력으로서도 작동한다.

그것은 4연까지의 추론적 해석에만 기댄 것이 아니다. 자코메티의 〈수레〉가 다름 아닌 두 바퀴로 이루어진 물질적 형상임을 감안하여 제시될 수 있는 분석이다. 만약 이 시와 같이 실린 자코메티의 〈수레〉가 외바퀴 형태를 지녔다면, 휠체어의 이미지와 충돌할 뿐더러 시에서 "生의 바퀴"와 "시간의 바퀴"를 굳이 구분하여 표현했음을 설명할 수 있는 근거도 찾기 곤란했을 것이다. 최승호는 의식적으로 두 바퀴 〈수레〉와 「휠체어」를 병치하여 시와 공명할 수 있는 접점을 찾았다. 5연 "내가 떼어 버릴 수 없는 바퀴라면 / 내가 먼저 굴려야겠다"는 다짐도 마찬가지이다. "탄생의 울음"을 울 수밖에 없는 존재로서 "生의 바퀴"와 "시간의 바퀴"를 떼어낼 수 없으리라는 연상 작용은 〈수레〉의 사진을 경유하여 물질적 구현의 이미지로 확고해진다. 로드가 "움직이지 않고 똑바로 서 있는 차분한 균형만큼, 범접할 수 없는 그녀의 위엄"이라고 해설한 〈수레〉 위의 존재는 수레에 붙박여 있는 까닭이다.

1.4. 〈디에고의 커다란 머리〉와 「나는 숨을 쉰다」

이상의 자코메티 조각과의 물질적-담론적 실천과 결부하여 「휠체어」와 함께 검토해야 할 시가 시선집의 표제작 「나는 숨을 쉰다」이다. 첫 시집 『대설주의보』의 1부 마지막 시인 이 작품은 1988년뿐 아니라, 그가 펴낸 시선집에 빠지지 않고 수록되었다.[424] 2008년 출간된 『나는 숨을 쉰다』의 개정증보판 『자코메티와 늙은 마네킹』[425]도 마찬가지이다. 당시 발표한 시 「늙은 마네킹」을 자코메티와 더한 것으로 시집 제목은 바뀌었으나, 「나는 숨을 쉰다」는 변함없이 시선집에 배치되었다. 여기에서 특기할 사실은 자코메티 조각과 최승호 시의 물질성을 결합한 1988년의 시선집 기획이 최승호에게 있어 일회적이지 않았다는 점이다. 문학과비평사에서 절판된 시선집을 20년이 지나 개정증보판으로 부활시켰다는 것은 최승호에게 『나는 숨을 쉰다』의 출간이 우발적 이벤트가 아니었음을 예증한다.

『자코메티와 늙은 마네킹』에 덧붙인 산문에서 최승호는 자코메티 조각을 직접 언급하지는 않지만, 간접적으로 자신의 시와 자코메티 조

424　총 11권의 시집에서 최승호가 직접 109편의 시를 뽑은 『얼음의 자서전』(세계사, 2005)에 「나는 숨을 쉰다」가 들어가 있다. 2008년 한국문학번역원과 숭실대 문예창작학과가 공동 주최한 한국-독일 시인과의 만남에서도 이 시는 낭독 작품에 포함되었다. (숭대시보, 2008년 9월 30일) 그 뒤 출간한 『얼음의 자서전』 개정증보판(중앙북스, 2014)에서 이 시는 1980년대 최승호의 시작 활동을 대표하는 시로 꼽혔다.

425　최승호, 『최승호 시선집—자코메티와 늙은 마네킹』, 뿔, 2008.

각이 왜 연동할 수밖에 없는가를 기술한다. 핵심어는 '뼈'이다. "그리하여 그때가 되면 나는 아주 앙상할 것이다. (……) 나와 함께 움직인 것은 바로 뼈들이었다. 내가 서 있을 때 서 있던 뼈, 내가 걸어갈 때 걸어가던 뼈, 내가 달릴 때 달리던 뼈, 내가 앉아 있을 때 앉아 있던 뼈, 누워 있던 뼈, 헤엄치던 뼈, 바람 쐬던 뼈, 그 뼈들이 없었다면 나는 낙지나 문어처럼 헝클어진 동작들을 보였을지 모른다."[426] 『자코메티와 늙은 마네킹』에 최승호가 덧붙인 산문 제목이 「앙상함 너머의 세계」라는 점은 시사적이다. 그는 몸의 중심을 뼈로 인식한다. 근육과 내장이 사라진 뒤 가장 오랫동안 남는 몸의 물질적 증거가 뼈인 까닭이다.

물론 그는 뼈가 영원하지 않을 것임을 안다. "몸을 이루었던 인연들이 다 흩어진 뒤에 나에게는 나라고 주장할 만한 마지막 뼈조차 남아 있지 않을 것이다."[427] 그런데 이를 뒤집으면 "나라고 주장할 만한" 증거는 결국 뼈밖에 없음을 알 수 있다. 최승호의 시적 시야는 궁극적으로 "앙상함 너머의 세계", 즉 뼈마저 무화된 세계 "하나됨을 이룰 대상이 없고 소외될 나도 없는 시간에, 나는 본래 제로였던 제로, 본래 공(空)이었던 공으로서 태어나는 일도 죽는 일도, 그 무엇에도 속하는 일 없이, 그저 텅 비어 있는 고요한 허공처럼 온 우주를 품고 있는 것"[428]을 아우른다. 하지만 "앙상함 너머의 세계"를 가늠해보기 위해서는, 사물 자체로서의 존재자와 존재자가 처한 방식과 상황으로서 존재[429]의 '앙상함'을 직시해야 한다는 것이 최승호의 입장이다. 그러는 한에서 존재(자)의

426　최승호, 「앙상함 너머의 세계」, 107쪽.

427　위의 글, 111쪽.

428　위의 글, 115쪽.

429　존재자와 존재의 개념과 양자의 구별에 대해서는 마르틴 하이데거, 신상희 옮김, 「예술작품의 근원」, 『숲길』, 나남, 2008, 45-46쪽 참조.

앙상함을 구현한 자코메티 조각을 병치한 시집을 최승호 시 작업에서의 소품으로 치부하거나, 부차적인 것의 과잉 의미 부여로 간주할 수는 없을 듯하다.

　1988년 시선집에서 「나는 숨을 쉰다」는 자코메티가 동생을 모델로 만든 〈디에고의 커다란 머리〉(1954-1955)와 같이 실려 있다. 자코메티는 디에고를 비롯하여 여러 인물을 모델로 두상을 제작해왔지만, 1945년 즈음 영화 체험을 매개로 한 예술관의 전회가 이후 두상을 만드는 데 지속적으로 영향을 끼친다. 그는 이렇게 술회한다. "나는 두상들을 허공 속에서, 즉 그것들을 둘러싸고 있는 공간 속에서 보기 시작했다. 처음으로 내가 보고 있는 머리가 시간 속에서 어떻게 고정될 수 있는지를, 즉 명확하게 움직일 수 없는 것이 되는지를 분명히 인식했을 때는, 내 평생 한 번도 경험하지 못한 공포로 진저리를 쳤고 등에서는 식은땀이 흘러내렸다. 그것은 더 이상 살아 있는 머리가 아니라 다른 모든 대상처럼 내가 바라보고 있는 대상, 다른 어떤 대상과 다르지 않은, 즉 살아 있는 동시에 죽은 것 같은 대상이었다."[430] 공간 속에서 대상을 바라보고 구성한다는 명제는 전술한 자코메티 조각과 최승호 시의 공통점이다.

　또한 "살아 있는 동시에 죽은 것 같은 대상"에 자코메티의 비추어 〈디에고의 커다란 머리〉는 입을 벌려 호흡하는 형상이라는 점에서, 죽음과 숨의 상관관계를 언급하는 「나는 숨을 쉰다」에 어울리는 이미지라고 할 만하다. 김우창은 『대설주의보』 해설에서 "자연스럽고 유기적인 삶을 상실하였다는 것"으로서 이 시를 예로 들어 설명한다. "「나는 숨을 쉰다」에서 그는, 제목으로써 이미 최소한도로 줄어든 삶을 가리키

430　제임스 로드, 『자코메티: 영혼의 손길』, 384-385쪽.

면서 자연스러운 삶의 축소와 인위적인 환경의 확대를 다음과 같이 이
야기한다.

　　　　신기해라 나는 멎지도 않고 숨을 쉰다

　　　　내가 곤히 잠잘 때에도

　　　　배를 들썩이며

　　　　숨은, 쉬지 않고 숨을 쉰다

　　　　숨구멍이 많은 잎사귀들과 늙은 지구덩어리와

　　　　움직이는 은하수의 모든 별들과 함께

　　　　숨은, 쉬지 않고 숨을 쉰다 대낮이면

　　　　황소와 태양과

　　　　날아오르는 날개들과 물방울과 장수하늘소와 함께

　　　　뭉게구름과 낮달과 함께

　　　　나는 숨을 쉰다 인간의 숨소리가

　　　　작아지는 날들 속에

　　　　자라나는 쇠의 소리

　　　　관청의 스피커 소리가 점점 커지는 날들 속에

　　　　　　　　　　　　　　　　　―「나는 숨을 쉰다」 부분

　　자연스러운 삶, 유기적인 것의 상실은, 위에서 보듯이 비유기적인
것의 증대에 따르는 한 결과이다."[431] "비유기적인 것"은 서로 밀접한 관

431　　김우창, 「관찰과 시―최승호씨의 시에 부쳐」, 『대설주의보』, 127-128쪽.

련성을 맺지 않고 개별적으로 존재하는 대상을 뜻하지만, 김우창이 거론하는 바는 일반적 정의와 다르다. 그는 자연적인 것과 유기적인 것을 등치한다. 자연적인 것과 유기적인 것은 1연의 "숨구멍이 많은 잎사귀들과 늙은 지구덩어리와 / 움직이는 은하수의 모든 별들"과 2연의 "황소와 태양과 / 날아오르는 날개들과 물방울과 장수하늘소와 함께 / 뭉게구름과 낮달"에 해당한다. 반면 이를 깨뜨리는 비자연적인 것과 비유기적인 것은 "자라나는 쇠의 소리 / 관청의 스피커 소리"로 대변된다. 이 시가 전자는 작아지고 후자가 커진 당대의 "최소한도로 줄어든 삶"을 보여준다는 김우창의 지적은 적확하다. 그러나 그가 인용하지 않은 3연과 4연의 시구는 숨을 쉬는 행위가 "최소한도로 줄어든 삶" 이상의 의미, 영구 운동으로의 존재성을 보유함을 설파한다.

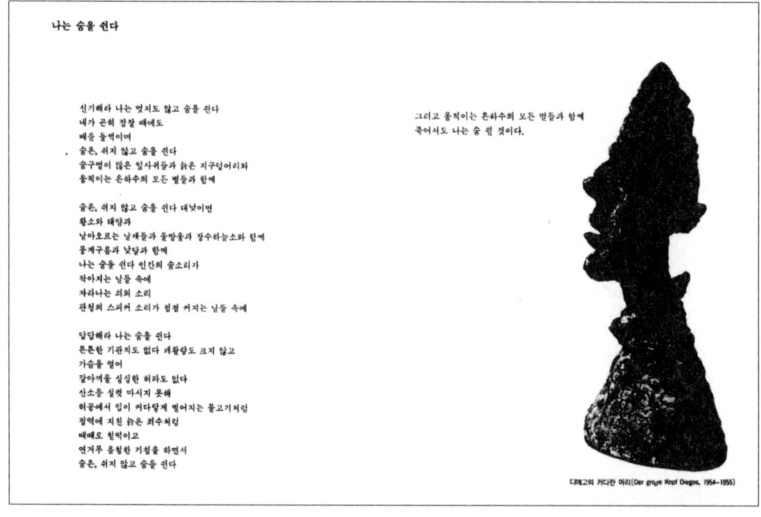

나는 숨을 쉰다

신기해라 나는 멎지도 않고 숨을 쉰다
내가 곤히 잠잘 때에도
배를 들먹이며
숨은, 쉬지 않고 숨을 쉰다
숨구멍이 많은 잎사귀들과 늙은 지구덩어리와
움직이는 은하수의 모든 별들과 함께

숨은, 쉬지 않고 숨을 쉰다 대낮이면
황소와 태양과
날아오르는 날개들과 물방울과 장수하늘소와 함께
뭉게구름과 낮달과 함께
나는 숨을 쉰다 인간의 숨소리가
작아지는 날들 속에
자라나는 쇠의 소리
관청의 스피커 소리가 점점 커지는 날들 속에

답답해라 나는 숨을 쉰다
튼튼한 기관지도 없다 폐활량도 크지 않고
가슴을 열어
갈아끼울 싱싱한 허파도 없다
산소를 실컷 마시지 못해
허공에서 입이 커다랗게 벌어지는 물고기처럼
징역에 지친 늙은 죄수처럼
때때로 힐먹이고
연거푸 음칠한 기침을 하면서
숨은, 쉬지 않고 숨을 쉰다

그리고 움직이는 은하수의 모든 별들과 함께
죽어서도 나는 숨 쉴 것이다.

디에고의 커다란 머리(Der graue Kopf Diegos, 1954-1955)

『나는 숨을 쉰다』 28-29쪽

답답해라 나는 숨을 쉰다

튼튼한 기관지도 없다 폐활량도 크지 않고

가슴을 열어

갈아끼울 싱싱한 허파도 없다

산소를 실컷 마시지 못해

허공에서 입이 커다랗게 벌어지는 물고기처럼

징역에 지친 늙은 죄수처럼

때때로 헐떡이고

연거푸 음침한 기침을 하면서

숨은, 쉬지 않고 숨을 쉰다

그리고 움직이는 은하수의 모든 별들과 함께

죽어서도 나는 숨 쉴 것이다

―「나는 숨을 쉰다」 부분

"자라나는 쇠의 소리"를 자연과 조화를 이루던 흙의 시대에서 자연을 개발―파괴하는 철의 시대[432]에 대한 비판으로, "관청의 스피커 소리"를 1980년대 '뚜뚜전 뉴스(땡전 뉴스)'에 대한 반감으로 해석하는 관점은 타당성을 지닌다. 1980년대 밤 9시 TV 뉴스의 시작은 대통령 전두환의 동정 알림이었다. 이는 1983년 9월 KAL기 (격추) 실종 사건이 아닌, 전두환의 아침 거리 청소 모습을 그날 톱뉴스로 처리한 행태에서

432　강창훈, 『철의 시대』, 창비, 2018, 187-192쪽 참조.

극명하게 드러났다.[433] 따라서 「나는 숨을 쉰다」의 3연이 "답답해라" 하는 갑갑함의 토로로 시작되고, 지금 이곳을 살아가는 신체가 결코 온전한 기관을 가질 수 없음을 가리키는 것 또한 정합성을 갖는다. "튼튼한 기관지" 및 "싱싱한 허파"의 결여로 숨을 쉬지만 편안한 호흡을 할 수 없는 양태, "허공에서 입이 커다랗게 벌어지는 물고기" 같은 모습은 〈디에고의 커다란 머리〉와 이질감 없이 포개진다. 이에 더하여 자코메티의 언술 "머리가 시간 속에서 어떻게 고정될 수 있는지를, 즉 명확하게 움직일 수 없는 것이 되는지"를 더하면 이 시에서 힘겹게 숨 쉬는 주체가 처한 환경의 부정적 표지는 한층 더 강화된다.

그런데 「나는 숨을 쉰다」의 4연 "그리고 움직이는 은하수의 모든 별들과 함께 / 죽어서도 나는 숨 쉴 것이다."[434]라는 시구가 지시하는 바, 더구나 그것이 1연의 "움직이는 은하수의 모든 별들과 함께" 조응한다는 면에서, 숨 쉬는 행위는 숙명적인 영구 운동의 속성을 띤다. 이는 「나는 숨을 쉰다」가 자연스러운 삶, 유기적인 것의 상실을 포착하는 데 그치지 않는다는 말이다. 그는 자연스러운 삶, 유기적인 것의 상실에도 불구하고 끝까지 포기될 수 없는 행위가 무엇인가를 심문한다. 이것은 자코메티가 사르트르의 얼굴을 데생으로 그린 다음 선들의 힘과 밀도에 감탄한 에피소드와 겹쳐진다. 사르트르는 "자코메티가 얼굴의 각각의 선을 구심력으로 보고 있었"다는 데 놀란다. "얼굴은 그 자체로 되돌아

---

433 「5共과 言論 〈1〉 報道 지침(上)」, 조선일보, 1988년 12월 6일.

434 「나는 숨을 쉰다」 4연의 온점은 『대설주의보』에는 없고, 『나는 숨을 쉰다』에는 있다. 문학과 비평사 편집부의 실수일 가능성이 높아 보인다. 그렇지만 결과적으로 『나는 숨을 쉰다』의 표제작에 쓰인 온점은 4연의 함의를 강조하는 효과를 발휘하였다. 1-3연에서는 찾아볼 수 없던 미래 시제의 시구 4연의 "죽어서도 나는 숨 쉴 것이다"가 추측이나 가능보다는 의지의 양태성(modality)으로 수렴되는 면이 그러하다. 남기심·고영근, 『표준국어문법론』, 탑출판사, 1993, 310-311쪽 참조.

오는, 출발점으로 되돌아가 닫혀버리는 고리쇠 같았다."[435]

　이를 참조하면 자코메티 예술의 물질성과 물질적-담론적 실천 작용하는 「나는 숨을 쉰다」의 숨 역시 생명체로서의 운동성을 넘어, "움직이는 모든 별들"의 원운동과 호응하여 원의 중심으로 나아가려는 구심력으로 이어진다는 사실을 확인할 수 있다. 이것은 인간의 형상을 띠고 있지만 인간이 아닌, 인간이지만 인간의 형상을 띠고 있지 않은 자코메티 조각의 비—인간성과 뼈로 비—인간성을 사유한 최승호 시의 연접 관계를 방증하는 면모이기도 하다. 두 예술가는 허무한 실존이 아니라 실존의 현전을 물질적으로 창안하려고 하였다. 최승호의 경우 그러한 작업은 뼈의 앙상함을 묘파하는 데 멈추지 않고, "존재의 이유 (……) 생존은 하나의 불가사의"[436]라고 여겼던 앙상한 형태 너머를 투시하였다. 필연적으로 그것은 "땀과 눈물과 정액과 오줌과 똥덩어리들을 밀어내던 몸의 구멍들"[437]과 관련된 물질성의 탐색과 결부될 수밖에 없었다.

435　장 폴 사르트르, 위의 책, 396쪽.

436　최승호, 「책머리에」, 위의 책, 10쪽.

437　위의 글, 108쪽.

2. 공백으로서의 알레고리시 재고찰

2.1. 선(禪)을 향한 열도

이 절에서는 최승호가 피력한 몸의 구멍들과 그가 쓴 시의 관련성을 불교의 시적 전유에 초점을 맞추어 검토한다. 이를 불교가 아닌 불교의 시적 전유라고 칭한 까닭은 간명하다. 최승호가 종교로서의 불교 교리를 설파하기 위한 시를 쓴 것이 아니라, 불교적 세계관—더 정확히 표현하면 선(禪)을 본인의 인식론과 감각론으로 체화시켜 시적 언어로 변환한 작품을 써왔다는 입장을 견지하기 때문이다. 최승호는 『아무것도 아니면서 모든 것인 나』[438]를 출간하면서 가진 인터뷰에서 이와 같은 태도를 다시 한 번 분명하게 드러내었다. '당신의 시는 오도송(悟道頌)인가'라고 묻는 인터뷰어 질문에 그는 이렇게 답하였다. "선은 언어를 떠나 있는 것이며, 언어의 길이 끊어지는 자리로 몰고 가는 것이다. 반면

438 최승호, 『아무것도 아니면서 모든 것인 나』, 열림원, 2003.

시는 지금, 여기를 언어로 형상화하는 것이므로 선과 시는 적대적 관계에 있기도 하다. (……) 시인은 성스러움에서도, 속됨에서도 머물러 있으면 안 된다. 손이 두 개인 것처럼 성스러움과 속됨을 갖추고 있되 두 자리를 떠나 있어야 한다. (……) 선으로 언어를 잡을 수는 없다."[439] 이는 2000년대에 최승호가 한 발언이다.

그렇지만 그가 덧붙인 "한 시인의 궤적이란 게 시집을 낼 때마다 바뀌지는 않는다."라는 부연 설명을 고려하면, 1980년대 최승호 시집에 접근하는 유력한 경로가 될 수 있는 것도 사실이다. 그는 언어를 배제한 길을 걷는 선승이 아니라, 결코 '언어'를 떼어버릴 수 없는 시인으로서, 시작(詩作) 초기부터 불교에 각별한 관심을 기울여왔다.[440] 그래서 최승호는 "선과 시는 적대적 관계"라고 밝히는 동시에 "성스러움과 속됨"에 대한 채움과 비움의 변증법적 통찰을 언급하였던 것이다. 이것은 상술한 '몸의 구멍들', 특히 그의 세 번째 시집 『진흙소를 타고』를 분석하는 기틀로 쓰일 수 있다. 이때 간과해서는 안 되는 사실은 1980년대 한국에서 불교에 대한 관심이 유달리 높았다는 점이다. 1979년 출간돼 베스트셀러에 등극한 김성동의 장편소설 『만다라』와 이를 원작으로 1981년 임권택이 영화를 제작하여 흥행에 성공하였던 사례를 우선 꼽을 수 있다.[441]

---

439 「선과 시는 쉼 없는 긴장관계」, 문화일보, 2003년 9월 23일.

440 2002년 유종호의 사회를 맡은 한국문화예술진흥원 강좌에서 최승호는 김우창과 더불어 '우리 시는 어디로 가나'라는 주제로 좌담에 임한다. 그때 최승호는 시를 쓰게 된 시점과 불교에 관심을 갖게 된 시기가 거의 비슷했다고 이야기한다. 당시 의사가 그에게 거짓으로 시한부 선고를 내려 최승호는 죽음에 대해 숙고할 수밖에 없었다. "불교가 특히 생사의 문제, 거기에서 벗어나는 것에 관심이 많기 때문에 그런 계기로 제가 불교 안에서도 특히 우상 파괴적인, 종교라고 할 수 없는 면도 있는 선불교에 관심을 갖게 됐"다는 것이다. 김우창·최승호·유종호, 「좌담: 우리 시는 어디로 가나」(2002년 6월 28일), 『대담/인터뷰 2: 2000-2014 김우창 전집 19』, 민음사, 2016, 239쪽.

441 「흥행 잘 되는 대종상 수상 영화」, 경향신문, 1981년 10월 28일.

이와 결부하여 1980년 한국 독서 시장의 화제 가운데 하나는 에세이부터 연구서까지 불교 서적의 출간이 빈번하였고, 그에 대하여 독자들이 뜨거운 반응을 보인 현상이었다. "20판을 찍어 출판계를 놀라게 한 법정의 수상집을 비롯한 탄허·광덕·향봉·성우·대은·다운 스님등의 수필류 저술이 출간되자 초판이 매진되고 한국불교연구원 역경원 등이 기획한 경전 주해서 불교문화론 등 전문적인 저술도 대부분을 재판을 내고 있다."[442] 폭넓은 인지도를 얻은 법정을 필두로 하여, 『선시』를 낸 석지현 등 승려 문인의 활동은 대중과 불교 사이의 괴리를 좁혔다.

그로부터 1년 뒤에도 불교 서적은 다수 (번역) 출간되었다. 역대 종정들의 법어를 수록한 『달을 가리키면 달을 봐야지 손가락 끝은 왜 보고 있나』(정휴 엮음)와 『모터사이클과 선』(로버트 M. 피어시그 지음) 등의 책이 대표적인데, "불교의 깊은 메시지를 담고 있으면서도 현대생활과 관련시켜 설명함으로써 산업사회에서 불교가 할 수 있는 역할이 무엇인지를 드러내 보이고 있다."[443] 고도화된 물질문명의 폐단을 극복하는 방법으로 불교가 주목받은 것이다. 이는 한국만의 특수한 상황은 아니었다. 1980년대 일본에서도 불교에 대한 대중적 관심이 크게 늘어났다. "불교강좌 불상조각회 경전연수회 등이 초만원을 이루고 있으며 각종 불교서적 출판붐에 불교영화까지 장사진을 이루는 등 불교의 '흥륭'이 눈에 띄게 나타나고 있다." 이러한 현상에 대해서는 "물질문명세계에서 안정을 잃은 젊은 세대를 중심으로 정신세계에 대한 관심이 새삼스레 높아지고 있음을 반영"한 결과라는 분석이 이어졌다.[444]

442　「쏟아져 나온 불교 서적」, 경향신문, 1980년 4월 17일.
443　「서점가에 쏟아져 나온 불교 서적」, 동아일보, 1981년 5월 27일.
444　「일본 휩쓰는 '불교 바람'」, 동아일보, 1984년 5월 11일.

1982년에도 불교 서적은 계속 간행되었다. 특히 선수행과 관련된 책이 많았다. 성철이 펴낸『선문정로』·경허의 법어를 모은『경허법어』·선에 관한 휴정의 가르침을 법정이 번역한『선가귀감』·당(唐) 시대 선사들의 행적을 모은『선의 향연』·에리히 프롬 등의 글을 모은『선과 정신분석』등 "불교에 관심을 갖고 있는 일반인들에게는 심오한 사상에 접근할 수 있는 교양서로서 점차 독자층을 형성"[445]하는 흐름이 이어지고 있었다. 이와 같은 물질적(불교 서적 출간)-담론적(물질문명의 대안 모색) 실천이 불교의 시적 전유를 시도한 1980년대 최승호 시의 배면에 놓여 있음을 주지해야 한다.

최승호 시와 불교와의 접점을 지적하는 연구들은 그동안 적지 않게 발표되었다.[446] 이중 「최승호의 시 세계와 불교적 상상」을 주목할 만하다. 해당 논문에서 필자는 주로 1990년대 이후 쓰인 최승호 시에서 "연기(緣起)-공(空)-자비(慈悲)"의 불교 생태학적 명제와 공명하는 "상호의존성-비실체성-상호존중성"을 포착해낸다.[447] 그러면서도 최승호 시에 내포된 불교적 상상이 1990년대 이후 시에만 해당되지 않고, 그의 전기 시에도 적용될 수 있는 총괄적 방법론일 수 있음을 지적하는 면은 이 글의 문제의식에 닿아 있다.

그러나 다음과 같은 주장에는 재고의 여지가 남는다. "그의 시 세계에서 모든 사물은 개체이면서 동시에 우주적 총체로서의 의미를 지닌

---

445 「심오한 선 세계에의 초대: 쏟아지는 불교 서적」, 1982년 1월 15일.

446 정효구, 「『님의 沈默』과 『달마의 침묵』에 나타난 禪의 세계」, 『한국문학논총』50집, 한국문학회, 2008. ; 김홍진, 「현대시의 근대 극복 대안으로서 불교적 세계관」, 『한국문예창작』9권 3호, 한국문예창작학회, 2010. ; 정연정, 「이규보와 최승호의 시세계 비교 연구: 불교생태론적 관점을 중심으로」, 『동방학』18집, 한서대학교 동양고전연구소, 2010. ; 홍용희, 「최승호의 시 세계와 불교적 상상」, 『한국언어문화』43집, 한국언어문화학회, 2010. ; 오유정, 「최승호 시 연구」, 충남대학교 대학원 박사학위논문, 2016, 33-48쪽.

447 홍용희, 앞의 논문, 379쪽.

다. 이때 모든 개체는 우주생명으로서의 공경의 대상이며 불성을 지닌
신성한 존재성으로 인식된다. 여기에서는 분별, 차별, 집착, 탐욕, 지배,
억압 등의 근대 산업문명의 주체중심적 사고가 스며들 여지가 없다.”[448]
이는 자연을 활용 가능한 도구가 아닌 공존하는 생태학적 존재로 전면
화한『반딧불 보호구역』[449]에는 적합한 해명일 수 있다. 그렇지만 “그의
부패의 상상력은 인간의 육체가 죽음 앞에서 해체되어가는 과정을 무
서울이만큼 날카롭게 드러낸다. 어느 정도로 무서운가 하면 평화롭고
아름다운 서정시에 길든 눈으로 보면, 도무지 시 같아 보이지 않을 정도
이다.”[450]라는, ‘부패의 상상력’으로 명명된 1980년대 최승호 시를 포괄
하지는 못한다.

이에 대해서는 1980년대 최승호 시를 바타유의 저급유물론(Base
materialism)으로 분석한 견해가 설득력 있다. “최승호 시의 ‘인간’에 대
한 하락한 사용, 즉 저급유물론적 인간은 인간 중심적 위계질서의 수직
성에서 탈피한다. ‘인간’을 규정하는 물리적·개념적 경계선은 배설물의
더러움과 그 모호한 위치에 의해 파열되고 해체된다.”[451] 이와 같은 논
지에 동의하되, 이 글은 보다 정치한 검토를 위해서 그에 대한 또 다른
면—불교의 시적 전유를 아울러야 한다는 입장에 선다.

448   위의 논문, 383쪽.

449   최승호, 『반딧불 보호구역』, 세계사, 1995.

450   김현, 「거대한 변기의 세계관」(해설), 『진흙소를 타고』, 90쪽.

451   정기석, 「최승호 시에 나타나는 분변성에 대한 저급유물론적 접근—1980년대 최승호 시를
       중심으로」, 『한국시학연구』 64집, 한국시학회, 2020, 198쪽.

2.2. 『진흙소를 타고』

『진흙소를 타고』를 살펴보려면 더욱 그러하다. 이 시집이 최승호 시력(詩歷)에서 특별한 위치를 점하는 연유는 앞에 낸 두 권의 시집과 구별되는 면모를 드러낸다는 점에 있다. 먼저 목차의 부를 나누지 않았다는 사실부터 들여다보아야 한다. 『대설주의보』는 소제목을 붙이지 않았으나 1·2·3의 부를 설정하였고, 총 4부로 나누어진 『고슴도치의 마을』은 각 부를 이루는 시의 제목을 하나씩 차용하여 " I .그리운 시냇가 · II.네모를 향하여 · III.돌들의 서랍 · IV.텅 빔과 붐빔"으로 배치하였다. 그러나 『진흙소를 타고』는 부 없이 「에스컬레이터」부터 「눈이 내려 흰 밤 되니」까지의 시편을 실어놓았을 뿐이다. 그 뒤에 출간된 『세속도시의 즐거움』은 I · II · III 으로 다시 부를 구분했다는 점에서, 『진흙소를 타고』는 1980년대 최승호 시집에서 독특한 입지점을 갖는다. 적어도 세 번째 시집에 실린 시편들의 경우에 한해서는, 조직적 배치 혹은 종속적인 목차 구성으로부터 벗어나겠다는 의도를 나타낸 것이기 때문이다.

이는 『진흙소를 타고』에 뚜렷한 표제시가 없다는 점과 결부된다. 『대설주의보』는 표제시 「대설주의보」가 있다. 『고슴도치의 마을』은 표제시는 없으나, 시집 제목 "고슴도치의 마을"을 따온 시구가 포함된 「마을」[452]이 실질적인 표제시의 역할을 겸한다. 『진흙소를 타고』에 "진흙"이라는 시어는 자주 등장(「넙치인지 낙타인지」·「사다리 위의 움직임」·「용두사미」·「장의의 일주일」·「대낮에 발가벗고」)하고, "검은 소"(「대가족」)라는 시어도 나오지만, 시집 제목인 '진흙소'는 시집 속에 언급된 바가 없다.[453] 최승호가

452　"우리들은 고슴도치의 마을에서 / 온몸에 가시바늘을 키운다"(「마을」 부분)

453　『세속도시의 즐거움』에서는 I 에 속한 연작시 중 하나인 '세속도시의 즐거움'이 시집 표제시가 되었다.

명시하지 않았으나 진흙소는 선시(禪詩)에서 빈번하게 사용되는 시어이다. "'진흙소'란 실재하지 않는 동물이다. 다만 여기서는 본래 면목을 상징하고 있다. (……) 예를 들면 중국의 원오극근(圓悟克勤)은 '물 위에 진흙소가 달빛을 간다'고 표현했는데 고봉(高峰)선사는 '바다 밑 진흙소가 달빛을 물고 달아난다'고 표현하고 있으며 서산(西山)스님은 그의 임종게에서 '진흙소가 물위로 간다'고 하였다."[454]

여기에서 핵심은 선승들이 진리를 설법하기 위하여 실재하지 않는 사물을 활용하였다는 사실 자체에 있다. 불립문자에 의거하여 진리를 마음과 마음의 연결이라는 추상적인 영역에만 귀속시키지 않고, 비실재의 사물화를 통하여 이미지화하는 방식은 최승호 시 "그는 머리 잘린 개구리들을 뛰게 한다 / 펄쩍, 펄쩍"(「이오네스꼬의 개구리」 부분) 등과 상통하는 면이 있다. 모순의 충돌 속에서 참된 것이 도출된다는 인식 하에 최승호는 현실에는 없으나 진리에서는 상정될 수 있는 '진흙소를 타고' 1980년대를 횡단하겠다고 선언하는 셈이다. 이것은 선승과 같은 선시를 쓰겠다는 다짐이 아니다.

그는 『진흙소를 타고』의 자서(自序)를 이렇게 마무리한다. "혼탁한 세상, 진흙을 뒤집어쓰고 허물어져 가도 자유롭게…… 이 세 번째 시집은 그러한 발걸음의 흔적일 것이다."[455] 연꽃은 불교의 상징물이다. 부처의 태몽, 염화미소의 일화 등을 예로 들 수 있는데, "맑은 물이 아닌 진흙 속에서만 자라고, 진흙 속에서 자라지만 진흙의 더러움에는 물들지 않고 도리어 아름답고 성스런 꽃을 피"운다.[456] 그가 염두에 두는 바는 진흙 속에서 연꽃이 피어난다는 불교의 가르침과 거리가 있다.

<hr>

454   정휴, 「역대 조사의 선시에 나타난 동일한 이미지 분석」, 불교신문, 1998년 10월 20일.

455   최승호, 「자서」, 위의 시집, 5쪽.

456   이정우, 「연꽃은 왜 불교를 상징하나?」, 불교신문, 2019년 4월 19일.

왜냐하면 최승호는 "혼탁한 세상, 진흙을 뒤집어쓰고 허물어져" 가는 몰락의 순간을 시로 포착해내기 때문이다. 그것은 물론 몰락에만 그치지 않고 "자유롭게" 나아감을 지향하지만, 『진흙소를 타고』에서 그가 더 많은 시적 비중을 두고 있는 것은 전자이다. 최승호는 「윤회를 위한 회전문」과 「물질적 열반의 도시」 등의 시에서 윤회와 열반 등의 불교 용어를 사용한다. 그렇지만 그는 세상을 여여(如如)하게 살아가는 깨달은 자[457]로서 시를 쓰지 않는다. 최승호는 진토 속을 뒹굴고 스러져가는 존재들의 양상을 시로 쓴다. 쉬워서 틀릴 수밖에 없는 가짜 해탈을 경계하기 위함이다. 속세와 떨어진 채 그럴듯한 달관의 제스처를 취하는 것이 아니라, 속세에 머무르며 개체들의 위태로운 실존을 있는 그대로 나타내 보이는 것이다. 그래서 최승호 시는 "평화롭고 아름다운 서정시에 길든 눈으로 보면, 도무지 시 같아 보이지 않을 정도"라는 평을 받을 수밖에 없다. 그는 불교의 시적 전유—범접할 수 없는 고고한 선을 세속의 밑바닥으로 끌어내려 1980년대의 시편들을 제출하였다.

최승호 시에서 "부패의 상상력은 인간의 육체가 죽음 앞에서 해체되어가는 과정"이 두드러지지만 꼭 거기에만 국한되지 않는다는 것을 예로 들 수 있다. 「부패의 힘」이라는 시가 대표적이다. "뚱뚱한 쥐가 더욱 뚱뚱해지고 / 뚱뚱한 쥐가 뚱뚱한 쥐새끼들에게 / 너희들도 뚱뚱해져야 한다고 자꾸 처먹인다 / 뚱뚱한 쥐눈에는 뚱뚱한 쥐의 행복만 보이니까"(「부패의 힘」 부분)는 당시 자녀 호화 결혼식을 치러 논란을 빚은 고위공직자 및 뇌물 청탁 수수 등을 일삼는 권력층의 부정부패[458]를 비판한다.

457　여여함은 모든 번뇌를 끊고 투명한 거울처럼 대상을 받아들이는 마음을 유지하는 선의 자세이다. 숭산, 허문명 옮김, 「여여한 경지」, 『선의 나침반 2』(현각 엮음), 열림원, 2001, 141-142쪽 참조.

458　「문제는 '마음속의 부패'」, 동아일보, 1986년 3월 22일.

2.3. 무인칭

　이러한 "뚱뚱한 쥐"와 대비되는 대상이 『진흙소를 타고』에서 최승호가 명명한 "무인칭"들이다. 사전적으로 무인칭은 인칭이 없는 문법 범주, 즉 일인칭·이인칭·삼인칭 어디에도 속하지 않아 일반적으로 생략될 수 있는 대상을 가리킨다. 그간 최승호 시에서 "무인칭이란 도시 산업 사회가 만들어낸 몰개성적이며 생명력이 없는 인간들"[459]로 대개 간주되었다.

　그러나 『진흙소를 타고』에 실린 무인칭에 대한 다섯 편의 시에서 살펴볼 수 있는 무인칭의 스펙트럼은 협소하지 않다. 「무인칭의 죽음」에서는 태어나자마자 죽임을 당하여 "生日이 바로 忌日"이 된 미혼모의 아기를 무인칭으로 지칭하고, 「무인칭 대 무인칭」에서는 이미 죽음을 맞은 "무덤 속 무인칭"들과 평범한 삶을 영위하는 "모범 가정"이 사실상 다 같이 "발효하는 시체의 냄새"를 풍긴다는 메시지를 전하며, 「무인칭시대」에서는 이름을 빼앗겨 "번호"로 불리거나 아예 "기억하지 않는" 자들로 채워진 오늘날을 명실상부한 무인칭시대로 정의하고, 「무인칭을 위한 회전문」에서는 "나간다 / 들어온다"를 되풀이하다 결국 "나가서 / 들어오지 / 않는" 죽음 앞에 모두가 무인칭이 될 수밖에 없는 운명을 거론하며, 「무인칭들의 대화」에서는 "동굴 속 장님고기들"과 같이 스스로의 정체를 알 수 없는 무인칭들의 양태를 이야기한다. 이처럼 이 시집에서 무인칭의 스펙트럼은 천차만별이다.

　공통점이 하나 있다면 최승호 시의 무인칭이 '공백'이라는 철학적 개념과 친연성이 있다는 점이다. 이 글에서 상정하는 공백 개념은 바디

459　반경환, 「무인칭들의 삶—최승호의 시세계」, 『문학과사회』 3권 3호, 문학과지성사, 1990, 1132쪽.

우 철학 논의를 따른다.[460] 바디우에게 공백은 '비일관적 다수'(순수 다수로서의 존재)로서 존재의 고유명사이자 모든 존재의 근원이다. 그의 존재론에서 일자는 하나의 작용일 뿐이기 때문에 존재는 불안정적인 공백을 기초로 성립한다. 따라서 모든 존재가 출현할 때는 공백을 통과할 수밖에 없다. 바디우는 세계를 현시된 다수성으로 파악하고 이를 '상황'이라고 칭하는데, 존재는 이 안에서 구조화(어떤 상황을 구체화하는 작용)된 것으로 드러난다. 이때 다수는 있는 그대로가 아니라 통일성 내에 포섭된 다수로 규정된다. 그러니까 모든 상황의 구조화는 일자화의 작용('하나로-셈하기')과 같다.

일자를 수립하기 위한 작용으로서의 하나로-셈하기를 통해 현시된 다수는 일자로 간주되지만 그 자체로 일자는 아니다. 물론 일관성이 부여되기 이전에도 비일관적 다수는 있으나 구조의 법칙에 의해 억압된다. 현시될 수 없는 것의 현시이자 고정될 수 없는 것인 공백은 상황의 안정적 일관성에 위협을 가한다. 상황은 하나로-셈하기라는 구조화 작용을 받아들이지만, 그 구조화는 언제나 공백을 자신의 셈 바깥에 남겨두기 때문에 불완전하다. 그래서 상황 속에서 현시 불가능한 공백의 방황은 구조화된 상황을 다시 구조화하는 재구조화의 셈을 요청하게 된다. 재구조화는 최초의 구조화에서 놓치고 말았던 공백을 고정하여 상황의 일관성을 보장하려는 시도인데, 다수가 재차 현시되었다는 점에서 이는 재현의 구조이다.

필수적으로 야기되는 재구조화에서 만들어지는 두 번째 구조를 바디우는 '상황상태'라고 정의한다. 그러나 순수 다수로서의 공백은 언제

---

460 알랭 바디우, 조형준 옮김, 『존재와 사건』, 새물결, 2013, 55-112쪽 참조. ; 서용순, 「바디우 철학에서의 존재, 진리, 주체: 『존재와 사건』을 중심으로」, 『철학논집』 27집, 서강대학교 철학연구소, 2011, 90-98쪽 참조.

라도 역사적 상황에서 나타날 수 있다. 가령 상황에 존재하는 다수의 항목이 상황상태에 의해서 존재하지 않거나 혹은 가치 없는 것으로 배제된다면 이 다수는 공백으로서 존재하는 것이다. 바디우가 언급하는 사건의 자리는 이러한 다수로부터 사건이 발생한다는 의미를 담고 있는데, 사건은 사건의 자리를 갖는 상황 속에서 공백이 출현하는 것이라고 볼 수 있다. 불법적인 것으로 규정되는 공백의 출현으로 일자의 구조에는 균열이 발생한다.

공백을 참조하면 무인칭은 1980년대가 낳은 예외적 존재가 아니다. 오히려 1980년대를 특징짓고 구성하면서 일자의 구조를 깨뜨리는 존재라고 할 수 있다. 이는 「?」에서 분명해진다. "저 胎兒 같은 것 / 海馬 같기도 하고 / 궁둥이에 똥 한 조각 달린 사람 같기도 하고 / 뭐라고 말하기가 뭣하다 무인칭시대니까 / 무인칭이 존재하기 시작한다 / 神도 이제는 무인칭 / 이름 부르지 않는 편이 훨씬 神에 가깝다 / 무인칭에 뒤섞이는 무인칭". 「?」는 무인칭에 대한 물음표이면서 제목인 '?'를 도상학적으로 표현하고 있다. 이렇게 무인칭은 그 자체로 질문이 될 수밖에 없는 공백으로서 자리매김하는데, 이것은 한편으로 최승호 시에서 "구멍"의 물질성을 갖는다. 구멍의 물질성은 "자루" 시편에서 두드러진다.

2.4. 「자루」 연작과 「단추」

『진흙소를 타고』에는 무인칭에 관한 시 외에 또 다른 연작시로 읽히는 작품들이 있다. 「첫 번째 자루」·「두 번째 자루」·「세 번째 자루」·「세 번째 자루—Ⅰ」·「세 번째 자루—Ⅱ」가 그것이다. 무인칭과 자루가 들어간 제목의 시가 각각 다섯 편으로 이 시집에서 가장 많은 비중을 차지한다는 사실에 근거하여, 자루 시는 무인칭 시만큼이나 중요하게 논의될 필요가 있다. 무엇보다 자루 시에서 일관된 열쇳말이 "구멍"이기 때문이다. 그 맹아는『고슴도치의 마을』에 실린「세 개의 변기」에서부터 엿보인다. "변기여, / 내가 타일 가게에서 / 커다랗게 입 벌린 너를 만났을 때 / 너는 구멍으로써 충분히 / 네 존재를 주장했다 / 마치 하찮고 물렁한 나를 / 혀 없이도 충분히 삼키겠다는 듯이 / 네가 커다랗게 입을 벌렸을 때 / 나는 너보다 더 크게 입을 벌리고 / 내 존재를 주장해야 했을까 / 뭐라고 한마디 대꾸해야 좋았을까 / 말해봐야 너는 귀가 없고 벙어리이고 / 네 구멍 속은 밑빠진 虛구렁인데"(「세 개의 변기」 부분)의 구멍은『진흙소를 타고』의 자루 시 연작에서 본격적으로 탐구된다.

> 내 몸에 구멍 나기 전의 일을 내가 어떻게 알 수가 있나,
> 두 귀 막으면 몸 안에서 훨훨 불타는 소리, 눈을 감으면 캄캄하고
> 코 막히면 입으로 숨을 쉰다.
> 그러니 구멍들을 막지 말아다오, 뜨겁고 답답해서 죽겠다.
> 어제보다 오늘이, 더 답답하고, 노끈이 목을 조르는지
> 숨소리가 갈수록 가빠진다. 어떤 날은 헉헉, 또 어떤 날에는
> 2분의 1의 호흡. 내 머리는 개 목덜미가 아니니
> 움켜쥐고 끌지 말고, 발로 밟지도 차지도 말고
> 길 가다가 나 같은 자루 만나거든 수렁에서 꺼내 시원한 들판에
> 놓아다오.

—「첫 번째 자루」 전문

> 이쪽을 누르시는군요 저쪽이 튀어나옵니다 보세요 이 길고 물렁
> 물렁한 자루는 건드릴수록 보아구렁이처럼 꿈틀댑니다 제발 가만히

좀 내버려두세요 계속 그렇게 뭉개고 찌르며 들쑤시면 이 자루는 울
부짖으며 일어나 당신 몸을 휘감고 삼켜 버려요

—「두 번째 자루」 전문

자루의 밑이 터지면서 쓰레기들이 흩어진다, 시원하다.
홀가분한 자루, 퀴퀴하게 쌓여서 썩던 것들이
묵은 것들이 저렇게 잡다하게 많았다니 믿기 어렵다.
위에도 큰 구멍, 밑에도 큰 구멍, 허공이 내 안에
있었구나. 껍데기를 던지면 바로 내가 큰 허공이지.

—「세 번째 자루」 전문

　다섯 편의 자루 시 중에서 세 편만 위에 옮긴 까닭은 「세 번째 자루
—Ⅰ」과 「세 번째 자루—Ⅱ」가 도상이기 때문이다. 「세 번째 자루」의 시
구 "위에도 큰 구멍, 밑에도 큰 구멍"을 「세 번째 자루—Ⅰ」는 손으로 그
린 '11'로 시각화하였고, 「세 번째 자루」의 또 다른 시구 "껍데기를 던지
면 바로 내가 큰 허공이지"를 「세 번째 자루—Ⅱ」은 아무것도 표기되지
않은 텅 빈 본문으로 이미지화하였다. 주의를 기울일 점은 「세 번째 자
루—Ⅰ」「세 번째 자루—Ⅱ」가 1980년대 최승호 시집에서 유일한 도상
시라는 사실이다. 『진흙소를 타고』가 최승호가 수행한 '(선)불교의 시적
전유'임에 동의한다면, 「세 번째 자루—Ⅰ」은 대상의 명칭과 형태에 집
착하지 않는 여여를 보여준 셈이고, 「세 번째 자루—Ⅱ」는 대상 자체에

대한 완전한 일치인 '즉여(卽如)'를 실행하였다고 볼 수 있다.[461] 이것이 가진 의의는 최승호가 선시와 유사한 시를 썼다는 데 한정되지 않는다. 핵심은 그가 비실재의 사물화인 '진흙소를 타고' 성과 속을 횡단하려 할 때, 자루와 구멍을 지속적인 화두로 붙들었다는 데 있다. 무인칭 연작시를 「?」와 겹쳐 놓아 해석의 단초를 얻을 수 있던 것처럼, 자루 연작시도 「단추」를 참고하여 해석의 정합성을 찾는 것이 가능하다.

> 만약 몸에 구멍이 없었다면
> 나는 한낱
> 버둥거리는 자루였을 것이다
>
> 모습없는 그에게 나는 감사한다
> 구멍들을 있는 그대로 맑게 열어
> 서로들 마음껏 交感하라고
> 구멍에 신통력을 준 조물주에게
>
> 그런데도 이 단추의 시대는
> 신이 준 구멍들을 막으려고
> 금욕의 지옥을 만들려고
> 눈동자에 단추를 밀어넣는 중이다
>
> 귀에 단추를

---

461 선 수행에서는 사과라는 대상이 있을 때, "사과는 붉고 벽은 하얗다'라고 하면 '여여'의 대답을 준 것이다. 그러나 사과를 한입 깨물어 먹으면 바로 '즉여'가 된다." 숭산, 「대오」, 앞의 책, 100쪽.

입에 단추를

그리하여 콧구멍으로 연명하는 인간은

온몸에 주렁주렁 단추를 달고

말한다 말하지 못한다

나는 한낱 바둥거리는 자루이니

물표를 달아 현대미술관에 전시하라고

—「단추」 전문

『진흙소를 타고』 해설에서 김현은 「꽁한 인간 혹은 변기의 생」과 「세 번째 자루」를 병치하여 "무엇이든 받아들이는 입 큰 변기"[462]로 구멍을 치환한다. 그것은 "인간은 변기 위에서 해체되는 똥덩어리"[463]라는 「무인칭의 죽음」에서 파악한 인식과 결부되어 타당성을 지닌다. 여기에서 구멍의 물질성은 "쓰레기"로 가득하여 벗어날 수 없는 비속한 존재성에 대한 부정관(不淨觀)과 연동한다. "우리 몸의 살 속에는 피가 흐른다. 좀 더 깊이 들어가 보면 각종 몸의 내장 기관과 똥, 오줌이 있으며, 이 모든 것들은 뼈가 지탱한다. (······) 불교에서는 우리 몸의 아홉 개의 구멍에서 매일 시시각각 더러운 것들이 흘러나온다고 표현한다."[464] 그러나 자루 연작시와 「단추」를 바탕에 두고 구멍의 물질성 분석에 임하면 불교의 부정관에 국한되지 않는 다른 결론이 도출된다.

"구멍들을 막지 말아다오"라고 호소하는 「첫 번째 자루」에서 구멍은 "뜨겁고 답답해서 죽겠"는 폐색 상태를 견딜 수 있도록 하는 기제이

462　김현, 앞의 글, 104쪽.

463　위의 글, 103쪽.

464　숭산, 허문명 옮김, 「부정관」, 『선의 나침반 1』(현각 엮음), 열림원, 2001, 93-94쪽.

다. 특히 이 시는 「나는 숨을 쉰다」와 연동하는 호흡의 주제를 상기시
킨다. 이 시가 실린 『대설주의보』부터 "거듭 신선한 숨결로 태어나는 /
태양의 나라"를 희구하는 「아테네 광장」이 배치된 『고슴도치의 마을』
을 거쳐, "들이키고, 크게 들이킨 숨 절대로 / 내놓지 않겠다고 혼자 욕
심 부리면 / 얼른 죽어 버리는"「숨의 法」을 설파하는 『진흙소를 타고』
에 이르기까지, 들이마시고 내쉬는 숨의 운동성은 최승호 시에서 지속
적으로 다루어졌다. 거꾸로 보면 이것은 '나'의 편안한 호흡을 방해하는
요소가 무엇인가를 심문하는 작업이다. 평소 의식하지 않고 수의적으
로 행할 수 있는 호흡을 가로막아, 불수의적 호흡을 야기하는 환경적 요
인을 각별하게 의식시킨다.

"어제보다 오늘이, 더 답답하고, 노끈이 목을 조르는지"를 「첫 번째
자루」에서 토로할 때 강조되는 바는 갑갑함이다. "나 같은 자루"의 바람
은 "노끈"에서 풀려나고 "수렁"에서 탈출하여 "시원한 들판"에 자리하
는 일이다. 따라서 구멍은 막힌 흐름들을 뚫음으로써 소통되는 해방의
물질성으로 기능한다. 「첫 번째 자루」 다음에 곧바로 배치된 「두 번째
자루」는 "길고 물렁물렁한 자루"로서의 실존을 재차 상기시킨다. 최승
호 시에서 인간의 존재성은 자주 사물로 치환된다. 이는 산업화시대 인
간의 비인간화 양상을 보여준다기보다, 1980년대를 사는 인간의 한 가
지 양태가 실제로 그렇게 작동함을 시인이 인식하고 있다는 표지이다.
두 시는 "움켜쥐고 끌지 말고, 발로 밟지도 차지도 말고"(「첫 번째 자루」 부
분), "제발 가만히 좀 내버려두세요"(「두 번째 자루」 부분)라는 요청의 수사
로 쓰여 있다. 양자의 태도는 다르다. 전자는 수동성, 후자는 저항성이
강조된다. 「첫 번째 자루」는 스스로의 운명을 다른 이의 처분에 맡긴다.
그는 '나'의 구멍을 막을 수 있고, 이동시킬 수 있으며, 구원할 수 있기
때문이다.

반면 「두 번째 자루」는 다른 이의 처분에 자신을 온전히 내맡기지 않는다. "건드릴수록 보아구렁이처럼 꿈틀"대고, "계속 그렇게 뭉개고 찌르며 들쑤시면 이 자루는 울부짖으며 일어나 당신 몸을 휘감고 삼켜버"리는 역량을 담지한 개체이다. 정(靜)에 입각한 「첫 번째 자루」와 동(動)에 입각한 「두 번째 자루」는 「세 번째 자루」에 이르러 공(空)을 체현한다. '나'는 자루로서 "쓰레기들"을 안에 담아왔다. 위가 뚫려 있으면 계속 쌓일 터이지만, "밑이 터지면 (……) 퀴퀴하게 쌓여서 썩던 것들"은 사라지게 된다. 그러할 때 '나'는 자루가 아닌 존재로 거듭난다. "껍데기를 던지면 바로 내가 큰 허공"임을 자각하는 것이다. 불교에서 공은 "실재하는 모든 이름과 모양의 진정한 본질에 대한 통찰력을 갖는 것이다. (……) 여기에는 옳다, 그르다 하는 분별이 없다. (……) 그것은 '완벽한 실재의 세계'이다."[465]

이를 참고하면 「세 번째 자루」 바로 다음에 위치한, 언어의 껍데기를 벗어던진 「세 번째 자루—Ⅰ」과 도상의 껍데기마저 탈피한 「세 번째 자루—Ⅱ」가 나오는 연유가 자연스럽게 납득된다. 이것을 외부의 구조적 탄압을 방기한 채, 개인만 해탈에 이르는 보신주의라고 여길 수도 있을 듯하다.[466] 그러나 불교에서 공은 허무주의로의 귀결이 아니다. "모든 것이 공해서 결국 모든 것이 같다는 깨달음을 얻으면 우리 사는 삶은 모두 중생을 위해서 사는 삶이며, 그것이 바로 부처의 삶이다."[467] 그렇기 때문에 공은 개인을 넘어 "중생"을 구원하겠다는 대승불교의 근간을 이룬다. "구멍"과 "자루"가 같이 언급되는 시 「단추」가 겨냥하는 바

---

465 숭산, 「대승불교」, 앞의 책, 153-154쪽.

466 슬라보예 지젝, 이진홍 옮김, 「시스의 복수—스타워즈 에피소드 혹은 팝 불교의 탄생」, 『나쁜 장르의 B급 문화』, 르몽드디플로마티크, 2015, 29-31쪽 참조.

467 숭산, 「대승불교」, 앞의 책, 159쪽.

도 그러하다. 이 작품은 1980년대를 "단추의 시대"로 명명한다. "서로들 마음껏 交感"하도록 만드는 "구멍"을 틀어막으려 하기 때문이다. 겨우 "콧구멍으로 연명하는 인간은" 숨을 몰아쉴 뿐이고, "눈동자에 단추를 (……) 귀에 단추를 / 입에 단추를" 달아, 보거나 듣거나 말하는 것을 금지하는 자는 누구인가를 이 시는 거듭 심문한다.

2.5. 북어 표상

"말한다 말하지 못한다"는 시구는, 시로 말하고 있음에도 불구하고 무언가를 온전히 말할 수 없는 현실에 '나'를 비롯한 인간들이 자리함을 예증한다. 최승호 시는 죽음과 연동하는 자기 탐구 의식과 상투적 감수성에 항거하는 모더니즘의 기율을 충실히 따르는 동시에 주관성의 전제로 요구되는 당대성을 명민하게 고려하고 있었다.[468] 예컨대 그것은 최승호 시의 구멍이 허공으로 이행하고, 구멍의 물질성이 허공의 정치성을 내포하는 양태와 이어진다. 최승호는 『진흙소를 타고』 자서에서 다음과 같이 쓴다. "북어가 나를 향해서 '너도 북어지 너도 북어지'하고 포효하기 시작한 것은 그러니까 6,7년 전 사북에서의 일이다. (……) 나는 그때 초조한 반응의 흔적들을 백지 위에 남기면서 '북어'를 통해 삶의 허망함과 인간을 화석화시키는 현대적 상황에 대한 나름대로의 절규를, 시원스럽게 마음껏 토했던 것 같지는 않다. 이번에 시집 원고를 정리하면서 느낀 것 중의 하나는 그 '숨北의 北魚'가 아직도 내 뇌 속에 버젓이 살아 있으며, 서울에 와서 자꾸 자라나서 이제 젖니쯤 돋아난 것

---

468   피터 게이, 정주연 옮김, 『모더니즘』, 민음사, 2015, 29-30쪽 참조.

이 아닌가 하는 점이다."[469]

이와 같은 고백은 일차적으로는 『대설주의보』에 실린 「북어」를 바탕에 두고 있다. "죽음이 꿰뚫은 대가리"를 달고 상점에 진열돼 있는 북어와 '나'를 동일화하는 이 시는 강원도 사북에서 쓰였다. 그런데 최승호가 서울로 온 이후에도 '사북의 북어'는 그에게 계속 남아 있었다. 이 점은 특기할 만하다. 시인 스스로가 밝히기를 "시를 공간과 굉장히 밀접하게 연관시키면서 써 왔던"[470] 까닭이다. 그가 사북에서는 사북의 시를, 서울에서는 서울의 시를 썼다고 할 때의 (불)연속성을 면밀하게 검토할 필요가 있다. 『대설주의보』에 실린 표제작을 포함하고 있는 3부의 시들—「사북, 1980년 4월」「광물의 골짜기」「오늘」「문짝의 안팎」「마음」「거적」「화전민」「눈보라」「지질학적 시간」「깊은 밤」「겨울산」 등은 사북이라는 장소성을 떼어놓고서는 해명될 수 없다. 춘천에서 출생하여 춘천교육대학교를 졸업하고, 1979년부터 1982년까지 사북에서 초등학교 교사로 근무한 최승호의 이력과도 겹친다.[471]

이후 서울로 근거지를 옮긴 그가 집필한 시들은 명실상부하게 1980년대 도시시의 범주에 속한다. 『고슴도치의 마을』에 수록된 「자동판매기」「냉각된 도시에서」「피동사」「펄럭거리는 소리」 등이 그러하고, 『진흙소를 타고』에 수록된 「용두사미」「물질적 열반의 도시」「야옹거리는 도시」「쥐며느리」 등을 그러한 사례로 거론할 수 있다. 이와 같은 사실을 염두에 둘 때, 최승호가 공간의 이동과 상관없이 1980년대

---

469   최승호, 「자서」, 앞의 시집, 5쪽.

470   김우창·최승호·유종호, 위의 좌담, 235쪽. 한편 최승호의 두 번째 시집 『고슴도치의 마을』 자서는 세 문장으로 이루어져 있는데, 그중 두 문장이 시를 쓴 시공간에 대한 진술이다. "83년 봄에서 85년 여름까지 쓴 것들을 묶는다. 춘천과 부천에서 쓴 몇 편을 제외하면 나머지는 모두 서울에서 씌어진 셈이다."

471   조용호, 「진짜 '첫눈'」, 세계일보, 2015년 11월 27일.

내내 붙들었던 화두가 사북의 북어임은 더 각별해진다. 가령 『대설주의보』의 「북어」는 『고슴도치의 마을』에서 「돌들의 서랍」에서 이렇게 변주된다. "나는 한 마리 北魚로 변신한다고 / 신음하는 化身妄想의 얼굴이 있다 (……) 내 안에서 거대한 北魚들이 울부짖는다 / 北魚들이 창을 향해 나아간다". "너도 북어지" 하는 1980년대 초 북어의 외침은 1980년대 중반에 이르러 스스로가 비인간이라는 화신망상 혹은 자각으로 연결된다.

이는 당대를 "울증의 시대"로 여기는 가운데 진행되고, 거기에 "멀쩡한 나"에게 "전기 쇼크"를 가하는 "형사"의 모습이 아른거린다. 울증을 치료하려고 형사가 전기 쇼크를 가하는 것이 아니다. 반대로 "내 담당 의사"로서 전기 쇼크를 "치료"라는 명목으로 행하는 형사가 있으므로 울증의 시대가 도래한 것이다. 그것은 전술한 "단추의 시대"와 공명한다. 최승호 시에서 북어는 "삶의 허망함과 인간을 화석화시키는 현대적 상황"의 결과물이자, 이에 대한 "나름대로의 절규"이기도 하다. 그렇기 때문에 「북어」에서 북어는 "귀가 먹먹하도록 부르짖고 있었"던 것이고, 「돌들의 서랍」에서도 "거대한 北魚들이 울부짖는다"고 쓸 수밖에 없던 것이다. 그 뒤에도 최승호는 사북의 북어를 화두로 삼아 진전시켰다. 『진흙소를 타고』에서는 "북어가 입만 크게 벌렸지 무엇을 물겠는가, 또 이빨은 까칠까칠하기만 했지 작고 작아서 사실은 무용지물이 아닌지 모르겠다."라는 자서와 겹쳐지는 시 「북어 이빨」로 구현하고 있다.

> 내가 입 벌리고 울부짖는 소리 그대는 듣지 못하고
> 내가 죽음에 대해 전해 주는 말 그대는 알지 못한다
> 아무래도 내 이빨은 살 물어뜯는 거대한 톱니들 앞에
> 엉성하게 뾰족한 잔니들뿐이고

마른 살가죽에 먹빛 그물무늬 文身 뒤집어쓰고 입 딱 벌린 채
한번 죽어 허공을 토해내니
이제 입을 더 크게 찢은들 그게 어디 내 입일까
두 눈알 빼낸들 그게 내 눈일까

—「북어 이빨」 전문

이 시에 이르러 북어는 '나'의 외부에 있는 개체, 내부에 있는 대상을
넘어, 같은 존재로 등치된다. 「북어 이빨」은 북어 그 자체로서 발화하지
만 자기 메시지가 "그대"에게 전달되는지에 대해서는 회의적이다. "내
가 입 벌리고 울부짖는 소리"도, "내가 죽음에 대해 전해 주는 말"도 다
른 이에게 가닿지 않는 탓이다. 이것은 자서를 참고하면 정말 그렇다는
것이기 보다, 시인 자신의 시 쓰기가 과연 세상에 유효성을 가지고 있는
가 하는 메타적 질문으로 보인다. 중요한 점은 그럼에도 불구하고 그가
끊임없이 울부짖고 죽음에 대해 발언한다는 사실이다. 울부짖음을 야
기하고 죽음을 파생시키는 "거대한 톱니들 앞에" 비하면, "엉성하게 뾰
족한 잔니들"을 가진 북어의 파급력은 약하게 느껴진다. 바다에서 헤엄
치던 명태를 잡아 건조한 북어는 "한번 죽어"버렸으므로 더욱 그러하
다. 그러나 북어는 "허공을 토해내"고 있다. 앞에 기술한 최승호 시의 구
멍이 허공으로 이행하고, 구멍의 물질성이 허공의 정치성을 내포하는
양태를 상기하면 이 시에서의 허공은 텅 빈 공간이라는 축자적 의미로
만 받아들여질 수 없다.
　"다른 것을 막지 아니하고, 또한 다른 것에 의하여 막히지도 아니하
며, 사물과 마음의 모든 법을 받아들이는 공간"(표준국어대사전)이라는 허
공의 불교적 뜻이다. 더불어 그것이 어디에도 구애받지 않는 자유라고

할 때[472] 최승호 시의 허공과 부합한다. 이는 "쥐며느리, 그 가난한 뱃가죽 위에 / 펼쳐지는 허공을 / 잊었던 아름다운 고향이라고 말하고 싶다"(「쥐며느리」 부분)의 허공과도 궤를 같이 한다. 허공은 "화려한 더러움과 음란함으로 / 너와 나를 물들이는 도시"(「쥐며느리」 부분)에서 파생되는 무력한 허무에 국한되지 않는다. 그것은 "우리를 편히 쉬게 하는 것은 죽음"(「쥐며느리」 부분)이 「북어 이빨」의 "내가 죽음에 대해 전해 주는 말"과 결속하여 허망한 소멸에 그치지 않는 시구로 해석되는 현상과 동일하다. 불교 구사종의 경전인 『아비달마구사론』에서는 허공을 아래와 같이 해설한다.

"허공은 다만 무애를 본질로 하는 것으로, 어떠한 것도 장애하는 일이 없기 때문에 색(色)이 그 가운데에서 작용하게 되는 것이다." 그때 허공은 공간을 점유하는 물질의 절대공간으로 간주된다.[473] 따라서 불교를 시적으로 전유한 『진흙소를 타고』에서 허공은 비관이나 소멸의 기호로만 해석되지 않는다. "더러움과 음란함"에 물들지 않은 물질의 영도 상태에서, "잊었던 아름다운 고향"을 환기하면서 동시에 등치되는 기제로서 작용하는 까닭이다. "당신은 길게 찢어진 입 너머 허공의 빛깔을 보아두세요 (……) 당신은 길게 찢어진 입 너머 허공의 침묵을 들어주세요"(「입이 귀까지 찢어진 채」 부분)에 거론되는 '허공의 빛깔'과 '허공의 침묵'도 주의를 기울여야 한다. "입이 귀까지 찢어진 채 으하하하 크게 웃으니까" 이와 같은 자아도취된 상황에서는 볼 수 없고 들을 수 없는 공백, '물질의 절대공간'을 망각하지 말아야 함을 역설하기 때문이다.

472　이홍경, 「허공」, 수미정사·경인불교대학(http://www.soomi.or.kr) 참조.

473　『아비달마구사론 1』(권오민 역주), 동국역경원, 2002, 8쪽 본문 및 주석 14 참고.

2.6. 「사북, 1980년 4월」

최승호 시에서 구멍의 물질성과 연동하는 허공의 정치성은 위에 서술한, 1980년대 내내 그의 시를 붙들고 있던 '사북의 북어'와 떼려야 뗄 수 없는 관계를 맺는다. 훗날 최승호는 사북에서 쓴 시의 의미를 묻는 인터뷰어 질문에 다음과 같이 답한 적이 있다. "제 시의 일관된 흐름은 갇힘과 벗어남입니다. 1979년 자원해 사북으로 가서 1982년까지 있으면서 사북사태도 겪었지요. 군사독재라는 정치 상황 아래의 탄광촌 광부들의 어두운 삶을 통해 짓눌리고 답답한 현실을 묘사한 것입니다. 하지만 즉각적인 분노보다는 현실을 좀 더 예술적이고 미학적으로 접근하려는 것이어서 다른 참여시인들하고는 다른 부분이 있습니다. 그래서 회색분자라는 말도 들었습니다."[474] 사북사태 혹은 사북항쟁이라고 불리는 1980년 4월의 사건은 다음 달 광주에서 벌어질 공권력 남용·보복성 고문 등 국가폭력의 양태를 앞서 현시한다.[475]

1980년 4월 중순 회사와 어용노조에 의한 임금인상률 졸속 협상에 분노한 동원탄좌 사북 노동자들이 총회를 요구하며 농성을 벌였다. 평소 고위험·중노동·저임금을 감내하던 탄광 노동자들의 불만이 한꺼번에 폭발한 사건이었다. 광부들이 생활하는 사택의 환경도 열악하였다. 단열과 방음이 되지 않는 공간에서 3교대 순환 근무를 하던 탄광 노동자들은 휴식을 제대로 취할 수 없었고, 이는 작업 시 안전 조치 시행에 미흡하였던 회사의 관리 책임과 맞물려 매년 광업 분야에서 200명 가량의 사망 재해가 발생하였다.[476] 이러한 바탕에서 터져 나온 어용노조

---

474 「나의 일 나의 길」, 문화일보, 2006년 11월 14일.

475 황인욱·박다영·한정원, 『사북항쟁과 국가폭력』, 지식공작소, 2021, 7-15쪽 참조.

476 문민기, 「탄광사고를 통해 살펴본 사북사건의 배경」, 『역사문제연구』 23집, 2019, 57-59쪽 참조.

항의 시위를 계엄분소의 집회 불허 통지로 막을 수 있는 것은 아니었다. 4월 21일 경찰과 광부 사이에 충돌이 일어났고 경찰차가 광부 세 명을 치어 중상을 입히는 사건이 일어났다. 이후 격분한 시위대는 경찰과 투석전을 벌여 순경 한 명이 사망하였다.[477]

경찰의 무기고와 화약고를 점거하는 등 격화되던 시위는 4월 24일 노동자 대표와 정부와의 극적인 협상 타결로 마무리되었으나, 4월 24일에서야 관련 보도를 낸 언론은 이를 "유혈 난동"이나 "집단 난동"으로 규정하였다.[478] 사북에서의 혼란이 발생한 원인을 분석한 기사가 같이 배치되기는 하였다. "이번 광부난동사건은 표면적으로는 어용노조와 저임금에 대한 불만에서 비롯됐으나 내부적으로는 오랫동안 노조활동이 자율화되지 못한 상황에서 싹튼 노조 자체 내의 파벌 다툼과 불신 등 해묵은 응어리가 한꺼번에 폭발된 결과였다."[479] 그러나 신문 1면을 장식한 광부들에 의한 "폭력 사태"라는 프레임은 광부들에게 가해졌던 구조적 폭력을 배제하도록 만들었다. 당시 사북초등학교 교사였던 최승호는 이에 대하여 『대설주의보』에 실린 「사북, 1980년 4월」이라는 시를 썼다.

　　증오와 증오의 투석이다
　　거리엔 집단적인 돌들이 깔려 있었다

　　투구와 방패가 번쩍이고

477　장용경, 「1980년 4월의 사북, 광부들의 폭력과 폭력 앞의 광부들」, 『역사문제연구』 23집, 2019, 104-108쪽 참조.

478　「鑛夫 700여명 流血亂動」, 동아일보, 1980년 4월 24일. ; 「鑛夫 3천5백명 流血亂動」, 조선일보, 1980년 4월 24일. ; 「鑛夫 3千5百여명 集團亂動」, 경향신문, 1980년 4월 24일.

479　「勞組 불티 不滿 폭발—숨北鑛夫 폭력事態 발단과 背景」, 동아일보, 1980년 4월 24일.

노동의 기쁨 모르는
어두운 손들이 돌을 쥐던 낮

먹구름과 먹구름의 충돌이다
서로 으르렁거리고 찢어지고
노동의 기쁨 모르는
어두운 손들이
파괴하고 방화하던 광산의 밤

결국 범죄와 도주와 눈물을
거느린 밤이 오고
케이블이 다시 돌기 시작하고

돌들만이 고요한 광산촌
거리엔 石器時代의 어둠이 깔려 있었다

―「사북, 1980년 4월」 전문

이 시를 읽으면 최승호가 당시 왜 "회색분자"라는 비난을 들었는지 짐작할 수 있다. 그는 1980년 4월의 사북을 시로 표현하되, 이를 가해와 피해의 시각으로 이분화하지 않는다. 최승호는 사북에서 두 가지 폭력을 목격한다. 사건 발발 및 전개 과정에서 있었던 광부들의 폭력과 사건 종결 후 광부들을 체포하고 고문한 수사기관의 폭력이다. 전자는 집회에 참여한 광부들이 어용노조지부장 부인을 린치한 사건이다. 당시 중앙일보 기자로서 사북 현장을 취재하다 계엄군에 붙잡혀 폭행과 고문을 당해 심각한 육체적·정신적 후유증을 얻은 탁경명도, 광부들이 자행한 어용노조지부장 부인 린치 사건을 "무고한 여인에게 사형을 이렇게 사형을 가할 수 있을까. 무슨 죄목으로, 무슨 자격으로 짐승만도 못한 짓을 할 수 있을까."[480] 하고 비판한 바 있다. 후자는 광부들과 정부의 협상이 타결된 다음부터 본격화되었다. 학교에서 최승호는 아빠가 갑자기 사라졌다는 아이들의 호소에 직면하였다. 그는 사북에서 "양쪽의 폭력성을 다 보았다"고 증언한다.[481]

이러한 사실에 대하여 후대 연구자는 다음과 같이 논평한다. "린치를 사북에서 지우기보다, 이 존재를 통해 피해자의 폭력이 모두 정당화되는 것이 아니고, 그 폭력에 가해도 존재할 수 있다는 인식을 하게 함으로써, 사건에 대해 성찰할 수 있는 주체를 만드는 계기가 될 수도 있지 않을까?"[482] 현재에서는 위의 견해가 합당한 관점으로 여겨진다. 그렇지만 뚜렷한 공적(公敵)이 상정되던 1980년대 참여시의 경향성 아래에서, 피해자가 당한 폭력과 가한 폭력을 함께 거론하는 행위는 "회색분자"라고 지탄받기 쉬웠다. 최승호는 노동자의 편에 서지도, 국가의 편에 서지도 않았다. 그는 시위대와 공권력이 격돌하는 양상을 "증오와 증오의 투석"으로 보았고, "먹구름과 먹구름의 충돌"로 보았다.

최승호는 시위대가 "파괴하고 방화하던 광산의 밤"을 잊지 않았고, 이후 시위대를 포함한 가족의 "도주와 눈물을" 자아낸 공권력의 "범죄"도 분명하게 언급한다. 「사북, 1980년 4월」은 시위대와 공권력 어느 쪽에게도 흡족한 시가 아니었다. 싸움과 복수와 처벌이 난무한 "광산촌 /

480　탁경명, 『80년 4월의 사북』, 강원일보사 출판국, 2007, 58쪽.

481　노재현, 「분수대: "무덤까지 응어리 갖고 가나" 용서와 화해를 말하자 노인들 마음이 열렸다」, 중앙일보, 2012년 6월 29일.

482　장용경, 위의 논문, 113쪽.

거리엔 石器時代의 어둠이 깔려 있었다"는 시구도 마찬가지이다. 이를 "회색분자" 특유의 양비론적 시각으로 문제 삼는 입장도 있겠으나, 달리 보면 최승호는 저항폭력과 국가폭력의 급진화가 도리어 석기시대와 같은 퇴보를 낳는다는 냉철한 시각을 견지한 것이다. 어떠한 세력의 확고한 패배나 승리는 알기 쉽다. 문제는 그러한 확고한 패배나 승리 이면에 "북어처럼 힘 못 쓰는 인간들이 / 북어처럼 입을 찢어질 듯이 크게 벌리고 / 비명을 질러도 소리가 새어나오지 않는 인간들이"(「깊은 밤」 부분) 존재한다는 점이다.

『진흙소를 타고』에 내재한 허공의 정치성은 갑작스럽게 등장하지 않았다. 『대설주의보』를 쓴 사북에서 시작된 "갇힘과 벗어남"의 메커니즘을 구현한 구멍의 물질성과 긴밀하게 얽혀 있다. 이것은 불교에서 설파하는 진흙탕 같은 사바세계를 "진흙을 뒤집어쓰고 허물어져 가도 자유롭게" 건너려는 최승호의 시적 전유—진흙소가 지향하는 허공의 정치성과 맞닿는다. 그것은 "미친 머리 먹구름, 누더기 먹구름을 헤치면서 맑은 全裸의 달이 / 먹구름 뒤 허공을 훤히 비추며 가고 있다"(「장마 속의 달」 부분)는 다른 시구로도 예증된다. 거듭 상술한 바 불교에서 허공은 그저 텅 빈 공간이 아니라 그곳을 차지하는 물질의 원점(비움과 채움)으로서 받아들여진다. 그러나 여타의 것을 막지도 여타의 것에 막히지도 않는, 무엇으로도 구애받지 않는 구멍과 시적 상태는 도달하기 어렵다. 가짜 해탈이나 현실 도피로 오해받기 쉽다. 이러한 문제의식 하에서 최승호 시에서 물질과는 무관하다고 여겨졌던 공백의 물질성을 재고하였다.

3. 사물과 응시 지향의 반향

3.1. 모색기

최승호는 『현대시학』 1976년 8월호에 「가을밤」·「피리소리」·「음력Ⅱ」가 추천[483], 1977년 12월호에 「비발디」·「겨울 새벽」·「늪」이 재추천[484] 받아 시인으로 문단에 나왔다. 본격적으로 시를 쓰기 시작한 지 1년 만이었다. 그 무렵을 그는 이렇게 회고한다. "너무 등단을 빨리 마쳐서 등단은 했지만 그동안에 쓴 시를 버리고 5년 정도 다시 습작을 했습니다. 그게 『대설주의보』라는 시집에 실린 시입니다."[485] 최승호는 1970년대 중후반에 쓴 등단 시와 1980년대 초 오늘의 작가상 수상작 사이의 간극을 언급한다. 한적한 전원의 풍광을 "하느님의 마을로 떠나던 피리소리 / 물소리 물레소리 모두 가늘게 풀어 / 실개울 구름으로

---

483 『현대시학』 1976년 8월호, 62-63쪽.

484 『현대시학』 1977년 12월호, 21쪽.

485 김우창·최승호·유종호, 앞의 좌담, 215쪽.

흘려 보내던 소리"로 표현한 「피리소리」는 청록파와 김현승 시의 영향
이 엿보이고, "잠결에 듣는 비발디는 가을이고 연한 햇살이다."라는 「비
발디」의 시구는 몽롱한 의식 속에서 계절과 음률을 접합시키는 방식에
서 전봉건 시의 영향을 발견할 수 있다. 김우창이 상찬한 "즉물적 관찰
과 상상력의 결합, 또 그것을 통한 새로운 지각과 깨달음에 이르는 과
정"[486]은 1970년대 최승호 시에서 찾기 어렵다.

　　그러나 "모발습도계의 머리칼이 기일게 늘어난다. / 비리는 날 가
슴 구석엔 / 끈끈한 습지식물들이 자라고 / 방 구석엔 곰팡이가 핀다.
(……) 나는 파리를 잡는다. / 파리의 시체는 내던져진다."(「늪」 부분)라
는 같은 작품도 등단작 중 하나이다. "극도로 막혀 있는 삶의 상황"에
대한 "사실적 관찰"[487]이라는 1980년대 최승호 시의 특징적 맹아는 여
기 내재되어 있다. 1980년대 그는 파리 외에 "쥐치"·"죽은 해마"·"주전
자"·"누에"·"지하철 정거장의 노란 의자들" 등의 사물을 자신의 시적 대
상에 추가하여 『대설주의보』 시편들을 완성하였다. 최승호는 『현대시
학』 "추천완료소감"에서 다음과 같은 포부를 밝힌 바 있다. "나는 나의
內面을 더 들여다보고 싶다. (……) 새로운 표현의 가능성을 찾아, 言語
의 결합, 어둠을 밝히는 화사한 이미지, 압축에 힘을 쏟고 있다."[488] 이후
그는 다시 습작에 임하면서 내면을 더 들여다보는 방법으로 내면으로
의 천착이 아니라, 외재적 물상을 적극적으로 포섭하는 방향을 채택하
였다. 그것은 『대설주의보』로 제6회 오늘의 작가상을 받았을 때의 수상
소감과 이어진다.

　　"화해할 수 없는 벅찬 현실" 속에서 "말할 수 없는 것을 말하려고

486　　김우창, 「관찰과 시―최승호 씨의 시에 부쳐」, 앞의 책, 131쪽.

487　　위의 글, 125쪽.

488　　최승호, 「추천완료소감」, 『현대시학』 1978년 1월호, 110쪽.

(……) 현실을 바라보는 눈"[489]을 견지하겠다는 요지의 발언이다. 내면 탐구는 현실을 배제한 내면 지향으로만 이루어질 수 없다는 사실을 지난 5년 동안의 재습작기에 그가 확고히 정립하였다는 뜻이다. 또한 최승호가 시를 쓸 때 지속적으로 의식하는 "긴장이 유지되는 압축"은 "사람의 상태에 대한 상징물로 바뀌기를 거부하고 그 사물성을 완전히 잃어버리지 않는"[490] 상태를 보존하는 데 기인한다. 이는 춘천교육대학교 시절 그의 은사였던 이승훈이 주창한 '비(非)대상시'와 뚜렷하게 구별되는 시적 양태이다. 이승훈은 첫 시집 『사물A』[491]부터 1970년대에 이르기까지 자신의 시 작업을 비대상에 관한 천착으로 규정한 바 있다. "비대상은 대상이 존재하지 않는다는 사실을 의미한다. 대상이 없다는 것은 한 편의 시에서 시인이 노래하고 있는 대상이 분명치 않다는 것이 되고, 우리가 전통적으로 알고 있는 자연세계나 일상세계가 시 속에서 드러나지 않는다는 뜻도 된다."[492] 이상과 김춘수 시를 모델로 삼은 그는 객관적 대상을 회의 없이 소여로 간주하여 시적 제재로 삼는 일군의 경향성을 비판하였다.

초기에는 이를 "내면성"이라는 용어로 불렀던 이승훈은 비대상을 개념화하면서, "그것은 실존의 투사였고, 외부세계의 무화였고, 언어 자체의 도취였으며, 폴록의 경우처럼 이지러짐의 세계, 무형의 형태를 지향"[493]한다는 점을 역설한다. 이것은 다른 자리에서 그가 언급한 "내

---

489   최승호, 「최소한의 광장으로 여기면서」, 『세계의문학』 1982년 여름호, 221쪽.

490   김우창, 앞의 글, 129쪽.

491   이승훈, 『사물A』, 삼애사, 1969.

492   이승훈, 「비대상」(1981), 『한국현대대표시론』(이승훈 엮음), 태학사, 2000, 197쪽.

493   이승훈, 앞의 글, 202쪽.

면의 억압된 충동, 내면의 억압된 무의식을 터뜨리는 시"[494]와 일치하였다. 이승훈은 "외부세계의 무화"를 통해 "내면의 억압된 충동(무의식)"을 "언어 자체의 도취"로 나타내려고 애썼다. 이러한 견해는 무의식과 언어의 구조적 상동성을 피력한 라캉 정신분석학 명제와 공명한다. 실제로 이승훈은 대학원 강의에서 라캉 정신분석학으로 한국 근현대 시를 독해하는 작업에 임하기도 하였다.[495] 그러한 시적 접근법은 그가 피력한 바 무의식 억압 기제로부터 해방되는 시학의 의의를 가질 수 있다.

한 가지 난점도 생긴다. (무)의식을 외부 현실과 분리되어 작동하는 자기 내면의 고유한 메커니즘으로 여기는 오류에 빠질 가능성이 있다는 점이다. 실존이 본질에 선행한다는 실존주의의 대표 명제에 기반하면 '나'와 '타자'의 자유는 서로 긴밀하게 의존한다.[496] 그러는 한에서 비대상에 대하여 이승훈이 피력한 "실존의 투사"와 "외부세계의 무화" 사이에는 딜레마가 발생할 여지가 있다. 1970년대 후반 재습작에 임하기 이전, "나는 나의 內面을 더 들여다보고 싶다. (……) 새로운 표현의 가능성을 찾아, 言語의 결합, 어둠을 밝히는 화사한 이미지, 압축에 힘을 쏟고 있다."라는 등단 당시 최승호의 시적 포부는 이승훈의 비대상시 입론에 맞닿는다. 그런데 그간 썼던 시를 버리고 가졌던 모색기에 최승호가 집중한 것은 바깥과 차단된 자기 내면으로의 몰두가 아니었다. 1980년대 그는 "화해할 수 없는 벅찬 현실" 속에서 "말할 수 없는 것을 말하려고 (……) 현실을 바라보는 눈"을 보유하는 데 시적 역량을 기울였다. 이는 전술하였던 "시를 공간과 굉장히 밀접하게 연관시키면서 써

---

494   시와세계 기획, 「이승훈·박찬일 대담: 자아 찾기의 긴 여정—『사물A』에서 『인생』까지」, 『이승훈의 문학탐색』, 푸른사상사, 2007, 54쪽.

495   이승훈, 『라캉으로 시 읽기: 이승훈의 해방시학』, 문학동네, 2011.

496   장 폴 사르트르, 방곤 옮김, 『실존주의는 휴머니즘이다』, 문예출판사, 2012, 50-51쪽 참조.

왔던" 그의 시 쓰기와 관련된다. 최승호가 재습작 시기를 거친 기간은 그가 정선에서 사북 탄광촌 마을로 근무지를 옮겼던 시절과 겹친다.

그곳에 가서 제가 충격을 받았어요. 그 탄광촌 마을에 시냇가가 있었는데 물이 까만 거예요. 제 고향이 춘천인데, 시냇가 마을에 살았기 때문에 늘 시냇가에서 노는 것이 일상이었거든. 그 까만 물을 보고 큰 충격을 받게 된 거죠. 그때부터 생태시를 쓰기 시작했어요. 아이들이 놀 데가 없는 거예요. 하루 종일 공중에서 까만 재가 내리는 곳이었어요. 학교 간 사이에 문을 닫아놓아도, 다시 돌아와서 흰 걸레로 닦으면 그 걸레가 까매질 정도로. 태백산맥이니까 도롱뇽들이 4-5월에 알을 낳으러 내려오는데, 도롱뇽 알이 폐수에 썩어가고… 그런 충격 속에서 쓴 것이 바로 『대설주의보』예요.[497]

오염된 시냇물에서 썩어가는 도롱뇽 알을 보고 충격에 휩싸인 체험과 상관없는 시, 실제 대상을 배제하고 자기 내부로 침잠하는 시를 1980년대 최승호는 쓰지 않았다.[498] 그는 눈앞의 현실을 시화한다. 예컨대 "보이는 것은 달과 잿더미 / 광부들은 더러 잠들고 / 바람이 분다 石炭紀의 마을에 / 밤이 오고 별똥이 떨어지고 / 너펄거렸던 비늘나무

---

497   임인영, 「작가 인터뷰: '언어의 요리사' 최승호, 카툰과 동시를 콜라보하다」, 인터파크도서 북
       DB(www.bookdb.co.kr), 2016년 9월 2일.

498   최승호가 나고 자란 춘천과 근무지였던 사북이 생태적 대비를 이루는 사실과 별개로, "그에
       게 춘천이라는 고향은 죽음의 도시였다."라는 평은 숙고할 만하다. 최승호에게 춘천은 생
       태학적으로 이상적인 경험을 제공해준 곳이었지만 실존적으로 어두운 성장기를 보낼 수밖
       에 없던 곳이었다. 죽음의 "난산의 고통"과 홍수의 위협, "친한 친구들의 그로테스크한 죽음
       은 감수성이 예민한 사춘기, 청년 시절의 한가운데를 차지하게 된다. 젊은 시절 폐결핵 등
       의 병력도 그에게는 죽음의 공포였을 것이다." 정끝별, 「춘천, 물의 자서전을 읽다」, 『자코메
       티와 늙은 마네킹』, 127쪽.

의 잎사귀는 / 보이지 않는다"(「광물의 골짜기」 부분)라는 시구가 그러하다.
『대설주의보』에서 최승호는 "보이는 것"이 무엇이고, "보이지 않는" 것
이 무엇인지 기술한다. 앞에 기술한 대로 이러한 1980년대 최승호 시
에서 두드러지는 구상법을 김우창은 '관찰'로 명명하였다. 그가 규정하
는 최승호 시의 방법론적 관찰은 "사실의 충실한 묘사만으로 가능해지
는 것이 아니"라, "정신의 힘 속에 포착되는 사물의 모양을 지칭하는 것
이다."[499] 최승호 시에서 사물의 모양을 포착하는 정신의 힘에 대해서는
재론이 필요하다. 이는 자칫 시적 주체의 관념적 틀이 외부 대상을 빚어
내는 객관의 주관화—세계의 자아화로만 최승호 시로의 접근을 용인할
수 있는 까닭이다.

3.2. 사물성과 생태학

재차 강조하되, 1980년대 최승호 시에서 눈 여겨봐야 하는 특징
은 김우창이 앞에서 서술하였던 "그의 관찰에서 사물들은 단순히 사람
의 상태에 대한 상징물로 바뀌기를 거부하고 그 사물성을 완전히 잃어
버리지 않는다"[500]는 대목이다. 왜냐하면 "들장미는 재 흘러내리는 / 철
로 변에 있었다 / 그것은 피사체가 아니었다 / 마음은 사진기계가 아니
었다 / 나는 잠시 걸음을 멈추었다 / 들장미라는 말이 떠오르기 전에
/ 들장미가 있었다 / 그것은 분석의 대상이 아니었다"[501]는 최승호 시
의 통찰이 비단 2000년대에 접어들어 갑자기 얻어지지 않았음을 거론
하기 위해서이다. "확고한 원근법적 시선과 대상의 관계"를 부정하고

---

499   김우창, 앞의 글, 131쪽.

500   위의 글, 129쪽.

501   최승호, 「재 위에 들장미」 부분, 『아무것도 아니면서 모든 것인 나』, 열림원, 2003, 44-45쪽.

"'시선'과 '언어'는 서로 다른 것이 아니"[502]라는 이른바 '시선의 시학'은 2000년대가 아닌 1980년대 최승호 시가 이미 선취한 새로움이었다. 이는 "대부분의 연구자들이 『회저의 밤』을 본격적인 생태주의의 분기점으로 보며"[503] 최승호 시를 양분하는 기존 입장에 대한 문제제기이기도 하다.[504]

사물성 보존과 결부된 1980년대 최승호 시의 물질성을 검토하는 데 생태학(생태주의)을 빼놓기는 어렵다. 영어권에서 "인간 및 자연 서식지에 대한 관심을 지칭하던 가장 일반적인 용어는 'environmentalism(환경론)'이었다. 사실상 'environmentalism'이 좀 더 구체적이었는데, 자연환경이 인간 발달에 영향을 미친다는 학설을 지시하는 것"[505]이었다. 생태학의 원어 Ecology는 20세기 중엽부터 널리 쓰이기 시작하였다. 이는 인간을 둘러싼 주요 환경인 자연을 보호하자는 견해를 넘어, 인간 또한 자연의 질서에 속한 구성체임을 뚜렷하게 강조하는 변화였다. 한국에서 생태학 담론은 1990년대 활발하게 전개되었다. 1991년 문학평론가 김종철이 창간한 격월간지 『녹색평론』의 역할이 대표적이다. 『녹색평론』은 창간사에서 한국 경제의 양적 성장이 가시화되었던 1980년대를 지나 도착한 1990년 초의 오늘을 "생태학적 위기로 요약되는 이 어처구니없기도 하고 끔찍스럽기도 한 상태"로 지칭하며, "무

502 　성민엽, 「시선의 시학」(해설), 위의 책, 108쪽.

503 　김동명, 「최승호 시에 나타난 심층생태주의의 복잡성 연구―노장사상과 신과학의 관점을 중심으로」, 『한국문학논총』 70집, 한국문학회, 2015, 196쪽. 『회저의 밤』은 최승호의 다섯 번째 시집으로 1993년 세계사에서 출간되었다.

504 　도정일·정효구·이선이 등이 수행한 이전 연구를 비판적으로 검토하면서 김행숙은 『회저의 밤』이 최승호 시에서의 단절과 전환의 분기점이 아니라, 반복의 연속성 하에서 재론되어야 함을 일찍이 주장한 바 있다. 김행숙, 「최승호 시의 생태학」, 『우리어문연구』 25집, 우리어문연구, 2005, 122쪽 참조.

505 　레이먼드 윌리엄스, 위의 책, 160쪽.

엇보다 필요한 것은 결국 우리들 각자가 자기 개인보다 더 큰 존재를 습관적으로 의식할 수 있게 하는 문화를 회복하는 일”이라고 주장한다.[506]

이 외에 ‘생태계의 위기와 민족민주운동의 사상’ 좌담(『창작과비평』 1990년 겨울호), ‘생태학·미래학·문학’ 특집(『외국문학』 1990년 겨울호) 등 1990년대 생태학에 대한 한국 지성계의 관심이 높았다. 그 이유 가운데 빠뜨릴 수 없는 흐름이 87년 체제 수립[507] 이후 민주화운동 세력의 새로운 방향 모색과 현실 사회주의의 붕괴이다.[508] 이러한 조류 속에서 1980년대 사회변혁운동의 주요 이데올로기였던 마르크스주의에 대한 비판적 성찰도 제기되었다. 『녹색평론』 창간사가 명징한 사례이다. “때때로 인간과 자연의 동시적인 해방에 관한 언급이 없었던 것은 아니지만, 맑스주의는 일반적으로 인간의 삶을 생산과 소비의 측면에 제한하여 본다는 점에서는 부르주아 철학과 궤를 같이해 왔다고 할 수 있다. (······) 생산과 소비의 양적 증가는 도리어 인간 생활을 비참하게 만들어 버린다는 비극적인 경험을 겸허하게 받아들이지 않으면 안 되는 상황이 바로 오늘의 현실인 것이다.”[509]

“때때로 인간과 자연의 동시적인 해방에 관한 언급이 없었던 것은 아니”라고 김종철은 마르크스주의의 생태학적 관점을 언급하였다. 마르크스(주의)의 유물론에 입각하여 인간과 자연을 함께 능동적으로 초

---

506 김종철, 「창간사: 생명의 문화를 위하여」, 『녹색평론선집 1』(1991년 창간호-1992년 9-10월호), 녹색평론사, 1993, 14쪽.

507 김종엽, 「서장: 87년체제론에 부쳐」, 『87년체제론: 민주화 이후 한국사회의 인식과 새 전망』(김종엽 엮음), 창비, 2009, 11-25쪽 참조.

508 이숭원, 「생태학적 상상력과 우리 시의 방향」, 『실천문학』 1996년 가을호, 207-208쪽 참조.

509 김종철, 앞의 글, 13쪽.

점화하는 체계적인 논의도 그 뒤에 이루어졌다.[510] 그러나 1980년대 한국에서 마르크스주의는 생태학이 아니라 무엇보다 사회변혁운동의 이론적 동력으로 강력한 영향을 끼쳤다. "사람에 의한 사람의 지배, 착취를 반대해왔다는 점에서 존경받아 마땅한 사상이라 할 수 있지만, 그러나 그것이 어디까지나 인간 중심의 관점에 머무르고 있는"[511] 한계를 지적받을 여지가 있었다는 뜻이다. 따라서 1990년대 담론적 실천의 주류로 부상한 생태주의는 인간을 위한 환경보호라는 환경주의를 넘어, 인간의 단독적 존재론을 비인간과의 의존적 연대속에서 재구축하는 공생적 관계론으로 전환하는 새로운 패러다임의 성격을 갖는다.[512] 이는 자본주의 진영이 폐색하고 반(反)자본주의 진영에서는 소홀히 여겨진, 사물들과 얽혀 구성되는 상호 주체성에 대한 탐구로 이어진다.

3.3. 알레고리 너머

이와 같은 논점을 부각하는 까닭은 "사회적 상상력"과 연계된 (벤야민의) "알레고리"의 방법론으로는 1980년대 최승호 시의 면모를 특정해 낼 수 없다는 의식에 기초한다. 일관된 총체성을 거부하는 다의적 파편들이 이율배반을 생성하고, 이것이 역설적이면서 우회적으로 시대의 진실을 폭로한다는 접근법은 나름의 유효성이 있다. 그렇지만 이를 통

<hr>

510 Reiner Grundmann, *Marxism and Ecology*, Oxford: Oxford University Press, 1991. ; 라이너 그룬트만, 박만준 옮김, 『마르크스주의와 생태학』, 동녘, 1995. / John Bellamy Foster, *Marx's Ecology: Materialism and Nature*, Monthly Review Press, 2000. ; 존 벨라미 포스터, 이선웅 옮김, 『마르크스의 생태학』, 인간사랑, 2010. ; 존 벨라미 포스터, 김민정·황정규 옮김, 『마르크스의 생태학』, 인간사랑, 2016.

511 김종철, 앞의 글, 13쪽.

512 티모시 모턴, 김용규 옮김, 『인류: 비인간적 존재들과의 연대』, 부산대학교출판문화원, 2021, 15-22쪽 참조.

해 드러난 결과가 표면적 현상을 재진술한 행위에 지나지 않는다면 분석의 실효성을 잃게 된다. "최승호의 시에서는 북어의 형상을 한, 많은 동물과 사물들이 무기력하고 의지가 박약한 상태로 현실에 안주하려는 소시민적 삶에 대한 알레고리로 나타나며 (……) 특히 동물의 의인화는 우의(寓意)를 싣기에 편리한 수단을 제공한다"라든가, 『대설주의보』에 등장하는 "숫소"·"북어"·"쥐치" 등의 대상에 대하여 "이들이 환기하는 바는 결국 인간으로서, 문제적인 현실에 능동적인 대처가 불능해진 인간의 무력한 모습에 대한 비판적 알레고리"라는 진단이 그러하다.[513]

분명 1980년대 최승호 시에서는 현실 비판적 알레고리의 요소를 적시할 수 있다. 그러나 최승호 시의 (죽은) 생물을 우의로만 간주하면 그에 대하여 요구되는 입체적 독해가 단조로워지고 만다. "동물(사물)들의 의인화라는 동일한 알레고리적 구도에 의한 이같은 변주는 당대의 이데올로기와 권력구조를 선명하게 드러낼 수 있는 장점이 있는 반면, 그 선명성이 현실포착의 단순함으로 귀결될 수도 있다."[514] 그러므로 1980년대 물질성 및 최승호 시의 사물성 보존과 결부지어, 그의 텍스트에 자주 출현하는 (죽은) 생물에 관해서는 또 다른 접근과 검토가 요구된다. 그 실마리 중 하나를 진화생물학자 최재천과 최승호의 대담에서 찾을 수 있다. 아래는 최승호 시를 읽은 최재천의 말이다.

"제가 읽으면서 생각했던 것을 김우창 선생님은 아주 기가 막히게 정리하셨던데, 바로 '굉장히 사실적이다'라고 표현하신 점입니다. 저는 그것을 '굉장히 생물학적이다'라고 표현하고 싶은데 그런 면에서 최 선

---

513   오수연, 「최승호 초기시의 알레고리 양상과 기능」, 『어문연구』 86집, 어문연구학회, 2015, 169-170쪽.

514   정끝별, 「구도(求道)의 신화와 알레고리 시학: 최승호론」, 『천개의 혀를 가진 시의 언어』, 케포이북스, 2008, 228쪽.

생님 시의 독특함이 느껴집니다. 다른 시인들도 생물들에 대한 이야기를 하지만, 최 선생님 시에서처럼 생물 안으로 파고들어가면서 시를 쓴다는 느낌을 받지는 못했어요."[515] 이러한 코멘트에 대하여 최재천이 진화생물학자이므로 시 독해를 생물학적 관점에 입각하여 수행한다고도 볼 수 있다. 그런데 그는 김우창이 최승호 시에서 포착한 관찰의 사실성을 "생물 안으로 파고들어가면서 시를 쓴다는 느낌"으로 치환한다. 생물들을 시에 등장시키는 여타 시인들과 최승호를 '생물 내부로의 귀착 여부'로 대별하는 최재천의 시각은 특기할 만하다. 이에 최승호는 다음과 같이 답한다.

언젠가 패랭이꽃을 보고 저는 그런 생각을 한 적이 있습니다. 패랭이꽃이 어떤 색이고 꽃잎이 몇 개고 언제 꽃이 피고…… 그런 사실들 말고 내가 패랭이꽃을 정말 알게 되는 순간은 내 마음이 패랭이꽃과 하나가 되었을 때가 아닌가, 그리고 그것이 가장 깊은 인식의 경지가 아닐까 하고 말입니다. (……) 제가 생물들을 많이 다루는 이유는 저 또한 생물이기 때문이 아닐까요? 그러나 살아 있는 것보다는 죽은 것들에 대해 저는 더 예민한 모양입니다. (……) 고래들에게도 있는 그런 측은지심이 저에게도 조금은 있고, 새우젓 속에서 발견되는 죽은 해마 새끼나 수족관의 물고기들, 거미줄에 걸린 곤충 같은 것이 측은지심과는 좀 다른 근원적 슬픔으로 제 시의 대상으로 다가오는 경우도 있는 것 같습니다. 죽은 것들에 대해 관심을 갖고, 그런 것들을 많이 다루다 보니 제 시가 때로는 건어물가게 같기도 하지만 말입니다.[516]

---

515   최재천·최승호 대담, 「태양의 아이들, 진흙소를 타고 개미 제국에 가다」, 『춘아, 춘아, 옥단춘아, 네 아버지 어디 갔니?』(대담 김우창 외 25인), 민음사, 2001, 65쪽.

516   위의 대담, 65-66쪽.

　2001년에 이루어진 대담 내용으로 최승호 시의 특징들을 1980년 대로 전부 소급하기는 어렵다. 다만 위의 발언을 통해 1980년대부터 두드러지게 나타나는 (죽은) 생물의 오브제를 재검토하는 작업은 가능하다. 최승호는 패랭이꽃을 예로 들어 외양적·속성적 분석이 사물의 진정한 시적 인식에 이르는 길이 아님을 강조한다. 핵심은 "내 마음이 패랭이꽃과 하나가 되었을 때"라는 것이다. 이는 전술하였던 선 수행에서 여여의 대답과 즉여의 대답이 빚어내는 차이와 같다.[517] 최승호가 한 언급은 전술한 시적 주체의 관념적 틀이 외부 대상을 빚어내는 객관의 주관화—세계의 자아화와 구별된다. 패랭이꽃의 고유성과 상관없이 제멋대로 그것을 규정하는 행태가 아니기 때문이다. 그에 따르면, 물아일체(物我一體)는 인간이 대상에 대하여 느끼는 감정의 소산이 아니다. 생물성에 바탕을 둔 공통감각이다. 이것은 살아 있으므로 죽을 수밖에 없는 필멸자들이 공유하는 숙명론에 가깝다.

　그래서 최승호는 시에서 "살아 있는 것보다는 죽은 것들에 대해"서, 혹은 죽어가는 과정에 놓인 것들에 착목하였다. 그는 "새우젓 속에서 발견되는 죽은 해마 새끼나 수족관의 물고기들, 거미줄에 걸린 곤충 같은 것"을 시에 등장시킨다. 그러한 점에서 "측은지심과는 좀 다른 근원적 슬픔"이라는 그의 표현을 눈여겨봐야 한다. 이를 죽은 것들이나 죽어가는 과정에 놓인 외부적 대상을 불쌍히 여기는 마음으로 치환할 수는 없기 때문이다. 측은지심은 인(仁)의 실마리가 되는 "차마 어쩌지 못하는 마음"인데, 그것의 예를 맹자는 우물에 빠지는 아기를 본 사람이

517　숭산, 「대오」, 앞의 책, 100쪽 참조.

드는 놀라고 안타까운 심정으로 풀이한다.[518] 맹자의 왕도정치론의 근간이 되는 성선설이다. 그러나 여기에는 불가피한 위계가 생겨난다. 도움을 필요로 하는 자와 도움의 손길을 내미는 자, 피치자와 치자의 불균형한 관계가 어쩔 수 없이 형성되기에 그러하다.

자신이 대상보다 우위에 있다는 의식에 기초하면 최승호가 거론한 "측은지심과는 좀 다른 근원적 슬픔"은 발생하지 않는다. 본원적 정서를 피력하는 그의 발언은 '근본기분(Grundstimmung)'에 관한 철학적 통찰을 빌려 접근해볼 수 있다. 현존재는 자신의 의사와 무관하게 언제나 기분에 휩싸일 수밖에 없다. 근본기분은 시시각각 변하는 기분이 아닌, 현존재의 밑바탕을 이루는 기분이다. 하이데거는 "근본기분은 생기에 의해 기분에 젖어있으면서 그것을 알고자 하는 의지로서의 용기의 심정을 포함한다."[519]라고 언명한 바 있다. 그의 주저 『존재와 시간』에서 근본기분은 '불안'으로 제시된다.[520] 불안을 야기하는 원인은 특정 대상이 아닌, 존재하는 한 소멸을 피할 수 없도록 짜인 '세계 자체'이다. 이것은 흥미로운 반전을 가져온다. "불안은 현존재를 그가 그 때문에 불안해하는 그것으로, 즉 본래적인 세계-내-존재-가능으로 되던져준다. 불안은 현존재를, 이해하면서 본질적으로 자신을 가능성들에로 기획투사하는 그의 가장 고유한 세계-내-존재로 개별화시킨다."[521] 죽음과 연계된 불안이 삶의 태도와 시각을 오히려 적극적이고 단독적인 것으로 벼리기 때문이다.

그러한 관점에 근거하면 다음의 견해 역시 재고되어야 한다. "최승

<hr>

518　맹자, 동양고전연구회 옮김, 「공손추 상」, 『맹자』, 민음사, 2016, 117-119쪽 참조.

519　마르틴 하이데거, 이선일 옮김, 『철학에의 기여』, 새물결, 2015, 277쪽.

520　김형찬, 「하이데거의 근본기분에 대한 고찰」, 『철학논총』81집, 새한철학회, 2015, 71쪽 참조.

521　마르틴 하이데거, 이기상 옮김, 『존재와 시간』, 까치, 1998, 256쪽.

호의 초기시는 전체주의에 억눌린 삶을 형상화하고 있다. (……) 최승호
는 이런 전체주의 사회에 짓눌린 소시민들을 자주 시의 무대에 올렸다.
시인은 이를 흔히 동물로 형상화했다. 최승호 시에 무수히 등장하는 동
물들은 육체의 욕망만으로 움직인다는 점에서, 유물론적인 인간의 알
레고리다. (……) '잉어' '굴비' '해마' '코뿔소' '앵무새' '쥐치' '게' '버마재
비' '까마귀' '초어' '고슴도치' 등의 수많은 동물들이 모두 그런 소시민
의 속성을 분유(分有)했다."[522] 1980년대와 최승호 시의 불가분성을 염
두에 둔다면, "최승호의 초기시는 전체주의에 억눌린 삶을 형상화하고
있다"는 의견에 동감할 수 있다. 그렇지만 '소시민=동물'이라는 등식은
최승호 시에 온전히 통약되지 않는다.[523] "동물들은 육체의 욕망만으로
움직인다는 점"과 그 예로 「북어」를 제시한 논리도 재검토를 요한다. 최
승호 시의 여러 동물들은 육체의 욕망만으로 움직이지 않을 뿐더러, 북
어와 쥐치 등의 건어물은 이미 "죽은 것들"이기에 그러하다.

3.4. 「죽은 海馬」

　그와 같은 입장에서 『대설주의보』에 실린 「죽은 海馬」는 적실하게
해명되지 않는다. 최승호가 이야기한 바 "새우젓 속에서 발견되는 죽은
해마 새끼"에 대한 시이다.

522　권혁웅, 「1980년대 시의 알레고리 연구—광주의 시적 형상화를 중심으로」, 『한국근대문학
　　　연구』 19집, 한국근대문학회, 2009, 267-269쪽.

523　예컨대 초기 시 가운데 하나인 「마음」이 그러하다. 『대설주의보』에 실린 이 작품은 갓 태
　　　어난 송아지, 출산한 암소, 이들을 돌보는 촌부를 "순한 눈매 속의 눈물주머니"로 등치시킨
　　　다. "혓바닥으로 송아지의 눈언저리를 쓸어주는 / 소의 마음을 아는 것은 / 소 먹이며 소처
　　　럼 살아온 / 가난한 두메백성인 당신"이라는 시구에 육체의 욕망만으로 작동하는 동물—인
　　　간을 찾아볼 수 없다.

밥을 먹다가 보았다

새우젓 사발에 꼬부라져 누워 있는 海馬

海馬 새끼를

꽂꽂이 서서 헤엄쳐다녀야 할 海馬가

최초로 이렇게

절여진 슬픈 꼴로 눈 앞에 나타나다니

허지만

海馬는 기다려왔는지 모른다

자기를 詩集에 넣어달라고

나는 기꺼이 詩集에 넣겠다

죽은 海馬를 위해

다음과 같이

사발에 누워 있다가 보았다

밥을 먹고 있는 남자

밥맛이 없어보이는 남자를

하필이면 저런 꾀죄죄한 인간이

저승의 獄卒마냥

나를 방망이로 뒤적이고 있다니

허지만

그는 기다려왔는지 모른다

海馬라는 한 편의 詩를

나는 기꺼이 詩가 되어 주겠다

아직 살아 있는 남자를 위해

다음과 같이

前生에 나는 海馬였다 아버지의 배주머니 속에서 아버지의 간섭을 받아야 했다 이제 나는 누구의 간섭도 받지 않는다 고래의 너털웃음에 공포를 느끼지 않는다 멍게의 울음에 연민을 느끼지 않는다 온갖 海馬的인 감정이 증발하였다 내가 살던 海馬의 마을에 평화가 왔는지 알 수가 없다 그물의 그물코가 넓어야 걔네들이 海馬답게 살텐데……새우그물은 얼마나 촘촘하고 튼튼했는지 새우들의 이마뿔이 부러지고 왕새우의 왕초도 구멍 하나 뚫지 못했다 정작 구멍이 뚫린 것은 내 살이다 요즘 나는 계속 해체되는 중이다 하기야 내 살은 바다가 잠시 빌려줬던 것이니까 해체되면서 聖河의 흐름을 따를 수밖에 없다 자 그럼 절여진 海馬는 이만 안녕

—「죽은 海馬」 전문

기존에 제기되었던 최승호 시의 동물에 대한 논지는 인용 시에 부합하지 않는다. "문제적인 현실에 능동적인 대처가 불능해진 인간의 무력한 모습에 대한 비판적 알레고리"도 아니고, "육체의 욕망만으로 움직인다는 점에서, 유물론적인 인간의 알레고리"로 보기도 어려운 탓이다. 「죽은 海馬」는 최승호 시의 물질성—사물성이 어떻게 보존되는가를 구조적으로 예증한다. 3연으로 구성된 이 시의 1인칭 '나'는 각 연마다 바뀐다. 1연은 시인, 2연은 죽은 해마, 3연은 시인과 죽은 해마가 얽힌 시적 주체이다. 1연에서 시인은 식사를 하는 도중 "새우젓 사발에 꼬부라져 누워 있는 海馬 / 海馬 새끼"를 발견한다. 그는 해마의 모습을 "절여진 슬픈 꼴"이라고 표현하는데, 새우에 대하여서는 그렇게 쓰지 않는다. 식탁에 오른 반찬으로서 새우젓은 자연스럽게 섭취해야 할 음식으로 간주되는 까닭이다. 시인은 채식주의자가 아니다. 그는 있지 말

아야 할 장소에 있는 대상, 포획의 대상이 아니었음에도 불구하고 거기에 휩쓸려 버린 대상에 연민을 느낀다.

중요한 것은 그 다음 변환이다. 시인은 해마를 불쌍하게 여기지만은 않는다. 그는 "海馬는 기다려왔는지 모른다"고 쓴다. "자기를 詩集에 넣어달라"는 기대를 품은 기다림이다. 이러한 추측은 시인의 독단에 불과할 수도 있겠으나, 해마가 "최초로 이렇게 (……) 눈 앞에 나타나" 불러일으키는 감정의 파장을 그는 범상하게 지나치지 않는다. 그러기에 시인은 젓갈이 되고 만 새우가 아닌, 포획한 자의 의도와 관계없이 새우젓에 들어 있게 된 "죽은 海馬를 위해" 시를 써야 한다고 결심하는 것이다. 이로써 시가 된 해마는 2연에서 '나'로 화한다. 시선의 방향도 역전된다. 1연에서 시인이 해마를 바라보던 위에서 아래로의 시선이, 2연에서 해마가 시인을 바라보는 아래에서 위로의 시선으로 변화하는 것이다. 시선과 대상의 단방향적 흐름을 전도하는 최승호 시의 이른바 시선의 시학은 재차 상론하는 바 1980년대 작품에 일찌감치 엿보인다. 인간에서 사물을, 사물에서 인간을 응시하는 쌍방향성은 「죽은 海馬」의 1연과 2연에 뚜렷하게 나타난다.

2연에서 해마는 "사발에 누워 있다가 보았다 / 밥을 먹고 있는 남자 / 밥맛이 없어보이는 남자를", 그러니까 해마의 시점에서 시인은 "꾀죄죄한 인간"에 불과하다. 한데 "나는 기꺼이 詩가 되어 주겠다"고 결심한다. 그가 "海馬라는 한 편의 시를" 고대하여 왔는지도 몰라서이다. 1연의 시인은 해마를, 2연의 해마는 시인을, 서로 운명적인 상대로 간주한다. 이것은 명시적으로는 우연한 마주침이다. 하지만 시인의 입장에서는 "죽은 海馬를 위해"서 해마의 입장에서는 "아직 살아 있는 남자를 위해" 시가 되어 연결될 수밖에 없었던, 죽음과 삶의 숙명적인 교점이기도 하다. 주지할 사실은 시의 탄생이 "죽은 해마"에게도 "살아 있는 남자"에게도 어떤 방식으로든 도움이 된다는 점이다. "海馬라는 한 편의 詩"가 쓰임으로써 "죽은 해마"를 애도할 수 있다는 점은 쉽게 수긍된다. 관건은 시가 쓰임으로써 "살아 있는 남자"에게는 무슨 도움이 되는가이다.

시가 완성될 수 있도록 해마가 스스로를 제공하였으므로 시인에게 긍정적이었다는 평을 우선 떠올릴 수 있다. 그러나 이보다는 "살아 있는 남자"의 살아 있음 자체에 해마가 시가 되어 주는 행위가 기여한다고 보는 편이 합당한 해석일 듯하다. 그것은 1연과 2연에서 추론되지 않는다. 근거는 시인과 해마 어느 쪽도 아닌 양자가 얽힌 '나'가 전면화되는 3연에 있다. "前生에 나는 海馬였다"는 시구를 바탕에 두고 3연의 화자가 마땅히 해마라고 받아들이는 독법도 있을 것이다. 정확히 표현하자면 3연의 '나'는 해마이되, 해마의 전생과 후생에 대해 쓰는 시인이 뒤얽힌 시적 주체에 가깝다. 이러한 연유로 인해 3연의 '나'를 단일한 자아를 뜻하는 화자 개념 대신, 복수의 (무)의식을 전제하는 시적 주체라고 지칭하는 것이다. 이는 "내가 마니산패랭이꽃을 정말 알게 되는 순간은 내 마음이 패랭이꽃과 하나가 되었을 때가 아닌가" 하던 최승호의 고백과 맞물려 설득력이 생긴다. 더불어 3연의 마지막 시구인 "자 그럼 절여진 海馬는 이만 안녕"도 3연의 화자가 해마와 시인이 뒤얽힌 시적 주체임을 방증한다.

3연을 꼼꼼하게 들여다보면 해마의 죽음을 둘러싼 새로운 명암도 언급된다. 1연에서 시인은 "꼿꼿이 서서 헤엄쳐다녀야 할 海馬가 / 최초로 이렇게 / 절여진 슬픈 꼴로 눈 앞에 나타나다니" 하고 안타까워하지만, 3연에서 서술되는 바 해마가 그렇게 바닷속을 "꼿꼿이 서서 헤엄쳐" 다니지는 못하였다. "아버지의 배주머니 속에서 아버지의 간섭을 받아야 했"고, "고래의 너털웃음에 공포를 느끼"었으며, "멍게의 울음에 연민을 느끼"기도 했기 때문이다. 죽음은 "온갖 海馬的인 감정이 증발"되도록 만들었지만, 한편으로는 간섭과 공포와 연민으로부터 벗어나게 하는 결과를 도출하였다. 다만 전생이 해마였던 시적 주체는 염려한다. "내가 살던 海馬의 마을에 평화가 왔는지 (……) 그물의 그물코가 넓어야 개네들이 海馬답게 살텐데……" 하고 말이다. 해마까지 휘말리게 한 "새우그물은 얼마나 촘촘하고 튼튼했는지 새우들의 이마뿔이 부러지고 왕새우의 왕초도 구멍 하나 뚫지 못했다".

이는 1980년대를 살아가는 시인의 입장에서도 절실한 문제로 부각된다. 평온한 삶을 빈틈없이 옥죄는 그물의 위협은 비단 바닷속 상황만이 아니기에 그러하다. 최승호 시의 죽음에는 부정성과 긍정성이 혼재되어 있고 그와 비슷한 비중으로 삶에도 부정성과 긍정성이 혼재되어 있다. 그러한 상황에서 "개네들이 海馬답게 살"수 있도록, 시인이 시인답게 살 수 있도록, 살아 있는 존재들이 누려야 하는 삶의 긍정성을 모색하는 노정을 궁리해야 하는 것이다. 물론 주의주의(主意主義)에 입각한 정치적 변혁을 역설하는 장면이 최승호 시에 가시화되지는 않는다. 「죽은 海馬」에서 살펴볼 수 있듯이 최승호 시는 "밥을 먹다가 보았"던, "사발에 누워 있다가 보았"던 광경에서 출발하여 기술할 뿐이다. 그것을 논자의 분석틀에 따라 문명비판시·사회저항시·생태순환시·실존주의시 등으로 판단하게 된다. 누군가는 "내 살은 바다가 잠시 빌려줬던 것이니까 해체되면서 聖河의 흐름을 따를 수밖에 없다"는 구절에서는 체념—도리를 깨닫는 구도시의 특성을 발견할지도 모른다.

이중 어느 하나의 경향으로만 최승호 시를 규정하면 거기에 들어맞지 않는 공백에 곤란해질 수밖에 없다. 검토하였던 대로 시인과 해마 화자, 시인과 해마가 뒤얽힌 시적 주체가 보았던 현상을 상술하는 것에서부터 출발하는 한 편의 시에서 파생되는 의미의 자장은 문명비판시·사회저항시· 생태순환시·실존주의시·구도시 등에 전부 걸치기 때문이다. 이것은 되풀이하는 바 최승호 시에서 물질성—사물성이 중시되는 입장과 결부된다. 인간으로서 보고 체험하는 것들 외에 (죽은) 생물이 보고 체험하는 것들을 씀으로써, 나아가 인간과 (죽은) 생물이 뒤얽힌 개체라고밖에 달리 표현할 수 없는 물질적 존재에 몰입하여, 최승호 시는 "생물 안으로 파고들어가면서 시를 쓴다는 느낌"에 가닿는다. 대상과 객관적 거리를 두고 건조한 풍경 묘사의 방식을 취하는 표제작 「대설주의보」에서도 그러한 특질을 포착할 수 있고, 「대설주의보」에 가려져 자주 논의되지 않는 메타 시 「눈보라」에서도 이에 대한 해명을 추가할 수 있다.

3.5. 백색의 계엄령—「눈보라」

그것을 검토하기 전에 한 가지 정보를 부기할 필요가 있다. 『대설주의보』가 제6회 오늘의 작가상을 받았을 당시 심사위원이었던 김우창·유종호·최인훈이 수상작 선정 기준으로 내세운 제일 항목이 희망이 사라진 시대의 희망을 부활시키는 과업을 수행할 수 있느냐의 여부였다는 점이다. "요즘 작단은 어느 때보다도 침체되어 있는 듯하다. 이것은 일반적인 시대 상황 특히 희망의 고갈에 관련된 것으로 생각된다. 이러한 상황 속에서 조금이라도 희망의 성장에 도움이 될 수 있는 일은 모두 환영되어 옳은 것일 것이다. 우리는 어느 때보다도 '오늘의 作家賞'이 창작 활동의 자극과 고무에 한 역할을 맡기를 원했다."[524] 사북 사건과 5·18 광주민주화운동의 여파가 가시지 않았던 1980년대 초, 그에 더하여 공포 정치의 구현이자 인권 유린의 대명사가 된 삼청교육대의

---

524   김우창·유종호·최인훈, 「심사보고」, 『세계의문학』 1982년 여름호, 220쪽.

폭력이 잔존하던 상황에서 희망을 찾기는 힘들었을 터이다.[525] 문학계 내부적으로는 1981년 5월 보안사로 끌려가 고문을 당한 한수산 필화 사건이 있었다. 한수산은 장편소설『부초』로 제1회 오늘의 작가상을 수상한 소설가이기도 하였다.

1980년대 초 언론에서 한수산 필화 사건을 보도한 적은 없다. 다만 "과거에도 여러 번 소식도 없이 잠적해 버려 주위 사람들을 난처하게 했던" 한수산이 1982년에도 10월에도 그런 일을 벌였음을 문단 스캔들로 치부한 가십은 있었다.[526] 한수산 필화 사건은 1981년 5월 중앙일보에 연재 중이던 소설『욕망의 거리』에 실린 내용을 문제 삼은 보안사로부터 비롯되었다. 작품 대목 중 일부가 전두환을 필두로 한 군부에 대한 조롱이라며, 보안사 기관원들은 한수산·정규웅(중앙일보 문화부)·권영빈(중앙일보 출판부) 등을 체포해 서빙고 분실에서 고문하였다. 시인 박정만도 한수산과 대학 동창이라는 이유로 끌려왔고 이후 심각한 고문 후유증에 시달리다 세상을 떠났다.[527] 저간의 문단 사정을 고려하면 1982년 "작단은 어느 때보다도 침체되어 있는 듯하다"는 김우창·유종호·최인훈의 발언 맥락을 이해할 수 있다. 그리고 "이러한 상황 속에서 조금이라도 희망의 성장에 도움이 될 수 있는" 작품으로 세 사람은『대설주의보』를 뽑았다.

그들에게 최승호는 "침착한 관찰력과 생각의 깊이를 가진 시인"[528]

525　홍석률,「2장 차라리 재판을 받게 해달라: 박영두와 삼청교육대」,『민주주의 잔혹사: 한국현대사의 가려진 이름들』, 창비, 2017, 51-80쪽 참조.

526　「한수산 씨 또 잠적 소동 벌여」, 매일경제, 1982년 10월 6일.

527　정규웅,「한수산 필화사건 1 보안사, 소설을 문제 삼다 ; 한수산 필화사건 2 악몽의 지하 고문실 ; 한수산 필화사건 3 박정만의 비참한 죽음」,『1980년대 글동네의 그리운 풍경들』, 책이있는마을, 2018, 24-41쪽 참조.

528　김우창·유종호·최인훈, 앞의 글, 220쪽.

으로 고평 받았다. 알려졌다시피 그것은 무엇보다 대표작 「대설주의보」에 바탕을 두고 있었다. 심사평에 자세히 쓰지는 않았지만 "다투어 몰려오는 힘찬 눈보라의 군단, / 눈보라가 내리는 백색의 계엄령"이라고 반복하는 시구에서, 심사위원들은 정권이 바뀌어도 여전한 '겨울공화국'[529]의 세태를 폭로하려는 젊은 시인의 용기를 발견하였는지도 모른다. 자세하게 부연할 필요가 없을 정도로 당대 한국 문학 작품 전반에서 겨울은 시련과 폭압을 상징하는 계절로 받아들여졌다. 이와 같은 정황을 참고한다면, 눈의 군단이 선포한 계엄령—대설주의보가 1980년대 한국에 발효 중이었다는 시적 통찰은 '오늘의 작가상'이라는 제명에 걸맞은 메시지를 전하였다고 볼 수 있다. 1980년대 "희망의 성장에 도움이 될 수 있는" 데에 공헌하는 작품은 이것만이 아니다. 제6회 오늘의 작가상 응모작 49편[530]에는 포함되지 않았으나, 「대설주의보」를 비롯해 시집 전체를 아우르는 메타적 관점을 취한 시로 해석 가능한 「눈보라」가 있다.

529 "총과 칼로 사납게 윽박지르고 / 논과 밭이 자라나는 우리들의 뜻을 / 군화발로 지근지근 짓밟아대고 / 밟아대며 조상들을 비웃어대는 / 지금은 겨울인가 / 한밤중인가"(「겨울 공화국」 부분) 양성우, 『겨울 공화국』, 실천문학사, 1977.

530 『세계의문학』1982년 여름호에「大雪注意報」외 전재된 48편의 시와 수록 순서는 다음과 같다. 「大雪注意報 / 桶조림 / 아까끼 아까끼예비치 / 주전자 / 오늘 / 광물의 골짜기 / 아침 / 이상한 도시 / 시궁쥐 / 권투왕 마빈 해글러 / 마음 / 울음 / 그늘 / 여우비 / 물 위에 물 아래 / 獄卒들 / 병원 回廊 / 소풍 / 나는 숨을 쉰다 / 사북, 1980년 4월 / 北風 / 北魚 / 문짝의 안팎 / 늦가을 / 흉터 / 저녁 / 별 것도 아닌 것이 / 열차번호 244 / 정원사 / 쥐치 / 미주알고주알 / 機械 / 숫소 / 修理工 / 상황판단 / 불의 알 / 火田民 / 新婦 / 구석 / 부서진 뗏목 / 탈옥자 / 甲皮魚 / 그믐밤 / 악몽 / 유령들 / 발걸음 / 모자를 눌러쓴 / 어릿광대 / 휘둥ㄱ래진 눈」 시집으로 출간된 『대설주의보』에는 위의 시 외에 최승호가 써둔 다른 시편을 더하여 총 78편의 시가 수록되었다. 이중「北風」은「거적」으로 제목이 바뀌어 개작돼 실렸고, 「그믐밤」과「악몽」은 시집에 게재되지 않았다. 시구의 유사성으로 유추하건대, 두 작품은「왕의 항아리」와「깊은 밤」으로 새로 쓰여 시집 『대설주의보』에 배치된 것으로 보인다.

책상엔 백지가 놓여 있었다

눈처럼 뭉쳐버린 더 많은 백지들이 휴지통에

눈더미처럼 쌓여 있었다

나는 내 안에 들끓는 마그마를 백지에

황홀하도록 쏟아붓지 못하고

벽돌 딱딱한 벽에 머리를 기댄 채

비스듬히 드러누워 있었다 내 대신

의자가 책상의 백지와 마주앉아 있었다

무력한 어제의 나는 의자여도 좋았다

뒤로 넘어진 의자여도 좋았다

밖에는 끝없는 눈보라가

유리창을 눈의 깃털들로 덮으며 휘돌아가고

눈보라를 일으키는 힘의 날개를 나는

생각하고 있었다 그 힘의 날개는 붕새의 날개여도 좋았다

북극의 흰올빼미의 날개여도 좋았다

문득 추억은

결국 하얗게 파묻힌다는 생각이 들었다

나는 흰 웃음을 많이 잃었다는 생각이 들었다

밖에는 끝없는 눈보라가

유리창을 눈의 깃털들로 덮으며 휘돌아가고

끝없는 눈보라와 싸우며

남극벌판을 눈에 취해 비틀거리는 해군대령 스코트의 모습이 보

였다

종이인간들이 휘날리는 종이공장이 보였다

밖에는 끝없는 눈보라가

유리창을 눈의 깃털들로 덮으며 매섭게 휘돌아가고

책상엔 여전히 백지가

놓여 있었다 눈처럼

더 많은 백지들이 휴지통에 눈더미처럼 쌓여 있었다 그 속에

말들이 있었다 버린 말들이 버석거렸다

의자 대신 내가 다시금 책상의 백지와 마주앉아야 한다는

생각이 들었다 나는

혀를 목구멍 속으로 삼킬 수 없다는 생각이 들었다

책상에 백지가 놓여 있었다

펜이 놓여 있었다

—「눈보라」 전문

표제작과 같이 시집 3부에 배치된 「눈보라」는 『대설주의보』의 기조를 가늠할 수 있는 시이다.[531] 이 시에서 눈보라는 이중으로 몰아친다. "밖에는 끝없는 눈보라가 / 유리창을 눈의 깃털들로 덮으며 휘돌아가고"라는 반복구가 예증하듯이, '나'의 공간 바깥에 부는 눈보라가 우선 눈에 띈다. 다른 하나는 '나'의 공간 안쪽에서 부는 눈보라이다. 양쪽의 눈보라는 조응한다. 그런데 맹렬하게 엄습하는 바깥의 눈보라보다 '나'를 더 긴장하게 만드는 것은 안쪽의 눈보라이다. '나'의 공간 안쪽에서 부는 눈보라는 "눈처럼 뭉쳐버린 더 많은 백지들이 휴지통에 눈더미처럼 쌓여" 발생한다. "내 안에 들끓는 마그마를 백지에 / 황홀하도록 쏟

531　1995년 출간된 『대설주의보』 2판(민음사)에서 「눈보라」는 부분 개작되었다. 1판에서는 2연으로 되어 있던 연을 5연으로 나누었고, 행 구분도 바꾸었다.

아웃지 못하"여 일어난 일이다. '나'는 겉으로는 보이지 않으나 속은 부글대는 마그마 같은 상태에 처해 있다. 문제는 표출하고 싶고, 표출해야만 하는 무언가를 글로 써내야 하는데 그러지 못한다는 점이다. '나'는 "벽돌 딱딱한 벽에 머리를 기댄 채 / 비스듬히 드러누워 있었다".

이때 눈여겨봐야 할 대상이 "의자"이다. "무력한 어제의 나는 의자여도 좋았다 / 뒤로 넘어진 의자여도 좋았다"고 쓰여 있듯이, 이전의 '나'는 사물과 등치된다. 물론 이것은 "비스듬히 드러누워 있는" '나'의 눈에 비친 책상과 백지 앞에 놓인 의자가 빚어내는 풍경에서 나온 구절이다. 그러나 본인이 의자에 앉지 못하고, 의자가 본인의 자리를 차지한 상황은 지금 자신이 아무것도 쓸 수 없다는 방증이다. 이것이 1연의 상황이다. 2연에서 '나'의 회심도 의자를 의식한 바탕 위에서 이루어진다. "의자 대신 내가 다시금 책상의 백지와 마주앉아야 한다는 / 생각이 들었다"는 시구는 '나' 대신 사물로 대치해놓은 자리에서는 아무 일도 일어나지 않는다는 깨달음 속에 일어나는 반전이다. "백지"와 "펜"이 있다 하더라도 써내지 못한다면 소용이 없다. 시인이 마음을 다 잡아 「눈보라」 이후 쓴 시가 "눈보라가 내리는 백색의 계엄령"을 설파한 「대설주의보」일 것이다.

단순하게 보면 「눈보라」는 시 쓰기의 동력을 잃어버렸거나 혹은 봉쇄당한 시인이 스스로의 '쓸 수 없음'을 성찰한 메타시적 성격을 띨 뿐이다. 이 시에서 핵심적 사안은 그에 이르는 과정이 '나'와 사물들과의 내부-작용 속에서 일어난다는 사실에 있다. 쓰는 주체는 '나'로 자명한 듯 보이지만 곰곰 들여다보면 '나'는 "눈처럼 뭉쳐버린 더 많은 백지들"만 양산하는데 그쳐 아무것도 쓴 게 없다. 쓰는 주체가 위치하는 자리는 '나'와 동일화된 사물—의자가 차지하고 '나'는 거기에서 밀려나 있다. 방법론에서 거론한 대로 주체와 대상은 처음부터 명확하게 결정되지 않는다. 관찰 장치에 수반되는 복합적인 물질적-담론적 현상이 존재와 의미가 얽혀 있는 상태에서 주체와 대상을 달리 출현시킨다. 「눈보라」에서 무언가를 관찰하는 동시에 사유하는 존재는 ‘나’임을 부인할 수는 없다. 그렇지만 ‘나’ 또한 시를 구성하는 다기한 요소 가운데 하나일 따름이라는 점도 분명하게 언급할 필요가 있다.

쓰는 주체의 자리를 시인이 의자로부터 탈환하려는 움직임은 그의 “생각”에 기반한다. “눈보라를 일으키는 힘의 날개를 나는 / 생각하고 있었다”, “문득 추억은 / 하얗게 파묻힌다는 생각이 들었다”, “나는 흰 웃음을 많이 잃었다는 생각이 들었다”, “의자 대신 내가 다시금 책상의 백지와 마주앉아야 한다는 / 생각이 들었다” 등이 이를 예증하는 시구이다. 한데 이 시에서 ‘생각하다’보다 더 많은 비중을 차지하는 동사가 ‘보다’임을 주지하지 않으면 안 된다. 생각은 그 자체로 운용되는 메커니즘이 아니다. 1980년대 최승호 시에서 ‘생각하다’에 선행하는 행위는 언제나 ‘보다’였다. 자신이 있는 공간 안쪽에서 그는 백지가 놓인 책상을 보고, 눈처럼 쌓인 뭉쳐진 백지들이 담긴 휴지통을 본다. 자신이 있는 공간 바깥쪽에서 그는 눈보라가 휘몰아치는 광경을 본다. 거꾸로 말하면 ‘나’의 사유는 백지·책상·휴지통·눈보라 없이는 촉발되지 않는다는 뜻이다. ‘나’의 생각은 물질에 기초한다.

관념이 관념적 (비)대상을 형성해내는 이승훈의 비대상 시에 견주어보면, 「눈보라」의 시적 전개가 심상한 것이 아니라 최승호 특유의 방법론임을 확인할 수 있다. 가령 ‘나’는 창밖에 보이는 눈보라에서 방 내부의 종이뭉치를 눈더미로 파악하고, ‘나’의 공간 바깥쪽과 안쪽에서 부는 눈보라에 대한 대응을 고민한다. ‘나’의 공간 바깥쪽에 부는 눈보라에 대하여 그는 “눈보라를 일으키는 힘의 날개”가 무엇인지를 생각한다. 그것은 인식 가능한 범주를 넘어선 존재— 북극 바다에 사는 곤(鯤)

이 변한 붕(鵬)[532]으로도 상상하고, 인식 가능한 범주에 속하는 존재—
"북극의 흰올빼미"로도 추측한다. 그러면서 '나'는 휘몰아치는 눈보라
의 근원을 자연 현상이 아닌 (비)실재하는 사물로 바꾸어 두려고 한다.
이는 1980년대 최승호 시의 특징이기도 하다. 그는 숙명적인 섭리를
구체적인 이미지로 가시화한다. "이미지=물질=운동"을 등식화한 견해
에 따르면 "이미지는 원본보다 실재성을 덜 갖는 2차적 산물이 아니라
스스로 운동하면서 관념보다 더 많은 실재성을 갖는 물질로서 규정된
다."[533] 이와 같은 언술은 「눈보라」의 '보다'와 연동한다.

더불어 염두에 두어야 할 점은, 눈 오는 세계 안에 있는 '나'에게 "끝
없는 눈보라와 싸우며 / 남극벌판을 눈에 취해 비틀거리는 해군대령 스
코트의 모습이 보였다"는 사실이다. 스코트는 1911년 아문젠과 남극
점 도달을 두고 경쟁을 벌였던 인물이다. 그도 남극점에 도착했지만 아
문젠이 최초의 남극점 정복 타이틀을 획득한 뒤였다. 귀환 도중 조난당
해 사망한 스코트는 결코 성공을 차지한 위인이 아니다.[534] 역사의 승자
로 남은 아문젠이 아닌 패자로 기록된 스코트를 목격한 대목을 무력한
'나'와의 동일시로만 보는 관점은 이 글의 논지와 합치하지 않는다. 변
하지 않는 사실은 스코트 역시 남극점에 도달했다는 것이고, 돌아오는
길에 사고를 당했지만 그가 남긴 기록으로 유추하건대 결코 패배하지
않았다는 것이다. "끝없는 눈보라와 싸우며" 망자 스코트는 걸어오고
있다. 그러한 스코트의 모습을 본 뒤에 '나'는 "종이인간들이 휘날리는
종이공장이 보였다"고 쓴다. 그것은 『대설주의보』에 실린 또 다른 메타

---

532 장자, 김학주 옮김, 「제1편 어슬렁어슬렁 노님: 소요유」, 『장자』, 연암서가, 2010, 36쪽 참조.

533 조강석, 「문학 이미지 연구 방법론 1—텍스트의 '내부로부터 외부로의 전개'를 위하여」, 『한
     국시의 이미지—사유와 정동의 시학』, 소명출판, 2021, 24쪽.

534 존 캐리, 김기협 옮김, 『역사의 원전』, 바다출판사, 2007.

시「종이공장」에 대한 누빔점으로 기능한다.

"나는 내 詩의 경작지에 / 종이공장을 하나 세워놓는다 / 보이지 않는 / 종이인간들이 일하는 종이공장을"(「종이공장」 부분) 건립하여 당위적 목표를 설정함으로써 시를 쓸 수 있다는 쪽으로 방향을 정립한다.『대설주의보』를 제6회 오늘의 작가상 수상작으로 선정하며 심사위원들이 기대한 "희망의 성장", 곧 희망의 원리는 이러한 시편들로 구현된다. 이것은 단번에 희망으로 육박하지 않는다. '나'를 포함한 다양한 사물들의 얽혀 있음을 적시하고, 주체와 대상의 분리불가능함 속에서 '나'를 재차 '사유하는 주체'로 변환하는 과정에서 힘겹게 도출된다. 1980년대 최승호 시에서 이보다 더 진전된 '행위하는 주체'의 면모를 찾기는 쉽지 않다.「눈보라」의 결구 "책상에 백지가 놓여 있었다 / 펜이 놓여 있었다"에 나타나는 대로 그는 사물이 있는 바를 기술할 뿐이다. 그러나 이 시에서 "백지"와 "펜"은 범상한 도구가 아닌 행위를 예비하는 사물로서 위상을 갖는다. 최승호 시는 물활론 또는 활유법에 의한 사물의 생동감과 차별화되는, 응시에 의거한 사물 안팎의 생태학을 구축하기 때문이다. 최승호 시의 물질성은 주체와 대상을 엄밀하게 구별 짓지 않고 사물들이 주도하는 행위로의 이행을 담보한다.

*

최승호 시는 뒤섞이는 물질들의 새로운 배치를 실험하면서 1980년대 물질만능주의를 통과해 왔다. 이는 앞에서 살펴보았던 김정환 시와 김혜순 시의 물질성과 구별되는 최승호 시만의 독특한 입지점을 형성한다. 김정환 시는 판화운동·민중신학운동·노래운동과 교직하면서 민중문화운동과 공진화하는 방향을 추구하였고, 김혜순 시는 물질적 기호들을 여성(성)의 몸 안에서 품어 다시 산출하여 존재인식론적 차원에서 이를 변화시켰다.

반면 최승호 시에서 내부-작용하는 물질적-담론적 실천은 여기에 참여하는 구성 요소들의 형태와 속성을 바꾸지 않고 있는 그대로 놓아둔다. 조각성과 공백과 사물을 전유하기보다 보존하여 언어와 함께 시(집)의 물질성을 구성하도록 하는 것이다. 이것은 역사 유물론과 호응하는 언어 유물론이 전개하는 현실 변혁, 여성(성)과 연동하는 언어 신체론이 개진하는 세계 내파와는 구분되는 언어 관찰론에 의하여 추동력을 얻는다. 최승호 시의 언어 관찰론은 비가시화된 남루하고 비천한 것을 투시한다.

이 글은 최승호 시에서 '나'는 객관적 관찰자라기보다 관찰 대상의 일부임을 밝혀내었다. '나'와 관찰 대상의 뚜렷한 경계는 최승호 시에서 자주 무화되었다. 죽은 생물과 생물이 다 같이 사물화되는 현상을 보인다. 본래 사물화는 자본주의에 종속된 인간들의 수동적 형상과 등치되는 개념이다. 그러나 최승호 시의 사물화는 인간으로서의 본질을 상실하게 만든 1980년대 자본주의의 양상이 아니다. 최승호의 사물화는 존재의 비극성을 포착하는 데 그치지 않고, 비인간과의 의존적 연대 가운데 사물―인간의 단독적 존재론을 재구축하는 생태성으로 귀결되었다.

첫 번째 절에서는 1980년대 최승호가 펴낸 시집 중에서 유일한 시선집인 『나는 숨을 쉰다』를 중심으로 자코메티 조각과 그의 시가 교섭하는 양태를 분석하였다. 예컨대 최승호 시 「휠체어」와 자코메티 조각 〈수레〉의 물질성들이 얽히면서 발생하는, 물질적-담론적 실천 과정에서 양자의 모호성은 상보적으로 해소된다. 최승호 시 「나는 숨을 쉰다」와 자코메티 조각 〈디에고의 커다란 머리〉 또한 마찬가지이다. 자코메티 조각은 인간의 형상을 띠고 있지만 인간이 아니고, 인간이지만 인간의 형상을 띠고 있지 않다. 자코메티 조각의 비—인간성은 최승호 시와 공명하였고, 실존의 현전을 물질적으로 창안하면서 어우러졌다.

두 번째 절에서는 불교의 시적 전유를 거쳐 최승호 시에 나타난 구멍과 허공의 공백 개념을 물질성의 관점에서 논하였다. 최승호의 세 번째 시집『진흙소를 타고』를 중심으로 펼쳐진 논의 내용 중 하나는, 불교의 시적 전유가 최승호의 개인적 관심에 국한되지 않았다는 사실이었다. 갈수록 고도화되는 자본주의의 영향력에서 벗어날 대안으로 1980년대 한국에서는 불교에 대한 관심이 뜨거웠다.『진흙소를 타고』는 이러한 바탕 위에서 이해될 필요가 있다. 하지만 최승호 시가 불교를 현실의 구원으로 여긴 것은 아니었다.

최승호 시에서는 실재하지 않는 사물, 비실재의 사물화가 두드러졌다. 그는 범인이 감히 범접할 수 없는 고고한 선을 세속의 밑바닥으로 끌어내려 진흙을 같이 뒤집어 쓴 1980년대의 시편들을 제출하였다.『진흙소를 타고』에 실려 있는 무인칭 시들이 이를 예증하였다. 무명과 필멸 등 여러 의미가 중첩되어 있는 무인칭은 1980년대 한국 사회의 발전 주도 프레임 안에 누락되었으나, 늘 그 안에 위치해 있을 수밖에 없는 존재를 알레고리적으로 통칭하였다. 그것이 비어 있는 채로 남아 있는 구멍과 연결된다는 점은 자루 시 연작에서 드러난다.

구멍은 불교의 공과 연관을 맺는다. 불교의 공은 허무주의로의 귀착이 아닌 대승적 차원으로 이행한다. 그것은 최승호 시에서 구멍의 물질성이 허공의 정치성을 내포하는 장면과 포개진다. 허공은 장벽 없이 생성을 가능하게 만드는 물질의 절대공간으로 간주되기 때문이다. 이것은 최승호 시에서 구속과 해방의 메커니즘과 관련되었고, 비움과 채움이 발생하는 물질의 원점으로 여겨졌다. 그에 따라 구멍과 허공의 공백을 추상적 차원에서 물질적 차원으로 전환시켜 검토하였다.

　　세 번째 절에서는 최승호 시에 등장하는, 사물성을 잃어버리지 않은 상태를 유지하는 사물에 천착하였다. 최승호 시는 단지 사물을 위한 말하기가 아니라, 말할 수 없는 것을 말하기 위한 방식으로 현실을 관찰하는 시각을 견지한다. 객관의 주관화나 세계의 자아화에 포섭시키지 않고, 사물을 독자적으로 존속시키는 최승호 시의 사물성은 공생적 관계론에 기초한 생태성과 결부되었다. 이는 최승호 시에 나오는 (죽은) 생물을 우의로만 간주할 수 없다는 문제의식과 맞닿아 있다. 가령 최승호 시에서 동물을 소시민으로 치환시키는 등식은 매끄럽게 성립하지 않는다.

　　「죽은 海馬」에서 그려지는 바, 서로를 응시하는 쌍방향성은 인간과 사물에 공통적으로 적용되었다. 최승호 시는 (죽은) 생물이 보고 체험하는 것들을 씀으로써, 인간으로서 보고 체험하는 것의 협소한 영역을 확장하였다. (죽은) 생물과 인간이 뒤얽힌 개체로서 출현하는 물질적 존재를 고려하지 않고서는 '생물 안으로 파고들어가면서 시를 쓴다'는 그에 대한 평가는 도출될 수 없는 것이다. 최승호 시는 다양한 사물들과 함께 '나'의 실존이 얽혀 있음을 적시하였다. 그의 시는 그러한 사물성을 담지한 사물들이 전면에 내세워, 응시의 반향에 기반을 둔 생태학적 시각을 1980년대 자본주의의 정점에서 활성화하였다.

Ⅴ. 존재인식론적 전회를 위하여

시의 시대로 불리는 1980년대 한국시와 물질성의 관계를 김정환·김혜순·최승호 시를 중심으로 규명하는 것을 이 글의 목표로 삼았다. 여기에서 제기한 물질성은 물질을 확고한 물리적 개체로 여기지 않는 시각으로부터 비롯된다. 형체를 가진 것과 형제를 갖지 않은 것들이 얽혀 전개되는 상관적 활동과 현상을 아우르는 개념으로 물질성을 상정하여, 이를 신유물론의 지평에서 구체화하였다. 특히 신유물론자 가운데 괄목할 만한 행보를 보인 논자 캐런 바라드의 행위적 실재론을 참조하여 1980년대 한국시의 물질성을 파악하는 주요 방법론으로 삼았다.

핵심 키워드는 내부-작용과 물질적-담론적 실천이었다. 내부-작용은 상호작용과 대별된다. 상호작용은 행위 주체와 관찰 대상이 분명하게 구분된 상태에서 영향을 주고받는다. 반면 내부-작용은 행위 주체와 관찰 대상이 선재하지 않는다. 입자성과 파동성의 모순적 양립을 증명한 양자역학의 이중슬릿실험 등을 통하여 입증되는 바, 행위 주체와 관찰 대상은 뒤얽힌 상태에서 서로를 구성하였다. 이처럼 상호작용으로는 설명될 수 없는 현상을 기술하기 위하여 내부-작용이라는 용어를 차용하였다.

거기에서 물질적-담론적 실천이라는 분리 불가능한 개념이 파생하였다. 바라드에 따르면 물질적인 것은 위에 언급하였던 형체를 가진 것과 형체를 갖지 않은 것들을 고루 함축한다. 이를테면 그것은 생물학적이거나, 경제적이거나, 테크놀로지적인 것을 포괄한다. 담론적인 것은 물질적인 것에 대한 분석을 뜻한다. 염두에 두어야 할 점은 물질적인 것이 선행하고 담론적인 것이 후행하지 않는다는 사실이다. 물질적-담론적 실천은 선후 관계가 아니라 동시 관계로 이해하지 않으면 안 된다. 이것은 어떤 현상이 물질적 차원이나 담론적 차원 하나만으로는 해명될 수 없다는 주장과 결부된다. 물질과 의미는 명확하게 나뉘지 않는다.

이때 현실이 아니라 현상이라는 용어를 채택한 까닭이 있다. 그러한 논점의 바탕 위에서 명징한 현실이 그 자체로 주어진다고 보기 어려운 탓이다. 물질적-담론적 실천의 내부-작용에 입각한 행위에 의하여 현상이 물질화된다고 간주해야 해당 논의가 정합성을 가질 수 있다. 그러면서 존재론과 인식론도 별개의 항목이 아닌 존재인식론으로 통합된다. 이 글에서는 이와 같은 입론을 시에 적용하였다. 물질 자연을 인간 정신이 자기화한 산물이 아닌, 물질 자연과 인간 정신이 얽힌 상태에서 물질화되는 현상으로 시를 받아들여야 한다는 것이다. 이는 한 편의 시에만 통용되는 정의가 아니다.

바라드가 차치하였던 언어의 물질성, 그중에서도 쓰인 것으로의 시와 인쇄된 것으로의 시에 초점을 맞추었다. 쓰인 것으로의 시가 모여 있는 인쇄된 시집을 말이 사물화된 다기한 행위소의 결집체로 보았다. 물질적-담론적 실천이 인간과 비인간의 내부-작용에 기초하므로 인간은 이를 전부 통어하는 주체일 수 없다. 그것은 특정 현상에서 인간이 맡은 실천적 기능에 대한 축소나 무시로 귀결되지 않는다. 모든 것은 아니지만 존재하는 것에 대하여 일정한 역할을 담당하기에 인간의 책임도 면제될 수 없다. 따라서 행위적 실재론을 응용하는 한편으로, 이 글은 1980년대 시와 시집이라는 현상을 둘러싼 인간 행위를 경시하지 않았다.

더불어 시와 시집이라는 현상을 세계에 대한 시인의 투명한 반영으로 여기기보다 존재인식론적 양식으로 고찰하였다. 시적으로 재전유한 것은 물질적-담론적 실천도 마찬가지이다. 출판사·해설·표제작·자서 등의 내부-작용이 발생하는 시들의 결속체인 시집 텍스트를 물질적인 것으로 파악하였다. 콘텍스트에 해당하는 1980년대 한국의 정치적·사회적·문화적 환경 및 그와 떼려야 뗄 수 없는 당시 시인의 행적도 물질적인 것에 포함된다. 권력의 작동을 배제하지 않은 물질적인 것에 대한 분석을 담론적인 것으로 볼 때, 당대 시와 시집과 시인에 대한 해석과 평가 외 이에 대한 시인의 생각과 발화 등을 그에 속한다고 판단하였다.

물질적인 것과 담론적인 것을 나누어 서술하였으나, 물질적-담론적 실천이 불가분한 관계임을 지속적으로 피력하였다. 시의 특징적 현상을 산출하는 비유·리듬·감각·어조·알레고리·상징 등의 언어적 행위소들의 활동을 물질적-담론적 실천에 의한 언어의 물질성으로 중시한 이유도 여기에 있었다. 이 글은 시인의 표현에 한정되지 않는 시적 요소의 뒤얽힘으로 시의 특질을 파악하였다. 이러한 관점에 근거하여 1980년대 한국시를 검토하려고 한 연유는 경제 구조·사회 성격·문학 환경 등 당대 여러 층위에서 물질론이 전개되었기 때문이다. 범주를 나누었으나 각각의 층위는 밀접하게 얽혀 있다.

개별 시편에서 이를 모아놓은 시집을 분석하는 방향으로 1980년대 비평적 조류가 이동하는 현상도 이와 무관하지 않다. 당대에 구축돼 온 복합적인 물질성과 문학이 영향을 주고받는 흐름의 일부로 이것은 인정받아야 한다. 물질론의 자장에서 1980년대 일어난 한국 문학 환경의 변화를 검토하기 위하여, 물질성에 관한 심도 있는 접근이 요구되는 상품으로서의 시선 시리즈에 주목하였다. 이 중 물질성에 착목함으로써 드러나지 않았던 시적 요소가 비로소 적시될 수 있는, 과거의 연구 지평에 머무르지 않고 시적 경신을 할 수 있다고 여겨지는 1980년대 시와 시인을 가려 뽑았다.

'언어 유물론과 교직하는 운동성'이라는 첫 번째 장에서 김정환 시의 물질 지향을 다루었다. 언어 유물론은 마르크스의 역사 유물론에 조응하는 김정환 시의 특성이다. 김정환은 오염되어버린 일상 언어가 본래의 존재성을 상실하게 하므로, 무엇보다 시적 언어를 구축하는 투쟁에 나서야 한다는 의식을 가졌다. 언어는 인간의 물질적 활동과 교류와 밀접한 관계를 맺고 이념·표상·의식을 산출하는 동시에 타인과 소통하려는 요구에서 생겨난 물질 그 자체이다. 이와 같은 맥락을 고려하여 김정환 시를 분석한 결과 그의 시집에서는 물질성 간 연대와 길항의 성격이 두드러짐을 확인하였다. 판화와 실체적 인신으로서의 종교, 노래와 시(집)의 언어가 갖는 물질성은 순행하는 조화를 이루기도, 반대로 역행하는 부조화 현상으로 나타나기도 하였다.

그러할 때 시인은 행위의 주재자라기보다는 행위의 일부로 간주해야 한다는 사실을 재확인할 수 있었다. 더불어 텍스트와 파라텍스트를 아우르는 콘텍스트의 종합적 고찰 속에서 시(집) 해석의 정합성을 확보할 수 있음도 드러내었다. 구체적으로는 김정환의 판화시·(인신적) 종교시·노래시를 분석하였다. 1절에서는 판화 시집을 대상으로, 각인하는 물질성이 갖는 집단적 진정성의 예술적 지위를 확보하게 되는 양상을 살펴보았다. 2절에서는 『황색 예수전』 연작에 초점을 맞추어 인간의 신성과 신체로 성속의 이분법을 탈구축한 김정환 시집의 물질적 생활을 전유한 방식을 검토하였다. 3절에서는 김정환이 줄곧 설파해 온 노래성 획득을 당대의 노랫(말) 운동의 자장에서 논의하여, 노래시 창작이 1980년대 통일론과 밀접한 영향 관계를 맺고 있음을 밝혀내었다.

두 번째 장에서는 '언어 신체론과 교차적 성정치'라는 제호 아래 김혜순 시의 물질적 변용을 논의하였다. 회화성 시(집)·모성성과 시(집)·폭력과 시(집)의 물질성 구현을 나누어 살펴볼 수 있는 바, 거기에는 항상 김혜순이 주창한 몸이 가로놓여 있었다. '나'의 배후에 항상 몸이 위치해 있고, 그 몸으로 '나'의 안팎에 있는 타자와 얽혀 추동되는 김혜순의 시 쓰기를 언어 신체론이라고 명명하였다. 언어를 자기 신체화하고 타자를 육체성으로 감각하는 방법론은 1980년대 여성시의 계보에서 김혜순 시를 독특한 자리로 밀어 올렸다. 김혜순이 스스로 밝힌 바, 몸과 시가 맺는 관계의 핵심은 사랑이었다. 둘의 탐험을 모색하며 낯선 세계를 창조하려는 시도를 포기하지 않는 것이 김혜순 시에서 주창되는 사랑의 속성이다. 이것은 늘 타자의 자리를 보존하면서 타자를 산출하는 여성시의 특징적 메커니즘이기도 하다.

자세한 분석을 위하여 1절에서 김혜순의 첫 번째 시집 『또 다른 별에서』를 중심으로, 문화적 기호를 포용하여 여성시로 재탄생시키는 패러디 기법의 의미를 살펴보았다. 그것은 회화성의 측면에서 그림 화법과 언어 화법의 물질적 횡단으로 표면화되었다. 2절에서는 김혜순의 두 번째 시집 『아버지가 세운 허수아비』에서 모성성과 시의 연관 관계를 논증하였다. 어머니와 딸이 얽힌 물질적 교차성이 아버지의 세계에 균열을 일으키는 양상 자체가 곧 여성시의 방법론임을 확인하였다. 3절에서는 세 번째 시집 『어느 별의 지옥』에 내포된 1980년대 가부장제 국가 폭력과 그에 대응하는 김혜순 시적 태도를 논하였다. 이것은 몸—언어의 확장과 축소라는 상반된 물질성을 내포하였다.

세 번째 최승호를 다룬 장에서는 '언어 관찰론과 알레고리적 생태성'에 초점을 맞춰 최승호 시의 사물성을 검토하였다. 그가 적극적으로 시화한 조각성·공백·사물의 물질성과 시(집)의 물질성은 뒤얽히는 가운데 대상 자체를 재배치하는 성격을 띠었다. 최승호의 시적 방법을 언어 관찰론이라고 명명한 까닭은 그의 시적 주체와 대상이 유독 응시에 민감하였기 때문이다. 최승호 시의 시선은 언제나 아름다운 풍경들이 아닌 불쾌한 풍경들을 주시하였다. 최승호는 드러나 있는 아름다운 것들을 예찬하기 위해서가 아닌, 세상에 감춰진 추한 것을 투시하였다.

그렇지만 그는 대상과 '나'의 거리를 일부러 설정하지 않았다. '나' 또한 관찰 대상이라는 통찰이 최승호 시의 독특성이었다. 관찰 대상과 관찰자 '나'의 구분이 지워지는 순간, 생물과 대상은 다 같이 사물화된다. 보통은 존재의 비극성을 심화시키는 것으로 나아가지만 최승호 시는 이를 정치적 의미를 함의한 생태성으로 이행시켰다. 생태성은 환경주의를 초과하는 개념으로, 최승호 시의 생태성은 인간의 단독적 존재론을 비인간과의 의존적 연대 가운데 재구축하는 공생적 관계론을 지향하였다.

위에 정리한 김정환·김혜순·최승호 시 연구를 통하여, 이 글은 쇠퇴한 정신세계와 비등한 물질주의라는 1980년대의 이분법적 물질 정신 구도를 새롭게 재편할 수 있는 동력을 생성하고자 하였다. 이는 사회구성체 논쟁으로 비화된 유물론적 실천 이론들의 대립을 언어 유물론의 자장에서 연대하고 길항하는 물질들의 시로 가로질러 시도되었다. 다음으로는 물질 자연에 대한 인간 정신의 지배가 낳은 자유의 박탈과 이를 되찾으려는 움직임을 언어 신체론과 잇닿는 여성시의 기획으로 재고함으로써 도달하였고, 마지막으로는 언어 관찰론에 기반을 둔 비인간적 생태성의 상상력을 검토하는 것으로 경주하였다.

논자마다 혁신하려는 노력을 펼쳤으나 문단문학 내 1980년대 한국시는 대개 창비 진영의 민중시와 문지 진영의 해체시라는 이분법적 구도 아래 이해되어 왔다. 각자가 가진 개별적 문제점은 반대편 진영에 의하여 지적되었다. 가령 민중시는 적과 동지의 이분법적 구도 아래 투박한 시를 써왔다는 것, 해체시는 난해한 시적 실험에 몰두하여 대중과 유리되는 결과를 빚었다는 것이다. 1990년대 제기되었던 1980년대 시 비판도 이와 유사한 면이 있었다. 1990년대 시를 여러 요소들이 공존하는 '다원성의 미학'으로 보는 시각의 이면에는 1980년대 시를 피아(彼我)가 격돌하는 '이항 대립의 미학'으로 여기는 전제가 깔려 있다.

하지만 1990년대 새로운 미학을 탄생시켰다고 규정된 역사철학적 문제의식은 당대에 갑작스럽게 출현한 것이 아니었다. 창작 열도의 상승과 시(인)의 양적 증가 등 제도적 차원에서 언급된 '시문학의 르네상스'라는 수사도 '시의 시대'라고 호명되었던 1980년대의 전사 없이는 제대로 해명되지 못한다. 1990년대 시의 특기할 점으로 거론되는 여성시와 생태시의 부상도 그러하다. 1990년대 여성시의 활황을 부각하는 주장은 의도치 않게 1980년대 존재하였던 여성시와 생태시의 존재감을 희석시킨다. 1990년대 시사를 전대와 변별적으로 구획하려는 의지는 자칫 1980년대에도 면면이 이어졌던 시사의 다양한 흐름을 폐색하고 만다.

이러한 기존 시사 경향에 관한 문제의식에 기반을 두고, 물질적 가능성과 잠재성의 차원에서 1980년대 한국시라는 현상을 재론하였다. 왜냐하면 1980년대는 신군부의 통치 외에 고도 자본주의 하에서 산업사회론이 전면화 되었으며, 시 영역에서도 출판사에서 기획한 상품화된 시집 시리즈가 확산되어 신유물론적 접근이 요구되는 시기였기 때문이다. 1980년대 시사를 천착하기 위하여 민중시에서는 김정환을, 여성시에서는 김혜순을, 도시시에서는 최승호를 선정하였다. 기왕의 계보적 분류를 그대로 답습하였다는 비판이 제기될 수도 있겠지만, 논점은 민중시·여성시·도시시를 당대와 교호하는 물질성의 시학으로 변환하는 데 있었다.

그러한 견지에서 물질성으로 검토한 김정환 시는 민중시의 하위 원소가 아닌 언어 유물론과 교직하는 운동성을 포착한 현상으로, 김혜순 시는 여성시의 하위 원소가 아닌 언어 신체론과 교차적 성정치를 담아낸 현상으로, 최승호 시는 도시시의 하위 원소가 아닌 언어 관찰론의 알레고리적 생태성을 지시한 현상으로 상세하게 논의되었다. 각 시와 얽힌 판화성·회화성·조각성이 시인의 우발적인 기도에 그치지 않는다는 점을 밝힌 부분도 이 글의 의의이다. 이것은 해프닝에 의하여 탄생한 소품을 과대평가하는 해석이 아니라, 항상 논해지는 것만을 논하던 패턴화된 시 연구의 맹점을 적시한 사례일 따름이다.

김정환 시의 제3세계문학으로서의 민중신학 연작시와 노래운동성과 통일 지향의 리듬의식, 김혜순 시의 교차적 모성성의 시적 내파 전략 및 성정치성과 축소 지향의 양태, 최승호 시의 공백으로서의 알레고리시 재고찰과 사물과 응시 지향의 반향을 집중한 것 역시 비슷하다. 이 글은 민중시·여성시·도시시의 주제 하에서 1980년대 시를 동일한 시인이 쓴 이후의 시들과 계통 없이 접목하는 분석을 지양하였다. 동일한 시라고 할지라도 어떠한 장치—시집에 실렸느냐에 따라 그것과 관계 맺는 물질적-담론적 실천과 내부-작용은 달라진다. 그러므로 그에 대한 분석을 동어반복이라고 하기는 어렵다. 시의 물질성에 대한 관심은 모든 것을 물질로 수렴하겠다는 데 지향점이 있지 않다. 그보다는 시를 들여다보는 데 명확하게 이분화되지 않는 개념과 현상의 접점과 차이를 존재인식론적 전회를 통하여 보다 정밀하게 들여다볼 수 있도록 돕는다.